btb
Aus Freude am Lesen

btb

Buch

Die Journalistin Dicte Svendsen und ihr Lebensgefährte Bo werden aus dem Schlaf gerissen, weil der Pferdestall der Nachbarn in Flammen steht. Nicht weit entfernt, im Moor von Århus, wird tags darauf eine auf brutalste Weise ermordete junge Frau aufgefunden: Es ist Inger, die Schwester der Nachbarin. Kurze Zeit später wird eine zweite Leiche entdeckt: Auch diesmal ist es eine junge Frau, sie wurde auf dieselbe bestialische Weise ermordet. Die Polizei geht davon aus, dass es sich um einen psychopathischen Serienmörder handelt. Auch Dicte Svendsen interessiert sich für die Mordfälle, sie soll einen Bericht an die Zeitung liefern. Nachdem sie den Artikel veröffentlicht hat, erhält sie eine Morddrohung per E-Mail …

Autorin

Elsebeth Egholm, geboren 1960, arbeitet als freie Journalistin und Autorin und hat in Dänemark bereits mehrere Bücher veröffentlicht. Der endgültige Durchbruch gelang ihr mit dem Roman »Der Gartenpavillon«, der enthusiastisch besprochen wurde und viele begeisterte Leser fand. Gemeinsam mit ihrem Ehemann lebt Elsebeth Egholm abwechselnd auf Gozo und in Århus.

Elsebeth Egholm bei btb

Der Gartenpavillon. Roman (73027)
Der tote Knabe. Ein Fall für Dicte Svendsen.
Roman (73206)

Elsebeth Egholm

Das nächste Opfer

Ein Fall für Dicte Svendsen

Aus dem Dänischen
von Hanne Hammer

btb

Die dänische Originalausgabe erschien 2004 unter dem Titel »Selvrisiko« bei Gyldendal, Kopenhagen.

FSC
Mixed Sources
Product group from well-managed forests and other controlled sources

Cert no. GFA-COC-1223
www.fsc.org
© 1996 Forest Stewardship Council

Verlagsgruppe Random House FSC-DEU-0100
Das FSC-zertifizierte Papier *Munken Print* für Taschenbücher aus dem btb Verlag liefert Arctic Paper Munkedals AB, Schweden.

1. Auflage
Deutsche Erstveröffentlichung November 2005

Published by arrangement with Leonhardt & Hoier Literary Agency, Copenhagen
Umschlaggestaltung: Design Team München
Umschlagfoto: Wolf Huber
Satz: IBV Satz- und Datentechnik GmbH, Berlin
Druck und Einband: Clausen & Bosse, Leck
EM · Herstellung: AW
Made in Germany
ISBN-10: 3-442-73373-1
ISBN-13: 978-3-442-73373-6

www.btb-verlag.de

1

Zuerst glaubte sie, es läge an dem billigen Wein aus dem Supermarkt. Denn warum sonst sollte ihr Kopf dröhnen, als wären siebenundzwanzig Bauarbeiter dabei, eine Wand einzureißen?

Natürlich konnte es auch an der Menge liegen, dachte Dicte im Halbschlaf und streckte die Hand nach Bos warmem Körper aus. Hauptsächlich, um sein infernalisches Schnarchen abzustellen, das ihren Kater noch verschlimmerte.

Wann war er ins Bett gekommen? Wie lange hatte sie geschlafen?

Sie rollte sich vorsichtig auf die Seite und sah auf die fluoreszierenden Zeiger der Uhr, die auf halb drei standen. Die Datumsanzeige war natürlich nicht richtig eingestellt. Sie zeigte seit Jahren den zweiten August an. Der Zweite stimmte, aber der Monat nicht, denn der Februar hatte gerade begonnen. Draußen musste pechschwarze Nacht sein, laut TV2 und der Meteorologin – wie hieß sie doch gleich? – minus fünfzehn Grad und klirrender Frost, weshalb sie Thermosocken angezogen hatte, als Bo sich geweigert hatte, zusammen mit ihr zu Bett zu gehen. Traurig und halb betrunken war er vor dem Fernseher sitzen geblieben und hatte sich irgendwelche Sportsendungen angesehen. Der Teufel sollte alle Exfrauen und ihre Eifersucht holen, unter der sie die Kinder leiden ließen. Und Bo. Und sie, natürlich; denn sie litt, auch wenn sie sich weigerte, das zu akzeptieren.

Ein Arm langte quer über das Bett und traf unsanft ihre Brust.

»Was ist denn los?«, murmelte er mit gebrochener Stimme.

»Keine Ahnung.«

Sie wollte sagen, dass er weiterschlafen solle. Sie hatte nicht die Kraft, weiterzureden und sich anzuhören, wie sehr er die Kinder vermisste und dass er sie bald kidnappen und mit nach Wer-weiß-wohin nehmen werde. Nicht, dass er in Wirklichkeit so viel sagte, aber sie konnte es ihm ansehen.

Er zog sie näher zu sich heran. Ganz nah. Er schlang seine Beine um ihre und erstarrte.

»Was zum Teufel ist das?«

Er warf die Decke zur Seite und schaltete das Licht ein.

»Thermosocken«, murmelte sie leise und kam sich wie eine alte, zimperliche Jungfer vor. »Mir war kalt.«

Er warf einen gleichgültigen Blick auf die Socken. Er sah verschlafen aus und roch nach billigem Wein; vielleicht konnte man die Sparsamkeit auch übertreiben.

»Das meine ich nicht. Was ist das für ein Krach?«

Das Geräusch war die ganze Zeit über da gewesen. Wahrscheinlich hatte es sie geweckt. Plötzlich war sie hellwach und wütend.

»Verdammte Lausegören. Das sind doch wieder Silvesterknaller.«

Die Dorfjugendlichen mussten ein ganzes Lager aufgekauft haben. Jedenfalls hatten sie mehrere Tage hintereinander Raketen und Knaller abgeschossen, und sie war sicher, dass der Hund unten vor Schreck unter die Anrichte gekrochen war und zitterte.

Aber Bo schüttelte den Kopf und schwang die Beine aus dem Bett.

»Nicht um halb drei morgens. Und dann das Licht.«

Er hatte Recht. Die durch das Dachfenster hereinfallende Nacht färbte ein orangeroter Schimmer, der nicht von dem üblichen Licht der vier Kilometer entfernt liegenden Treibhäuser kam. Er torkelte auf bloßen Füßen zum Fenster, und einen kurzen Moment sah sie in dem orangen Schein sein Profil und vermisste die Verliebtheit.

»Es brennt«, sagte er atemlos.

Jetzt stand sie neben ihm und sah die Explosionen. Das Dach des nachbarlichen Stalls zerbarst wie Popcorn in einem Topf. Puff. Puff. Funken sprühten, und Flammen leckten an dem Nachtfrost. Ihr Körper war steif, vielleicht nur eine Sekunde; an der Stelle festgefroren. Doch dann taute er auf, und sie wollte in Thermosocken und Schlafanzug die Treppe hinunterlaufen, weil sie plötzlich etwas anderes hörte; ganz entfernt. Einen anderen, lebendigeren Laut.

»Die Pferde!«

Sie war schon fast die Treppe hinunter, als sie stolperte und die letzten Stufen auf dem Hintern weiterrutschte.

»Wir müssen die Pferde rausholen.«

Sie hatte sich nie darüber Gedanken gemacht, wie lange es dauerte, Gummistiefel anzuziehen. Es kam ihr wie eine Ewigkeit vor.

Sie hörte Bo hinter sich nach dem Telefon greifen. Natürlich, dachte sie, als der Frost ihr den Atem nahm und der Schnee unter ihren Stiefeln knirschte. Vernünftig.

Das war das Mantra. Vernünftig. Klar denken. Nicht in Panik verfallen wie die Pferde, die vor Angst wieherten. Und dann überfiel sie doch die Ratlosigkeit. Sollte sie an die Tür des Wohnhauses klopfen oder erst den Pferden helfen? Die Bewohner machten in Norwegen Skiferien, soweit sie wusste. Aber da war die Frau, die dort zur Miete wohnte. Die Schwester, soweit sie sich erinnerte. Auch auf dem Land hier draußen kannte nicht mehr jeder jeden. Vor allem nicht, wenn man verhältnismäßig neu zugezogen war wie sie.

Das Wiehern der Pferde ließ sie eine Entscheidung treffen. Sie war nur ein einziges Mal drüben im Stall gewesen, als Svendsen eine der Hofkatzen um einen Haufen Strohballen gejagt hatte. Sie hatte ihn geholt und war von der Frau zur Rede gestellt worden. Sie war Organistin, soweit sie sich erinnerte. Jedenfalls hatte sie etwas mit der Kirche zu tun.

Die Schiebetür war schwer. Sie musste ihre ganze Kraft

einsetzen, während Funken vom Dach in die Nacht stoben und das Popcorn summte. Die Tür ließ sich nicht bewegen. Das Wiehern der Tiere war unerträglich.

Dann war Bo da, und die Tür gab nach und eine höllische Hitze schlug ihnen aus dem Stroh entgegen. Der Rauch war das Schlimmste. Die Pferde wieherten ganz hinten im Stall.

»Die Rückseite!«, rief sie. »Von hier aus kommen wir nicht an sie heran!«

Er folgte ihr um den Hühnerhof und den Misthaufen. Durch die Stallfenster konnte sie die Tiere in ihren Boxen toben sehen und die bodenlose Angst in ihren Augen, die das Weiße nach außen kehrte.

Bo machte sich an dem Stallschloss zu schaffen, das schließlich aufging.

»Sei vorsichtig!«, rief er. »Sie haben Panik.«

Sie hatte keine Ahnung von Pferden. Hatte eigentlich Angst vor ihnen.

»Raus!«, rief sie. »Raus mit euch!«

Bo öffnete die Boxen. Er trieb die großen Tiere hinaus, klatschte ihnen auf die Hinterteile.

»Raus, verdammt!«

Und dann hörte sie ein Knacken. Sie spürte Bos Arme um sich und dass er sie wie auf einer brennenden Welle hinaustrug.

»Das Dach.«

Sie blickte auf. Bo hielt sie fest und drückte ihren Kopf gegen seine Schulter. In dem Moment gaben die Dachsparren nach, und die Mitte des Daches fiel in sich zusammen.

»Es sind noch welche drinnen.«

Sie stammelte die Worte. Sie weinte und spürte den Druck auf der Brust, sodass sie keine Luft bekam, und er zwang ihren Kopf nach unten zwischen die Beine. Sie hatte das Gefühl, sich übergeben zu müssen. Direkt auf die dünne Schneedecke, die sich durch die Berührung mit der Wärme in Matsch verwandelt hatte.

»Jetzt ist es zu spät. Wir können nichts mehr tun.«

»Was hat die Feuerwehr gesagt? Warum kommen sie nicht?«

Sie hatte den Kopf noch immer zwischen den Beinen. Sie spürte, wie das Blut zurückfloss, und richtete sich vorsichtig auf. Ihre Nase nahm den ungewohnten Geruch von lebendigem Fleisch wahr, das verbrannte. Bos Hände umfassten ihr Gesicht, und seine Nase kam ihrer ganz nah. Der Augenkontakt bewahrte sie davor, in sich zusammenzusacken.

»Sie kommen. Es sind erst fünf Minuten vergangen.«

Es kam ihr wie Stunden vor. Wie in Zeitlupe.

Bo nickte zum Wohnhaus hinüber.

»Soll ich?«

Sie schüttelte den Kopf, und sie gingen zusammen, Hand in Hand wie zwei Kinder.

Schon als sie die halb offene Tür sah, wusste sie, dass etwas nicht stimmte.

Sie stieß sie auf. Das Haus kam ihr leer und seltsam unbewohnt vor.

Und dann traf sie der Anblick. Irgendetwas schien hier explodiert zu sein, doch ohne zu brennen. Alles war verwüstet. Regale waren umgeworfen und Stuhlbeine zerbrochen. Tische wie Spielzeugmöbel umgekippt, und all das, was man in einem Leben ansammelt, lag auf dem Boden verstreut: Porzellanfiguren, Vasen, Fotorahmen, Aschenbecher, Nippes.

Draußen näherten sich Sirenen. Kurz darauf knirschten die Reifen der Feuerwehrautos in der Einfahrt. Sie hörte noch ein anderes Geräusch, ein zaghaftes Winseln.

»Timbo. Timbooo.«

Sanft rief sie nach dem kleinen weißen Hund der Schwester, den Svendsen immer anbellte und Rose als tibetanischen Teppichpisser bezeichnete. In Wirklichkeit war es ein Yorkshire-Terrier, aber die Beschreibung war treffend.

Er lag unter dem Bett im Schlafzimmer. Sie sah die Schnauze, die Witterung aufnahm, ob sie Freund oder Feind war. Sie nahm ihre Hundestimme an.

»Komm, mein Kleiner. Ich tue dir nichts.«

Sie holte in der Küche ein Leckerchen und lockte ihn.

»Hmm. Getrockneter Fisch. Timbo. Hmm.«

Sie lockte und lockte ihn, während die Sekunden verstrichen. Und endlich kam er, direkt in ihren Arm, wie ein kleines, zitterndes Gespenst. Aber den Fisch wollte er nicht.

»Wo ist dein Frauchen? Wo ist sie?«

Sie murmelte es rhythmisch und wiederholte die Worte, während sie das verfilzte Fell streichelte. Seltsame Laute bahnten sich durch die Kehle des Tiers ihren Weg, und der kleine Körper spannte sich an. Timbo sah sie mit seinen schokoladenbraunen Augen an, die sich unter den Zotteln verdrehten, und erbrach sich auf ihren Mantel.

2

Die Redaktion in der Frederiksgade sah ganz wie immer aus. Die vollen Alu-Aschenbecher standen strategisch platziert auf dem Sofatisch; eine Tüte mit Brötchen war aufgerissen wie nach einem unblutigen Kaiserschnitt, und die Thermoskanne zischte, weil irgendjemand sie nicht richtig zugemacht hatte. Mäntel und Jacken lagen überall, nur nicht über dem stummen Diener in der Ecke, und Zeitungen bedeckten wie aus großer Höhe abgeworfene Flugblätter Tische und Boden.

Vier Leute waren anwesend. Ein als freier Mitarbeiter arbeitender Fotograf rumorte in der Dunkelkammer, und drei Journalisten richteten die Augen auf sie, als sie Viertel nach zehn mitten in eine Redaktionsbesprechung platzte.

»Hast du schon davon gehört?«

Cecilie, die Sportjournalistin, warf die Frage wie einen Tennisball quer durch den Raum, noch bevor Dicte den Mantel ausgezogen hatte.

»Wovon?«

Von dem Brand? Wussten sie es schon? Es waren kaum sechs Stunden vergangen, und sie spürte den mangelnden Schlaf und ihre kenternde Liebe wie einen Druck im ganzen Kopf. Bo war direkt zu seiner Exfrau gefahren, um Probleme zu lösen. Er hatte wie das reinste Lagerfeuer gerochen.

»Von den Kürzungen«, referierte Cecilie. »Jeder vierte redaktionelle Mitarbeiter wird gefeuert.«

Dicte fragte sich kurz, wie es wohl sein mochte, gefeuert zu werden. Das sichere Standbein zu verlieren.

»Und warum?«

Sie hatten doch gerade zwei Neue eingestellt, die für Kriminalfälle und Wirtschaft zuständig sein sollten. Außerdem war die Redaktion in Århus zur Ausbildungsstätte für Praktikanten erklärt worden. Sie selbst hatte man in den so genannten Nachrichtenbereich beordert. Sehr zu ihrem Missfallen, weil das bedeutete, dass sie jetzt zu Kaisers Leibeigenen gehörte, obwohl ihr der Abstand zu dem Redakteur in Kopenhagen nicht groß genug sein konnte.

»Der Jahresabschluss«, murmelte Davidsen, der nicht mehr so großmäulig wirkte wie in der vergangenen Woche, als er zum Leiter des Büros in Århus ernannt worden war.

»Ein enormes Defizit«, vertiefte er seine Aussage. »Zweihundertfünfzig Millionen.«

»Ja und?«, fragte sie. »Seit wann sollen Zeitungen Gewinne machen? Dann können sie auch gleich Tangas oder Tretroller produzieren.«

Von Holger Søborg, dem bald fertig ausgebildeten Praktikanten, war ein Kichern zu hören. Er sah wie ein amerikanischer Footballstar aus. Viereckiger Kiefer, dicker Hals und ein Minimum an Gehirnzellen, so hatte Davidsen es einmal ausgedrückt und zumindest dieses eine Mal ein Quäntchen Humor bewiesen.

»Tangas«, wiederholte Holger und warf Cecilie einen lustvollen Blick zu, mit der er ein Wochenendverhältnis hatte. Dieses Verhältnis war das am schlechtesten gehütete Geheimnis der Redaktion – neben der Tatsache, dass Cecilie seit der Mitarbeiterkonferenz in Kopenhagen, die sich über ein ganzes Wochenende hingezogen hatte, bei dem Chefredakteur Karl Juhl hoch im Kurs stand.

»Oder Kondome«, fügte Dicte böse hinzu.

Holger wurde rot. Cecilie funkelte sie wütend an.

»Bestimmt werden die zuletzt Eingestellten gefeuert.«

Dicte seufzte. Sie schmeckte Rauch wie schon seit Stunden, obwohl sie sich mindestens zehn Mal die Zähne geputzt hatte. Sie versuchte nachzurechnen. Wen betraf das? Rein technisch gesehen, war sie die Letzte, weil sie bei dem Umzug von Kopenhagen nach Århus eine neue Mitarbeiternummer bekommen hatte. Aber insgesamt gesehen, war Cecilie noch nicht so lange bei der Zeitung wie sie.

»Das kommt wohl darauf an, wie man rechnet«, sagte sie, warf die *Randers Amtsavis* vom Stuhl und setzte sich. Sie fand in dem Durcheinander auf dem Couchtisch eine saubere Tasse und griff nach der Thermoskanne. Davidsen schnupperte.

»Warst du auf einem Grillfest? Du riechst wie ein gebratenes Hähnchen.«

Sie dachte an die Pferde, an ihre Augen, in denen das Weiße nach außen gekehrt war, und an das Wiehern der Tiere in ihrer Todesangst. Sie wünschte, nicht darüber reden zu müssen, aber sie würden es ohnehin bald in den Meldungen der Nachrichtenagentur Ritzau lesen.

»Der Stall des Nachbarn ist heute Nacht abgebrannt.«

»Ach, du meine Güte.« Cecilie klang, was man ihr zugute halten musste, ehrlich schockiert. »Hoffentlich hat es nur Materialschaden gegeben?!«

Journalisten. Was konnten sie schön mit technischen Ausdrücken um sich werfen, dachte Dicte. Materialschaden. Personenschaden. Worte, hinter denen sich echte Katastrophen und ein Gefühlschaos verbargen.

»Zwei Pferde sind zu Schaden gekommen«, informierte sie, als läse sie die Nachrichten vor. »Vier konnten wir retten.«

»Schrecklich«, sagte Holger mit runden Stielaugen. »Warst du involviert?«

Ja und nein. Sie schloss einen kurzen Moment die Augen. Wann war man involviert? Sie trank von dem schwarzen Kaffee, der furchtbar schmeckte.

»Ich kenne die Nachbarn kaum. Sie sind in Skiferien.«

»Und Bo?«

Davidsen konnte es nicht lassen. Sie nickte. Sie wusste, wonach er in Wirklichkeit fragte. Nicht, ob Bo bei ihr gewesen war, sondern ob er die Tragödie fotografiert hatte.

»Er hat ein paar Fotos gemacht, als die Feuerwehr da war. Ich weiß nicht, ob sie brauchbar sind.«

Davidsen nickte und sagte, genau wie erwartet und wie ein Echo von Kaiser, dessen Geist offenbar immer über allem zu schweben schien: »Eine super Story.«

Eine Weile fühlte sie sich wie in einem Vakuum. Sie spürte die Übelkeit und den Rauchgeschmack und hörte die Stimmen der Kollegen, war aber trotzdem nicht Teil des Ganzen. Sie dachte an Rose, die sie anrufen und warnen musste, damit sie nicht aus dem Gymnasium nach Hause kam und angesichts des heruntergebrannten Stalls einen Schock bekam. Brandstiftung hatten die Feuerwehrleute schnell festgestellt. Das verwüstete Wohnhaus sprach ebenfalls eine deutliche Sprache. Rose würde schockiert sein. Rose, die bald kein Kind mehr war und sich immer wieder eine Übernachtung bei ihrem Freund erschlich.

Ein wohl bekanntes, herunterziehendes Gefühl machte sich in Dicte breit, und sie klammerte sich an die Kaffeetasse. Man sollte es nicht für möglich halten, dachte sie. Man glaubt, es dauert ewig, und dann sind sie eines schönen Tages groß und treffen ihre eigenen Entscheidungen und machen, was sie für richtig halten. Nur durch die Erziehung und das, was in der Kindheit angelegt worden ist, hat man noch ein ganz klein wenig Einfluss auf das, was die eigenen Kinder tun. Man kann nur hoffen, dass es gelungen ist, ihnen ein gutes Rüstzeug mitzugeben, denn was soll aus ihnen werden, wenn man sie nicht mit Vernunft und einem kritischen Verstand und all dem anderen Lebenswichtigen ausstatten konnte? Welche Katastrophen passieren können, wenn man sie ins Leben loslässt …

Was trugen diejenigen wohl für einen Ballast mit sich herum, die den Stall abgefackelt hatten? Oder derjenige? Wie hatten so gefährliche Dämonen in ihnen Wohnung beziehen können? Gab es wirklich Bosheit in reinster Form? Sie konnte sich versucht fühlen, das zu glauben.

»Dicte?«

Davidsens Stimme unterbrach ihre Gedanken.

»Kannst du dich darum kümmern? Um den Brand?«

Jemand musste es schließlich tun. Sie nickte.

»Hat Kaiser sich gemeldet?«

Der Nachrichtenredakteur pflegte in der Regel anzurufen und eine ganze Reihe von Spezialaufgaben zu verteilen, was Davidsens Job als Leiter des Büros in Århus zu einer leeren und sinnlosen Farce machte. Davidsen rutschte demzufolge auch ein wenig unruhig hin und her, zündete sich eine Zigarette an und hüllte sich in Rauch ein. Er hatte den Mund aufgemacht, um etwas zu sagen, als das Telefon auf ihrem Tisch klingelte und sie gerade noch die Enttäuschung in seinen Augen sehen konnte, weil sie erriet, wer dran war.

»Svendsen!«

Kaiser kaute am anderen Ende der Leitung auf etwas herum. Garantiert Schokoladenkuchen.

»Keine Geringere«, sagte sie in dem Versuch, witzig zu klingen.

»Dein Kriminalfreund. Der dürfte doch jetzt alle Hände voll zu tun haben.«

Sie wartete. Hin und wieder sprach er in Rätseln.

»Und das bei dem Ruf, verdammt!«

»Bei wessen Ruf?«

»Dem der Polizei in Århus natürlich«, vertiefte er seine Aussage. »Zuerst streichen sie ihre eigenen Knöllchen, und dann schießen sie in Tilst ein paar Autodiebe über den Haufen.«

»Die Reihenfolge war umgekehrt.«

»Na schön. Und jetzt haben sie den Brand am Hals«, sagte er.

So eine Riesenstory war das nun auch wieder nicht, dachte sie. Brachte Ritzau wirklich schon die Nachricht von dem Stallbrand? Wenn im Laufe des Tages noch etwas Besseres hereinkam, landete sie vermutlich als kleine Notiz auf Seite vier.

»Welcher Brand?«, fragte sie vorsichtig.

»Habt ihr das nicht gesehen? Informiert ihr euch nicht?«

Bei Kaiser lief immer Ritzau, und im Fernsehen wechselten sich CNN, BBC World und SKY ab. Und bevor der Tag herum war, würde er alle großen Zeitungen durchforstet haben, dänische und ausländische.

»Eine Schule!«, brüllte seine Stimme in ihr Ohr, in dem noch immer das Wiehern der Pferde klang. »Sie haben in der Innenstadt eine ganze Schule abgefackelt. Und zusätzlich alles verwüstet. Die Møllevang-Schule, im Übrigen.«

»Wann?«, fragte sie dümmlich.

»Heute Nacht. In der schwärzesten, dunkelsten Nacht«, fügte er Unheil verkündend hinzu. »Ruf deinen Kripofreund an! Besorg mir, was du kriegen kannst! Kinder fackeln ihre eigene Schule ab«, skandierte er. »Das ist eine super Story. Der Albtraum aller Lehrer und Eltern. Morgen bist du auf der Titelseite, Svendsen.«

3

John Wagner blickte über die Versammlung, die sich zur Morgenbesprechung im Dienstbesprechungsraum eingefunden hatte. Die Blicke von sieben Kriminalkommissaren hingen an Jan Hansen, der zurückgekommen war, um über die abgefackelte Schule Bericht zu erstatten.

»So etwas habe ich noch nicht gesehen. Das sieht wie der reinste Rachefeldzug aus.«

Jan Hansen war so grau im Gesicht wie die Wand hinter ihm. Die breiten Schultern, die normalerweise das Hemd zu sprengen drohten, waren seltsam eingesunken. Er seufzte und klopfte mit einem Kugelschreiber auf den Tisch.

»Kamilla fabelt dauernd etwas von einem Teddy«, fuhr er fort. »Dem Maskottchen der Klasse. Es ist bestimmt mit verbrannt.«

Er zeichnete ein paar Kringel auf den Block vor sich. Wagner dachte, dass Hansen vielleicht doch nicht der beste Vortrupp gewesen war, um den Brand in Augenschein zu nehmen. Da seine Tochter in die erste Klasse der Møllevang-Schule ging, war er möglicherweise zu betroffen.

»Er heißt Simon«, fuhr Hansen mit einer Stimme fort, die allzu dünn für seinen muskulösen Körper und den nach der neuesten Mode glatt rasierten Schädel war.

Wie geklont, dachte Wagner flüchtig. Warum mussten alle jungen Ordnungshüter so Furcht einflößend aussehen? Aber standen nicht Tränen in seinen Augen?

»Kann mal jemand den Kaffee herunterschicken?«

Die Frage kam von Ivar K. Er und Hansen standen immer ein wenig auf Kriegsfuß, und darüber hinaus war die öffentliche Demonstration von Gefühlen nicht Ivars starke Seite.

Die Thermoskanne wanderte wie eine Fußballtrophäe an der langen Reihe von Kriminalkommissaren entlang. Wagner verzichtete. Sein Magen vertrug die Spezialausgabe der Teerbrühe des Präsidiums nur mit Mühe. Außerdem hatte er noch den Nachgeschmack des aus brasilianischen Bohnen gebrauten und mit einem Morgenkuss von Ida Marie versüßten Morgenkaffees im Mund.

»Was glaubst du?«, fragte er Hansen, der nach einer Vergangenheit bei der Schutzpolizei endlich und zu Ivar Ks großem Bedauern ein festes Mitglied des Kriminalstabs geworden war. »Was hast du für einen Eindruck? Waren das jugendliche Randalierer? Oder steckt mehr dahinter?«

Hansen legte den Kugelschreiber weg und rieb sich das Gesicht mit beiden Händen. Die Augen spiegelten die Müdigkeit wider. Einjährige Zwillinge, die sechsjährige Kamilla und eine Frau, die als Krankenschwester Nachtdienst machte. Das war nicht leicht.

»Ich glaube, die Täter waren noch jung«, sagte er langsam. »Ich glaube, dass sie den Ort ziemlich gut kannten. Du kannst dir das später natürlich selbst ansehen, aber mitten in dem ganzen Durcheinander wirkt alles sehr systematisch. Jugendliche Randalierer ...«

Er griff wieder nach dem Kugelschreiber, klopfte erneut auf den Tisch und schüttelte still den Kopf.

»Nenn mich ruhig einen Schwarzseher, aber das ist meiner Meinung nach der letzte Schritt, bevor jemand zu einem Gewehr greift und Schüler und Lehrer abknallt.«

Es war sicher gut, dass Hansen nicht für die Pressearbeit zuständig war. Wagner konnte die Überschrift nahezu vor sich sehen: *Wann folgt das Massaker?* Alle Eltern, die Kinder auf der Schule hatten, waren heute Morgen angerufen worden. Hansen hatte zu Wagner Kontakt aufgenommen, der ihn gebeten hatte, sich vor der Morgenbesprechung einen Eindruck zu verschaffen.

Hansen erzählte von den Verwüstungen. Er hatte sich auf einem Block Notizen gemacht. Ein ganzes Gebäude war nahezu bis auf die Grundmauern abgefackelt worden und das Hauptgebäude dem Vandalismus zum Opfer gefallen. Chemikalien aus dem Physikraum, Medikamente, Wasser und farbige Flüssigkeiten waren über den Boden verstreut; Glasscherben, zertrümmerte sanitäre Artikel, zerbrochene Thermoskannen, eingeschlagene Türen und zerlegte Schränke. Chaos, mit anderen Worten.

Wagner hörte eine Weile zu, ließ aber nach einer gewissen Zeit seinen Gedanken freien Lauf. Er öffnete eine Mineralwasserflasche und spürte beim Trinken die Kohlensäure bis in die Nase. Er fragte sich, wie er selbst reagieren würde, wenn Alexanders Schule abgefackelt worden wäre. Bestimmt genauso verzweifelt wie Hansen, schätzte er. Heutzutage war die Schule eine Art zweites Zuhause. Er hatte immer ein schlechtes Gewissen, dass er nach Ninas Tod nicht so viel mit Alexander zusammen war, wie er eigentlich sollte. Ein Brand in der Schule würde ernsthaft das Gefühl verstärken, dass er Fürsorge und Erziehung allzu sehr den anderen überließ, während er selbst Polizei spielte und Verbrecher jagte, die ohnehin bald wieder auf die Gesellschaft losgelassen würden.

Im Idealfall sollte er der aktive Vater sein, der mit seinem zehnjährigen Sohn zum Fußball und Handball ging, aber in der letzten Zeit war so viel zu tun gewesen. Das EU-Gipfeltreffen in Kopenhagen hatte für viele Überstunden gesorgt, die immer noch nicht abgebaut waren, obwohl sie das rein theoretisch bis zum Jahresende hätten sein sollen. Århus war abwechselnd von Vandalismus und Brandstiftungen heimgesucht worden. Außerdem waren da noch die selbst verschuldeten Probleme der Polizei, die auch Zeit kosteten. Daran wagte er gar nicht zu denken.

Ivar K kippelte rastlos auf seinem Stuhl und fuhr sich mit der Hand durch die langen Haarzotteln und über den zurzeit modernen Dreitagebart. Wagner ahnte, dass ihm eine sarkastische Bemerkung an den referierenden Kollegen auf der Zunge lag, und unterbrach freundlich Jan Hansen, dessen Block jetzt voller Kringel war.

»Gut. Die Situation ist wie folgt. Die Brandexperten unter Johan Dahl leiten die Untersuchungen und kümmern sich um die technischen Aspekte: Brandursache und so weiter. Wir sind als Assistenz zugezogen worden«, leitete er seine üblichen anspornenden Worte ein.

»Die Feuerwehr ist dabei, die Dachkonstruktion in dem niedergebrannten Gebäude zu sichern, sodass wir dort zurzeit keinen Zugang haben. Sobald wir den bekommen, gehen die Techniker natürlich zuerst hinein. Sie bekommen im Laufe des Tages Verstärkung aus Kopenhagen. Im Moment nehmen sie sich das Hauptgebäude vor. Außerdem ist uns Hilfe von der mit Jugendkriminalität befassten Abteilung zugesagt worden«, sagte er mit einem Blick zu Jan Hansen hinüber. »Ich glaube, du hast Recht. Wir sollten nach jungen Tätern suchen, die den Ort kennen. Die Schule hat uns eine Liste der derzeitigen und der früheren Schüler versprochen. Sie muss durchgegangen und mit dem Archiv überprüft werden.«

Jan Hansen nickte. In diesem Fall schien er erleichtert über die Schreibtischarbeit.

»Ich sehe mir das an.«

Wagner trank erneut von seinem Mineralwasser.

»Dahl hat uns gebeten, uns die Verwüstungen in den beiden anderen Schulen, Samsøgade und Elise Smith, noch einmal vorzunehmen, um festzustellen, ob es Ähnlichkeiten gibt. Und was wir sonst noch an unaufgeklärten Vandalismusfällen aus dem letzten halben Jahr haben.«

Petersen nickte. Mit seinen zweiundfünfzig Jahren war er fast ebenso lange im Dienst wie Wagner.

»Ich suche mir die Fälle heraus. Ich kann mich erinnern, dass man auch versucht hat, die anderen Schulen abzufackeln. Ohne Erfolg.«

Ivar K kippelte erneut mit seinem Stuhl.

»Übung macht den Meister.«

Wagner ließ den Blick von einem zum anderen wandern.

»Zeugen. Es muss jemanden geben, der etwas gesehen hat. Auch wenn es mitten in der Nacht passiert ist. Einer von euch muss Klinken putzen.«

Sie sprachen eine Weile über die Aufgaben und wer was erledigen sollte, ohne dass jemand protestierte. Man konnte sich daran gewöhnen zu bestimmen, dachte er verwundert und nicht zum ersten Mal. Er hatte nie davon geträumt, die Leitung zu übernehmen. Aber er hatte das entsprechende Dienstalter und die nötige Erfahrung, und es hatte sich ganz von selbst so ergeben. Sie hörten auf ihn. Sie folgten seinen Vorschlägen und hin und wieder seinen Anordnungen.

Das Einzige, was ihrem Team noch immer fehlte, war eine Ermittlerin. Er hatte das oft zu ändern versucht, aber aus irgendeinem Grund sah die Leitung die Wichtigkeit des Anliegens nicht ein. Sie schienen nicht zu verstehen, dass das Geschlecht bei der Aufklärung von Kriminalfällen eine Rolle spielte, aber er wusste aus Erfahrung, dass Frauen einen anderen und hin und wieder überraschenden Zugang hatten. Eine tüchtige Frau wäre ein großer Gewinn für das Team, aber vorläufig mussten sie so zurechtkommen. Bei den engen Budgets und der geringen Aussicht, dass jemand pensioniert wurde, sah es schwarz aus.

Er seufzte in sein Mineralwasser. Vielleicht konnte man auch zu viel verlangen.

»Ivar. Du fährst mit mir raus. Wir sehen uns die Sache mal an.«

Ivar K warf den Kopf in den Nacken und trank seinen Kaffee aus wie ein Handwerker ein Tuborg. Er stand auf und streckte den windhundartigen Körper, das diametrale Gegenteil zu Jan Hansens Türstehermuskeln.

»Okay, Boss.«

Wagners Handy klingelte auf dem Weg in die Stadt mitten auf der Kreuzung in der Thorvaldsengade, wo die Abgase der Autos wie ein dicker Atem in der frostigen Luft standen.

»Kannst du bitte drangehen?«

Ivar griff nach dem Handy, das auf dem Armaturenbrett lag.

»Kristiansen«, sagte er scharf und lauschte ein paar Sekunden, bevor er antwortete. »Er ist im Moment beschäftigt. Kann ich ihm etwas ausrichten?«

Wieder herrschte Schweigen, bevor seine Stimme leicht irritiert zu klingen begann.

»Ich sagte doch, dass er beschäftigt ist. Sie müssen später noch mal anrufen … Informationen? Was für Informationen? Es ist strafbar, Informationen vor der Polizei zurückzuhalten, wissen Sie das nicht?«

Wieder vergingen ein paar Sekunden, bevor er das Gespräch abrupt beendete.

»Frauen«, zischte er.

Wagner bog auf den Viborgvej ab.

»Wer war das?«

»Eine Journalistin von einer der Boulevardzeitungen. Dicte Sowieso. Die glauben, wir sind nur für sie da.«

Tausend Gedanken gingen Wagner im Bruchteil einer Sekunde durch den Kopf. Er hatte lange nichts von Dicte Svendsen gehört. Und Ida Marie auch nicht, hatte sie gesagt und die Vermutung geäußert, dass ihre Freundin und ihr Fotografenfreund Probleme hatten. Aber es war auch nicht leicht, Kinder und Job unter einen Hut zu bringen. Er musste da ganz still sein. Auch wenn er Ida Marie über alles liebte, hegte er daran nicht den geringsten Zweifel.

Einen kurzen Moment wanderten seine Gedanken zurück zum Vorjahr. Es war ihm nahezu unverständlich, wie sich seine Gemütslage verändert hatte. Damals hatte er gerade seine Frau verloren und war in ein tiefes schwarzes Loch gefallen. Doch dann war er mit der Aufklärung eines Falls beauftragt worden, in dem ein toter Säugling auf dem Århus-Fluss ausgesetzt worden war. Dicte und ihre beiden Freundinnen, Ida Marie und Anne, hatten das Kind gefunden.

»Dicte Svendsen«, murmelte Ivar K, als könnte er Gedanken lesen. »Der Name kommt mir bekannt vor. Ein Fall vor einem Jahr.«

Wagner antwortete nicht, sondern steuerte um ein verdammtes Moped herum, das die gesamte Fahrbahn für sich beanspruchte. Er hatte Berufliches und Privates in einem Cocktail vermischt, der ihm jetzt unheimlich vorkam. Er hatte sich noch während der Aufklärung des Falls in Ida Marie verliebt. Sie sangen beide im selben Chor, und er hatte heimlich für die schöne Schwedin mit der Engelsstimme und dem langen blonden Haar geschwärmt.

»Hast du damals nicht deine Freundin kennen gelernt? Als ihr Kind gekidnappt wurde?«

Ivar K fragte ohne Umschweife mit dem üblichen Mangel an Fingerspitzengefühl.

Wagner nickte nur, unverpflichtend, und bog in den Fuglebakkevej ab.

»Da wären wir. Sehen wir uns einmal um.«

Während Ivar K sich einen Überblick über die Verwüstungen verschaffte, rief Wagner Dicte auf dem Handy an.

»Es sieht ganz so aus, als würden wir wieder einmal zusammenarbeiten«, sagte sie munter.

Er lachte kurz.

»Nie im Leben! Was willst du?«

»Etwas über die Møllevang-Schule hören.«

»Wir halten später eine Pressekonferenz ab. Du weißt genau, dass ich niemanden bevorzugen kann.«

»Ich hätte was für dich.«

An Dicte Svendsens Gaben waren in der Regel alle möglichen Bedingungen geknüpft.

»Vielen Dank.«

»Es hat noch einen anderen Brand gegeben«, fuhr sie unbeirrt fort. »Heute Nacht. Hast du davon gehört?«

Es gab fast jede Nacht Brände – bestimmt hatte es irgendwer bereits erwähnt. Wagner hatte es an der Peripherie seines Bewusstseins mitbekommen, aber es hatte weit vom Stadtzentrum entfernt gebrannt, irgendwo draußen auf dem Land.

»Und?«

»Das Wohnhaus wurde verwüstet. Ein Stallgebäude niedergebrannt. Zwei Pferde sind tot.«

Was in aller Welt war mit dieser Stadt los?, dachte er, während er die rauchende Ruine betrachtete, die einmal die Møllevang-Schule gewesen war. Das glich Geschehnissen aus einem fremden Land.

»Was weißt du?«, fragte er müde. Man konnte nie wissen, ob eine Verbindung bestand. Auch wenn die Entfernung dagegensprach.

»Es war der Hof meines Nachbarn. Ich bin von dem Geräusch des zerberstenden Daches aufgewacht.«

»Bestimmt Asbest. Das klingt wie Popcorn.«

Plötzlich wechselte sie das Thema.

»Wo bist du?«

»Was glaubst du, wo ich bin? In der Oper, *Othello* ansehen?«

Ihm war klar, dass er mürrisch klang. »Was weißt du über den Brand?«

Einen Moment war es still im Telefon.

»Der Hof gehört meinen Nachbarn«, sagte sie dann. »Sie sind in Ferien in Norwegen. Sie kommen heute nach Hause, die Armen. Die Schwester hat auch auf dem Hof gewohnt, und um drei Uhr morgens war sie plötzlich spurlos verschwunden.«

Aus dem Augenwinkel beobachtete er Ivar K und einen der Feuerwehrmänner. Zusammen schritten sie den Platz ab und sahen sich das heruntergebrannte Gebäude an, aus dem aberwitzigerweise weiße Fensterrahmen guckten. Es sah aus, als hätte ein tief fliegendes Flugzeug den oberen Teil des Gebäudes abrasiert. Nur das Skelett des Dachs war noch da.

»Vielleicht hat sie in der Stadt übernachtet«, wandte er ein. »So etwas kommt vor.«

»Jemand ist am späten Abend im Haus gewesen, und ich gehe davon aus, dass sie das war.«

»Woher weißt du das? Hast du sie gesehen?«

Wieder entstand eine kleine Pause. Dann sagte die Stimme: »Nein. Aber irgendjemand hat dem Hund Futter gegeben.«

4

Als wäre ihr Bedürfnis an Bränden nicht gedeckt, als gäbe es nicht genug Probleme – und sie musste nun auch noch dorthin fahren.

Während sie von der Frederiksgade zur Møllevang-Schule hochfuhr, dachte Dicte flüchtig an Bo, der kurze Zeit zuvor mit den Fotos von dem Brand in der Redaktion aufgetaucht war. Sie hatte ihn gefragt, ob er mitkommen und die abgebrannte Schule fotografieren wolle, aber er war seltsam fern und abweisend gewesen und hatte ihr erklärt, dass er versprochen habe, seine Tochter in der Schule abzuholen und zum Arzt zu fahren. Als würde seine Ex ihn jemals um so etwas bitten, dachte sie und testete die neuen Winterreifen, als das Auto vor ihr plötzlich bei Gelb bremste. Ihr neu gekaufter Fiat Uno entging nur um wenige Zentimeter einem Zusammenstoß.

Eva wachte über die Kinder wie ein Drache und tat alles, um Bos exakt bemessene Zeit mit ihnen zu sabotieren. Jedes Mal, wenn er die Kinder haben sollte, kam etwas dazwischen, das es unmöglich machte. Und Silvester hatte dem Fass den Boden ausgeschlagen, als Eva Tobias und Ninka mit zu ihrer Mutter genommen hatte, anstatt sie bei Bo abzuliefern. Es war der Anfang der Eskalation des Nervenkriegs, und seit diesem Tag war nichts mehr ganz so, wie es eigentlich hätte sein sollen.

Das dachte sie, als sie in die Fuglesang-Allee einbog und an der Handelsschule und dem Konservatorium vorbeifuhr. Dachte, dass irgendetwas absolut nicht stimmte und Bo irgendetwas plante, von dem sie keine Ahnung hatte. Die Unruhe griff nach ihr wie eine eiskalte Hand. Er war verzweifelt. Und verzweifelte Männer waren unberechenbar.

Sie fuhr den Fuglebakkevej hoch, und ein furchtbarer Anblick empfing sie. Er erinnerte an Bilder aus dem zerstörten Kosovo, Bilder aus einem Kriegsgebiet, wo man erwartete, Maschinengewehre zu hören und Gebäude einstürzen zu sehen. Nicht, dass sie selbst das erlebt hatte, aber sie wusste es von Bo, wenn er ein seltenes Mal von seinen Reportagetouren erzählte, die ihm anerkannte Fotopreise, aber leider nicht das große Geld eingebracht hatten.

Sie erblickte John Wagner, der sich mit einem Mann in einem orangefarbenen Overall unterhielt. Sie spürte den Ansatz eines schlechten Gewissens, weil sie Ida Marie so lange nicht angerufen hatte. Es war feige, und sie hatte die elendste Entschuldigung, die man sich denken konnte, und selbst die war nur die halbe Wahrheit.

Wagner riss sich von den Kollegen los und kam ihr entgegen. Seine sonst südländische Hautfarbe war im Winter blasser geworden, aber er unterschied sich noch immer von den anderen durch seine gebogene Nase und die schweren Augenlider, die ihn ständig müde aussehen ließen, wovon man sich aber nicht täuschen lassen sollte. Er war zwölf Jahre älter als Ida Marie, und die abgetragene Tweedjacke ließ einen an alte Tugenden wie Ritterlichkeit und Zuverlässigkeit denken.

»Lange nicht gesehen«, sagte er als knappen Gruß und gab ihr die Hand.

»Ich hatte viel zu tun.«

In seinen Augen sah sie, dass er wusste, dass sie log. Aber es war schwer, das Glück der anderen mit anzusehen, während man selbst auf dem letzten Loch pfiff. Und seit Ida Marie Martin zur Welt gebracht und sich gegen den Vater des Kindes für ihren Polizeibeamten entschieden hatte, schien sie im siebten Himmel zu schweben.

»Es ist so viel passiert. Ich bin jetzt in einer neuen Redaktion«, erklärte sie weiter.

Er antwortete nicht. Sie gingen zu dem abgebrannten Gebäude hinüber, wo eine Gruppe Brandtechniker mit Schutzhelmen und blauen Overalls mit der Aufschrift *Polizei, Kriminaltechnische Abteilung* ihrer Arbeit nachgingen. Das Gelände war mit einem rotweißen Band, dem so genannten Flatterband, abgesperrt worden, und an dem verrußten roten Mauerwerk lehnten Leitern. Andere Männer in blauen Overalls, auf deren Rücken *Katastrophenschutz Mitteljütland* stand, beförderten nicht verbrannte Dachsparren in einen Container.

Auf dem Parkplatz standen mehrere Autos. Ein Fotograf fotografierte drauflos, und Dicte erkannte den Reporter der *Stiften,* der sich umschaute.

»Was hast du von dem anderen Brand erzählt? Woran denkst du dabei?«

Er fragte, während sie außerhalb der Absperrung an dem abgebrannten Gebäude entlanggingen. Sie erzählte von dem Brand und wie der Hund sich erbrochen hatte. Unverdautes Hundefutter.

»Und wie lautet deine Schlussfolgerung, Sherlock?«

Er zog sie auf, aber sie hörte den zugrunde liegenden Ärger. Die Polizei war nicht begeistert, wenn Journalisten Detektiv spielten, und Wagner bildete keine Ausnahme. Aber er war klug genug zu wissen, dass in gewissen Fällen beide Seiten voneinander profitieren konnten. Das hatte er bewiesen, als sie bei dem Moses-auf-dem-Århus-Fluss-Fall zusammengearbeitet hatten. Zugegeben, sie war sich nicht sicher, ob Wagner ihren Informationsaustausch als Zusammenarbeit bezeichnen würde.

»Dass der Hund um Mitternacht etwas zu fressen bekommen hat.«

»Eine seltsame Uhrzeit, um seinen Hund zu füttern.«

Sie zuckte mit den Schultern.

»Das ist ein verwöhnter Schoßhund. Meine Tochter bezeichnet ihn als Teppichpisser. Manche Menschen geben ihrem Hund zu fressen, bevor sie ins Bett gehen.«

Plötzlich drehte er sich um und sah sie an.

»Bist du überhaupt als Zeugin verhört worden?«

Sie schüttelte den Kopf. In dem ganzen Durcheinander hatte scheinbar niemand Zeit gehabt, sich näher mit ihr zu unterhalten. Sie hatten alle Hände voll zu tun gehabt, das Feuer zu löschen und die Situation einzuschätzen.

»Die Polizei ist erst später gekommen. Sie haben ein paar vordergründige Fragen gestellt, und das war's.«

Sie hörte ihn seufzen und führte es auf den Personalmangel, die Menge der Freischichten und die vielen anderen Probleme der Polizei zurück, die sich zurzeit häuften. Die Presse hatte die Verantwortlichen unter Beschuss genommen, und auch ihre eigene Zeitung hatte sich nicht zurückgehalten, als es galt, darüber zu berichten, wie zwei Beamte junge Autodiebe angeschossen hatten oder wie die Knöllchen der Polizei verschwunden waren. Vielleicht erklärte das die Kälte von Wagners Seite, dachte sie.

»Du sagst, eine Schwester wohnt mit im Haus. Vielleicht ist sie nicht gemeldet?«

Wagners Stimme knisterte wie der Frost. Dicte nickte.

»Und du meinst, die Schwester ist gegen Mitternacht zu Hause gewesen und hat dem Hund zu fressen gegeben. Wo ist sie dann jetzt?«

Er ließ die Frage naiv und belanglos klingen. Aber sie biss sich daran fest. Sie erinnerte sich, wie das leere, auf den Kopf gestellte Haus auf sie gewirkt hatte … die Angst des Hundes … die systematische Zerstörung und das dahinterliegende Gefühl, dass hier etwas sehr Privates angetastet worden war … die zertrampelten Familienfotos …

»Ich kenne sie nicht, aber man könnte sich so einiges vorstellen. Jedenfalls solltet ihr wissen, dass sie dort wohnt. Mit ihrem Hund.«

»Und warum wohnt sie dort?«

Sie hustete. Die rauchige Luft kratzte in Nase und Hals. Noch immer stieg aus dem abgebrannten Gebäude Rauch auf.

»Es gehen ein paar Gerüchte um. Über ihre Vergangenheit, meine ich. Dass sie zu ihrer Schwester gezogen ist, um über ein schreckliches Erlebnis hinwegzukommen.«

Er runzelte die Brauen, und seine Stimme troff vor Sarkasmus:

»Über einen psychopathischen, gewalttätigen Mann mit einer pyromanischen Veranlagung vielleicht?«

Sie wurde rot.

»Getratsche, demnach«, stellte Wagner fest.

Sie fuhr unverdrossen fort, während die Stiefel im Gras quatschten, das die Löschschläuche der Feuerwehrleute in Eismatsch verwandelt hatten. Er wusste genauso gut wie sie, dass man auf Getratsche hören musste. Dass es mit zu dem Gesamtbild gehörte, sowohl in der Journalistik wie bei der Polizeiarbeit. Manchmal repräsentierte das Getratsche die Wahrheit, auch wenn sie das nicht zugeben mochten.

»Irgendetwas mit einem Mann jedenfalls«, sagte sie und wäre beinahe ausgerutscht, sodass sie nach seinem Arm greifen musste. Er wartete geduldig, bis sie wieder fest auf den Füßen stand. »Es ging um Gewalt. Die Details hängen davon ab, wer mir was erzählt, wenn ich einen Gang mit dem Hund mache. Aber die Frau hat eine Geschichte, daran besteht kein Zweifel.«

Sie blieb stehen. Versuchte, die Stimme neutral zu halten, und dachte an den vergangenen Abend. Wann hatte sie die Schwester zuletzt gesehen?

»Ich habe nur so ein dummes Gefühl.«

Sie wollte gerade auf dem Absatz kehrtmachen, als ein Feuerwehrmann etwas aus der rauchenden Ruine rief.

»Ein Überlebender«, kam es trocken von seinem Kollegen, der etwas aus einer kleinen Tüte zog.

Als sie näher kamen, sahen sie, dass es ein kleiner gelber Bär war. Vorn auf seiner blauen Strickjacke stand in weißen Buchstaben der Name Simon.

Wagner lächelte. Eine gewisse Schläue kroch in seine Stimme.

»Du sagst, du willst etwas über die Møllevang-Schule hören. Eine Exklusivstory, nehme ich an.«

Sie zuckte mit den Schultern. Das war doch nicht so schwer verständlich. Sie musste ihrer Arbeit nachgehen, und wie alle anderen Redakteure liebte es auch Kaiser, wenn sie etwas hatten, was die anderen nicht hatten.

»Ich schlage vor, du rufst Jan Hansen im Präsidium an und erzählst ihm, dass sie Simon gefunden haben. Er kann dir die Story erzählen«, sagte Wagner und drehte ihr den Rücken zu.

5

Der erste Gedanke galt ihrem Vater.

Ob er die Nachricht verkraften konnte. Ob er Zuflucht in den Ecken des Gemüts und des Vergessens suchen würde, wie er es nach dem Tod ihrer Mutter für kurze Zeit getan hatte.

Karen dachte wieder daran, als sie Timbo hinausscheuchte und mühselig die zertrümmerte Küche aufzuräumen begann. Sie hatte nicht einen Augenblick gezweifelt, dass er es heute erfahren sollte. Sonst würde es ihm über Umwege zu Ohren kommen, oder er würde es in der Zeitung lesen. Aber wie? Wie sollte sie ihm erzählen, dass sein Lebenswerk abgebrannt und sein Elternhaus dem Vandalismus zum Opfer gefallen war? Ihr Elternhaus, was das anging, aber daran dachte sie nicht weiter. Sie war es gewohnt, zuerst an ihn zu denken. Und an Inger.

Während sie in dem unüberschaubaren Durcheinander der Küche stand, spürte sie wieder den stechenden Schmerz, als würde jemand eine Ahle in ihr Fleisch bohren. Sie schien mit der Sorge um Inger geboren worden zu sein. Als höre die Verantwortung für die kleine Schwester nie auf. Inger erinnerte sie an das Mobile mit den Glasvögeln, das über der Heizung gehangen hatte. Die warme Luft hatte die Vögel in konstanter, rastloser Bewegung gehalten, in einer Bewegung, die immer nur zum Ausgangspunkt zurückführte. Einer Suche nach dem Glück, der Liebe, dem Glauben. Offen und verwundbar, süß und verwirrt. Und verdammt gefährlich für sich selbst.

So war ihre Schwester, und Karen fühlte, wie die Kälte sich bis in die Knochen ausbreitete. Was um alles in der Welt war mit Inger geschehen?

Die Polizei war gerade gegangen. Sie wollten sie zur Fahndung ausschreiben, schienen aber seltsam gleichgültig. Sie hatten gefragt, ob es nicht möglich sei, dass ihre Schwester woanders übernachtet habe. Ob sie einen Freund oder eine Freundin habe, die man anrufen könne.

Zumindest schienen sie Inger nicht der Brandstiftung zu verdächtigen. So dumm waren sie nun doch wieder nicht. Sie meinten, dass ein Jungenstreich ein böses Ende gefunden habe. Die Täter waren von der Rückseite in die Scheune eingedrungen. Sie hatten etwas Diesel über einen Heuhaufen geschüttet und das Ganze mit Petroleum abgebrannt. Vielleicht hatten sie noch eine Weile dagestanden und zugesehen. Vielleicht hatten sie nicht damit gerechnet, dass das Feuer sich bei dem Frost breit machen, vielleicht hatten sie geglaubt, dass der Schnee die Flammen bremsen würde.

Vielleicht, vielleicht, vielleicht.

Sie hörte, dass die Tür geöffnet wurde und Søren sich im Windfang die Stiefel auszog. Seine schweren Schritte näherten sich der Küche, an deren einem Ende sie angefangen hatte, die zerbrochenen Tassen und Teller aufzufegen und sich einen Weg durch das Chaos zu bahnen.

»Was hat der Tierarzt gesagt?«

Kjeldsen war glücklicherweise sofort gekommen, als sie angerufen hatten. Er hatte auch geholfen, einen Stellplatz für die Pferde zu finden.

Søren blieb kurz in der Küchentür stehen. Einen Augenblick meinte sie, er schwanke leicht, aber das war bestimmt nur Einbildung, auch wenn er es schwer nahm, besonders das mit den Tieren. Was für eine Heimkunft nach den Ferien.

»Natürlich sind sie gestresst und unruhig, aber keins hat ernsthafte Verbrennungen. Ein paar Wunden und versengte Schweife, das ist alles. Aber die anderen …«

Seine Stimme brach. Er holte tief Luft.

»Hier. Setz dich.«

Sie schob ihm einen Küchenstuhl hin. Er setzte sich schwerfällig und starrte in das Durcheinander und ins Nichts zugleich. Eine Tasse Kaffee, dachte sie. Ich mache eine Tasse Kaffee. Oder eine warme Suppe.

»Ich will mich nur eine Weile setzen«, murmelte er. »Es ist viel zu tun. Auch hier drinnen.«

Sie wandte ihm den Rücken zu, auch wenn es ihr widerstrebte, ihn nicht ansehen zu können. Aber er war ein erwachsener Mann und musste diesen Schlag verkraften, genau wie er die anderen verkraftet hatte. Sie wusste auch, dass er das würde.

»Und gerade jetzt«, sagte sie, ihm den Rücken zugewandt. »Zu Lichtmess.«

»Hmm?«

Sie drehte sich um. Natürlich dachte er nicht an so etwas. Sie war diejenige, die die Religion brauchte und woanders Trost suchen konnte als hier. Er hatte seinen Boden und seine Tiere.

»Lichtmess«, wiederholte sie. »Die Messe des Lichts. Am zweiten Februar wird gefeiert, dass wir die Mitte des Winters erreicht haben, und die Kerzen, die im Kirchenjahr gebraucht werden, werden geweiht.«

Er sah sie verständnislos an, und ohne weiter darüber nachgedacht zu haben, flossen die Worte des Psalms in ihrem Mund zu Tönen zusammen, die selbst er kennen musste.

»Vergangen ist die dunkle Nacht, der Tag schon erhellt die Gefilde. Nun scheint die Sonne in voller Pracht, die Vögel, die singen so milde.«

Zu ihrer großen Verwunderung mischte sich in den letzten beiden Strophen seine raue Stimme mit ihrer: »Gott gebe Gedeihen und gutes Glück, uns send das Licht seiner Gnade.«

Er lächelte sie bleich an, und sie wusste, dass er sich ihretwillen zusammennahm. So war es schließlich immer gewesen, sie hatten sich nie hängen lassen.

»Ich hoffe, der da oben hat sein Hörgerät an«, sagte er und wandte die Augen zur Decke.

Sie dachte an die lange Nacht und dass sie noch lange nicht vorbei war, dass sie mittendrin standen. Wieder spürte sie die Verlassenheit, als hätte sie keine Verbindung mehr zu dem Gott, an den sie geglaubt hatte. Die Verlassenheit, die sie bereits gespürt hatte, als sie mit dem Auto auf den Hofplatz eingebogen waren und der Anblick der Verwüstung sich ihnen dargeboten hatte. Der heruntergebrannte Stall und die Feuerwehrleute. Und vielleicht war es in Wirklichkeit dieses Gefühl, das ihr am meisten zu schaffen machte, zusätzlich zu ihrem Vater und Ingers Verschwinden.

Sie schauderte, setzte aber trotzdem Kaffeewasser auf, um etwas Normales zu tun.

Sie hatte bisher erst zweimal erlebt, dass Gott sie verlassen hatte, sodass sie nicht einmal ihre üblichen Gespräche mit ihm führen konnte. Beide Male, als sie im fünften Monat eine Fehlgeburt hatte.

Aber das lag zwanzig Jahre zurück, und sie hatte den Kontakt wiederhergestellt und mit Müh und Not Glauben und Licht wiedergefunden. Konnte man das noch, wenn man über die fünfzig war? Konnte man sich davon überzeugen, dass das Böse den Kampf verlieren und das Licht über das Dunkel siegen würde?

Sie dachte wieder daran, als sie sich ins Auto setzte, um nach Tilst zu fahren. Vorsichtig versuchte sie, die Verbindung zu Gott wahrzunehmen, die sie sonst immer spürte; als wäre sie eine Puppe, die an einer Schnur hing. Nicht fest, aber auch nicht locker. Ausreichend, dass sie auf vernünftige Weise durch den Tag und die Stunden kam.

Aber die Schnur schien gekappt.

Ihr Vater saß in seinem Rollstuhl in der Sonne, eine Decke über den Knien. Halb hoffte sie, dass er sie heute nicht erkennen würde und ihre Worte ihn nicht erreichten. Aber dann hob er den Kopf, und sie sah das Licht in den hellblauen Augen und wusste, dass er sich freute, sie zu sehen, und dass sie jetzt seine Freude trüben würde.

»Hallo, Vater.«

Sie beugte sich zu ihm hinunter und griff nach seiner Hand, die schlapp in seinem Schoß lag. Umarmungen und Küsschen waren bei ihnen nie üblich gewesen.

»Da bist du ja«, brummte er.

Sie kam zweimal die Woche.

»Wir waren in Urlaub. Ski laufen. Daran erinnerst du dich doch.«

Er nickte ärgerlich.

»Ich bin doch nicht senil.«

Sie kommentierte das nicht weiter, sondern zog sich einen Stuhl heran und setzte sich.

»Es ist eiskalt draußen. Aber schön. Die Fenster sind ideal, so bekommt ihr etwas Sonne.«

Er fuchtelte ärgerlich mit der Hand herum. Jetzt sah sie, wie der alte, ungeduldige Blick sich regte, und sie sah die Runzeln in seiner Hand und die Leberflecken, die schmutzigen Regentropfen glichen.

»Ich muss dir etwas erzählen, Vater«, sagte sie und wusste nicht, wie sie die Nachricht behutsam überbringen sollte. Deshalb platzte sie damit heraus. »Es geht um den Hof. Der Stall ist heute Nacht abgebrannt, und jemand hat das Wohnhaus verwüstet.«

Sie beobachtete ihn. Eine goldene Haut schien sich über seine Augen zu legen. Sie sah seine Wut und keuchte, als seine Hand nach ihrem Arm griff und zudrückte.

»Diese Teufel. Das ist die Rache.«

Er schlug mit der anderen Hand auf die Armlehne des Rollstuhls. Sie sah, wie Spucke aus seinem Mundwinkel tropfte, dort, wo die Hirnblutung die Nerven betroffen hatte.

»Die Polizei ermittelt«, sagte sie und versuchte, die Stimme ruhig zu halten, während sie ihre Hand freimachte. »Sie meinen, dass es ein Lausbubenstreich war.«

Ein Laut kam aus seiner Kehle, den sie als Missbilligung interpretierte. Er hatte nie Vertrauen in die Autoritäten gesetzt, dachte sie.

»Wo ist Inger?«, fragte er plötzlich. »Sollte sie nicht auf das Haus aufpassen?«

Hin und wieder hatte er ein Gedächtnis wie ein Computer. Sie nickte langsam. War nicht darauf vorbereitet, auch das zu erklären.

»Aber vielleicht ist sie ja mit irgendeinem Mann abgehauen. Mit so einem Wundertäter«, meinte er. »Mit einem, der ihre Seele retten soll.«

Er schwitzte. Karen sah, wie Schweißtropfen an seiner Stirn hinunterliefen. Sie stand auf.

»Hier ist es zu warm. Ich fahre dich ins Zimmer.«

Er protestierte nicht, als sie die Bremse löste und mit ihm den Gang hinunterfuhr. Auch andere Heimbewohner saßen in der Sonne, und sie nickte ihnen zu. Manche hatten Besuch. Das Heim in Tilst war gut, und trotzdem fühlte es sich falsch an. Trotzdem sollte niemand so enden, ohne seine Angehörigen, dachte sie wie immer. Empfand es als unmenschlich, selbst für die Menschen, die in ihrem Leben nicht immer menschlich gehandelt hatten.

Das Zimmer war hell und freundlich, das Bett gemacht. Sie parkte ihn und setzte sich an den kleinen Sofatisch. Von hier aus hatte man Aussicht auf den Rasen, den jetzt mehr der Frost als der Schnee zudeckte – jeder einzelne Grashalm ein weißes Stäbchen.

Er blickte zum Bett hinüber, und sein Blick wurde nachdenklich. Dann sah er sie mit einer Mischung aus Schläue und kindlicher Unschuld an, die sie hin und wieder an ihm erlebte.

»Wer schläft dort?«

Sie schluckte und wusste, dass die Vernunft sich erst einmal verabschiedet hatte.

»Du, Vater. Das ist dein Bett. Und dein Zimmer.«

Er nickte verständnisvoll. Einen Moment saß er ganz still, aber dann sah er sie wieder an.

»Schlafe ich alleine?«

Sie musste trotz allem lächeln. Ihre Mutter war seit über dreißig Jahren tot, aber man konnte ja nie wissen. Irgendwo hatte sie gelesen, dass reiche Amerikaner in Pflegeheimen ein Vermögen dafür ausgaben, sich Sex zu erkaufen.

»Davon gehe ich aus, Vater. Aber das weißt du wohl am besten.«

Es war besser, unverpflichtend miteinander zu reden, über ein unproblematisches Thema. Jedenfalls besser, als über das andere, von dem sie hoffte, dass er es nicht mehr erwähnen würde. Es war nicht vergessen, das wusste sie.

So saßen sie eine Weile. Sie holte Kaffee, und sie aßen den Kuchen, den sie unterwegs im Supermarkt in Tilst gekauft hatte. Sie machten Smalltalk, und sie wartete darauf, gehen zu können. Zu Hause warteten das Aufräumen und das Problem mit Inger auf sie.

Als sie schließlich aufstand, kam wieder Leben in seine Augen.

»Die reinste Rache«, nörgelte er, und sie hoffte, jetzt nicht lang und breit aufgezählt zu bekommen, wie viele Menschen möglicherweise einen Grund hatten, sich an ihm zu rächen. Bestimmt nicht wenige, denn er war immer unversöhnlich und hart gewesen. Wie die Steinbeile, die er manchmal auf den Feldern gefunden und im Wohnzimmerfenster ausgestellt hatte.

»Das ist die Rache des Müllers!«, rief er ihr nach, als sie die Tür schließen wollte. »Die Rache des Müllers, vergiss das nicht!«

Sie zog die Tür hinter sich zu.

6

Der Frost lag wie ein grauweißer Film über der Landschaft, und der Himmel drückte gegen die Erde, als Dicte im alten Skejby abbog und bei Ny Mølle das Auto den Hang hinuntermanövrierte, vorbei an der landwirtschaftlichen Versuchsstation und den Wiesen, auf denen im Sommer Kühe weideten. Jetzt saß nur ein einsamer Mäusebussard auf einem Zaunpfahl. Er sah verfroren aus. Als Dictes Wagen näher kam, schwang sich der Vogel auf breiten Flügeln in die Luft und wurde zu einem dunklen Schatten vor der Watte des Himmels. Sie erschauderte. Sie hatte das Gefühl, plötzlich die Töne einer verborgenen, dunklen Sinfonie ahnen zu können. Als wollte die nasse, frostige Landschaft mit den nackten Bäumen und dem Mäusebussard oben am Himmel ihr eine Geschichte erzählen, die sie nicht hören mochte.

Sie schaltete das Gebläse ein, damit die Scheiben nicht noch mehr beschlugen. Ein eiskalter Hauch blies ihr ins Gesicht, und die Müdigkeit schmerzte in Armen und Fingern. Der Schlafmangel schien sie einzuholen, und der letzte Schluck Wein, den sie längst bereut hatte, ließ ihren Kopf brummen.

Der Arbeitstag hatte sich in die Länge gezogen, weil die Story über das Maskottchen geschrieben und ein Bild gemacht werden musste. Jan Hansen im Polizeipräsidium hatte ganz gerührt geklungen, als sie angerufen und erzählt hatte, dass der Teddy gefunden worden war. Sie wäre sich sonst auch ein wenig dumm vorgekommen. Das war nicht gerade die Exklusivstory, die ihr vorgeschwebt hatte, aber im Lauf des Gesprächs mit Hansen hatte sie doch eine Perspektive sehen können. Für die Kinder der unteren Klassen, deren Klassenzimmer abgebrannt waren, war der Teddy ein Licht im Dunkeln. Sie selbst hatte bei den Schäden mehr an die Millionen gedacht, die das kosten würde, aber dann hatte sie begriffen, dass auch etwas Unersetzbares in Rauch aufgegangen war. Die Zeichnungen der Kinder aus dem ersten Schuljahr. Ihre Kuscheltiere und ihre Bücher. In gewisser Weise vielleicht sogar ihre Kindheit.

Man hatte ihr erlaubt, mit Hansens Tochter Kamilla zu sprechen, und sie hatten ein Foto gemacht, auf dem sie mit dem Teddy im Arm vor der abgebrannten Schule stand. Ja, das war eine Story, die das ganze Gefühlsregister ansprach, und ja, Kaiser hatte sie gefallen, und er hatte sie auf die Titelseite gesetzt. Und außerdem war das keine gestellte Geschichte, die den Zeitungsverkauf ankurbeln sollte.

Als sie in den Topkærvej einbog, sah sie eine Rauchsäule, die sich aus den Überresten des nachbarlichen Stalls in die Luft wand. Vor ihrem inneren Ohr hörte sie das angstvolle Wiehern der Pferde und verband es mit dem Bild des kleinen Mädchens mit dem Teddy im Arm, das vor der Schule stand. Mit dem traurigen, müden Gesicht, das aus dem Kragen der Daunenjacke guckte, und dem im Wind leicht wehenden Haar. Kamilla hatte Dicte anvertraut, dass ihr eigener Teddy, Peter, auch irgendwo in dem abgebrannten Gebäude lag. Sie hatte es nicht über das Herz gebracht, es ihrem Vater zu sagen.

»Stell dir mal vor, wenn Peter unter all den Trümmern liegt. In dem ganzen Wasser. Er tut mir so leid.«

Dicte atmete tief ein und stieß die Luft mit einem schweren Seufzer wieder aus.

Sie sah auf die Uhr. Es war halb fünf. Rose war bestimmt schon zu Hause. Sie fuhr schneller, und langsam verflog die Traurigkeit. Das Auto rutschte geradezu auf den Parkplatz, und einen Moment ärgerte sie sich über ihre eigene Dummheit, als ein Stein gegen die Windschutzscheibe knallte. Sie hatte den ein Jahr alten Fiat gerade erst gekauft, nachdem der alte an einer natürlichen Ursache, wie Rose es nannte, verschieden war. Er war fünfzehn Jahre alt gewesen und hatte allen Versuchen, sein Leben zu verlängern, getrotzt.

Schnell sammelte sie ihre Tasche und die wenigen Einkäufe zusammen und wurde in der Diele stürmisch von Svendsen in Empfang genommen. Ein ganz gewöhnlicher Tag, dachte sie hoffnungsvoll. Die Mutter kommt zu Hund und Kind nach Hause. Alles ist, wie es immer ist, und um es ganz perfekt zu machen, ruft der Freund der Mutter an und sagt, dass er vorbeikommt und ein paar Pizzen mitbringt.

Dann kam Rose ihr entgegen, und plötzlich sah sie – in einem kurzen Moment –, dass etwas anders war. Wann war das passiert? Von einem Tag auf den anderen? Oder hatte sie nur nicht gesehen, dass ihre Tochter erwachsen geworden war?

»Svendsen! Runter!«

Roses Stimme hatte Autorität. Auch das war ihr noch nie aufgefallen. Der Hund gehorchte und hielt seine vier Pfoten auf dem Boden, während er eifrig um sie herumwieselte und sie begrüßte.

»Hallo, Schatz.«

Die Umarmung war, wie sie gehofft hatte. Aber da war dieser Blick. Erwachsen. Bekümmert, als wäre Dicte das Kind.

»Bist du okay, Mama?«

Sie hatte von der Redaktion aus angerufen und Rose auf den abgebrannten Stall vorbereitet. Kurz von den nächtlichen Ereignissen erzählt.

»Ja, sicher«, murmelte sie und bahnte sich mit den Supermarkttüten ihren Weg ins Haus. »Mir ist es nie besser gegangen.«

Rose trottete hinter ihr her in die Küche, an den Füßen die Lammfelllatschen, die sie von ihrem praktischen Jan zu Weihnachten geschenkt bekommen hatte. »Ein Sonderangebot aus dem Einkaufszentrum«, hatte Bo säuerlich kommentiert. Jan war ein vernünftiger junger Mann.

»Was ist mit dir? Geht es dir gut?«

Ach, du meine Güte. Hatten andere Mütter auch solche Schwierigkeiten, ihre siebzehnjährigen Töchter zu fragen, ob sie bei dem Freund gut geschlafen hatten?

Rose sah sie mit ihrem Erwachsenenblick an. Plötzlich vermisste Dicte das Funkeln des Silberrings im Nasenflügel. Er war zumindest ein kleines Zeichen von Jugend und Aufruhr gewesen, aber Jan hatte er nicht gefallen, und Rose hatte ihn schon lange entfernt.

»Sie haben die toten Pferde abgeholt«, sagte Rose. »Die Feuerwehr, glaube ich. Mit einem Kran. Das muss schrecklich gewesen sein, Mama.«

Roses dünne Arme schlangen sich um Dictes Hals.

»Ich bin stolz auf dich. Wenn man bedenkt, dass ihr die meisten gerettet habt.«

»Aber nicht alle.«

Roses Nase berührte ihre.

»Du hast getan, was du konntest, Mama.«

Sie setzten sich. Rose kochte Tee. Dicte hatte ein Vollkornbrot gekauft und machte ein paar Käsebrote. Keine Butter für sie, aber dick Butter und Käse für Rose.

»Die Nachbarn sind aus den Ferien zurück«, sagte Rose und biss zu. »Das muss ein Schock gewesen sein.«

Dicte nickte. Sie wollte gerade vorschlagen, hinüberzugehen und zu fragen, ob sie mit etwas helfen könnten, als Roses ernster Blick ihren einfing und die Unruhe ihren Rücken hinaufkroch und von hinten nach ihrem Hals griff. Sie konnte noch denken, dass das eine Art Vorwarnung war, so wie der Mäusebussard vorhin.

»Ich muss dir etwas erzählen, Mama.«

Sie hatte ein paar Sekunden, um Vermutungen anzustellen, während alle Instinkte in Alarmbereitschaft versetzt wurden. Vielleicht war das so, wenn man an einer der Scheidelinien des Lebens stand, vielleicht versuchte man dann, die Notbremse zu ziehen. Sie unterschied sich wohl kaum von den meisten.

»Mehr Tee? Vielleicht hätten wir besser Kaffee machen sollen«, schlug sie vor und stand auf.

Ihre Handflächen waren nass geschwitzt, und sie trocknete sie an der Hose ab.

»Nein, jetzt weiß ich es. Wir brauchen etwas Süßes.«

Sie öffnete den Schrank und nahm die Windbeutel heraus, die sie eigentlich als Nachtisch vorgesehen hatte.

»Hausgemacht.«

»Mama.«

Roses Blick holte sie in die Wirklichkeit zurück.

»Setz dich.«

Sie setzte sich. Rose räusperte sich und stellte ihre Teetasse ab, bevor sie den Blick hob.

»Wir haben uns ein kleines Haus angesehen.«

»Ein Haus?«

»Ein Reihenhaus. In Lystrup.«

»Ein Reihenhaus?«

Roses Blick war zärtlich. Sie streckte die Hand aus. Dicte sah auf die schlanken Finger, die sich mit ihren eigenen verflochten.

»Es würde dir gefallen«, log ihre geliebte Tochter. »Es hat zwei Stockwerke. Und einen Garten.«

Ach, du meine Güte. Sie hatte damit gerechnet und doch wieder nicht.

»Das meinst du nicht. Das kannst du nicht machen.«

Aber sie hörte selbst, wie hoffnungslos das war und dass sie wie das Echo vieler Müttergenerationen klang. Sie schämte sich, konnte aber nicht anders.

»Du bist zu jung.«

Rose schüttelte langsam den Kopf.

»Jan hat gespart, und sein Vater hilft uns mit dem Rest der Bezahlung. Die Belastung ist nicht sehr hoch«, fügte sie hinzu.

Die Belastung ist nicht sehr hoch. Dicte wollte hinausschreien, dass eine Siebzehnjährige solche Worte nicht in den Mund nehmen sollte. Dass sie lieber von Kinobesuchen mit den Freundinnen und coolen Typen, von durchfeierten Nächten mit Massen von Wodkadrinks und Fahrten zum Magenauspumpen reden sollte. Aber Roses Teenagerzeit war kurz gewesen. Ein Jahr auf dem Vulkan, dann hatte sie Jan getroffen, der eine Lehre in der Wirtschaftsprüfungsfirma seines Vaters machte.

Jan, der seine Geschenke im Einkaufszentrum kaufte und ein eigenes Auto fuhr.

Sie wollte sagen, dass das nur über ihre Leiche geschehen würde. Dass sie es verbot. Sie musste sich fast die Zunge abbeißen, während Wut und Unruhe durch ihren Körper wirbelten. Und dann war die Müdigkeit wieder da. Die Unvermeidbare. Das Bewusstsein, dass die Zeit auf Roses Seite war und nicht auf ihrer.

»Wann?«

Rose wand ihre Finger um ihre.

»In sechs Wochen, wenn wir zusagen.«

Genauso gut konnte man auch zum Tode verurteilt werden. Der Henker stand bereit, und nur noch ein letzter Wunsch wurde gewährt. Dicte schickte ihr Gebet gen Himmel. Ein Jahr, bat sie. Nur noch ein Jahr, dann bin ich bereit.

Sie leerte ihre Teetasse und nickte.

»Das wird aufregend«, sagte sie erwachsen. »Sollen wir kurz zu den Nachbarn rübergehen?«

Das Haus in Lystrup rückte eine Zeit lang in den Hintergrund, als sie schellten und Karen Graugaards Gesicht hinter der Tür auftauchte. Das Haar war silbergrau und zu einer Pagenfrisur geschnitten. Das Gesicht braun von den Tagen auf Skiern, die Falten deutlich und die Augen verletzlicher, als Dicte sie in Erinnerung hatte.

»Wir wollten fragen, ob wir mit irgendetwas helfen können«, sagte Dicte.

Karen Graugaard öffnete die Tür ganz und ließ sie eintreten.

»Sie haben doch schon geholfen, und wir sind Ihnen sehr

dankbar«, sagte sie und führte sie durch die Verwüstungen in die Küche. »Möchten Sie eine Tasse Tee?«

Sie nahmen die Einladung an und setzten sich auf Hockern um den Küchentisch.

»Sie waren fleißig«, sagte Dicte. »Heute Nacht sah es hier aus, als hätte eine Bombe eingeschlagen.«

Karen Graugaard zuckte mit den Schultern.

»Zumindest hatte ich so etwas zu tun. Etwas, womit ich mich beschäftigen konnte, wenn Sie verstehen.«

Dicte nickte. Timbo kam und schnüffelte freundlich. Sie dachte an sein Erbrechen und dass jemand den Hund am Abend gefüttert haben musste.

»Was ist mit dem Hund?«, sagte Rose, die sich sichtlich unwohl fühlte. »Er muss doch bestimmt ausgeführt werden?«

Karen Graugaards Gesicht hellte sich auf. Die Falten zogen sich zu einem versuchten Lächeln zusammen.

»Das ist der Hund meiner Schwester, und ich hatte nur Zeit, ihn auf die Wiese zu lassen.«

Rose stand auf.

»Ich kann mit ihm und Svendsen zum Moor gehen.«

Sie saßen sich eine Weile schweigend gegenüber, als Rose mit dem Hund gegangen war.

»Kann ich beim Aufräumen helfen?«, fragte Dicte dann. »Das ist so viel. Das muss doch unüberschaubar für Sie sein.«

Karen Graugaard schüttelte den Kopf.

»Für Fremde ist das schwer. Alle Sachen haben ihren festen Platz und so.«

Natürlich hatten sie das. Wie in jedem Haushalt. Man machte sich nicht klar, mit welcher Systematik man sein Leben einrichtete.

»Ihre Schwester kommt vielleicht auch und hilft?«

Sie hätte keine schlechtere Frage stellen können.

Karen Graugaard seufzte und spielte mit der Teetasse. Sie sah Dicte an.

»Meine Schwester ist verschwunden.«

In ihrem Blick erkannte Dicte die Angst der Pferde wieder.

»Sie sollte auf die Tiere aufpassen«, kam es leise. »Sie sollte jetzt hier sein. Das ist nicht ihr Stil, einfach so zu verschwinden.«

Dicte wartete ein paar Sekunden, ob noch etwas kam, aber das war nicht der Fall.

»Haben Sie eine Idee, wo sie sein könnte?«

Karen Graugaard errötete leicht, bevor sie sagte:

»Sie hat Urlaub. Sie ist krankgeschrieben. Das ist eine lange Geschichte. Inger ist Lehrerin.«

»Wo arbeitet sie, wenn sie keinen Urlaub hat?«

Einen Moment schien Karen Graugaard zu überlegen, ob sie überhaupt antworten sollte. Dicte erinnerte sich, wie wütend sie gewesen war, als der Hund die Katze um die Strohballen gejagt hatte. Vielleicht hätte sie nicht so direkt fragen sollen.

»In der Møllevang-Schule.«

7

Rose ließ die Hunde los, sobald sie das Gehölz erreicht hatten. Sie folgte ihnen mit dem Blick, als sie in den Furchen des Traktors davonstoben. Svendsen wie ein Rennhund mit den langen Vorderbeinen und den unter dem schwarzen Fell glänzenden Muskeln der Hinterbeine. Timbo wie eine Wollflocke im Wind; ungeduldig bellend, weil der Kamerad abgehauen war.

Roses Füße, die in Gummistiefeln steckten, suchten Halt im Gras, das rutschig war durch den Frost und die dünne Schneedecke, die noch immer stellenweise den Boden bedeckte. Der Grund war uneben, und sie musste die ganze Zeit aufpassen, nicht das Gleichgewicht zu verlieren. Genau wie zu Hause, dachte sie plötzlich. Immer auf der Suche nach dem Gleichgewicht.

Natürlich hatte sie den Blick ihrer Mutter bemerkt, bevor die Vernunft die Oberhand gewonnen hatte. Den verletzten Blick. Man könnte es kindisch nennen, aber das würde ihre Mutter bestimmt nicht verstehen. Vielleicht war »kindisch« auch nicht das richtige Wort. »Enttäuscht« traf es besser. Scheiße. Sie hatte ihre Mutter enttäuscht, und das hasste sie. Sie wollte es doch immer allen recht machen und hatte viele Jahre genau darauf verwendet.

Rose zog den Schal höher, sodass er auch den Mund bedeckte. Es wehte ein eisiger Wind. Der Mantel war für die Spaziergänge mit dem Hund nicht geeignet, aber ansonsten cool – retro und so. Vielleicht hätte sie doch den praktischen

Daunenmantel, den ihre Mutter ihr angeboten hatte, nicht ablehnen sollen.

Aber der Wind war auch ihr Freund. Er blies alles rein. Blies das Bild von dem heruntergebrannten Stall und den toten Pferden fort. Der Gestank, der in ihre Nase stach, löste sich auf. Selbst die Enttäuschung ihrer Mutter über das Reihenhaus wog im Wind nicht mehr so schwer und war plötzlich nicht mehr so bedrückend.

So schlimm war es nun auch wieder nicht. Als wäre ein Reihenhaus schlechter als ein gewöhnliches Haus. War nicht die Hauptsache, dass man schön darin wohnte?

Die Hunde bellten. Sie waren auf das Feld gelaufen, wo die Wintersaat halbgrün und schneebedeckt in den Ackerfurchen stand. Jetzt schlitterten sie beide auf das Eis des kleinen Damms, der von Schilf umgeben war. Ein Hase schoss aus seinem Versteck und sprintete davon, beide Hunde jagten hinter ihm her. Über die Ebene, hinunter ins Moor.

»Svendsen! Hierher!«

Aber ihr Rufen hatte mehr eine symbolische Bedeutung. Erfolgte eher der Ordnung halber. Wenn das Jagdfieber Svendsen erst gepackt hatte, war er nicht mehr zu halten. Timbo lief ihm einfach hinterher. Rose ging in der Traktorspur weiter.

Sie hatte lange überlegt, wie sie es sagen sollte. Hatte auch darüber nachgedacht, ob der Entschluss richtig war. Sie war erst siebzehn, wie ihre Mutter gesagt hatte. Aber die Kindheit schien so weit weg. Sie konnte sie bereits nicht mehr sehen. Wann war sie entschwunden?

Sie kam mit sich überein, dass es mit der Scheidung zu tun haben musste. Es war gut ein Jahr her, dass ihre Eltern sich getrennt hatten und sie und ihre Mutter von Kopenhagen nach Århus gezogen waren. Und dennoch. Vielleicht reichte es noch weiter zurück.

Der Hase hatte die Hunde weit weggelockt. Sie sah sie als kleine Punkte unten bei der Einzäunung des Moors. Wenn sie nur nicht das Loch fanden, das der Fuchs gegraben hatte.

»Svendsen!«

Aber das Gehör des Hundes war heute schlecht. Ein selektives Gehör, nannte ihre Mutter das. Das Geld für den Hundelehrgang war bestimmt hinausgeworfen.

Sie konnte sich nicht erinnern, wann ihre Eltern es gut miteinander gehabt hatten. Konnte sich nicht erinnern, dass die Stimmung einmal anders als gedrückt gewesen wäre. Die unzähligen Affären ihres Vaters, von denen nie richtig gesprochen worden war. Das Schweigen ihrer Mutter. Natürlich nicht zu allem, aber zu dem, was sie mit sich herumtrug und was so viel zu bedeuten hatte, woran sie jedoch nicht zu rühren wagte.

Und dann war doch eines Tages alles auf sie eingestürmt. Hier, nach der Scheidung und nachdem das Kind auf dem Fluss gefunden worden war. All das, was sie gespürt hatte, was aber nie richtig zur Sprache gekommen war.

Die harte Erde knirschte unter ihren Stiefeln. Sie trat leicht nach einem Maulwurfshügel und tat sich weh.

Manchmal konnte einem bei dem Gedanken an die Vergangenheit ganz schwindelig werden. An die Familie, die sie hätte haben können und die jetzt nur irgendwo existierte, als gäbe es sie nicht. An den Halbbruder, den sie nicht kannte. An Großvater und Großmutter, die sie nie kennen gelernt hatte. So war es immer gewesen, so leer, und das war es wohl, was zu sagen ihr so schwer fiel. Dass sie etwas anderes brauchte als diese Leere. Und dass Jan und seine Familie das waren, wonach sie suchte. Ihre Eltern konnten das Sicherheitsdenken nennen, soviel sie wollten. Und was war eigentlich falsch daran? Jeder hatte schließlich das Recht, nach dem zu suchen, was für ihn wichtig war.

Sie sah das Reihenhaus in Lystrup vor sich. Familien mit kleinen Kindern. Gelber Backstein. Zwei Etagen und ganz viel Platz für ein kleines Privatleben und um Menschen im Wintergarten zu versammeln, wenn man das wollte. Sie verstand nicht, dass sie sich für diesen Traum schämen sollte und dass sie als junger Mensch nicht wählen durfte, um all das zu erreichen, was es zu erreichen galt. Dass sie sich durch eine Unmenge unbrauchbarer Freunde kämpfen und Sex mit Männern haben sollte, die sie gar nicht interessierten. Um erwachsen zu werden, wie es so schön hieß. Um richtig erwachsen zu werden, musste man sich offenbar erst einmal völlig bescheuert verhalten und eine Menge Dinge tun, zu denen man keine Lust hatte.

Sie musste lächeln. Sie hatte ihrer Mutter gegenüber noch nicht erwähnt, dass sie sich mit dem Gedanken trug, eine Ausbildung zur Wirtschaftsprüferin zu machen und in die Firma von Jans Vater einzusteigen, um ein richtiges Familienunternehmen daraus zu machen. Und dann das andere. Das, woran ihr am meisten lag. Das, woran sie kaum zu denken wagte, weil ihre Mutter einen sechsten Sinn hatte und es ahnen könnte. Nur hier, in Wind und Eiseskälte, konnte sie es laut aussprechen, falls es das war, was sie wollte. Dass sie Lust hatte, ein Kind zu bekommen. Ein Reihenhaus und ein Kind, um einmal die große Familie zu haben, die sie plante. Sie wusste, dass sie beide weinen und lachen würden. Rose seufzte, während sie nach den Hunden Ausschau hielt. Es war nicht leicht, erwachsen zu werden, wenn alle anderen es am liebsten sähen, dass man weiter ein Kind blieb wie sie selbst.

»Svendsen!«

Plötzlich wurde ihr klar, dass sie die Hunde nicht mehr sah. Dann hatten sie also doch das Loch gefunden. Hatten sich hindurchgezwängt und waren ins Moor gelaufen, wo Hunde natürlich angeleint sein mussten. Das Moor war ein Naturreservat, das wusste sie. Hin und wieder traf man auf Vogelbeobachter mit einem Fernglas um den Hals oder auf die orangen Lieferwagen des Wasserwerks. Ansonsten kamen nur Menschen hierher, die mit oder ohne Hund einen Spaziergang machten.

Sie beeilte sich, lief so schnell sie konnte, ohne auszurutschen und zu fallen. Die Wärme stieg ihr in Wangen und Hals. Im Moor trieb sich der Fuchs herum, und er hatte die

Staupe. Mehrere Dorfhunde hatten sich bereits angesteckt.

»Svendsen! Timbo!«

Sie musste außen herum gehen. Den ganzen langen Weg hinten herum. Seitenstechen machte sich bemerkbar. Der Atem im Schal wurde nass und unangenehm, und sie spürte plötzlich, dass sie zitterte. Nicht äußerlich, aber innerlich. Ganz tief in der Nähe des Herzens, dachte sie verwundert.

Der Weg wand sich durch den Wald, wo Bäume im gefrorenen Moorwasser standen und mit ihren nackten, dunklen Ästen bedrohlich wirkten. Der Schlamm roch faulig, trotz des Frostes. Kleine Vögel wurden durch das Geräusch ihrer Schritte erschreckt, und ein Reiher flog unbeholfen auf und kämpfte sich durch das Gewirr der Äste.

Jetzt hörte sie das Geräusch. Ein Knurren tief in der Kehle. Svendsen. Bestimmt stand er aufrecht da, Schwanz und Nase in einer Linie. Aber noch konnte sie nichts sehen.

Sie ging weiter. Rief. Aber sie wusste, dass es sinnlos war, wenn die Hunde etwas gefunden hatten. Und dann hörte sie ein anderes Geräusch. Ein schwaches Winseln. Hohe Töne. Dann ein Heulen.

»Timbo! Timbooo!«

Jetzt konnte sie den kleinen weißen Hund sehen, wie er in dem tiefen Moor unter den großen Bäumen auf der anderen Seite des Wasserlaufs, wo sie so oft Rehe gesehen hatte, aufgeregt hin und her lief.

Sie konnte nicht erkennen, was da war, aber bestimmt hatten sie etwas gefunden. Wenn es nur keine Ziegenleiche war. Im Sommer weideten auf dem Feld neben dem Moor ökologisch gehaltene Ziegen, und hin und wieder hauten sie ab oder spießten sich gegenseitig mit den Hörnern auf. Jetzt, bei dem Frost, würde der Gestank glücklicherweise nicht so schlimm sein.

Sie fand eine Stelle, wo der Bach schmal war. Sie schob die Äste zur Seite, und einer schlug ihr ins Gesicht, dass es brannte. Dann spürte sie wieder das innere Zittern.

»Und? Was habt ihr da?«

Die Erde zwischen den Bäumen war weich. Schwankender Grund.

Svendsen machte mit den zurückgelegten Ohren und den reuig blickenden Augen einen schuldbewussten Eindruck. Aber der Körper war eifrig und ließ sich nicht bremsen. Er zitterte wie Espenlaub, während Timbo wie ein verlassener Welpe jaulte.

Und dann sah sie das Bündel. Einen Fuß. Eine Hand mit der Handfläche nach oben. Ein weinrotes, dünnes Kleid. Ach, du meine Güte, da lag ein Mensch, und ihr erster Gedanke war, dass es kalt sein musste, eiskalt. Sie blieb ganz still stehen, während auch die Gedanken zu Eis gefroren. Sie wartete, dass ihre Beine sie dorthin führten. Und dann merkte sie, dass kein Leben mehr in dem Bündel war. Dass dort vor ihren Füßen eine Tote lag. Und sie sah, wer sie war und dass die blaue Zunge direkt auf sie zeigte und die Augen weit aufgerissen waren. Und sie sah den Strick, der eng um den Hals der Frau lag. Und sie sah das Blut. Und mitten in all dem sah sie auch die Axt.

8

Es war wie ein Siegel, das aufgebrochen worden war. Als platzte all das, wovor man lieber die Augen verschloss, plötzlich heraus.

Das waren Dictes Gedanken, als sie im Moor die Autos mit Blaulicht sah und die Männer, die mit lauten Stimmen wie die Fliegen um ein totes Tier schwirrten. Es war inzwischen dunkel, und starke Scheinwerfer beleuchteten das Gebiet, das mit Flatterband abgesperrt war. Nackte Bäume standen im Eis, und das mannshohe Gras des Moores ragte wie umgedrehte Eiszapfen empor. Hier und da lag ein umgekippter Baum im Weg, die Äste im gefrorenen Schlamm, und von irgendwo in den Baumspitzen hörte man das hohle Heulen der Eule.

Sie verkroch sich in ihren Mantel und zog die Kapuze über den Kopf, weil von den das Moor umgebenden Feldern ein eisiger Wind wehte.

»Was für ein einladender Ort.«

Wagner stand neben ihr. Mit leicht hängenden Schultern. In dem Licht der Scheinwerfer sah er plötzlich zehn Jahre älter aus.

»Ein romantisches Abendessen zu zweit wäre vorzuziehen«, sagte sie. »Mit Kerzen auf dem Tisch und so.«

Sie wusste, dass sie mit ihrem Anruf bestimmt in seinen Freitagabend mit Ida Marie geplatzt war.

Wagner zuckte mit den Schultern.

»Die Arbeit geht vor. Und du hattest Recht.«

Er sagte es ein wenig resigniert. Als bedeutete es einen Sieg für sie und somit eine Niederlage für ihn. Aber das hatte nichts mit Kleinlichkeit zu tun, dachte sie. Eher mit Frust. Das wusste sie, weil sie selbst so empfand.

»Solltest du nicht zu Hause sein und deine Tochter trösten?«

Jetzt war es an ihr, mit den Schultern zu zucken.

»Rose geht es gut. Ihr Freund ist bei ihr.«

»Gut, wirklich? Braucht man heutzutage keine Krisenhilfe?«

Sie sah ihn von der Seite an, unter der Kapuze hervor.

»Dann nenn es okay. Sie ist okay. Sie will keinen Psychologen.«

Als er nichts sagte, fügte sie hinzu: »Sie ist doch kein kleines Kind mehr, verdammt.«

Wagner brummte irgendetwas. Ein weiteres Auto kam, wahrscheinlich der Gerichtsmediziner. Wagner ging zu ihm hinüber. Sie dachte, dass es jetzt an der Zeit wäre, sich eine Zigarette anzuzünden. Jetzt sollte das Ende einer Zigarette im Dunkeln glühen. Sie griff in die Tasche und zog ein Päckchen Kaugummi heraus. Zuckerfrei. Rose hätte sie gelobt.

Rose.

Wie viele Male hatte sie vor der Wahl zwischen ihr und ihrem Job gestanden? Wie viele Male hatte sie sie im Stich gelassen? Sie konnte sie nicht einmal zählen.

Sie hatte die Worte ihrer Tochter noch im Ohr: »Geh ruhig. Das ist schon okay, Mama. Ich habe Jan angerufen.« Aber das Gesicht hatte nichts Erwachsenes mehr gehabt. Es war das Gesicht eines Kindes, das sie jetzt vor sich sah, wie sie auf dem gefrorenen Boden im Dunkeln stand. Die weit aufgerissenen Augen, die den direkten Blick in die Seele freigaben, als Rose in eine Decke gehüllt auf dem Sofa gesessen und eine Schale mit warmer Suppe in den Händen gehalten hatte; aus einem Würfel Knorr Bouillon, von der fürsorglichen Mutter aus der untersten Küchenschublade hervorgezaubert. Das Einzige, das ihr eingefallen war. Abgesehen davon natürlich, das Mädchen in die Arme zu nehmen und festzuhalten, bis das Weinen verstummt war. Aber sie hatte ihre Mutterpflicht schnell erfüllt. Rose hatte sich sanft frei gemacht, als müsse sie, Dicte, getröstet und umsorgt werden.

»Das ist dein Job. Los, ab mit dir. Die Polizei ist doch schon da«, beharrte das Kind mit klappernden Zähnen.

Jan kam, und sie war überflüssig in ihrem eigenen Haus. Der Gerichtsvollzieher, wie Bo ihn konsequent nannte, wenn sie außer Hörweite waren und manchmal auch dann, wenn sie es nicht waren. Rose beruhigte sich in seiner Gegenwart, wenn auch die kleine, sorgenvolle Falte, die sich tiefer in ihre Stirn gegraben hatte, nicht verschwand.

»Es war so merkwürdig«, hörte sie sie auf dem Weg aus der Tür sagen. »So still.«

Jan murmelte irgendetwas Verständnisvolles.

»Der Tod«, fuhr Rose fort. »So lautlos. Das Geräusch des Nichts. Und das nach all dem anderen.«

Sie starrte in die Luft. Selbst von weitem konnte Dicte sehen, dass die Pupillen unnatürlich groß waren.

»Nach all dem Hass.«

Hass, dachte Dicte und sah zu der Absperrung hinüber. Es war ihr gelungen, den Tatort in Augenschein zu nehmen. Bevor das Bereitschaftsteam der Polizei eingetroffen und das Flatterband angebracht worden war, um Spuren zu sichern, hatte sie wie ein Voyeur dagestanden und das dünne Kleid betrachtet, das so eng anlag, dass sich die Konturen des Körpers deutlich abzeichneten. Die Füße. Das Haar, steif von Blut und Frost. Bevor es ganz dunkel geworden war, hatte sie gesehen, was sie sehen musste. Die Axt. Den zu einem Henkersknoten gebundenen Strick. Die Wut.

Aber woher die Wut kam, war eine andere Frage. Vielleicht aus einem abgrundtiefen Hass. Aber vielleicht, dachte sie, auch aus dem Gegenteil.

»Habt ihr Reifenspuren gefunden?«

Sie fragte Wagner, der wieder ein wenig abseits stand und

gedankenvoll zum Tatort hinübersah, während der Gerichtsmediziner und die Techniker ihrer Arbeit nachgingen.

Er nickte.

»Sie haben einen Gipsabdruck genommen.«

»Demnach ist ein Auto hier gewesen. Vor kurzem?«

Er zuckte mit den Schultern.

»Es kann eins vom Wasserwerk gewesen sein«, sagte sie. »Du weißt doch, dass hier sonst keine Autos fahren dürfen, nicht? Das ist ein beruhigtes Gebiet. Ein Naturreservat.«

»Wir sehen uns das an«, sagte er kurz angebunden.

Eine Weile standen sie linkisch schweigend da. Polizei und Presse waren wie eine unheilige Allianz, ließen einen an Sünde und Untreue denken, dachte sie. Man musste aufpassen, weil die Grenze zwischen ausnützen und sich ausnützen lassen haarfein war. Sie spürte immer wieder die fundamentale Nervosität der Polizei, sich eine Blöße zu geben, Informationen preiszugeben, die hätten von Nutzen sein können, wären sie unerwähnt geblieben. Mit dem Vertrauensbruch blutrünstiger Journalisten konfrontiert zu werden, deren Augen nur auf die Titelgeschichte für den nächsten Tag fixiert waren. Und sie ärgerte sich, weil sie wusste, dass das Misstrauen nicht ganz unberechtigt war. Und weil sie jetzt noch einmal von vorne anfangen musste. Nach all dem, was über die Polizei geschrieben worden war, musste sie erneut sorgsam Vertrauen aufbauen.

Wagner wäre es natürlich am liebsten, wenn sie nicht hier wäre. Bis jetzt waren noch keine anderen Journalisten aufgetaucht, obwohl sie den Polizeifunk abhörten. Aber sie waren ja auch weit draußen auf dem Land, dachte sie. Draußen im Moor, wohin die Presse normalerweise nicht kam. Hierher kamen nur Hundebesitzer und Ornithologen und Männer mit Stricken und Äxten.

»Sollen wir uns jetzt auch noch für ein Gruppenbild aufstellen?«, fragte Wagner.

Er nickte zu der Gestalt hinüber, die aus dem Dunkel in das Licht der Scheinwerfer trat. Bo hatte wie immer zwei Kameras über der Schulter und trug irgendeine Militärjacke, die einen an pfeifende Kugeln und Bürgerkrieg denken ließ. Sein Atem stand wie eine Wolke in der Luft.

»Du brauchst nicht zu lächeln«, versprach Dicte und beobachtete Bo, der sich mit langen Cowboyschritten näherte. Wo war er den ganzen Tag gewesen? Sie wusste nicht, wie sie ihn danach fragen sollte, denn genau genommen gehörte er ihr nicht und würde es sicher auch nie tun. Ein freier Vogel, um gar nicht erst von den acht Jahren zu sprechen, die er jünger war als sie.

Sie dachte das, während er auf sie zukam und sie seine Wachsamkeit spürte; den Blick, der zwischen den Bäumen auf Entdeckungsreise ging und den Tatort genau in Augenschein nahm, die rastlose Energie. Bo konnte man nicht einfach Rede und Antwort stehen lassen, aber Arbeit war Arbeit, und sie hatte ihn angerufen und unter seiner Handynummer erreicht.

»Guten Abend im Wald.«

Wagner nickte kühl.

»Was für ein Aufgebot«, fuhr Bo unangefochten fort. Er streifte Dictes Wange mit einem Kuss, und sie roch Bier, gemischt mit dem Rauch des morgendlichen Brandes. Ihr wurde klar, dass sie auch nach Rauch riechen musste. Dass sie sicher – genau wie Bo und Wagner – total geschlaucht aussah.

»Sie liegt da drinnen.«

Sie nickte in Richtung des Bachs, wo Techniker sich in ihren weißen Overalls und mit den Latexhandschuhen wie Gespenster bewegten. In dem Moment traf der Leichenwagen der Feuerwehr ein, ein ausgedienter Krankenwagen ohne Blaulicht und Sirene. Hier gab es kein Leben zu retten. Zwei Männer stiegen mit einer Trage aus, und Bo entfernte sich von ihr und begann ganz automatisch zu fotografieren, sodass der Blitz im Dunkeln leuchtete.

»Kannst du etwas über die Todesursache sagen?«, fragte sie Wagner.

Er schüttelte den Kopf.

»Hin und wieder habe ich das Gefühl, dass die Gerichtsmediziner überflüssig sind.«

Sie wusste genau, was er meinte. Oberflächlich betrachtet, stand die Todesursache fest. Der Strick oder die Axt. Aber warum war sie zweimal ermordet worden? Was hatte er zuerst benutzt und wann war der Tod eingetreten? Nur die Gerichtsmediziner konnten diese Fragen beantworten.

»Hier zitierst du mich hoffentlich nicht«, fügte er hinzu.

Sie drehte sich zu ihm um.

»Glaubst du an eine Verbindung?«

»Zwischen was?«

»Zwischen den beiden Bränden und dem Mord.«

»Auf jeden Fall zwischen den Bränden. Und das ist sogar offiziell, das kannst du schreiben.«

Ihre Gedanken überschlugen sich. Wie weit war es von Brandstiftung und Vandalismus zu Mord? Wie maß man den Abstand und wer war imstande, ihn in einer einzigen Nacht zu überschreiten?

»Ihr habt also etwas gefunden?«

Sie hörte die Gereiztheit in seinem Seufzer. Natürlich, dachte sie. Sie hatten nichts anderes, als dass Graugaards Wohnhaus ein potenzieller Tatort für einen Mord war. Die Polizei hatte das Haus zwar auf Fingerabdrücke und offensichtliche Spuren untersucht, aber durchkämmt hatten sie es nicht, das wusste sie genau. Und inzwischen hatte Karen Graugaard gestaubsaugt und geputzt.

»Wir haben in der Schule ein paar Fußabdrücke gefunden«, sagte Wagner. »Ein Feuerlöscher ist zertrümmert worden, und irgendjemand hat in dem Schaum herumgetrampelt.«

»Sehr professionell.«

Er nickte.

»Ich glaube, das ist nicht gerade ein Einstein, mit dem wir es hier zu tun haben.«

»Und im Wohnhaus? Das Gleiche?«

Wieder nickte er, und sie freute sich für ihn. Sie fühlte sich plötzlich schuldig, den Mord beinahe vorausgesagt zu haben.

»Das Gleiche. Im Rotwein von einer zerbrochenen Flasche.«

Die Sanitäter trugen die Trage mit Inger Graugaards zugedeckter Leiche über den Bach. Sie gaben sich alle Mühe, dass nichts schief lief. Bos Fotografieren klang wie ein Maschinengewehr mit Schalldämpfer, während er auf der Jagd nach dem besten Winkel zwischen den Bäumen herumsprang.

»Idiot«, murmelte Dicte.

»Jeder nach seinem Geschmack«, sagte Wagner freundlich.

Sie drehte sich ganz herum, um ihm in die Augen sehen zu können.

»Den mit den Schuhen meine ich.«

Wagner nickte ernst, aber zum ersten Mal sah sie den Ansatz eines Lächelns und war sonderbarerweise dankbar.

»Natürlich«, sagte er und stiefelte zu den anderen hinüber.

9

Was bringt einen Menschen dazu, so etwas zu tun? Was gehört dazu?«

Sie verlangsamte das Tempo vor der Straßenschwelle vor dem Hotel Marselis, bevor der Wald anfing. Obwohl die Sonne schien, hatten nur wenige die Idee gehabt, an einem Februartag in den Wald zu fahren. Sie waren fast die Einzigen auf dem Weg.

Bo blickte angestrengt zwischen die Bäume, als befände sich die Antwort im Wald.

»Ich dachte, wir wollten uns entspannen«, sagte er. »In den Wald gehen und Fangen spielen und ein Eis in der Sonne essen.«

Sie sagte nichts. Aber seine Stimme tat ihr weh, weil sie hörte, dass er unglücklich war. Sicher nicht ihretwegen, aber in der Regel gelang es ihr, ihn aufzuheitern, selbst wenn es Probleme gab.

»Vielleicht war es der Exmann«, sagte Bo schließlich, als sie sich dem Tierpark näherten und trotz allem Zeichen von Leben sahen. Vier, fünf Autos waren geparkt, und ein paar Familien mit Kindern trotzten der Kälte und spazierten im Park herum. Die Kinder in ihren Overalls ähnelten bunten Stehaufmännchen.

»Warum sollte es der Exmann gewesen sein?«

Sie wusste, was jetzt kommen würde. Sie hätte die Frage nicht stellen dürfen.

»Vielleicht hat sie ihm verboten, die Kinder zu sehen«, sagte er verbissen. »Vielleicht sind die Jahre vergangen, und er hat nie die Möglichkeit gehabt, seine Kinder richtig kennen zu lernen. Nach der Scheidung.«

Ach, du meine Güte. Das lief ja perfekt, das hier. Ihr kleiner romantischer Ausflug, den sie geplant hatte, um ihn auf andere Gedanken zu bringen. Um im Wald und am Strand frei durchzuatmen, vielleicht durch den Tierpark zu schlendern und sich unter einem Baum zu küssen, während die Rehe neidisch zusahen. Träum weiter!

Sie parkte neben einem roten Opel Kadett, stellte den Motor aus und wandte sich zu Bo.

»Ingers Mann ist vor drei Jahren gestorben«, informierte sie ihn freundlich und fügte nach einer Pause hinzu: »Glaubst du wirklich, du wärst dazu in der Lage?«

Er starrte sie trotzig an. Aber dann zögerte er doch. Sie sah es an den Augen, und einen kurzen Moment sah sie noch etwas anderes, wollte die Hand nach ihm ausstrecken und ihn berühren, wagte es aber nicht.

»Das mit dem Strick, ja. Das andere, nein.«

»Mit der Axt?«

Er nickte.

»Mit der Axt.«

»Wir wissen ja nicht, was zuerst kam.«

Das Grau in seinen Augen zog sich zusammen und wurde zu Schwarz.

»Die Angst kam zuerst.«

Sie öffnete die Tür und stieg aus. Sie spürte die Unruhe wie ein Kribbeln unter dem Mantel. Sie wusste, sie sollte es nicht ansprechen, konnte es aber nicht lassen.

»Kann ein Schüler seine Lehrerin wirklich so hassen? Denn diese Möglichkeit ist wohl am wahrscheinlichsten, wenn man den Brand in der Schule mit in Betracht zieht.«

Bo antwortete nicht. Er war vorausgegangen, um das rote Holzschloss aufzumachen. Sie dachte weiter über das mit dem Schüler nach. Unglückliche Liebe? Wohl kaum. Sie versuchte, sich Inger Graugaard in Erinnerung zu rufen, wie sie ausgesehen hatte, wenn sie ihr auf den Spaziergängen mit dem Hund begegnet war. Eine graue, anonyme Gestalt in praktischen Schuhen und einem alten Mantel, mit einem Pagenschnitt wie die Schwester. Und einem Paar allzu müder Augen und leicht grauer, großporiger Haut. Nicht direkt ein Mensch, der große Leidenschaften hervorrief, obwohl man so etwas nie wissen konnte. Aber sie war Lehrerin an der Møllevang-Schule, auch wenn sie krankgeschrieben war. Die beiden Brände wurden aufgrund der Fußabdrücke, die man im Pulver an dem einen und im Rotwein an dem anderen Tatort gefunden hatte, in Verbindung gebracht, sodass Inger Graugaard, logisch betrachtet, von den Brandstiftern ermordet worden sein konnte. Das musste auch die Theorie der Polizei sein, obwohl Wagner am Freitagabend im Moor stumm wie eine Sphinx gewesen war. Der Täter fand sich wahrscheinlich unter den Personen, die eine Verbindung zu der Schule hatten. Derzeitige oder frühere Schüler dürften in der Liste ganz oben stehen.

Sie folgte Bo, der trotz allem galant war und ihr die Tür aufhielt. Trotz allem, weil seine natürliche Rücksichtnahme ihm an diesem Wochenende abhanden gekommen zu sein schien. Nicht, dass er unfreundlich gewesen war, nur verschlossen, wie sie ihn selten erlebt hatte. Es war ein richtig gemütliches Wochenende gewesen, bis jetzt. Zwei Brände, ein Mord um die Ecke, eine Tochter, die in ein Reihenhaus ziehen wollte, und ein Freund, der seine zwei Kinder vermisste, was konnte man sich mehr wünschen?

Sie holte ihn ein, und sie gingen eine Weile schweigend nebeneinander her. Dann spürte sie die Hand, die nach ihrer suchte. Die Wärme. Das versuchsweise Lächeln. Und irgendwo in seinem Blick sah sie all das, was noch immer da war, auch wenn es im Verborgenen schlummerte.

Aber nur kurz. Dann verschwand es wieder, als wäre ihm etwas eingefallen.

»Was ist?«

Er schüttelte den Kopf, während sie Hand in Hand weitergingen. Sie wusste, dass es direkt unter der Oberfläche schlummerte. Es erinnerte sie an irgendetwas. An den Blick eines anderen, vielleicht. An etwas, das zurückgehalten wurde.

»Kennst du den Schnullerbaum?«, fragte er.

»Nein.«

»Dann zeige ich ihn dir.«

Er zog sie mit sich. Am Waldrand liefen in aller Ruhe Rehe herum. Eine Familie mit zwei Kindern in Overalls hatte Äpfel mitgebracht und fütterte ein paar der Tiere. In Reih und Glied stehende Buchen streckten ihre Stämme gen Himmel, und unter der dünnen Schneedecke lagen Haufen von Blättern wie ein kupferfarbener Teppich. Sie dachte an das Moor. An wild wachsende Bäume und struppige Wurzeln. An den Körper, der auf der nassen Erde gelegen hatte, genauso unordentlich wie der Rest.

Der Schnullerbaum stand wie ein Weihnachtsbaum auf einer Hügelspitze. Er leuchtete in allen Farben. An jedem Ast hingen Schnuller in allen Formen und Farben. Kleine Briefe waren in Plastik eingepackt, um sie gegen Regen und Wind zu schützen.

»Wir waren vor ein paar Jahren mit den Kindern hier«, sagte Bo. »Tobias hat geheult und es bereut. Ninka war tapfer und hat würdig Abschied genommen.«

Der letzte Schnuller. Sie beobachtete sein Gesicht, und ein Messer bohrte sich in ihr Herz. Erinnerungen. Kindheit. Sie dachte an Kamilla und den Teddy, der vor dem Brand gerettet worden war. Wie verletzlich man als Elternteil war und wie wenig dazugehörte, dass die Sehnsucht und diese grenzenlose Liebe sich in der Stimme breit machten und einen zu allem Möglichen trieben. Die Erinnerung an Schnuller.

»Bo?«

Er stand einen Moment regungslos da.

»Was hast du?«

Er seufzte. Griff nach einem Brief und las laut: »›Ich heiße Mie und bin vier Jahre. Pass gut auf meinen Schnuller auf.‹«

Er drehte sich zu ihr um.

»Freitag habe ich die Kinder aus der Schule geholt. Ich habe der Lehrerin gesagt, dass ihre Oma krank ist. Wir hatten einen halben Tag zusammen.«

Sie merkte, wie ihr Mund sich öffnete. Sie wollte so viel sagen; wollte fragen, ob er noch richtig klug sei und dass er das Recht, seine Kinder zu sehen, verlieren könne. Aber die Worte kamen nicht.

»Sie haben sich so gefreut«, fuhr er fort. »Wir sind zu McDonald's gegangen.«

Sie starrte ihn an, seine Gestalt, die noch sehniger geworden war und wie ein gespannter Bogen wirkte. Das struppige blonde Haar und den Bart, der gepflegter war als das erste Mal, als sie ihm begegnet war. Aber trotzdem sah er wie jemand aus, den man auflesen und mit nach Hause nehmen, dem man eine warme Mahlzeit vorsetzen sollte. Die Rastlosigkeit haftete ihm wie eine zweite Haut an, spiegelte sich in seinem Blick, der immer nach Motiven suchte.

Sie versuchte, ruhig zu klingen.

»Was hat Eva dazu gesagt?«

Er sah sie scheel an und lächelte sogar, und sie fragte sich, ob er jegliche Urteilskraft verloren habe.

»Wir haben es ihr nicht erzählt.«

»Was soll das heißen?«

»Ich habe sie wieder zurück in die Schule gebracht, und sie hat sie dort abgeholt.«

»Und die Kinder?«

Er drehte sich weg und machte ein paar Schritte, aber sie hatte das Schuldgefühl gesehen, bevor sie ihm folgte.

»Wir haben verabredet, dass das unser Geheimnis bleibt.«

»Bo, verdammt.«

Sie griff nach seinem Arm und zwang ihn, sie anzusehen.

»Das ist doch nicht der richtige Weg. Das weißt du genau. Das macht doch alles nur noch schlimmer.«

Er blieb stehen und starrte sie an wie eine Fremde, und die Albträume der letzten Monate durchströmten ihren Körper wie ein kalter Strom. Seine Enttäuschung jedes Mal, wenn

Eva die Kinder nicht zu ihm ließ, in der Regel mit dem Hinweis, dass ihnen das oder das fehle. Seine Frustration, die sich, wie Dicte schnell merkte, bald gegen sie richtete. Die langen Abende mit zu viel Wein. Die Nachtstunden im Bett, in denen sie sich endlich fanden, oder den Abstand. Die Verwünschung.

Die sah sie jetzt in seinen Augen, war aber trotzdem dankbar. Immerhin hatte er Eva verlassen.

»Es kann nicht schlimmer werden«, sagte er müde.

Um den Tag zu retten, fuhren sie zur Marina und aßen Fischfrikadellen im »Navigator« mit Aussicht über die verfroren aussehenden Segelschiffe mit ihren nackten Masten und die Århus-Bucht, die auf das Frühjahr wartete.

»Vielleicht solltest du eine Reise machen«, schlug sie vor. »Du hast so oft vom Mittleren Osten gesprochen.«

Er sah sie wachsam an.

»Du willst mich loswerden.«

Das war das Letzte, was sie wollte.

»Vielleicht brauchst du Ablenkung. Durch die Arbeit«, fügte sie hinzu.

Sie wollte ihn bestimmt nicht loswerden, aber er verstand nicht, dass sie ihm helfen wollte, indem sie ihm einen Schubs gab. Ihr Blick riss sich aus seinem los und wanderte an den Wänden entlang, in die Ecken und Kanten. Das Restaurant war maritim aufgemacht. An der gegenüberliegenden Wand hing eine Tafel mit Knoten. Mit Seilstücken wurde gezeigt, wie man die verschiedenen im Segelsport üblichen Schlingen und Knoten machte. Irgendetwas rührte sich in ihrem Bewusstsein, ganz kurz, dann war es wieder fort.

Bo seufzte und griff quer über den Tisch nach ihrer Hand. Ihr Handwerker. War er vielleicht nicht gekommen und hatte ihr durcheinander geratenes Leben in Ordnung gebracht, innerlich wie auch äußerlich? Schuldete sie ihm nicht mehr, als ihn wegzuschicken und die Augen vor seiner Verzweiflung zu verschließen?

»Versuch, mich zu verstehen.«

Sie nickte und dachte, dass zumindest dieser Blick jetzt verschwunden war. Der zerstreute, der geheimnistuerische.

»Ich versuche es.«

Indem sie die Worte aussprach, wusste sie es. Es war Karen Graugaards Blick, den sie bei Bo gesehen hatte. Ein Blick, der eine andere Wahrheit verbarg als die, die erzählt wurde.

Sie blickte auf und starrte die Tafel mit den Knoten an, während sie sich zu erinnern versuchte, wie die Schlinge um Ingers Hals ausgesehen hatte. Professionell, soweit sie das beurteilen konnte; mit dem zu einem altmodischen Henkersknoten gebundenen Strick. Lernte man so etwas in der Schule?

10

Niemand verlangte das von ihr. Es wäre ein Leichtes gewesen, jemanden zu bitten, für sie einzuspringen. Faktisch erwarteten sie das sogar, sowohl der Pfarrer als auch die Küsterin und der Kirchendiener und damit auch die Gemeinde.

Aber sie hatte die Hoffnung, dass es ihr gut tun und sie hier, auf ihrer Orgelbank, hoch über der Gemeinde, ja, sogar über dem Pfarrer auf seiner Kanzel, einen Halt finden würde. Sie hatte gehofft, eine Verbindung herstellen zu können, wenn sie sich nur genug Mühe gab. Die Musik half ihr gewöhnlich. Die Musik und die Worte.

Karens Finger fanden die Töne zu Max Regers Präludium in F-Dur. Die Füße in den Orgelschuhen glitten über die Pedale. Die Orgelpfeifen öffneten und schlossen sich, und die Töne strömten in die Skjoldhø-Kirche, ein Meisterwerk von einem modernen Gotteshaus, entworfen von den Architekten Friis und Moltke.

Die Kirche war gut besucht. Aber nicht so gut wie zu den Gottesdiensten. Die Leute mussten sich erst daran gewöhnen. Lichtmess war zu einem Fremdwort geworden, seit der alte Feiertag mit den anderen zu Buß- und Bettag zusammengelegt worden war. Aber der Pfarrer war von ihrem Vorschlag, das Licht zu feiern und die Gemeindemitglieder zu bitten, die sieben Lesungen vorzutragen, begeistert gewesen. Es würde schön aussehen, wenn jeder nach beendeter Lesung zum Altar hochstieg und eine weiße Kerze im Leuchter anzündete.

Sie hatten viel geübt. Die Rolle des Chors war schwierig. Vor allem der Kyriesatz. Vor dem Norwegenurlaub hatten vier Proben stattgefunden, und sie hatte um den Klang gekämpft, den hellen Klang, der den Winter beenden sollte.

Und jetzt saß sie hier, während die Küsterin Henny Dahl unten stand und das Eingangsgebet betete. Die Musik hatte sie nicht berührt. Sie hatte die Verbindung nicht herstellen können, konnte sich anscheinend nicht mehr mit Gott unterhalten. Und die einzigen Worte, die in ihrem Kopf rumorten, stammten aus einem Psalm, den sie hasste, wenn man so etwas von Psalmen sagen durfte. Oder überhaupt von irgendetwas. Denn genau darum hatte sie gekämpft – nicht zu hassen. Das war ihr Lebensziel und der direkte Grund, warum sie den Weg gewählt hatte, den sie gewählt hatte. Die Kirchenmusik.

Aber die Worte drangen doch in ihr Bewusstsein, und die Wut begann wie Haferbrei zu brodeln, der zu kochen anfängt.

Es waren die Worte Kingos, des Bischofs und Kirchenliederschreibers. Sie war kein Fan von Kingo und dem Barock, und vielleicht störten seine Worte sie deshalb. Er war so melodramatisch. Oft arbeitete er mit etwas, das sie als billige Tricks bezeichnen würde. Denn mehr waren sie nicht, diese Worte, als billige, rührselige Tricks. Trotzdem verfehlten sie ihre Wirkung nicht.

Ohne einen Einfluss darauf zu haben, formten ihre Lippen den ersten Vers. Das waren keine Worte, die an einem Tag wie dem heutigen gebraucht werden sollten, es waren Worte der Finsternis. Aber sie war ja auch nicht vergangen, die dunkle Nacht, obwohl sie später genau diesen Psalm singen würden. Die dunkle Nacht war hier, mitten in dieser Kirche und in ihrem Gemüt. Sie konnte ihr nicht entkommen, wie sehr sie sich auch bemühte.

»Dunkelheit die Erd umhüllet, und die Nacht ist nun vorhand. Dunkelheit die Sonne trübet, Jesus legen will in Band. Solche Nacht ward nie davor, zu ist nun das Himmelstor. Jesus, unsre Sonn und Ehren, wird der Nachte Schande lehren.«

Sie wiederholte zwei der Strophen, während eine Frau aus der Gemeinde aufstand und aus dem Lukasevangelium vorlas. Simons Lobgesang.

Die Worte rotierten in ihrem Kopf. »Solche Nacht ward nie davor, zu ist nun das Himmelstor.« Und sie spürte den Griff um ihr Inneres, hart, fast schon brutal, und die Kälte, die sich um ihre Füße ausbreitete. Ihr Herz schien zu schlagen aufgehört zu haben. Als existierte es nicht länger, sondern wäre in dem Augenblick aus ihr herausgerissen worden, als sie erfahren hatte, dass Inger tot war. Nicht nur tot. Ermordet.

Denn sie wusste, dass es ihre Schuld war. Ausnahmslos ihre Schuld, obwohl sie darum gekämpft hatte, das Richtige zu tun. Sie hatte versagt. War nicht imstande gewesen, auf ihre eigene Schwester aufzupassen. Da war es wohl nicht so verwunderlich, dass der Herrgott ihr nie ein eigenes Kind geschenkt hatte.

Nach der Lesung und der ersten angezündeten Kerze setzte der Chor ein. »In Fried und Freud dahin ich fahr«, sang er, und ihr Spiel wurde mechanischer, was die Sänger natürlich merkten, aber auch verstanden. Sie wussten, was passiert war, und glaubten, dass es ihr deshalb so schlecht ging.

Sie konnte sie geradezu untereinander flüstern hören, wenn sie ihnen den Rücken zuwandte. Ihre eigene Schwester. Im Moor gefunden. Erwürgt und der Kopf mit der Axt gespalten. Die arme Frau, darüber kommt sie nie hinweg.

Ein weiteres Gemeindemitglied stand auf und las aus dem Matthäusevangelium, 5, 13–16. »Ihr seid das Licht der Welt.« Darauf folgte ein Kirchenlied, Nummer 314: »Mach dich bereit, o Christenheit.«

Ob Inger bereit gewesen war, ihrem Schöpfer gegenüberzutreten? Sie bezweifelte es.

Inger, die immer auf der Suche und so verwirrt gewesen war. In der letzten Zeit hatten sie hin und wieder zusammen in der Bibel gelesen. Es war ihre Idee gewesen. Sie hatte Inger etwas Grundlegendes geben wollen anstelle ihrer ewigen Streifzüge in andere Glaubensrichtungen. Wie dem letzten. Der mit ihrem Zusammenbruch geendet hatte. Natürlich hatte sie der Polizei davon erzählt, aber nicht alles. Denn schließlich war da noch Lise, und Inger hätte gewollt, dass Lise beschützt wurde. Die Tochter der Nachbarin erinnerte sie an Lise. Der schlanke Teenagerkörper. Das lange Haar, das an die Sechzigerjahre mit den Hippies und Friedenssymbolen erinnerte. Selbst die Augen. Groß und blau.

Sie hatte gesagt, dass sie nicht wisse, wo Lise sich aufhalte, und so gesehen stimmte das auch. Aber sie würden sie finden, natürlich würden sie das. Und sie wagte sich nicht vorzustellen, zu welchen Schlussfolgerungen sie kommen würden.

Die Polizei hatte sie nicht beeindruckt. Vor allem die zwei geschäftigen jungen Beamten nicht, die mit ihr und Søren gesprochen hatten, als der Stall brannte. Sie hatten so einen gleichgültigen Eindruck gemacht. Aber da war dieser andere, nachdem sie Inger gefunden hatten. Er hatte sich als Kriminalkommissar John Wagner vorgestellt. Mit ihm konnte man reden. Er sang selbst im Chor, hatte er erzählt – und auch in welchem. Sie hatte anerkennend genickt. Das war ein guter Chor. Sie kannte den Dirigenten von der Kirchenmusikschule.

Wagner hätte sie alles erzählen können. Er hatte gütige, ruhige Augen. Er hatte auf der Sofakante gesessen und sich zu Søren und ihr vorgebeugt. Feinfühlig und freundlich.

»Wir müssen etwas über Inger wissen. So viel wie möglich«, hatte er gesagt.

Sie hatte verständnisvoll genickt.

Er sah sich kurz im Wohnzimmer um, in dem noch immer Chaos herrschte, wenn auch das Schlimmste beseitigt war. Die Bilder hingen wieder an der Wand oder standen auf der Anrichte. Die Möbel waren auf ihren Platz gerückt und die Scherben aufgefegt worden.

»Wie lange hat sie hier gewohnt?«

»Drei Wochen.«

Sie wusste, was kommen würde, bevor er die Frage gestellt hatte. Natürlich musste er fragen.

»Warum? Wo wohnte sie sonst?«

Sie wand sich. Wog das Für und Wider ab. Dachte, dass er es müsse sehen können, aber das war ihr egal.

»Sie hatte einen Zusammenbruch. Vielleicht könnte man von einer unglücklichen Liebesbeziehung sprechen.«

»Wie ist das zu verstehen?«

Sie würde nichts sagen. Nicht alles. Sie dachte an Lise.

»Da war Gewalt im Spiel«, sagte sie schließlich.

Wagner hob fast unmerklich eine Augenbraue. Sie konnte sehen, was er dachte, und war zufrieden.

»Haben Sie den Namen des Mannes?«

»Anders Langballe.«

»Und wo finden wir ihn?«

Sie schluckte und sah zu Søren hinüber, der ganz unglücklich aussah. Erst jetzt sah sie, dass er sein Hemd falsch zugeknöpft hatte und sein Haar ungekämmt war. Immer musste sie hinter ihm her sein. Sie sah Wagner an. Man konnte ihm vieles erzählen, aber er war trotz allem ein Polizist.

»Im Staatsgefängnis in Horsens. Da sitzt er ein, wenn er nicht abgehauen ist, aber dann wären wir wohl informiert worden.«

Sie sah, dass er versuchte, die Fassung zu bewahren. Er atmete ein und langsam und kontrolliert wieder aus. Löste die Krawatte ein wenig, obwohl er ansonsten sehr korrekt gekleidet war. Zivil, genau wie die Kriminalpolizei in Filmen immer auftrat.

»Anders Langballe«, murmelte er und griff nach der Kaffeetasse auf dem Tisch, entschied sich dann jedoch anders und setzte sie mit einem vorsichtigen Klack wieder ab. »Ich erinnere mich an den Namen und auch wieder nicht. Weswegen sitzt er?«

Zum ersten Mal sah sie ihn direkt an.

»Wegen eines sadomasochistischen Mordes.«

Sie waren bei der sechsten Lesung angekommen. Sie war aus dem Epheserbrief. »Licht im Herrn.«

Die Frau aus der Gemeinde war nervös und stolperte über die Worte. Die Kerze ließ sich mit dem Feuerzeug nicht anzünden, sie ging immer wieder aus. Schließlich nahm sie eine der anderen Kerzen und zündete sie damit an.

Der Chor sang »Jedes Licht in der Nacht des Lebens«, und plötzlich sehnte sie sich nach Inger, mit einem starken, physischen Schmerz. So würde es sein, das wusste sie. Manchmal würde er sie überfallen. Manchmal sich unwirklich anfühlen. Aber er würde immer da sein und ihr wie ein Schatten folgen.

Die siebte Lesung war aus einem der Psalmen: »In deinem Lichte sehen wir das Licht.« Darauf folgte ein Kirchenlied: »Zum Himmel reicht deine Gnade, o Gott.« Und dann das Glaubensbekenntnis und der Segen, und nach dem Schlussgebet sang noch einmal der Chor, und sie konnte ihre Noten und Schuhe einpacken. Am liebsten wäre sie hier geblieben, in dem stillen Raum. Sie dachte an ihren Vater und wünschte, es ließe sich aufschieben, aber sie sah ein, dass es an der Zeit war.

Wieder saß er in der Sonne. Sie sah, dass er schwitzte, und nahm die Decke fort, die über seinen Knien lag.

»Hast du Kuchen mitgebracht?«

Sie nickte.

»Natürlich. Das mache ich doch immer.«

Sie packte ihn aus. Holte Kaffee. Er versank in sich selbst und verkleckerte Himbeerfüllung aus dem Brötchen. Sie säuberte ihn mit einer Serviette und nahm Anlauf.

»Vater.«

Die wasserblauen Augen zeigten keine Reaktion. Sie musste sich hinsetzen, damit er sie ansah, musste seinen Verstand ansprechen und hoffte gleichzeitig, ihn nicht erreichen zu können.

»Inger ist tot.«

Zuerst sah sie keinerlei Reaktion. Dann schien sich etwas

in ihm zu regen. Seine Lippen formten ein Wort. Die Augen wanderten an der Wand hinauf zu den farbigen Bildern, die die Alten aufmuntern sollten.

»Tot.«

Das Wort klang so hohl, als es endlich kam. Nicht wie eine Frage, sondern wie eine Feststellung.

»Man hat sie im Moor gefunden. Tot«, sagte sie und vermied es bewusst, »ermordet« zu sagen.

»Tot«, wiederholte er verwundert, und ihr kamen Zweifel, inwieweit er sie verstanden hatte.

»Tot«, erklärte sie noch einmal, weil er es sonst von jemand anderem erfahren würde. »Inger ist tot, Vater.«

Sekunden vergingen. Sie konnte nahezu hören, wie der Sekundenzeiger an seiner Uhr die Zeit in kleine Teile zerteilte. Dann richtete er endlich den Blick auf sie, und sie sah die Jahre darin ausgelöscht. Für ihn gab es nur das Hier und Jetzt. Alles andere war fort, und sie fragte sich, ob es jemals zurückkehren würde.

»Wer ist Inger?«, fragte er.

11

Nimmst du ihn, bitte?«

Ida Maries Stimme erreichte ihn aus dem Badezimmer. Wagner goss schnell Wasser auf die Bohnen, bevor er zu dem Kinderstuhl ging, um den weinenden Martin aufzunehmen. In einer Viertelsekunde konnte er noch denken, dass er Kaffee hätte Kaffee sein lassen sollen. Dann hätte er es vielleicht geschafft, bevor Martin in seiner Wut die kleine Faust in das Bananenmus knallte und anschließend mit einer beschmierten Hand den Milchkarton erwischte, den irgendjemand vergessen hatte, aus seiner Reichweite zu stellen. Teller, Milch und Bananenmus zerschmolzen zu einem Chaos, als sich alles über die Wachstischdecke ergoss und mit einem Klatsch auf dem Boden landete.

Hätte er doch nur mit dem Kaffee gewartet. Hätte Ida Marie ihn nur nicht alleine gelassen. Wäre er nur vor zehn Minuten zur Arbeit gegangen. Die Gedanken reihten sich sinnlos aneinander, während er sich an die Arbeit machte. Er hob den Milchkarton auf, trocknete unter großem Protest die Finger des Kleinen ab und griff nach der Küchenrolle. Panisch riss er große Stücke davon ab und legte sie auf die Tischdecke, wo sie schnell durchweicht waren und an die dünne Haut auf gekochter Milch erinnerten.

Unter dem Hemd lief ihm der Schweiß herunter. Vielleicht würde er sich nie ganz daran gewöhnen, dass Ida Marie sich so auf ihn verließ. Nina hatte das nie getan. Sie war immer da gewesen, jedenfalls soweit er sich erinnerte. Sie hatte ihn nie mit einem schreienden, hungrigen, morgenmuffeligen einjährigen Kind alleine gelassen. Und falls doch, hatte er es vergessen. Vielleicht lag es daran. Vielleicht war er einfach zu alt für so etwas.

Martin brach erneut in ein gewaltiges Geheul aus, und Wagner zerbrach sich den Kopf, wie er den Jungen am besten unterhalten konnte. Er hatte einfach keine Lust, ihn aufzunehmen. Es würde garantiert damit enden, dass er Rotz und Bananenmus auf dem sauberen Hemd hatte, und gegen das Geschrei würde es wahrscheinlich auch nicht helfen. Er schielte zu dem Kaffee hinüber. Hatte er fertig gezogen? Schaffte er es noch, eine Tasse zu trinken?

Die Gedanken konnten den Krach kaum durchdringen. Er bezwang den Drang, sich die Ohren zuzuhalten. Aber dann hörte er auf, wie er begonnen hatte. Ein kleiner Hicks und ein Hochziehen, und Martin streckte bettelnd die Arme nach ihm aus. Das Eis in Wagners Herz schmolz und verwandelte sich in etwas Warmes. Er ließ das Hemd Hemd sein und wiegte den Jungen in den Armen, während er zum Kaffee ging, um den Filterkolben hinunterzudrücken. Martin streckte eifrig seine kleine Hand aus, und Wagner wunderte sich wieder einmal, wie schnell man die Mühen vergaß.

»Willst du es versuchen?«

Er half der kleinen Hand und drückte mit seiner, die auf der des Jungen lag, den Filterkolben herunter. Martin gab einen Schrei von sich, den Wagner als Begeisterung auslegte.

»Aus dir wird einmal ein richtiger Kaffeekenner …«

Er wollte noch mehr sagen, doch dann hielt er inne – »wie dein Vater« ging natürlich nicht. »Wie dein Stiefvater« klang so boshaft und altmodisch. Und an John konnte er sich einfach nicht gewöhnen. Dazu war er doch zu konservativ. Deshalb gab er es auf, griff nach einer Tasse und goss sich von der lieblichen schwarzen Flüssigkeit ein, während Martin, der plötzlich bester Laune war, auf seinem Arm drauflosplapperte.

»Das klappt ja ausgezeichnet. Ihr braucht mich gar nicht.«

Der Kuss auf seiner Wange war wie die Berührung eines

Engelsflügels, und er nahm ihre verschiedenen Düfte in sich auf; den natürlichen Duft ihrer Haut und den der Seife, gemischt mit einem Spritzer Parfüm. Bestimmt irgendetwas mit Ingwer. Sie hatte ihm den Namen gesagt.

Ida Marie ließ Martin auf seinem Arm sitzen, während sie sich selbst einen Kaffee eingoss. Sie schmierte sich in Ruhe eine Scheibe Weißbrot mit einer dünnen Schicht Butter und sah aus wie das, was sie war: eine berufstätige Mutter, für die es selbstverständlich war, dass man die Aufgaben untereinander aufteilte. Er hatte nie protestiert. Er wusste, dass er sich daran gewöhnen musste, wenn er sie behalten wollte. Sicher, manchmal fühlte er sich leicht überfordert, aber es stand so viel auf dem Spiel. Der Gedanke an ein Leben ohne sie jagte ihm Angst ein. Deshalb übernahm er lieber seinen Part.

»Kommt Alexander in der Schule gut zurecht?«

Schließlich waren die Aufgaben gleich verteilt. Sie kümmerte sich auch um seinen und Ninas Jüngsten, nur eben nicht heute. Heute war eine Besprechung mit der Geschäftsleitung des Flughafens angesetzt, und sie hatte um der Sache willen eine Dreiviertelstunde im Badezimmer verbracht. Es war wichtig, hatte sie ihm erklärt, jetzt, wo das Reisebüro am Store Torv zu den Großkunden des Flughafens gehörte und bessere Konditionen aushandeln wollte.

Er nickte.

»Er hat sein Frühstücksbrot selbst geschmiert.«

Sie lächelte ihn an, und er sehnte sich nach ihrem Körper. Nach den weichen Lippen und der Hingabe, wenn sie alleine waren.

»Der arme Junge.«

Er lächelte sie über den Rand der Kaffeetasse an, wagte es, Martin zurück in den Stuhl zu setzen, und kassierte einen anerkennenden Blick von Ida Marie, als ihm das ohne Proteste gelang. Trotzdem dachte er, dass es vielleicht nicht ganz gelogen war, das mit dem armen Jungen. Vielleicht waren die Kinder wirklich die Armen in dieser Zeit, wo die Arbeit über alles ging. Was waren auf lange Sicht die Konsequenzen? Die

Rebellion der erwachsenen Kinder, die das Gefühl hatten, in Institutionen gesteckt und einer Kindheit mit Mutter und Vater beraubt worden zu sein? Oder Schlimmeres?

Er dachte an seine eigene erwachsene Tochter, die er fast nie sah. An sein Enkelkind. Sie wohnten in Kopenhagen. Als Rebecca noch klein war, hatte er auch keine Zeit gehabt. Vielleicht hatte er sie nie richtig kennen gelernt.

Ida Marie stopfte schnell das Weißbrot in sich hinein und trank ihren Kaffee aus. Dann stand sie auf und streckte sich. Sie war businessgerecht gekleidet, wie er sah. Die blaue Uniform war mit einem Seidentuch und etwas hochhackigeren Schuhen als gewöhnlich aufgepeppt worden. Die Haare hatte sie zu einer Grace-Kelly-Frisur hochgesteckt – ihre langen Haare, die er so liebte und die ihr sonst immer bis zur Taille gingen und ihr ein mädchenhaftes und zerbrechliches Aussehen verliehen. Er kam mit sich überein, dass ihn dieses andere Bild beunruhigte. Ihm ein wenig zu erwachsen und damenhaft war.

»Was meinst du?«

Er nickte.

»Perfekt.«

Sie kam zu ihm hin, legte ihm die Arme um den Hals und zog ihn in das Vergissmeinnichtblau ihrer Augen. So standen sie eine Weile, während Martin auf wundersame Weise still wie ein Mäuschen war. Magneten zogen sie zueinander hin. Pressten sie fester zusammen. Ihre Lippen, die sich auf seinen öffneten. Das leichte innere Rieseln. Die Seligkeit.

»Lügner«, sagte sie zärtlich und machte sich frei.

»Der Lippenstift.«

»Ich weiß.«

Sie setzte sich an den Tisch und holte den Spiegel aus der Tasche. Kurz darauf sah sie zu ihm hoch, den Lippenstift neu aufgetragen.

»Du hast auch etwas abbekommen«, sagte sie dann, und er ging ins Bad und sah sich im Spiegel an. Ein hoffnungslos verliebter, etwas älterer Mann mit sehr roten Lippen.

»Clown«, flüsterte er, lächelte aber trotzdem.

Wieder in der Küche, hatten sie zwei Minuten Ruhe für eine weitere Tasse Kaffee. Ein Luxus, so kam es ihm vor.

»Was macht dein Fall? Ist Dicte immer noch involviert?«

Er hatte ein wenig erzählt. Er sah die Verletzlichkeit in ihrem Blick und wusste, dass sie von der Freundin enttäuscht war, die sich so lange nicht gemeldet hatte. Nach ihr fragte sie in Wirklichkeit, nicht nach dem Fall.

»An Spuren fehlt es uns nicht.«

Er seufzte innerlich. Zu viele Spuren waren auch nicht gut. Sie trübten das Wasser und erschwerten das Manövrieren.

»Dicte macht einen etwas gestressten Eindruck. Vielleicht solltest du sie einmal anrufen.«

Ida Marie trank ihren Kaffee aus und goss sich einen neuen ein. Ihr Kaffeeverbrauch war noch größer als seiner.

»Schon wieder? Ich denke, ich habe es oft genug versucht.«

Und das hatte sie. Jedes Mal hatte sie Entschuldigungen zu hören bekommen. Er schüttelte den Kopf. Was wusste er schon von so etwas. Er stand auf, nahm die Jacke von der Stuhllehne und gab ihr einen Abschiedskuss.

»Du kannst sie ja auch einfach mal besuchen«, schlug er vor und sah ihren Zweifel.

Die Arbeit war immer eine Freistatt gewesen, egal, wie sehr er seine Familie liebte.

Das war heute nicht anders. Das dachte er, als er durch die Glastür des wie ein roter Kasten wirkenden Präsidiums trat und von dem üblichen Wirrwarr aus Menschen, die dies oder das wollten, empfangen wurde. Heute hatte einer von ihnen einen Stadtplan von Århus dabei und fragte nach dem Weg zum Musikhuset, während ein junges Mädchen mit einem blauen Auge und einem Säugling auf dem Arm ihren Freund anzeigen wollte. Hinter der am weitesten entfernten Glaswand sah er die Leute der Notrufzentrale an ihren Telefonen sitzen und die Tafel, an der die Schlüssel der im Keller stehenden Einsatzwagen hingen. Am Wochenende war immer viel los. Bestimmt waren sowohl die Ausnüchterungszelle als auch ein Großteil der Einsatzwagen gebraucht worden. Die Hundestaffel war auch im Einsatz gewesen, das wusste er mit Bestimmtheit, da er selbst darum gebeten hatte, den Tatort im Moor gründlich abzusuchen. Nicht, dass etwas dabei herausgekommen wäre.

»Was haben wir?«

Er ließ die Frage über den zur Morgenbesprechung versammelten Kollegen schweben. Nur Arne Petersen fehlte. Er war irgendwo am Viborgvej aufgehalten worden, wo ein Lastzug umgekippt war und viele tausend Cola-Flaschen zur Freude der Autofahrer über die Straße gerollt waren.

»Die Fingerabdrücke sind nicht in unserer Datenbank.«

Jan Hansen machte den Anfang.

»Ärgerlich.«

Es war mehr als das. In den meisten Fällen stießen sie auf alte Bekannte, wenn ein Verbrechen begangen worden war. Bei den jungen Krawallmachern handelte es sich meistens um dieselben, ganz egal, ob sie nun aus dem Ausländermilieu oder der Rockerszene kamen. Die Personen waren dieselben, nur die Schauplätze änderten sich.

»Aber wir gehen noch immer davon aus, dass es sich bei den Tätern um junge Leute handelt, die in irgendeiner Verbindung zu der Schule stehen?«

Ivar K stellte die Frage, an der sie wohl alle das Wochenende über, an dem die technischen Untersuchungen weitergegangen waren, geknabbert hatten.

Wagner nickte, ließ den Kaffee aus der Kantine an sich vorbeigehen und erinnerte sich dankbar an die beiden morgendlichen Tassen mit Ida Marie. Stark gerösteter Kenya Blue Mountain. Er röstete die Bohnen im Ofen selbst und mahlte sie grob.

»Wir haben immerhin die Fußspuren.«

»Und Inger Graugaard?«, fragte der bald dreißig werdende Eriksen in seinem schweren westjütländischen Dialekt, den er nie ganz loswurde.

Das war der springende Punkt: Ob man die Vandalen mit dem Mord in Verbindung bringen konnte. Auf Anhieb erschien das logisch.

»Davon können wir im Moment ausgehen«, sagte Wagner. »Sie war Lehrerin an der Schule. Deutlicher kann es eigentlich nicht sein.«

Ivar K nickte, legte den Kopf in den Nacken und trank seinen Kaffee wie andere Wasser. Wagner schauderte.

»Ich hatte einmal einen Mathelehrer«, erklärte Ivar K. »Der reinste Sadist. Einmal hat er mich in einen Schrank eingesperrt, und nach der Schule wollte er, dass ich ihm einen blase. Er hat mir gedroht, mich durchfallen zu lassen.«

Hansen fuhr sich mit der Hand über den glatt rasierten Schädel.

»Irgendwie musst du aber bestanden haben. Sonst säßest du nicht hier.«

Ivar K funkelte ihn an. Die Augen blitzten.

»Wir waren ein paar Kameraden und haben ihm eine Lektion erteilt.«

Wagner unterbrach die beiden, bevor die verbale Schlacht sich weiterentwickelte. Er konnte sich Ivar K in so manchen Situationen vorstellen, nur nicht wie er jemandem eine Lektion erteilte.

»Was ist mit den Reifenspuren? Können wir damit etwas anfangen? Die technische Abteilung sagt, dass sie von einem der Autos des Wasserwerks stammen.«

Eriksen räusperte sich und faltete ein Stück Papier auseinander, das er aus der Hosentasche gezogen hatte.

»Ihr dürft nicht glauben, dass ich gewöhnlich mit Kollegen, die nicht zum Team gehören, Fälle diskutiere. Aber ich habe doch einen Vetter, der unten in der Einsatzleitstelle arbeitet, und Samstag hatten wir ein Familientreffen.«

Wagner lächelte innerlich. Eriksens Familie war so groß, dass man sie für Katholiken halten könnte, und mehrere arbeiteten bei der Polizei. Er hatte auch einen Vetter bei der Kripo in Ringkøbing.

»Ich habe ihm von der Reifenspur erzählt und dass sie wahrscheinlich von den einzigen Fahrzeugen stammt, die in dem Gebiet fahren dürfen, nämlich von denen der Stadtwerke, weil die Gemeinde ihr eigenes Wasser hat, das aus dem Moor kommt.«

Eriksen lehnte sich, beide Ellenbogen aufgestützt, über den Tisch. Ein sicheres Zeichen, dass jetzt etwas kam, das er für wichtig hielt.

»Jens hat mir erzählt, dass am Mittwoch ein Arbeiter des Wasserwerks sein Auto als gestohlen gemeldet hat. Er konnte sich daran erinnern, weil er den Mann selbst am Telefon hatte und er sehr aufgeregt war.«

Er sagte es mit einem Gewicht, als handle es sich um eine entscheidende Spur in einem Serienmordfall. Natürlich konnte da ein Zusammenhang bestehen. Vielleicht hatte der Mörder das Auto gestohlen und das Opfer damit ins Moor gebracht. Das würde den Fall nur noch weiter erschweren. Aber hatte der Täter wirklich alles so genau geplant? So etwas war ungewöhnlich hierzulande, dachte Wagner. Das gab es meistens nur im Film. Außerdem konnte es so viele andere Erklärungen geben, wie Inger Graugaard ins Moor gekommen war.

»Das müssen wir natürlich überprüfen«, sagte er trotzdem. »Wir werden es erfahren, sobald man das Auto gefunden hat. Wenn es nicht schon schwarz lackiert auf dem Weg nach Polen ist«, fügte er wie zu sich selbst hinzu.

Eriksen nickte bedeutungsvoll. Wagner fragte sich kurz, ob er auch ein Lied zu seinem eigenen Geburtstag schreiben würde. Eriksen schrieb in seiner Freizeit Lieder zu festlichen Anlässen.

»Ich kümmere mich darum.«

Weitere Aufgaben wurden verteilt und mögliche Motive von allen Seiten beleuchtet. Auch die Informationen von Karen Graugaard mussten überprüft werden. Es stand bereits fest, dass Anders Langballe nicht der Täter sein konnte. Als Anführer einer Sadomasosekte war er im Jahr 2000 wegen

Mordes an einem Sektenmitglied verhaftet worden und saß noch immer im Staatsgefängnis von Horsens ein. Unmittelbar schien keine Verbindung zwischen diesem Mord und Inger Graugaards Tod zu bestehen, aber Ivar K wurde die Aufgabe zugeteilt, das näher zu untersuchen und ihn im Gefängnis zu verhören. Wagner dachte flüchtig an das Gespräch mit Karen Graugaard. Sie hatte ihm nichts von der Sekte erzählt. Gab es noch mehr, das sie der Polizei verschwiegen hatte? Er beschloss, sie bald noch einmal zu befragen. Aber vor allem mussten sie sich darauf konzentrieren, die Vandalen und damit hoffentlich auch den Mörder zu finden.

Die Besprechung dauerte bereits eine Dreiviertelstunde, als Arne Petersen endlich, den Arm voller Cola-Flaschen, auftauchte.

»Greift zu!«

Ivar K runzelte die Brauen.

»Was zum Teufel soll das, Petersen? Bist du unter die Hehler gegangen?«

Arne Petersen sah entrüstet aus.

»Die sind an die Leute auf der Straße verteilt worden. Was hätten wir sonst damit machen sollen?«

Wagner lächelte.

»Und zu den Leuten gehören wir auch?«

Petersen machte erst ein dummes Gesicht. Doch dann ritt ihn der Teufel, und er öffnete eine Flasche, dass die Kohlensäure spritzte. Wagner dachte an Martin und den Milchkarton.

»Ich denke, wir sollten feiern, dass sich bei dem Dienst habenden Beamten ein paar Zeugen zu dem Schulbrand gemeldet haben.«

Wagner wartete geduldig, während Arne Petersen Cola in die Tassen goss, als wäre es Champagner.

»Ein Mädchen aus der Siebten«, sagte er über die Schulter, während er Ivar Ks Tasse bis zum Rand füllte. »Ich habe Namen und Telefonnummer. Sie hat am Abend vier Jungen auf dem Spielplatz der Schule stehen und rauchen sehen. Einen hat sie als früheren Schüler erkannt und den anderen als seinen Bruder, der in die Neunte geht. Prost!«

Wagner hob seine Tasse und merkte, wie sich deren Inhalt auf seinen Lippen in einen Veuve Clicquot bester Qualität verwandelte.

12

Ach, du meine Fresse, hat der sich ins Zeug gelegt.«

Bo war in strahlender Montagslaune. Vielleicht weil er sich etwas mehr Zeit mit den Kindern erschlichen hatte, wie immer das zugegangen war. Vielleicht hatte er sie in der Pause mit zu McDonald's genommen. Vielleicht auch nur am Schulzaun gestanden und sie zu sich gerufen; einen Schneeball geworfen und ein Lächeln oder zwei zurückbekommen.

Sie dachte es, während sie neben ihm auf dem Sofa in der Dunkelkammer saß. Auf dem Sofa, das von allem etwas gesehen hatte, was Affären anging. Oder – man durfte schließlich hoffen – er war froh, weil sie sich geliebt hatten. Einander gefunden hatten, so hieß das doch. In dem ganzen Durcheinander aus Brand und Verwüstungen und Mord und Scheidung und Roses Drohung, zu Hause auszuziehen, hatten sie am Sonntagabend eine CD von Robbie Williams aufgelegt und getanzt. Getanzt und gespürt und geschnuppert und geschmeckt. Nach einigen Flaschen Rotwein, natürlich, aber in Krieg, Liebe und Meinungsverschiedenheiten waren alle Tricks erlaubt.

»Wer?«

Sie murmelte es, die Nase gegen seinen Hals gepresst, als sie eng beieinander saßen. Sie spürte seinen Puls, studierte die Haut. Konnte die feinen Poren ahnen und die grauen Narben der Augen sehen, hinter denen sich Tragödien verbargen, selbst erlebte ebenso wie andere, deren Zeuge er draußen in der Welt geworden war und die er mit seiner Nikon verewigt hatte. Die Lust auf ihn kam zurück, obwohl sie eigentlich nur in die Dunkelkammer gekommen war, um Kopien zu machen.

»Holger, der Held, natürlich.«

Er hatte die aufgeschlagene Zeitung auf den Knien und zeigte es ihr.

»Hier. Und hier. ›Allein erziehende Mutter taucht mit Kind unter‹«, las er mit ekelerfüllter Stimme vor. »Sie soll ihren Sohn gezwungen haben, Malstifte zu essen.«

»Münchhausen-by-proxy«, erklärte Dicte, die schon einmal über einen ähnlichen Fall geschrieben hatte. »Er ist verdammt produktiv gewesen.«

Bo blätterte in der Zeitung.

»Und hier, verdammt. Eine ganze Doppelseite über den Schulbrand. Jede Menge Wörter. Hast du nicht gesagt, dass er nicht schreiben kann?«

Dicte richtete sich auf. Holger Søborgs Name war plötzlich überall zu sehen. Er hatte am Wochenende Dienst gehabt, aber trotzdem. Sie überflog die Texte, und die Wut stieg wie Blasen in ihr auf.

»Das kann er auch nicht. In der Regel braucht er fünf Stunden für einen Zweizeiler.«

Sie selbst hatte keine Story in der heutigen Ausgabe. Ihr Artikel über den Mord am Freitagabend war in der Sonntagszeitung erschienen, und danach war Wochenende gewesen. Sie las, und plötzlich fiel ein Teilchen an seinen Platz. Kürzungen. Entlassungen. Jeder vierte Mitarbeiter musste gehen. Die Zeitung knisterte auf Bos Knien.

Polizei jagt junge Brandstifter mit Hochdruck lautete die Überschrift des Artikels. Auf der Titelseite fand sich ein Hinweis auf den Artikel, auch mit Holgers Namen, der wie mit Neonbuchstaben geschrieben vor ihren Augen blinkte. »Die Polizei von Århus hat viele Kräfte für die Jagd nach den Tätern bereitgestellt, die die Møllevang-Schule abgefackelt haben. Man geht davon aus, dass es sich um Jugendliche handelt«, hieß es in dem Vorspann; dann folgte der Text: »Die Polizei von Århus hat eine intensive Suche nach den Tätern eingeleitet, die nicht nur hinter Brand und Vandalismus in der Møllevang-Schule stehen, sondern vermutlich auch hinter den weitgehenden Verwüstungen in der Samsøgade-Schule und der privaten Elise-Smith-Schule. Die Polizei untersucht einen möglichen Zusammenhang zwischen dem Vandalismus und dem Mord im Kasted-Moor vom Freitag.«

Weiter unten im Text konnte sie lesen, dass mindestens zwanzig Beamte auf den Fall angesetzt waren und der Schulratsvorsitzende erklärt hatte, dass die Schulen jetzt ihre Bemühungen koordinieren und ihr Geld für eine bestmögliche Sicherung der Gebäude einsetzen mussten. Und, der Himmel möge ihr beistehen, es gab noch einen weiteren Artikel in der Zeitung, wie die Jugendlichen heutzutage vernachlässigt und sich selbst und diversen Computerspielen überlassen blieben. Natürlich unter Bezug auf irgendeinen Psychologen, der als Experte zitiert wurde.

»Hör auf.«

Sie hörte selbst ihre Panik darüber, dass ein anderer sich in ihr Arbeitsfeld eingeklinkt hatte, ungeachtet ob dieser andere nur ein Praktikant war oder nicht. Dann spürte sie eine leichte Beschämung, weil sie im Lauf der Zeit selbst so viele Zusammenstöße erlebt und für eine größere Flexibilität plädiert hatte sowie dafür, dass die Zeitung an erster und die Primadonna-Allüren der Reporter erst an zweiter Stelle kamen. Aber trotzdem. Das hier war etwas anderes.

»Wer zum Teufel glaubt er, dass er ist?«

»Vielleicht ist er auf den Cavling-Preis aus«, meinte Bo.

Sie las die Artikel noch einmal. Irgendetwas war falsch, aber sie konnte nicht sagen, was.

»Die Kürzungen!«, schlussfolgerte sie schließlich.

Bo glich einem Fragezeichen. Als freier Mitarbeiter hatten sie ihn genau da, wo sie ihn haben wollten. Da, wo sie weder Rente noch Krankengeld zahlen mussten.

»Er will eine feste Anstellung, wenn er mit der Schule fertig ist«, erklärte sie Bo, der auf alles, was fest war, allergisch reagierte.

»Cecilie möchte, dass er eingestellt wird«, präzisierte sie ihre Aussage. »Dann weiß sie, wo sie ihn hat.«

»Armer Kerl«, murmelte Bo.

Er stand auf, gähnte und streckte sich, lang und dünn und struppig wie eine der Katzen, auf die man in Griechenland oder Spanien traf. Die Freelancer unter den Haustieren, konnte sie noch denken. Entweder ganz wild oder ganz zahm. Auch wenn man sie mit nach Dänemark nahm und ihr Ohr tätowieren ließ.

Er zog sie vom Sofa hoch, küsste erst ihre Nase und dann ihren Mund.

»Pass auf«, flüsterte er. »Er hat ein Messer im Ärmel, und das ist auf deinen Rücken gerichtet.«

Eine Frau stand an der Rezeption, als sie endlich die Kopien gemacht und weiter über das gemeckert hatte, was ihr wie ein Komplott vorkam. Natürlich konnte sie nichts beweisen, und außerdem war es nicht verboten zu schuften. Aber irgendetwas stimmte nicht. Irgendetwas war absolut falsch. Das Gefühl verschwand auch nicht, während sie die Frau einige Sekunden beobachtete, die dort stand und unsicher den Gang hinunterblickte. Eine junge Frau in altmodischen Klamotten. Ein Kopftuch um den Kopf wie eine Bauersfrau; ein unkleidsamer brauner Wollmantel, ein graubraunes Kostüm und vernünftige Schuhe.

»Benedicte?«

Sie stand ganz still. Sie erkannte sie und doch wieder nicht. Wellen von Kindheit schlugen über ihr zusammen. Sofie? Ihre Lippen wollten sich bewegen und den Namen aussprechen, aber die Stimme versagte.

»Bist du das, Benedicte?«

Die Frau trat einen Schritt ins Licht, und Dicte begegnete den hellen blauen Augen, die sie früher so streng hatten ansehen können. Nicht ein Tag war in der Kindheit vergangen, ohne dass sie sie zurechtgewiesen hatten, dachte sie. Jetzt blickten sie nur erschrocken.

»Sofie«, brachte sie endlich heraus. »Was machst du hier?«

Sie hörte selbst, wie abweisend sie klang. Aber die Worte waren gesprochen, und sie hatte keine Ahnung, wie sie sich verhalten sollte.

»Darf ich mich setzen?«

Es gab keine Umarmung, nicht einmal einen Händedruck. Sofie befand sich auf verbotenem Terrain. Nervosität knisterte zwischen ihnen, und Dicte sah ein, dass sie die Sache in die Hand nehmen musste.

»Sicher. Wenn du willst, können wir uns in die Kantine setzen und einen Kaffee trinken.«

Soweit sie sich erinnerte, war es den Zeugen Jehovas nicht verboten, Kaffee zu trinken. Sofie hielt sich bestimmt an alle Regeln. Oder an die meisten, berichtigte sie sich. Denn eine der Regeln besagte, dass man keine Familienmitglieder aufsuchen durfte, die ausgestoßen worden waren.

»Nur ein Glas Wasser«, sagte ihre Schwester nichtsdestotrotz, und jetzt hörte Dicte, dass ihre Stimme leicht zitterte. »Ich bleibe nicht lange.«

Dicte goss kaltes Wasser in ein Glas. Nicht lange. Sie hatten einander über zehn Jahre nicht gesehen, und Sofie blieb nicht lange. Bilder tauchten vor ihren Augen auf, ohne dass sie es wollte. Sie war vielleicht sechs und Sofie acht, als sie in den Ferien Großmutter und Großvater in Århus besucht hatten. Sie waren in die Altstadt geschleppt worden und in den Kopfsteinpflasterstraßen um die Wette gelaufen; waren ins Tivoli Friheden gegangen, wo sie auf dem Rasen Livemusik gehört und mit den anderen Kinder gespielt hatten, die in den Sommerferien dort waren. Großmutter hatte Filetsteaks gebraten, und in der ganzen Wohnung hatte es herrlich nach Zuhause und Sicherheit und reinstem Glück und Freiheit gerochen.

Sie drehte sich mit dem Wasserglas in der Hand um und streifte mit dem kühlen Glas kurz ihren Puls, der schnell pochte. All das hatten sie verloren. Als ihre Mutter begeistert und verbissen Jehova begegnet war und nach einer gewissen Zeit auch ihren Vater überzeugt hatte, war es vorbei mit den

Ferien bei Großmutter und Großvater. Höchstens einen Nachmittag durften sie bleiben, und auch das nur unter Aufsicht, damit sie nicht mit Karten- und anderen Spielen korrumpiert wurden.

Sie reichte Sofie das Glas und fragte sich, ob sie diese Zeit jemals vermisst hatte. Ob sie zweifelte. Aber dann begegnete sie dem stahlharten Blick und wusste, dass dem nicht so war. Ihre Schwester war immer eine Musterzeugin gewesen.

»Danke.«

Sofie nippte vorsichtig an dem Glas, als könnte das Wasser giftig sein.

»Wie hast du mich gefunden?«

Sofie zuckte mit den Schultern.

»Ich wusste, wo du bist. Arbeitest«, berichtigte sie sich.

Dicte schenkte sich schwarzen, starken Kaffee ein. Wusste Sofie auch, wo sie wohnte? Hielten sie trotz allem ein Auge auf sie? Sie schauderte, hoffte aber irgendwo in ihrem Inneren, dass sie ihnen nicht gleichgültig war.

»Ich komme wegen Vater.«

Irgendetwas in der Stimme ließ Dicte auf den Stuhl sinken. Wieder spulte sich der Film vor ihren Augen ab. Sie sah ihren Vater vor sich und atmete den Duft von Tabak ein, aus der Zeit vor der Veränderung. Sie erinnerte sich an sein breites Lächeln, das die tiefblauen Augen leuchten ließ. Sie hatte diese Augenfarbe nie mehr bei einem Menschen gesehen. Sie konnte sein Lachen nahezu hören, wie es durch das Haus schallte, und der Verlust stach wie eine Ahle; präzise und scharf. Sie fragte sich flüchtig, warum Sofie gekommen war, und ihr Mund wurde trocken, als ihr die Möglichkeiten bewusst wurden.

»Ist er krank?«

Sofies Blick flackerte zum Fenster, über die Spüle und landete auf ihren Händen, die gefaltet im Schoß auf dem groben Stoff des Rocks lagen.

»Er hatte einen Verkehrsunfall. Er ist auf dem Bürgersteig von einem alkoholisierten Autofahrer angefahren worden.«

Die Stimme referierte die Einzelheiten des Unfalls. Wie die Polizei den alkoholisierten Autofahrer gejagt hatte. Wie er in voller Fahrt die Rechtskurve über den Bordstein genommen hatte. Aber Dicte nahm die Worte nicht mehr auf. Etwas in ihr riss auf, und ein Laut drängte an die Oberfläche. Sie wusste nicht, ob sie weinte oder schrie, und es war ihr auch gleichgültig.

»Wo ist er?«

Wieder begegnete sie dem unsteten Blick.

»Du weißt, wie das ist. Mutter will das eigentlich nicht. Sie weiß nicht, dass ich hier bin.«

Ihre Hand schoss nach vorn, bevor sie darüber nachdenken konnte. Sie griff nach Sofies Arm und hielt ihn fest. Der Stoff füllte sich rau und abweisend an.

»Wo?«

Sie hörte ihr eigenes Schluchzen und wunderte sich. Eigentlich hatte sie geglaubt, alles gut verdrängt zu haben.

»Fass mich nicht an«, sagte Sofie ruhig, und Dictes Finger ließen sie wie von selbst los.

Ihre Schwester stand auf und griff hastig nach ihrer Tasche, die an eine alte Schultasche erinnerte. Sie stellte sie auf den Tisch. Öffnete sie. Legte zwei Exemplare von *Wachtturm* und *Erwachet!* neben Dictes Kaffeetasse.

»Im Stadtkrankenhaus. Auf der neurologischen Abteilung. Er wird künstlich beatmet.«

Dictes Magen krampfte. Sie wollte ihr nachlaufen, als Sofie aus der Tür stürzte. Sie wollte sich bedanken und sagen, dass sie wusste, welch großes Risiko damit verbunden war, hierher zu kommen, und dass sie vorsichtig sein und ihren Vater besuchen würde, wenn niemand sonst bei ihm war. Sich rein- und rausschleichen würde wie ein Schatten; der sie in ihren Augen auch war. Eine Nichtexistierende. Doch stattdessen blieb sie wie angewurzelt auf dem Stuhl sitzen. Ihr Blick landete auf den beiden Blättern, und sie wusste, dass sie Sofies Alibi vor sich selbst waren. Sie war der Verkündigung nachgegangen.

»Hast du ein Gespenst gesehen?«

Sie wusste nicht, wie viele Minuten vergangen waren. Cecilie stand in der Tür, mit den üblichen Utensilien der Journalistin, dem Block in der einen und dem Kugelschreiber in der anderen Hand.

»So etwas Ähnliches«, murmelte Dicte. Sie wollte nach der Kaffeetasse greifen, aber aus irgendeinem Grund griff sie nach dem Wasserglas. Vor ihrem inneren Auge sah sie das Bild der Quelle mit rieselndem, klarem und kaltem Wasser. Sie trank begierig, und die Gedanken trugen einen vorübergehenden Sieg über die Gefühle davon.

»Meine Schwester«, murmelte sie. »Mein Vater liegt im Krankenhaus.«

»Das tut mir leid.«

Cecilie stand ein wenig linkisch da. Freundinnen würden sie nie werden. Sie hatten nie darüber gesprochen, aber Dicte wusste sehr wohl, dass Bo zwischen ihnen spukte. Nicht, dass Cecilie sich noch etwas aus ihm machte, aber es hatte ihrer Eitelkeit einen Schlag versetzt, dass er eine andere und nicht zuletzt ältere Frau ihr vorgezogen hatte. Sie öffnete den Kühlschrank und holte eine Bäckertüte heraus.

»Kuchen?«, fragte sie freundlich.

Dicte schüttelte den Kopf.

»Ich muss los. Ins Stadtkrankenhaus. Kannst du Davidsen Bescheid sagen?«

Cecilies Blick taxierte sie.

»Ich habe dir ein Fax auf den Tisch gelegt. Aber vielleicht sollten wir Holger anrufen, wo du jetzt eine legitime Entschuldigung hast.«

Kürzungen. Defizite. Die Worte summten in ihrem Kopf. Konnte sie es sich leisten freizunehmen? Konnte sie es sich leisten, es nicht zu tun?

»Was für ein Fax?«

Cecilie nickte in Richtung der Glaswand des Büros.

»Lies es besser selbst.«

Dicte stand auf. Sie leerte das Wasserglas und nahm die

Kaffeetasse mit, stellte sie dann aber doch auf der Fensterbank ab. Sie griff nach dem Fax, das auf der Tastatur lag. Der Absender war das Polizeipräsidium in Århus und der Text kurz. Eine Einladung zu einer Pressekonferenz am gleichen Tag um sechzehn Uhr. Sie hatten vier junge Männer festgenommen, einen Sechzehnjährigen, zwei Siebzehnjährige und einen Neunzehnjährigen, die man des Vandalismus und der Brandstiftung an drei Schulen bezichtigte sowie des schweren Vandalismus auf dem Nordfriedhof und des Vandalismus auf dem Friedhof in Hornslet.

Um sechzehn Uhr. Das war in einer halben Stunde. Wagner und Co. würden da sein und sich den Fragen der Journalisten stellen, und sie hatte dort zu sein. Das war ihre Story, das war ihr Arbeitsgebiet. Aber im Moment war ihr das egal. Oder zumindest fast.

Eine leise Stimme sang von Kürzungen und jedem vierten Journalisten, als sie Holger Søborgs Nummer wählte und ihn bat, für sie einzuspringen.

13

Eigentlich wollte Rose nicht Richtung Moor. Aber der Hund zog, und außerdem war Jan da. Er hatte sie nach Hause gefahren, um eine Tasche mit Kleidung und anderen notwendigen Dingen zu packen.

Ihre Mutter war noch nicht von der Arbeit zurück, was es in gewisser Weise leichter machte. Sie hatte keine Lust auf eine Konfrontation und ihre Enttäuschung. Wollte am liebsten so schnell wie möglich fort, wenigstens für ein paar Tage, bis Alltag und Schule und die Pläne für das Reihenhaus das Bild in ihrem Kopf verblassen ließen.

Nicht, dass sie viel über dieses Haus nachgedacht hatte. Vor allem die Tote spukte in ihrem Kopf herum. Tags sowohl als nachts.

In ihren Träumen sah sie den Fuß auf dem Waldboden und den roten Stoff des Kleides, zerrissen und fließend wie eine blutige Welle. Sie sah auch das farblose Haar, das zu einem dunklen Schmutzfleck verklebt war, und die Axt, deren Schaft in die Luft stand. Aber vor allem die Augen machten ihr Angst, weil sie von den letzten Sekunden der Toten erzählten und doch nicht ihr Geheimnis preisgaben, sodass sie halb wach wurde und Ruhe bei Jan suchte, seinem Atem lauschte und darüber nachdachte, wie wenig die Lebenden von den Toten trennte. Ein Brustkorb, der sich hob und senkte. Sauerstoff und Blut, die durch den Körper gepumpt wurden. Ein kleiner Seufzer im Schlaf. Eine zitternde Augenbraue, ein bebender Nasenflügel. In Wirklichkeit nicht viel.

Während sie gingen, dachte sie darüber nach. Svendsen raste wie wild davon, und Jan sah sich wie ein Bodyguard nach allen Seiten um, während sein Arm auf ihren Schultern ruhte und sie nach unten drückte. Aber lieber das, als alleine zu sein. Gerade jetzt konnte sie sich nicht vorstellen, jemals wieder alleine zu sein.

»Die Leute vom Wasserwerk sind unterwegs.«

Er schien richtig stolz auf seine Beobachtung. Rose konnte den orangefarbenen Wagen ganz weit vorn auf dem Weg erahnen. Da, wo die großen Pumpen des Wasserwerks lagen.

»Sie sind zu zweit«, sagte er hellwach und drückte ihre Schultern noch ein wenig fester. Sie machte sich frei und griff nach seiner Hand.

»Sie müssen schließlich ihrer Arbeit nachgehen. Es kann doch nicht alles plötzlich stillstehen ...«

Sie wollte hinzufügen: »Nur weil jemand eine Leiche im Moor gefunden hat«, aber es fiel ihr noch immer schwer, darüber zu reden. Allein daran zu denken. Sich zu erinnern. Sich von der Angst durchdringen zu lassen, die sie seit dem Ereignis begleitete und der sie mit Vernunft zu Leibe zu rücken versuchte. Es war nur natürlich, sagte sie sich. Ein Schock. Mit der Zeit würde sich das geben. Aber die Lust, woanders hinzuziehen, hatte von ihr Besitz ergriffen. Sie wollte nicht länger den niedergebrannten Stall der Nachbarn vor Augen haben und den süßlichen Gestank von verbranntem Fleisch riechen; sie wollte nicht Zeugin sein der ewigen Jagd ihrer Mutter nach allem, was hässlich und grausam war. Nach Unglücksfällen und Tod.

Doch als sie nach Hause gekommen waren, hatte Svendsen um einen Gang gebettelt und Jan mit der Stimme eines Psychologen gesagt, dass es keine schlechte Idee sei, den Hund bestimmen zu lassen und einen Spaziergang ins Moor zu machen. »Sonst kommst du nie darüber weg«, hatte er verkündet. Und es war dumm, das wusste sie. Das Moor war ideal für den Hund. Sie durfte nicht zulassen, dass ihr schrecklicher Fund sie das ganze Leben lang in Angst und Schrecken versetzte.

»Im Sommer kann man hier die Nachtigallen hören«, erklärte ihr Jan, während sie gingen.

Sie sah ihn überrascht an.

»Woher weißt du das?«

Er wusste die seltsamsten Dinge. Alles Mögliche, vor allem über die Natur und unbrauchbare statistische Erhebungen.

»Aus dem Internet.«

Sie kicherte.

»Hast du wirklich im Internet nach dem Kasted-Moor gesucht?«

Er zuckte mit den Schultern. Das Internet war sein Hobby. Er konnte stundenlang vor dem Computer sitzen, und ihre Mutter hielt ihn bestimmt für einen Langweiler.

»Früher hat man hier Torf gestochen, und jedes Anwesen hatte sein eigenes kleines Stück Torfmoor«, sagte er. »Bestimmt hat man nicht zum ersten Mal eine Leiche hier gefunden.«

»Eine Moorleiche? Von ganz früher?«, fragte sie.

Plötzlich klang er begeistert.

»Früher brachte man den Göttern Menschenopfer in der Hoffnung auf eine gute Ernte oder Jagd. Aber natürlich gab es damals auch Mörder.«

Sie stellte sich das Moor voller toter, rastloser Seelen vor, die eines gewaltsamen Todes gestorben waren. Sie stieß ihn mit dem Ellenbogen in die Seite.

»Ich dachte, dieser Spaziergang sollte mich beruhigen.«

Sie hatten sich dem Ende des Wegs genähert, wo der kleine Schuppen des Wasserwerks lag und der Bach vorbeifloss. Ein Mann mit einem Hund war stehen geblieben und sprach mit zwei Männern von den Stadtwerken Århus. Sie erkannte den Hund wieder. Er hieß Kris und war ein reinrassiger Pudel, für den Svendsen mit seinem Mischlingshintergrund nur Verachtung übrig hatte. Beide Hunde begannen auch prompt zu bellen, sobald sie in Hörweite voneinander waren.

»Da haben wir ja die glückliche Finderin.«

Die Worte kamen von Kris' Herrchen. Sie hatte keine Ahnung, wie der Mann hieß. Sie kannte nur die Namen der Hunde von den Leuten, denen sie auf ihren Spaziergängen begegnete.

»Treibt es dich zum Tatort zurück?«

Es war freundlich gemeint, weshalb sie zu lächeln versuchte, während sie Svendsen kurz hielt und Jans Arm um ihre Schulter spürte.

»Es bringt nichts, Angst zu haben«, sagte sie tapfer.

Die beiden Männer vom Wasserwerk standen neben dem Lieferwagen; der eine hatte ein Walkie-Talkie in der Hand, aus dem eine Stimme schnarrte. Rose nahm an, dass er zu dem Werk Kontakt hielt, das am Waldrand lag, von wo sie gerade kamen.

»Hast du sie gefunden?«, fragte der andere Mann neugierig. Er hatte dunkle Locken und trug eine Brille mit dicken Gläsern und einem schwarzen Gestell, das sein ganzes Gesicht nach unten zu ziehen schien.

Rose nickte, sagte aber nichts. Eigentlich würde sie am liebsten umkehren, aber jetzt beschnupperten sich die Hunde und wedelten mit dem Schwanz.

Der Mann mit dem Walkie-Talkie sagte leise irgendetwas von einer Pumpe Nummer neun in sein Gerät. Freundliche blaue Augen streiften die ihren. Sie spürte, wie sie wie zufällig über ihren Körper wanderten, und wurde rot.

»Das muss schrecklich gewesen sein«, sagte der Mann mit der Brille und schüttelte die schwarzen Locken. »Irgendjemand hat erzählt, dass der Hund sie zuerst entdeckt hat.«

Der Mann mit dem Pudel nickte wissend, als sei er über alles bestens informiert. Rose fragte sich plötzlich, was geredet wurde und inwieweit sich die Geschichte mit der Zeit verändern würde.

»Es waren zwei Hunde«, erklärte er. »Der Hund der Toten war auch dabei, nicht wahr?«

Sie nickte wieder. Sie wollte Jan weiterziehen und sagen, dass sie gehen sollten, aber er sah sich interessiert die Pumpe an, die nichts anderes als ein grauer Betonklotz mit einer Kuppel aus grünen Glasfasern war, in die jemand ein Herz und ein paar Initialen geritzt hatte.

»Hier hat es im Sommer doch Probleme gegeben, als wir das Wasser abkochen mussten, nicht?«

Rose wusste, dass er auf die Periode anspielte, wo man Kolibakterien im Trinkwasser von Århus gefunden hatte. Seitdem war der Wasserturm an der Ringgade stillgelegt, weil man der Ansicht war, dass die Bakterien durch das Loch hineingeraten waren, das für den Handysendemast gebohrt worden war. Die Theorie ging davon aus, dass der Taubendreck auf dem Dach für die Verunreinigungen verantwortlich war.

Der Mann mit den blauen Augen hatte sein Walkie-Talkie ausgeschaltet.

»Auf unseren Wasserturm haben keine Tauben geschissen«, sagte er gemütlich.

Das löste eine längere Diskussion darüber aus, ob die Tauben wirklich die Schuldigen waren oder die Kolibakterien möglicherweise von einem Krankenhaus aus ins Trinkwasser gelangt waren.

»Vielleicht war das biologische Kriegsführung«, meinte der Mann mit dem Pudel mit Verschwörerstimme.

Rose rollte heimlich die Augen zum Himmel. Jan hatte schon seltsame Interessen, aber wenigstens hatte er die Unterhaltung in eine andere Richtung gelenkt.

Es schien zu wirken. Auf geheimnisvolle Weise verwandelte sich das Moor von etwas Bedrohlichem in etwas Alltägliches. Und als sie umdrehten und nach Hause gingen, ließ Jan ihre Hand los, und sie ging frei und summend den Weg entlang, während Svendsen mit der Nase am Boden schnüffelte und seine üblichen Duftmarken verteilte. Und plötzlich tauchte das Reihenhaus wie eine Traumblase auf, die über ihrem Kopf in den Himmel stieg. Sie sah ein Schlafzimmer mit einer geblümten Bettdecke und Blumen in einer Vase, flatternde Gardinen und die Sonne, die ein Viereck auf dem Boden wärmte. Sie konnte die Geborgenheit fast spüren.

Als sie nach Hause kamen, packte sie ihre Sachen und schrieb einen Zettel für ihre Mutter, die noch nicht aufgetaucht war. Ein paar Bedenken machten sich bemerkbar, aber sie ignorierte sie. Das war neu für sie, dass sie zuerst an sich dachte, aber jetzt war das die einzige Möglichkeit. Sie musste hier weg, auch wenn sich ihr bei dem Gedanken an eine Zukunft ohne das Haus und ohne ihre Mutter der Hals zusammenschnürte.

Als sie sich auf den Beifahrersitz von Jans schwarzem Corolla setzte, fiel ihr die grüne Puch Maxi auf, die neben der Treppe zum Haus der Nachbarn stand. Der Motor des Toyota war bereits angesprungen, die Sicherheitsgurte angelegt, als oben im Nachbarhaus die Tür geöffnet wurde und ein junges Mädchen, das Roses Spiegelbild hätte sein können, mit einem Rucksack über der Schulter und einem Sturzhelm unter dem Arm schnell die Treppe hinuntergelaufen kam. Die langen Haare wurden an den Kopf gedrückt, als sie sich auf das Moped schwang, den Sturzhelm aufsetzte und unter dem Kinn zumachte. Dann startete das Moped mit einem aggressiven Laut, der kaum zu seiner Größe passte, und das Mädchen verschwand mit quietschenden Reifen den Weg hinunter.

»Jemand, den du kennst?«

Rose schüttelte den Kopf, war sich aber nicht sicher. Irgendetwas an dem Mädchen kam ihr bekannt vor.

14

Dicte hatte so viele Fragen, die sie gerne stellen wollte. Sie warteten nur darauf, ausgesprochen zu werden, aber es nutzte nichts. Es gab niemanden, der sie ihr beantworten konnte.

Das dachte sie, als sie dem Labyrinth des Krankenhauses entkommen war und nach links in die Tordenskjoldsgade einbog. Sie war so von ihren Gedanken in Anspruch genommen, dass sie nicht aufgepasst und ein anderes Auto angestupst hatte, als sie auf dem engen Parkplatz der Neurologie ausgeparkt hatte. Natürlich hatte sie nachgesehen, aber der weiße Volvo hatte keine Schramme abbekommen. Nur ihr eigener Kotflügel war zu Schaden gekommen, ihn zierte ein hübsches Zickzackmuster. Sie durfte nicht vergessen nachzusehen, wie viel die Versicherung zahlte. Die jährliche Prämie für die Vollkaskoversicherung war schweineteuer, vielleicht bestand Hoffnung.

Sie wünschte, Rose wäre zu Hause. Sie sehnte sich nach ihrer Frische und einer Umarmung und dem Wissen, dass etwas in dieser Welt noch normal war. Dass sie etwas Vernünftiges in ihrem Leben getan hatte, zum Beispiel sich frei zu strampeln, auch wenn diese unüberwindbare Kluft zwischen ihr und ihrer Familie der Preis war. Denn wenn sie geblieben wäre, wenn sie geheiratet und Rose im Glauben erzogen hätte, was wäre dann?

Sie schauderte, unterbrach ihre Gedankenkette und schaltete das Radio ein. Wieder wurde der überall zu hörende Robbie Williams gespielt. Sie musste an Bo denken, an seine Wange, die ihrer so nahe gewesen war, als sie getanzt hatten, und an den Duft seiner Haut. Sie wurde traurig. Er hatte ihr kurz über Handy mitgeteilt, dass er heute Nacht in seiner eigenen Wohnung schlafen werde, und erklärt, dass er alleine sein müsse.

Wieder hatte sie die Distanz gespürt, hatte es aber weder geschafft zu protestieren noch ihm von ihrem Vater zu erzählen. Vielleicht war das auch die Märtyrerin in ihr, dachte sie und schämte sich ein wenig. Wenn er nicht sah, dass sie auch Probleme hatte, war es ohnehin egal, ätsch-bätsch.

Sie starrte steif auf die Straße und das Auto vor ihr. Es war Stoßzeit, und der Verkehr auf dem Randersvej floss nur zähflüssig. Während sie an der Ringgade-Kreuzung herunterschaltete, dachte sie, wie sehr die Jahre an ihrem Vater gezehrt hatten.

Sie hatte ihn kaum wiedererkannt, wie er in dem Krankenhausbett gelegen hatte, das viel zu groß für ihn zu sein schien. Ihr sonst so starker Vater, reduziert auf Krankheit und Alter, das musste sie sich eingestehen. Reduziert auf all das, das sie sonst nie mit ihm in Verbindung gebracht hatte.

Sie hatte sich hineingeschlichen und einer Krankenschwester anvertraut, wie alles zusammenhing. Dass niemand sie sehen durfte, aber dass sie hatte kommen müssen, nur kurz. Sie hatte sich an seine Seite gesetzt und seine Hand gehalten und sich erinnert, während sie telepathisch versucht hatte, ihre Kraft auf ihn zu übertragen. Ihr Blut.

Aber gerade das Blut erwies sich als Scheidelinie. Das war der Punkt, an dem das Können des Krankenhauses und der Ärzte auf eine Mauer aus Abweisung und Misstrauen stieß. Die Krankenschwester erzählte ihr mit besorgter Stimme, dass ihre Mutter sich einer Bluttransfusion widersetzt hatte. Sie hoffte offenbar, dass Dicte einen gewissen Einfluss auf sie hatte. Vergebens, natürlich.

»Ohne eine Bluttransfusion hat Ihr Vater wenig Chancen«, flüsterte die Krankenschwester. »Er hat sehr viel Blut verloren.«

Dicte erfuhr auch die Details. Ein Bein war verletzt, aber sie hatten es vorläufig retten können. Das andere und das Schlüsselbein waren gebrochen, und er hatte innere Blutungen. Die Zeit würde zeigen, ob er sich erholte, flüsterte sie. Aber eine Bluttransfusion würde ihm helfen.

Dicte hatte die Augen geschlossen, während sie, seine Hand in ihrer, bei ihm saß und durch die Hand die Knochen spürte wie den Schatten der großen Faust, die er einmal gehabt hatte. Und dann kamen die Bilder von dem Blutbad, die sie so lange auf Abstand gehalten hatte. Armageddon. Das Blutbad, in dem all die anderen umkämen, während die Zeugen Jehovas in das Tausendjährige Reich geführt würden. Diese Drohung hatte weite Teile ihrer Kindheit und Jugend überschattet, weil sie nie so perfekt gewesen war wie Sofie. Sie stellte das, was im *Wachtturm* stand, infrage. Sie zog heimlich ihren Rock höher, damit er kürzer wurde, und später, als sie sechzehn war, verliebte sie sich in einen Referendar und warf sich, ohne zu zögern, in den wirbelnden Strudel der Gefühle, in dem sie fast ertrunken wäre.

Sie wurde schwanger und aus der Gemeinde ausgestoßen. Der Junge wurde zur Adoption freigegeben, und sie musste sich Stück für Stück ein neues Leben aufbauen.

Es war natürlich besser geworden. Viel besser, mit den Jahren. Doch in ihren Träumen konnte sie immer noch von Zweifeln heimgesucht werden, konnte das Bild von Armageddon und dem Blutbad sie übermannen, sodass sie aufwachte und wusste, dass das eines Tages ihr Weg sein würde. Dass sie für die, die sie einmal geliebt hatten, jetzt nichts als Luft war.

Im Krankenhaus hatte sie die Hand gedrückt, die die ihre einmal so fest gehalten hatte. Sie hätte so gerne gesagt: »Aber du nicht, Vater. Deine Liebe konnten sie nicht zerbrechen.«

Aber es wäre eine Lüge gewesen. Auch er hatte sie abgewiesen, und auch wenn sie wusste, wer dahintersteckte, war das keine Entschuldigung. Aber sie konnte ihm keine Vorwürfe machen – wie sie ihrer Mutter Vorwürfe machte –, obwohl sie in ihrem tiefsten Inneren wusste, dass ihre Eltern beide freiwillig mit den Konsequenzen ihrer Wahl und ihrer Handlungen lebten. Eine davon war die, dass sie auf ihre jüngste Tochter verzichtet hatten.

Sie bog an der Kirche nach rechts ab, und die Wut überrollte sie in einer so gewaltigen Welle, dass sie Mühe hatte, das Auto auf der Straße zu halten.

Wie hatte sie gekämpft, dass diese Wut sie nicht von innen her auffraß. Und das war ihr auch gelungen – bis heute. Bis heute hatte sie das meiste verdrängt und gedacht, dass ihre Eltern auch nur Menschen waren und dass alle Menschen etwas brauchten, woran sie sich halten konnten. Dass ihre Beweggründe im Grunde edel waren und sie glaubten, das Richtige zu tun.

Aber das Ganze war so vielschichtig. Die Verleugnung lag so tief in ihnen, dass es ihr nie gelungen war, sie dazu zu bringen, auch nur einen Millimeter nachzugeben. Ihre Mutter war fanatisch. Ihr Vater war schwach und hatte Angst vor dem Ältestenrat. Und trotzdem war sie sicher, dass zumindest in ihm das unausgesprochene und vielleicht unbewusste Wissen lag, dass die Wahl falsch gewesen war und dass er sie hätte verteidigen und den Mut haben müssen, sie zu lieben.

Vielleicht hätte sie ihn damals, als er ihr noch antworten konnte, fragen sollen, wie es war, sich von anderen bestimmen zu lassen. Ob er sie vermisste. Ob Liebe einfach aufhörte, wenn man das wollte.

Rose war nicht zu Hause, hatte aber einen Zettel für sie hingelegt. Genau wie Bo brauchte sie Luft. Abstand. Sie hatte viele Küsschen als Gruß aufgemalt, aber Dicte ließ sich trotzdem schwer auf einen Stuhl fallen, während das Weinen in ihrem Hals aufstieg. Tod und Unglück schienen an ihr zu kleben. Als hätte sie sich all das, was passiert war, gewünscht, und wäre nicht nur beschreibende Zuschauerin.

Sie sah auf die Uhr. Es war kurz vor vier und Kaffeezeit.

Sie holte eine Tüte mit Brötchen aus dem Gefrierschrank, zog sich eine Jacke an, ignorierte Svendsens vorwurfsvollen Blick, ging zu der Nachbarin hinüber und schellte.

»Haben Sie davon gehört?«

Sie stand in der Tür und schwenkte die Tüte mit den Brötchen.

»Wovon?«, fragte Karen.

»Dass sie wegen des Stallbrandes vier Jugendliche festgenommen haben.«

Sie suchte nach einem Zeichen der Erleichterung im Gesicht ihrer Nachbarin, aber Karen nickte nur zerstreut und winkte sie herein.

»Er hat angerufen. Der Polizist.«

Sie machte eine Handbewegung, die besagte, dass sie den Namen vergessen hatte.

»Wagner?«

»Wagner, ja. Er scheint nett zu sein.«

Das war ein gutes Wort – »nett« –, dachte Dicte auf dem Weg in die Küche. Umfassend. Es schloss Strenge und Klarsicht nicht aus.

»Er ist okay.«

Karen griff nach der Zeitung, die auf einem Küchenstuhl lag, und machte ihr ein Zeichen, sich zu setzen.

»Kennen Sie ihn?«

Vielleicht kannte sie ihn besser, als er wusste, dachte sie. Sie waren sehr verschieden und hatten doch dieses Unerklärliche gemeinsam. Ein Sichfestbeißen, vielleicht. Eine Systematik. Eine Beharrlichkeit, wenn es darauf ankam.

»Ein wenig«, räumte sie ein. »Er lebt mit meiner Freundin und ihrem kleinen Sohn zusammen. Und manchmal haben wir über die Arbeit miteinander zu tun.«

Karen setzte den Kessel auf, riss die Tüte mit den Brötchen auf und legte sie auf den Toaster.

»Vielleicht hätte ich es ihm erzählen sollen.«

»Was?«

Sie öffnete den Schrank und holte ein Glas mit Honig heraus. Die Butterschale stand bereits auf dem Tisch.

»Das von Lise.«

Sie drehte sich zu Dicte um und stellte das Glas mit Honig auf den ausgeklappten Küchentisch.

»Wer ist Lise?«

Karen wollte sich hinsetzen, aber das Wasser kochte, und ihre Hände bekamen eine Aufgabe, flatterten durch die Gegend, gossen Wasser in die Teekanne und stellten Tassen auf den Tisch.

»Ingers Tochter«, sagte sie, ihr den Rücken zugewandt.

Dicte sagte nichts. Sie atmete ganz leise durch den Mund.

Endlich, als mit Tee und Tassen und Servietten nichts mehr zu tun war, kam Karen auf einem Stuhl zur Ruhe.

»Vielleicht sollte ich ihm von der Sekte erzählen. Und von Inger«, sagte sie.

Sie saß eine Weile ganz still. Dicte sah, wie sie nach Worten suchte, sie prüfte, bevor sie ausgesprochen wurden. Sie spürte, dass sie zurückgehalten worden waren, vielleicht auch während der Befragung durch Wagner. Möglicherweise, weil die Vertraulichkeit zwischen ihnen fehlte. Weil nicht er den Brand entdeckt und die Pferde gerettet hatte. Oder einfach weil er im Dienst war und Dicte nur eine Nachbarin, die mit einer Tüte Brötchen aus dem Gefrierschrank vorbeigekommen war und Gesellschaft brauchte.

»Inger war das, was man ›auf der Suche‹ nennt«, begann Karen. »Nie wirklich glücklich und zufrieden. Immer auf der Jagd nach einem Sinn.«

Sie goss ihnen beiden Tee ein und legte das Teeei auf eine kleine Untertasse.

»Mutter war Organistin hier im Dorf. Sie starb mit fünfundvierzig, als Inger und ich noch Teenager waren und zu Hause wohnten. Vater hatte eine geringfügige Hirnblutung und war über ein Jahr verstört.«

Sie sah Dicte an, um sich zu versichern, dass sie zuhörte.

»Mein Bruder war erst sechs und wurde bei Verwandten

untergebracht. Es war als vorläufige Lösung gedacht, endete aber damit, dass sie ihn adoptierten.«

Karen machte eine entschuldigende Handbewegung.

»Später zog Inger aus und studierte an der Pädagogischen Hochschule, aber sie fiel offensichtlich auf die falschen Männer herein. In der Regel waren sie gewalttätig und Machos. Ihr Mann, Henry, war auch so«, fuhr sie fort. »Doch als er vor drei Jahren starb, passierte etwas mit Inger. Sie begann, nach dem Sinn des Lebens zu suchen, und versuchte sich an alternativen Religionen. Schließlich geriet sie an eine Sekte und wurde einer Gehirnwäsche unterzogen. Die Sekte nennt sich ›Blumen Gottes‹.«

Karen nahm das Teeei von der Untertasse und tauchte es wie zufällig in ihre eigene Tasse, bis der Tee mehr Farbe bekommen hatte.

»Einer Gehirnwäsche? War das nicht freiwillig?«, fragte Dicte.

Sie sah die Mutlosigkeit in Karens Blick. Die Stimme klang leicht irritiert.

»Natürlich war es anfangs freiwillig, aber wo hört die Freiwilligkeit auf? Wann fängt das andere an?«

Karen legte das Teeei zurück auf die Untertasse. Irgendwo in ihrem Inneren spürte Dicte einen Stich. Sie musste an ihren Vater denken.

Karen fuhr fort: »Die Sekte hatte einen Anführer … Er war sehr charismatisch«, fügte sie hinzu und sah Dicte an. »Inger verliebte sich prompt in ihn. Sie hatten eine Wohngemeinschaft in Åbyhøj, und die Bewohner bestanden hauptsächlich aus allein lebenden Frauen; einige mit Kindern.«

»Wie hieß er?«

»Anders Langballe.«

Der Name kam ihr bekannt vor. Dicte wühlte in der Erinnerung und fischte ihn heraus. Davidsen hatte vor einem halben Jahr über die Geschichte berichtet. Es ging um einen Sektenanführer, der bei einem so genannten sadomasochistischen Kult eine Frau erschlagen hatte. Ein Unglück, hieß es.

So etwas passierte bedauerlicherweise, wenn man sich die Hände auf den Rücken binden und auspeitschen ließ, auch wenn es freiwillig geschah. Aber die Geschworenen hatten nicht an seine Unschuld geglaubt, und soweit sie wusste, saß der Mann noch immer im Gefängnis.

Sie nickte.

»Ich kann mich gut an die Geschichte erinnern. Aber was ist mit Lise? Was hat sie mit der Sekte zu tun?«

Karen spitzte den Mund. Dicte sah deutlich die Missbilligung. Aber sie sah auch noch etwas anderes. Liebe? Es war schwer zu deuten.

»Lise war dreizehn, als sie und Inger in die Wohngemeinschaft zogen. Er hatte Sex mit ihr. Mit einem dreizehnjährigen Mädchen.«

»Und als der Sexualmord passierte?«

Karen seufzte.

»Lise war in ihn verliebt. War einer Gehirnwäsche unterzogen worden. Vielleicht eine Mischung aus beidem. Sie hat seine Unschuld beteuert.«

»Und Inger?«

Karen zuckte mit den Schultern. Sie sah erleichtert aus, vielleicht weil die Geschichte jetzt erzählt war, dachte Dicte.

»Inger ist hierher nach Hause gezogen. Lise wurde ihr weggenommen und der Fürsorge unterstellt. Seitdem haut sie den Pädagogen ab, die auf sie aufpassen sollen. Sie ist seit einem Monat verschwunden.«

Wieder spürte Dicte das herunterziehende Gefühl. Sie vermisste Rose, dass es wehtat.

»Wissen Sie, wo sie jetzt ist?«

Karen sah sie an.

»Sie war hier. Heute.«

15

Der Kuss war wie Seide. Vielleicht auch wie eine Zeile aus einem schönen Gedicht, er konnte sich nicht richtig entscheiden. Aber jedenfalls kam er, als er ihn am allerwenigsten erwartete. Weiche Lippen streiften seinen Rücken und wanderten aufwärts, fanden seinen Nacken und gaben einen Seufzer frei. Hören konnte er ihn natürlich nicht. Aber er spürte ihn, wie ein ganz kleines Beben unter der Decke.

»Schläfst du?«

Ida Maries Flüstern erreichte sein Ohr zusammen mit der Feuchte ihrer Lippen. Er hätte auf den Wecker gucken und sagen können, dass er noch eine halbe Stunde Schlaf brauche. Er hätte zurückflüstern können, dass Martin bestimmt in zehn Minuten aufwache und nach ihrer ungeteilten Aufmerksamkeit verlange. Aber so etwas tat man nicht, wenn einem das Glück auf einem silbernen Tablett serviert wurde, auch wenn es sechs Uhr morgens war. Man wäre ein Mistkerl, nähme man so ein Geschenk nicht an.

»Ja.«

Er murmelte es in dem sicheren Wissen, dass sie die Sehnsucht nach ihr in dem einen Wort hörte. Und sie glitt näher an ihn heran, und er spürte ihren langen Körper unter dem dünnen T-Shirt; spürte die Beine, die sich um ihn schlangen, die Arme der Krake, die ihn einfingen, und die Lust, die sich in einer exponentiellen Kurve gefährlich nach oben bewegte.

»Pass auf, was du tust, mein Mädchen.«

Sie lächelte. Auch das spürte er an seinem Schulterblatt.

Und dann war da die Zunge, die Zungenspitze, die ganz langsam ihre Kreise zog, vielleicht nur in einem Bereich von der Größe einer Fünfzigöremünze. Haut und Nervenspitzen für fünfzig Öre, dachte er und richtete seine Aufmerksamkeit wieder auf die Zunge.

Und dann gab es keinen Weg zurück. Er drehte sich um, fand sie im Dunkeln und vermisste es, ihr nicht in die blauen Augen sehen und die Nuancen des blonden Meerjungfrauenhaars wahrnehmen zu können, das sich auf dem Kissen und dem Laken ausbreitete. Er nahm sie an; ihre Verletzlichkeit und ihre offensichtliche Lust, die er so rührend fand.

»Mach was«, plagte sie ihn, noch immer mit einem Lächeln, das jetzt die Stimme erreicht hatte. »Mach was mit mir.«

Ein englischer Satz fiel ihm ein: »Your wish is my command.« Aber er sprach ihn nicht aus, weil er nicht die Zeit dazu hatte. Und außerdem war der Wunsch gegenseitig.

Als Martin aufwachte, war sie bereits im Bad gewesen. Er lag noch im Bett und beobachtete, wie sie nackt ihren Jungen herumtrug; ihn mit in das Doppelbett nahm und die kleinen Füße küsste und lustige Sauglaute an seinem Hals produzierte, sodass er laut lachte. Nach einer Weile stand er auf, ging ins Bad und wieder hinaus und machte den Ofen an und streute die Kaffeebohnen in die Bratpfanne. Fünf Minuten, nicht länger. Dann breitete der Duft sich aus, bis hinein in seine Seele, wo er sich mit den kräuterartigen Düften der Liebe und der Süße des Babys mischte. Nicht zum ersten Mal dachte er, dass er der glücklichste Polizist auf der Welt war. Dieses Gefühl, das wusste er, musste er konservieren und gut verstecken, denn vielleicht würde er es früher brauchen, als er glaubte.

Und das tat er, schon als er die Zeitung aufschlug, in der man die Geschichte von den vier jungen Männern lesen konnte, die nicht nur die Brandstiftung an den drei Schulen, sondern auch den Vandalismus auf den Friedhöfen und mehrere andere kriminelle Handlungen zugegeben hatten.

Nicht, dass ihn das überraschte, er hatte sie schließlich zusammen mit Jan Hansen verhört. Aber das Ganze schwarz auf weiß zu sehen, zusammengefasst in Worten und zum Morgenkaffee serviert, wo er noch kein Polizeibeamter, sondern ein ganz gewöhnlicher Bürger war. Als solcher erfuhr er, dass die vier Jugendlichen auch hinter den bestialischen Misshandlungen und den Morden an vier Kaninchen auf dem Spielplatz Børnenes Jord im Øgade-Viertel standen. In einer Nacht vor Weihnachten hatten sie sich gewaltsam Einlass verschafft und drei der wehrlosen Kuscheltiere gegen Baumstämme und Käfige geschleudert, wo später Blut und Fellstücke gefunden worden waren. Zum Schluss hatten sie die toten Kaninchen an den großen Weihnachtsbaum des Spielplatzes gehängt. Schon am darauf folgenden Wochenende waren sie zurückgekommen, um das vierte Kaninchen zu töten. Es wurde mit einem Stein erschlagen. Am gleichen Wochenende, an dem das vierte Kaninchen getötet wurde, war auch die Samsøgade-Schule verwüstet worden.

Es kam äußerst selten vor, dass ihm der Appetit verging. Was in Anbetracht seines Jobs auch gut war. Aber heute blieb ihm irgendetwas im Hals stecken. Er schob die halbe Scheibe Roggenbrot mit Käse zur Seite und hielt sich an den Kaffee, der ihm aus irgendeinem Grund auch nicht mehr schmeckte.

Wagner suchte vergebens nach Dicte Svendsens Namen unter dem Artikel. Er erinnerte sich, dass sie weder zu der Vorführung vor dem Haftrichter noch zu der Pressekonferenz erschienen war, und wunderte sich. Es sah ihr nicht ähnlich, einen Fall abzugeben, wenn er erst ins Rollen gekommen war.

Er blätterte weiter und ließ den Blick nochmals über die Seite gleiten. Die Artikel hatte ein Holger Søborg geschrieben. Er las, und plötzlich vermisste er Dictes nüchterne Sprache. Ärgerte sich, weil ein zweiter großer Artikel die Jugendlichen nahezu verteidigte. Diesem Artikel zufolge hatten die

Eltern von einem der Jungen sich im Herbst vergebens an die Behörden gewandt und um Rat und psychologische Hilfe für den Sohn gebeten, dem es furchtbar schlecht gegangen sei.

Wagner schob die Zeitung zur Seite. Eine plötzliche Übelkeit breitete sich aus. War er wirklich so hart, oder war hier etwas absolut falsch? Der Zeitungsartikel bezeichnete die Jugendlichen als verwirrt und ihre Handlungen als Notruf. Er dachte an die Kaninchen. An die Zeichnungen der Kinder und das Maskottchen Simon. Mussten einem die Jungen leid tun? Waren sie so arm dran, weil sie vielleicht eine schlimme Kindheit gehabt hatten und drogenabhängig geworden waren? Es fiel ihm schwer, Sympathie aufzubringen.

Er trank seinen Kaffee und konzentrierte seinen Zorn auf den Journalisten. Holger oder wie er nun hieß. Ein Idiot, schlussfolgerte er, während er aufstand und seine Jacke nahm. Ida Marie und die Kinder waren längst aus dem Haus.

Er starrte böse auf die Zeitung, die auf dem Küchentisch lag. Ein Foto von dem Friedhof in Hornslet beherrschte die Seite. Es zeigte einen wie ein Kreuz geformten Grabstein. Er war umgestoßen worden und das Kreuz an drei Stellen gebrochen. Die Überschrift des Artikels lautete: *Mütter bitten vor Gericht: Helft unseren Söhnen!*

Ohne darüber nachzudenken, griff er nach der Zeitung, knüllte sie zusammen und warf sie in den Abfalleimer. Wie viele Generationen musste man inzwischen zurückgehen, um die Verantwortlichen auszumachen? Hätte man erst nachdenken müssen, bevor man Kinder in die Welt setzte? Sich auf das Risiko vorbereiten, das in einer Reproduktion seiner selbst lag? Das Risiko, dass die eigenen Kinder sich eines Tages auf eine schlimme Kindheit oder einen Mangel an Zeit und Zärtlichkeit beriefen, wenn sie ein ernsthaftes Verbrechen begangen hatten? Natürlich gab es Verhältnisse in der Kindheit, die geradezu kleine Verbrecher formten, aber war es nicht eine unerfreuliche Tendenz, immer alles zu entschuldigen und auf diese Weise eine eventuelle Verantwortung abzuschwächen?

Er schloss die Tür des Reihenhauses in Viby, und ihm fiel ein, dass er vergessen hatte, die Katze zu füttern. Auch ihr Lebensstil hatte sich mit Ida Maries Einzug verbessert. Jetzt bekam sie die unwahrscheinlich teure Trockennahrung vom Tierarzt anstatt der billigen aus dem Supermarkt.

Vielleicht rührte das Ganze daher, dass alle vier Jungen dänische Namen hatten und aus dänischen Familien kamen, dachte er, während Robin skeptisch zusah, wie er die kleinen, trockenen Kügelchen in die Schale füllte. Die Götter mochten wissen, was in der Zeitung gestanden hätte, wenn sie Mustafa, Mehmet, Hassan und Ali geheißen hätten. Hätte die Presse sie dann nicht ganz anders behandelt?

Er murmelte die Frage laut vor sich hin. Aber nur die Katze war da, um ihm zu antworten, und die sah ihn anklagend an. Sie war unzufrieden mit ihrem Menü, weil sie in Wirklichkeit das Futter aus dem Supermarkt bevorzugte, genau wie er selbst lieber eine Frikadelle als einen Pastasalat mit geschmacklosen Hähnchenstücken und Rucola aß, den man nicht auf die Gabel bekam.

»Das ist gesund. Guten Appetit!«, sagte er und kraulte die Katze hinter dem Ohr, bevor er wieder ging.

Und dann schlich sich doch der Zweifel ein, während er auf dem Weg ins Präsidium war und überlegte, wie es ihm wohl gehen würde, wenn sein eigener Sohn etwas so Furchtbares getan hätte wie die vier. Er kannte sich gut genug, um zu wissen, dass er zwar seinem Sohn Vorwürfe machen und meinen würde, dass er eine Strafe verdient habe, vor allem aber die Schuld bei sich selbst suchen würde.

Er parkte im Keller unter der Ausnüchterungszelle und kam zu dem Schluss, dass er in Wirklichkeit an einem Punkt angelangt war, wo die Logik aufhörte und man unterschiedliche Maßstäbe anlegte, ob man nun persönlich betroffen war oder nicht. Und er wusste, dass – unabhängig, welche Strafe die Jungen bekamen – die Eltern am meisten gestraft waren.

»Sollen wir?«

Jan Hansen hatte sich zu dem Anlass den Schädel rasiert. Er glänzte, als hätte er ihn mit Vaseline eingeschmiert. Die Nackenmuskeln traten deutlich hervor, und Wagner war zufrieden. Es schadete nicht, ein bisschen Respekt einzuflößen.

Der Sechzehnjährige saß im Vernehmungsraum. Er sah klein aus. Ein bisschen zusammengesunken und in sich selbst vertieft. Bei der Vorführung vor dem Haftrichter war er ziemlich aufmüpfig gewesen, aber Wagner hatte doch gesehen, wie er kurz seine Mutter umarmt hatte, bevor er in Untersuchungshaft genommen worden war.

Wagner nickte zur Begrüßung. Hansen schlug mit: »Hallo! Wie geht's?«, einen jovialen Ton an. Der Junge sah sie mit einem Blick an, der kaum weicher war als am Vortag, an dem die Härte aus ihm geleuchtet hatte. Abgestumpft, war Wagners Schlussfolgerung, aber er wusste sehr wohl, dass das eine schnelle Konklusion war.

»Wir möchten mit dir über das sprechen, was in Kasted passiert ist«, sagte Hansen ohne Umschweife.

Der Junge hieß Mikkel, kam aus einem so genannten guten Hause und war bisher noch nie mit der Polizei in Berührung gekommen. Er hatte eine mürrische Miene aufgesetzt. Sein Blick schweifte an den nackten Wänden entlang und landete auf dem Tisch. Was für lange Wimpern, dachte Wagner verwundert. Eigentlich ein schöner Junge.

»Wir haben nichts mit dem Mord an dieser Lehrerin zu tun.«

»Inger Graugaard«, sagte Hansen. »Die Frau hat einen Namen.«

»Ja, und?«

Hansen seufzte. Wagner überließ ihm den größten Teil des Verhörs. Er war gut darin – das war einer der Gründe, warum Wagner darauf bestanden hatte, dass Hansen zur Kripo übernommen wurde.

»Also. Inger Graugaard. So hieß die Frau, die ihr umgebracht habt.«

»Wir haben niemanden umgebracht.«

»Und was ist mit den Kaninchen?«

Der Blick wanderte zur Decke. War das ein kleines Lächeln, oder war es nur Einbildung, ein Aufeinandertreffen von Licht und Schatten auf den Lippen des Jungen? Wagner war sich nicht sicher.

»Das ist doch etwas anderes. Das waren doch nur Tiere.«

»Lebende Wesen, würden einige sagen«, murmelte Wagner. Der Blick des Jungen streifte ihn flüchtig, bevor er weiterwanderte.

»Sie war deine Lehrerin, nicht? Was ist schief gelaufen?«, versuchte es Hansen jetzt mit seiner Onkelstimme. »Du kannst dich mir ruhig anvertrauen«, sagte sie.

Aber Mikkel fiel nicht darauf herein.

»Nichts«, sagte er neutral.

»Und warum habt ihr dann ihre Wohnung abgefackelt?«, fragte Hansen freundlich. »Oder war das rein zufällig, dass ihr gerade in dieser Nacht eure Mopeds genommen und einen Ausflug aufs Land gemacht habt? Nachdem ihr die Møllevang-Schule angesteckt habt …«

Die Worte klangen freundlich. Still und ruhig im Kontrast zu Hansens glatt rasiertem Schädel und den Nackenmuskeln. Der Junge rutschte unruhig hin und her.

»Natürlich war das nicht zufällig«, murmelte er fast unhörbar. »Wir sind schließlich keine Idioten.«

Wagner räusperte sich.

»Willst du eine Cola?«

Der Junge sah ihn misstrauisch an, dann nickte er. Wagner stand auf und machte von der Tür aus dem Bediensteten draußen ein Zeichen, der mit Mineralwasser und Pappbechern zurückkam.

»Wenn du sagst, dass das kein Zufall war, muss es doch geplant gewesen sein«, schlussfolgerte Hansen wenig später.

Mikkel goss Cola in den Becher, dass es schäumte. Er sagte nichts.

Wagner beugte sich leicht vor. Er meinte, das Blut in den

Schläfen des Jungen pulsieren zu sehen, und dachte wieder an die Kaninchen. Seltsamerweise nicht an den Mord und nicht an die Pferde, sondern an die blutigen Kaninchen, die als Weihnachtsschmuck im Weihnachtsbaum der Kinder gehangen hatten.

»Das war ein Denkzettel, nicht?«, fragte er mit Ivar Ks Worten.

Der Junge schwieg lange Zeit. Dann nickte er endlich in die Cola.

»Das war ich alleine«, sagte er mürrisch. »Die anderen wollten nicht mitmachen, deshalb bin ich selbst da rausgefahren. Aber ich habe sie nicht ermordet«, murmelte er fast lautlos. »Ich habe nur den Brand gelegt und das Haus ein bisschen verwüstet.«

Das war er nicht. Wagner sah kurz Jan Hansen an und wusste, dass sie das Gleiche dachten. Sie konnten das auswendig, so kamen sie nicht weiter.

»Warum sollte Inger Graugaard ein Denkzettel verpasst werden?«

Der Junge drehte den Plastikbecher zwischen den Händen. Abgekaute Fingernägel, stellte Wagner fest. Bis auf das Fleisch hinunter.

Die Augen begegneten seinen. Hass strahlte aus ihnen.

»Weil sie ein Miststück war.«

16

Du solltest mich besser als Entschuldigung vorschieben.«

»Dich?«

Dicte führte die Tasse zum Mund und trank von dem warmen Kaffee. Das Café am Fluss war an diesem ganz gewöhnlichen Mittwochvormittag im Februar nur spärlich besucht.

Sie beobachtete Anne, während sie trank. Die praktische Anne, die nur selten die Nerven verlor. Anne, die von Korea auf einen ostjütländischen Pfarrhof adoptiert worden war. Als Hebamme hatte sie die Schuld auf sich genommen, als Ida Maries Baby vor einem Jahr von der Entbindungsstation des Krankenhauses in Skejby gekidnappt worden war. So war Anne. Eine, die die Verantwortung übernahm, auch wenn sie nicht verantwortlich war.

»Sag einfach, ich habe eine Schulfreundin, die auf der Intensivstation arbeitet, und die hat sich über einen Patienten verquatscht.«

Vielleicht war das ein Ausweg. Eine Möglichkeit. Es war verlockend, aber Dicte schüttelte den Kopf.

»Dann hast du den schwarzen Peter.«

Anne lachte. Die schrägen Schlitze der Augen zogen sich nach oben. Die Nase krauste sich, wie sie das immer tat. Wie sie sich an Annes Lachen aus der Zeit erinnerte, als sie sich vor einer Ewigkeit auf dem Gymnasium kennen gelernt hatten. Da war sie gerade nach Århus gekommen, um sich ein neues Leben aufzubauen.

»Du verstehst, was ich meine, nicht? Es geht nicht, dass

das auf deine Schwester zurückfällt. Also, denk nicht weiter darüber nach, ob ich einen Rüffel bekomme oder nicht.«

Sie drückte ihre Nase mit der Spitze des Zeigefingers noch platter. Alte Freundschaft, dachte Dicte. Darauf konnte man sich verlassen.

»Denn du musst dich der Konfrontation stellen. Das weißt du«, sagte Anne.

Natürlich wusste sie das. Ihre Mutter war die Einzige, die der Bluttransfusion zustimmen konnte, weil ihre Eltern gemeinsam ein juristisches Dokument hatten aufsetzen lassen, in dem sie Bluttransfusionen ablehnten. Das Krankenhaus konnte vor Gericht gehen, aber das würde Zeit brauchen, und dann war es vielleicht zu spät.

Vielleicht war es jetzt schon zu spät.

Der Gedanke ließ sie vor Angst unter der Jacke schwitzen. Ihr Mund wurde trocken, und sie trank noch einen Schluck Kaffee.

»Ich weiß.«

»Dann nennst du meinen Namen«, wiederholte Anne. »Mich können sie nicht ausstoßen.«

Sie hatte ja Recht. Wenn herauskam, dass Sofie sie in der Redaktion aufgesucht hatte, war das Grund genug, sie auszustoßen.

»Und was ist mit dem Mord im Moor?«, wollte Anne wissen. »Hast du das im Griff?«

Dicte vergaß fürs Erste die Bluttransfusion. Sie erzählte von Holger Søborg und den Millionen, die die Zeitung einsparen musste.

Anne beugte sich vor und stupste sie mit dem Finger an.

»Dich werden sie nicht einsparen. Hat der Praktikant etwa genauso gute Quellen im Polizeipräsidium wie du?«

Dicte trank ihren Kaffee aus und stellte die Tasse zurück auf die Untertasse.

»Wenn du Wagner meinst, der macht keinen sehr kooperativen Eindruck. Außerdem ist er sauer, dass ich Ida Marie nicht angerufen habe.«

»Und warum hast du sie nicht angerufen? Sie hat übrigens nach dir gefragt.«

Da war es wieder. Das Fragezeichen spukte ihr im Kopf herum, aber eine zufrieden stellende Antwort ließ immer noch auf sich warten. Anne sah sie forschend an, während sie ihre Geldbörse aus der Tasche fischte.

»Vielleicht, weil sie etwas hat, das du nicht hast«, schlug sie freundschaftlich vor und beantwortete damit ihre eigene Frage.

»Was?«

Wie von selbst griffen Dictes Hände nach dem Kaffeelöffel und spielten damit. Die scharfen Kanten bohrten sich in ihr Fleisch.

»Was?«, wiederholte sie. »Abgesehen von langem Feenhaar und einem eigenen Reisebüro.«

Anne fing den Blick des Kellners ein und winkte ihm. Dann richtete sich ihr Blick wieder auf Dicte.

»Ihn.«

»Martin? Findest du nicht, dass es genug Kinder in meinem Leben gibt? Da ist Rose und irgendwo da draußen ein Sohn, von dem ich nicht einmal den Namen weiß.«

Das Unbehagen hatte sich in eine Anspannung in allen Gliedern verwandelt. Sie saß auf der äußersten Stuhlkante. Die Kanten des Kaffeelöffels bohrten sich noch tiefer in den weichen Daumen.

Anne schüttelte den Kopf.

»Ich spreche nicht von Kindern.«

»Wagner?«

Sie lächelte erleichtert, weil das eine so einleuchtend falsche Schlussfolgerung war.

»Was sollte ich mit einem Polizisten?«

»Vielleicht nicht gerade ihn«, sagte Anne und holte ihre Kreditkarte heraus und gab sie dem Kellner, bevor Dicte protestieren konnte. »Aber Kündigungsschutz«, fuhr Anne fort. »Im übertragenen Sinne, natürlich.«

Sie stand auf und zog ihren Mantel an, und noch bevor Dicte überhaupt an eine Antwort denken konnte, umarmte Anne sie kurz und war aus der Tür.

Sie verwies das mit Ida Marie auf den letzten Platz der anstehenden Probleme, ging zum Parkplatz des Kaufhauses Magasin hinüber und holte ihr Auto. Sie fuhr den Åboulevard entlang zum Stadtkrankenhaus hinauf, und als sie parkte und den Schildern zur Intensivstation folgte, saß ihr die Hoffnung in der Kehle und drückte – zusammen mit der Angst.

Blut. Die Gedanken flimmerten, während sie ging. Sie dachte an Inger Graugaard, wie sie im Moor gelegen hatte. Warum mordete ein Mensch doppelt? Vielleicht war der Strick zu langweilig, weil er einen unblutigen Tod herbeiführte. Vielleicht dürstete der Mörder nach Blut. Wie sie selbst danach dürstete, nur dass das Blut in ihrem Fall lebenserhaltend war. Konnte man auch nach dem Gegenteil dürsten?

Vielleicht würden sie die Bluttransfusion auch ohne die verdammte Einwilligung machen. Ärzte waren doch dazu da, Leben zu retten. Zu reparieren, damit alles weiterging, damit sie, Dicte, den Faden wieder aufnehmen und weitermachen, Familie Vergangenheit sein lassen, Holger Søborg absägen und sich darüber Gedanken machen konnte, was Anne mit dem Kündigungsschutz gemeint hatte.

Blut.

Bei jedem Schritt pulsierte es in ihren Schläfen. Die Beine trugen sie, schneller und schneller, und sie hörte das Klacken der Stiefel wie ein dröhnendes Echo in ihrem Kopf. Sie hatte Zeit vergeudet. War um sich selbst gekreist und hatte nicht begriffen, was wichtig war. Sie hätte schon gestern mit dem Arzt reden, ihn schütteln und ihm befehlen müssen, Plasma zu holen und ihren Vater an den Tropf zu hängen. Sie hätte ihre Mutter aufsuchen und sie anschreien müssen, mit diesen Spielchen aufzuhören. Der Bluttransfusion zuzustimmen. Ja zu sagen, danke zu sagen. Sie hätte Bo finden und zwingen müssen, ihr zuzuhören und zu akzeptieren, dass eine Scheidung Konsequenzen hatte und dass eine davon die war, dass man, was die Kinder anging, bei lebendigem Leibe gehäutet wurde. Und wo sie schon einmal dabei war, hätte sie auch Wagner aufsuchen und ihm sagen müssen, dass Jugendliche keinen Henkersknoten binden konnten. Aber zuerst, zuallererst hätte sie ihrem Vater sagen müssen, dass sie ihn liebte.

Sie machte die letzten dröhnenden Schritte und wurde an der Zimmertür von einer ernst aussehenden Krankenschwester begrüßt. Dicte schob sich an ihr vorbei, und da saßen die beiden, ihre Mutter und ihre Schwester. Wie Figuren aus einem Rembrandt-Gemälde, gefangen in Schatten und hellem Licht, kamen sie ihr vor. Alles war so still. Der Tod war so nahe, dass man ihn fast greifen konnte.

»Vater.«

Die Stimme war die einer Fremden, halb erstickt und unkenntlich.

Die Gesichter schienen Stielaugen zu bekommen. Ihre Mutter, grau und müde, aber noch immer mit glühendem Blick, bereit, alles zu opfern. Ein Schatten lag über dem Gesicht ihrer Schwester, als ihre Augen ihren begegneten. Die Frage hing in der Luft. Die Lippen ihrer Mutter bewegten sich, aber es kam kein Wort heraus. Dann wandte sie ihr den Rücken zu und krümmte sich zusammen, als wollte sie den Mann im Bett beschützen, der bereits verloren war.

Dicte näherte sich dem Bett. Sie wusste nicht, was zuerst da war, der Gedanke oder die Tat, als sie ihre Mutter mit einer Wut fortschob, die sie zu ersticken drohte. Bist du jetzt zufrieden, wollte sie sie fragen. Wirst du jetzt zur Märtyrerin?

Aber die Worte blieben ihr im Hals stecken. Sie griff nach der schlappen Hand. Sie sank auf das Bett, über ihn, und bemerkte nicht das Schweigen der Instrumente und die Schläuche, die bereits aus seinem Körper gezogen worden waren. Auch nicht die Tränen, die auf das Laken tropften und auf sein Gesicht.

»Vater, Vater. Ich liebe dich.«

Vielleicht war nur eine Sekunde vergangen. Vielleicht Minuten. Sie richtete sich auf und sah sich um. Die Vernunft sagte ihr, dass es zu spät war, aber sie ignorierte sie.

»Holt doch endlich einen Arzt! Tut was! Warum sitzt ihr nur herum?«

Aber sie blieben schweigend sitzen. Sofie mit einem stillen Gebet im Blick. Die Augen ihrer Mutter blitzten sie an, blau und leer.

»Mörderin«, hörte sie sich sagen, bevor sie das Wort zurückhalten konnte. »Du bist nichts anderes als eine Mörderin.«

Die Worte schmeckten seltsam. Hatten einen scharfen, metallischen Geschmack. Blut, dachte sie.

Ihre Mutter blinzelte mit den Augen. Einen Moment schien der Schock einen Vorhang hochgezogen zu haben. Aber dann fiel er wieder an seinen Platz und legte sich in die alten Falten.

Dicte zitterte. Sie wusste, dass sie wegmusste, bevor sie Ernst machte und zu dem wurde, was sie gerade ausgesprochen hatte. Zu einer Mörderin. Blut. Mörderin. Blut.

Auf dem ganzen Nachhauseweg rumorten die Worte in ihrem Kopf, und als sie die Tür aufschloss und ein wedelnder Svendsen sie begrüßte, wusste sie plötzlich nicht mehr, was »zu Hause« überhaupt war. Sollte in einem Zuhause nicht jemand sein? Die große Tochter oder zumindest ein Freund, der sich Sorgen machte? Oder verlangte sie zu viel? War sie sich selbst genug? War es völlig unmöglich, füreinander da zu sein, wenn man in Seenot geriet? Konnte man nicht ein Minimum an Gedankenlesen erwarten und dass die anderen von selbst auf einen zukamen?

Sie warf die Tasche auf einen Stuhl und hantierte rastlos herum, während Svendsen sich verwirrt unter die Anrichte verzog. Sie nahm den Korkenzieher und holte eine Flasche Rotwein aus einem der in die Wand gemauerten Löcher. Um besser denken zu können, sagte sie sich. Ein bisschen Ruhe. Ein bisschen Abstand. Linderung. Schlaf vielleicht.

Aber der Schlaf kam nicht – es war auch erst fünf. Sie telefonierte in der Gegend herum, aber vergebens. Anne war in der Arbeit, und Torsten war und blieb ihr Exmann und hatte den Anrufbeantworter eingeschaltet, auf dem »Sie haben Torsten und Sandra angerufen«, zu hören war; Bo antwortete nicht, und Ida Marie anzurufen war zu kompliziert. Schließlich hinterließ sie Rose eine Nachricht auf dem Handy. Dann schenkte sie sich noch ein Glas ein und setzte sich mit einer Decke und dem Hund zu ihren Füßen ins Wohnzimmer und ließ endlich den Film abspulen.

Seltsam, dachte sie, wie man sich Dinge einbilden konnte. Sie hatte geglaubt, ihn aus ihrem Inneren ausradiert zu haben. Hatte geglaubt, dass die Zeit die Wunde geheilt habe und die Liebe versandet sei. Aber so war das nicht. Egal, wie viele Gründe sie hatte, ihm Vorwürfe zu machen, ihn möglicherweise sogar zu hassen, ihr Vater war immer noch wichtig für sie, war es die ganzen Jahre gewesen. Die Bilder kamen. Sie war ein kleines Mädchen und Vater der beste auf der Welt. Sie konnte noch immer seine Hand spüren, die nach ihrer griff, damals, als Sofie ihr Sand in die Augen gestreut hatte und sie kurze Zeit blind gewesen war. Sie erinnerte sich, wie er sie auf den Arm genommen und ins Haus getragen hatte. Erinnerte sich an das grenzenlose Vertrauen, dass alles, was er sagte, richtig war.

Sie hatte ihn immer geliebt. Und seit sie sechzehn war, hatte sie gehofft, dass er sich eines Tages für sie entscheiden würde anstelle des Lebens, das er nun einmal hatte. Die Zeugen Jehovas und den Platz im Ältestenrat. Ihre Mutter und ihre Schwester.

Sie war bei dem letzten Glas angekommen, als ihre Muskeln sich endlich entspannten und die Müdigkeit sich heranschlich. Sie wusste, dass sie ins Bett gehen sollte. Aufstehen und Zähne und Rotweinlippen putzen, sich ausziehen und mit Thermosocken und Flanellnachthemd unter die Decke kriechen. Aber das Sofa war weich, und die Decke wärmte, und Svendsen lag selig am Fußende und genoss die seltene

Einladung, seinen Kopf auf ihre Füße legen zu dürfen. Außerdem drehte sich ihr der Kopf. Vielleicht würde ihr schwindelig werden, wenn sie aufstand.

Sie schloss die Augen, nur ein wenig. Sie sah die roten Wolken kommen, aber sie wusste, dass es zu spät war, als der Traum sie mit sich zog. Sie sah den Körper, der zusammengekrümmt im Moor lag, den Strick um den Hals, und das Blut, das zu einem Bach wurde, der sich zwischen den Bäumen hindurchschlängelte, und das Gesicht, das sie so gut kannte. Das Haar ihrer Mutter, das wie ein rot lackierter Fächer ausgebreitet war. Sie konnte den weichen Grund des Moores unter ihren Füßen spüren und die Schwere der Axt in ihrer Hand, als sie sie ein letztes Mal schwang.

17

Karen griff quer über das Bett nach der Hand, die mit der Handfläche nach oben lag. Sie schob ihre eigene Hand in Sørens große und blieb lange so liegen und lauschte seinem Schlaf. Vielleicht würde es ihr so leichter fallen einzuschlafen, dachte sie. Vielleicht konnte man den Schlaf an der Nase herumführen, damit er einen Umweg machte und bei ihr vorbeikam.

Aber er kam nicht. Er schien die ganze Zeit irgendwo oben unter der Decke zu schweben und bequemte sich nicht zu ihr herunter. Als sie noch klein war, hatte ihre Mutter ihr das Lied vom Sandmännchen gesungen, und sie hatte daran geglaubt, und dieser Glaube hatte gereicht. Vielleicht war er es, der ihr jetzt fehlte. Vielleicht war er ganz fort.

Der Gedanke versetzte ihr tief in der Brust einen Stoß, und das Herz begann heftig zu schlagen. Jetzt war an Schlaf nicht mehr zu denken. Sie schob die Decke zur Seite und steckte die Füße in die Hausschuhe. Der Wecker zeigte halb zwei. Søren schlief für sie beide, wie üblich. An sein Schnarchen hatte sie sich längst gewöhnt, konnte eigentlich nicht mehr ohne es schlafen, daran lag es also nicht. Nein, es lag an ihr. Es kam von innen.

Sie zog den Morgenmantel an und ging in die Küche hinunter, wo Timbo so tat, als ob er schliefe. Sie konnte den Schwanz gegen den Korbrand schlagen hören, hockte sich hin und kraulte ihn und sah in seine braunen Augen.

»Ich vermisse sie auch«, flüsterte sie, denn sie wusste, dass der Hund Inger vermisste. Jeden Tag hatte er vor ihrer Tür gesessen und geheult wie ein kleiner, erschöpfter Wolf.

Sie holte ihm ein Leckerchen und machte sich einen Tee. Sie setzte sich an den Küchentisch, und ihr fiel auf, dass auch drüben bei Dicte Svendsen Licht brannte. Das Licht ergoss sich in das Februardunkel und beleuchtete die winterlich toten Büsche des Gartens, schien auf den Parkplatz und das Auto, dessen Scheiben von Frost bedeckt waren. Sie meinte, einen Schatten sich bewegen zu sehen und die Konturen einer Teekanne zu erkennen, die durch den Raum getragen wurde. Konnte ihre Nachbarin auch nicht schlafen?

Die Nacht war die Zeit, wo die Gedanken auf die Reise gingen. Als sie noch jung war, hatte sie oft so gesessen. In der Zeit zwischen den beiden Fehlgeburten, wo die Schlaflosigkeit sie plagte, und auch in der Zeit danach. Sie hatte über sich und das Leben nachgedacht. Vor allem über das Leben.

Sie wärmte sich an dem Tee und dachte an Dicte Svendsen. Bis vor kurzem war sie eine Fremde gewesen. Eine Zugezogene, die auf der anderen Seite des Weges wohnte, wo sie mit den Jahren so viele hatte ein- und ausziehen sehen: Familien, die jetzt weiter unten in der Stadt wohnten, weil ihnen mit vier Kindern das Haus zu klein geworden war. Die Rocker, die eine hohe Brüstung gebaut und Kameras installiert und mit ihren Motorrädern Lärm gemacht hatten. Das ältere Ehepaar, das das Haus auf einer Zwangsversteigerung gekauft und selbst instand gesetzt hatte. Und jetzt Dicte, die ihr ein kleines Rätsel gewesen war – und vielleicht immer noch war –, eine Journalistin aus Kopenhagen oder zumindest von dort zugezogen. Natürlich hatten sie unten in der Stadt von ihr gesprochen – von dem toten Säugling, den sie auf dem Århus-Fluss gefunden hatte, und von ihrem Freund, dem Fotografen, der einem mageren, vernachlässigten Hund glich, aber trotzdem etwas hatte. Sie mochte sein knabenhaftes Lächeln und die forschenden Augen, die verrieten, dass er es gewohnt war, in Bildern zu denken, so wie sie in Noten dachte. Sie schätzte, dass er um einiges jünger war als Dicte, auch wenn sie jünger als vierzig aussah, mit ihren lebendigen grünen Augen, den feinen Wangenknochen und dem kräftigen, halblangen Haar, das so viele Nuancen hatte, von reifem Korn bis zu den Blättern des Herbstes, je nachdem, wie das Licht darauf fiel. Ihr Körper war der eines jungen Mädchens, mit Kurven an den richtigen Stellen, und nicht wie ihr eigener, der so grundlos aus der Form ging. Genau das Richtige für einen altmodischen Mann. Taille, Arsch und Brüste, wie ihr Vater früher gesagt haben würde. Was für ein Rücken, was für Beine, die nehme ich. Sie konnte die Stimme so deutlich hören, dass sie beinahe zusammenzuckte.

Jetzt sagte er so etwas nicht mehr.

Sie fror und führte den Becher an die Lippen und trank. Sie hätte Socken anziehen sollen. Sie wollte gerade aufstehen, als sie von oben ein Knarren hörte. Dann war er also doch aufgewacht. Jetzt würde er aufstehen und herunterkommen und sie holen. Er hatte sie verinnerlicht, die Sorge von damals, das wusste sie. Aber er konnte beruhigt sein, sie hatte keine Pillen, die sie nehmen konnte, und nicht vor, den leichtesten Weg zu wählen. Das schuldete sie auch Inger, sich nicht vom Leben erschrecken zu lassen.

Die Geräusche wurden lauter. Das Holz gab unter seinem Gewicht nach, als er über den Schlafzimmerboden ging. Die Treppe auch. Ein großer Mann, rein physisch gesehen jedenfalls. Das war er gewesen, soweit sie zurückdenken konnte. Bis zu dem Fest, zu dem Inger ihn zusammen mit den anderen Kommilitonen eingeladen und auf dem sie sich selbst vielleicht Hoffnungen auf ihn gemacht hatte.

»Karen?«

Seine Stimme war so gut, und sie vermisste den Halt, den sie ihr einmal gegeben hatte. Einmal hatten sie alles geteilt. Wann hatte sie sich von ihm entfernt? Er verdiente das nicht.

»Kannst du nicht schlafen?«

Er stand mit Schlaf in den Augen und platt gedrückten Haaren vor ihr. Sie klopfte auf die Küchenbank neben sich.

»Möchtest du eine Tasse?«

Er zögerte, dann trottete er zu ihr hin und legte ihr eine Hand auf die Schulter und umarmte sie. Er setzte sich auf die Bank ihr gegenüber und gähnte.

»Also?«

Sie lächelte über die Wortwahl, die so typisch für ihn war. Er war zwar Lehrer, aber vor allem Freizeitlandwirt und für große Erklärungen und lange Sätze nicht zu haben.

»Ich habe über Dicte Svendsen nachgedacht.«

Er nahm einen Becher aus dem Regal, schenkte sich Tee ein und füllte auch ihr nach.

»Sie dürfte wohl kaum der Grund sein, dass du nicht schlafen kannst. Hat es mit Inger zu tun?«

Sie tat, als hätte sie die letzten Worte nicht gehört.

»Ich hätte nie gedacht, dass wir einmal Freundinnen werden könnten. Wir sind doch so verschieden.«

Er gähnte wieder.

»Seid ihr das denn? Freundinnen?«

Er verstand mehr, als er den Eindruck erweckte. Das wusste sie aus Erfahrung. Jeder andere mochte sich vielleicht wundern und meinen, dass sie diejenige sei, die am meisten zu bieten habe. Eine gewisse Redegewandtheit, das Kunstinteresse und die Romane, die sie verschlang, die Musik und die Kirche. Aber sie hatte weder seine Ruhe noch sein von Grund auf gesundes Gemüt.

Sie griff quer über den Tisch nach seiner Hand, wie sie es vor kurzem im Bett getan hatte. Viel mehr als das war nicht mehr zwischen ihnen. All das andere war möglicherweise aufgebraucht. Lag im Winterschlaf – was wusste sie. Aber da war diese Zärtlichkeit, und die liebte sie.

»Sie ist anders, als ich gedacht habe.«

Er lächelte sie vorsichtig an. Wenn er etwas nicht hatte, dann waren das Vorurteile. Wieder ein Unterschied zwischen ihnen.

»Was hast du denn gedacht?«

Sie dachte nach. Wie hatte sie Dicte Svendsen eingeschätzt? Als oberflächlich, weil sie aus Kopenhagen kam?

Überheblich? War sie wirklich allen Vorurteilen in die Falle gegangen?

»Vielleicht habe ich mir nicht vorstellen können, dass sie Interesse hat«, sagte sie feige.

»An was?«

»An uns. An den Nachbarn. Dem Ort hier.«

»Hat sie das?«

Seine Frage ließ sie plötzlich zweifeln. War das echtes Interesse, das ihr von Dicte Svendsen entgegengebracht worden war, oder nur journalistische Taktik? Doch dann erinnerte sie sich an den intensiven Blick. Das leicht nachlässige Aussehen. Auf Abstand wirkte sie so cool, so sagte man doch. Aber von nahem war das anders. Die unter dem einen Auge leicht verwischte Wimperntusche. Der Lippenstift, der nicht gerade war, als wäre er in Eile aufgetragen worden. Sie nahm das als gutes Zeichen. Als Zeichen, dass Dicte jemand war, für den es Wichtigeres gab, als perfekt zu sein. Sie dachte das und wusste, dass sie hoffnungslos altmodisch war. Heute wollten die meisten perfekt sein – nicht wie damals, als man sich auflehnte. Wie die Hippies und so.

»Ich glaube, sie ist einsam«, sagte sie dann. »Ich glaube, sie hätte gerne Menschen um sich, aber irgendetwas ist schief gelaufen. Ich glaube, sie hat etwas in ihrem Leben verloren.«

Søren stand auf. Er streckte sich, ging zum Kühlschrank und holte Brot und Käse heraus. Stumm begann er zu schneiden und zu schmieren.

»Was hast du ihr erzählt?«, fragte er schließlich über die Schulter. »Hast du ihr von Lise erzählt?«

Hin und wieder hatte er einen sechsten Sinn. Er konnte einem richtig Angst machen.

»Ein wenig.«

Sie sah ihn an, wie er da stand und Käse schnitt und mit einem Teller zu ihr kam. Sie dachte, dass sie ihn nicht verdient hatte. Dass sie zumindest ihre Gedanken mit ihm teilen könnte, wie sie einmal alles geteilt hatten. Aber in ihrem Leben gab es so wenig an Liebe, dass es ihr im Moment unmöglich war, auch nur einen Bruchteil abzugeben. Später würde er verstehen, dass sie Angst hatte, auch Lise noch zu verlieren, obwohl er bestimmt sagen würde, dass Lise nicht ihre oder, was das anging, nicht seine Tochter war. Aber zumindest war sie Familie, und sie war Ingers Tochter. Und Inger war tot.

Sie nahm sich ein Käsebrot und biss vorsichtig hinein. Wie immer hatte er eine dicke Scheibe abgeschnitten, und wieder empfand sie Zärtlichkeit.

Aber man schuldete es seiner Familie, aufeinander aufzupassen. Deshalb hatte sie ihm auch nichts von Lises Besuch erzählt. Sie hatte ihm auch nicht erzählt, dass Lise einen Schlüssel gehabt und den Schmuck ihrer Mutter aus der kleinen, bemalten Kiste genommen hatte, die hinten im Schrank stand. Denn in Wirklichkeit hatte sie nur das genommen, was ihr gehörte.

18

Svendsen!«

Die Stimme knackte in der Leitung. Das alte Telefon begleitete sie seit über zwanzig Jahren und war ein Geschenk eines längst vergessenen Freundes, der sie hatte kontrollieren wollen. Sie wollte antworten, aber ihr Mund war trocken, und die Schwere ihres Kopfes zog sie zurück ins Bett.

»Svendsen? Hörst du mich?«

»Kaiser?«

Es klang wie ein trockenes Quäken.

»Was ist los mit dir? Hast du Halsschmerzen?«

Seine Stimme entbehrte jeglichen Mitgefühls. Klang eher irritiert, gemischt mit einer gewissen Neugierde. Sie versuchte, die Worte in ihrem Kopf zu sortieren, aber der Rotwein ließ das Blut pulsieren, dass es wehtat, und ihre Zunge hätte sich ohne weiteres als Reibeisen einsetzen lassen.

»Ja und nein.«

Sie setzte sich beschwerlich im Bett auf. Das Tageslicht war so grell, dass sie die Augen zusammenkniff.

»Dass du den Praktikanten die Arbeit machen lässt«, kam es trocken. »Das sieht dir gar nicht ähnlich«, führte er weiter aus.

Plötzlich war sie hellwach. Ach, du meine Güte. Würde er sie jetzt feuern? War er ihr Fehlen so leid – die beiden Tage plus der Freistunden mitten in einer Story –, dass er ihr den Messerstich per Telefon versetzte? Sie griff nach dem Wasserglas, und der Körper saugte die Flüssigkeit auf wie ein Schwamm, über die Lippen in den Hals hinunter.

»Mein Vater ist gestorben.«

Indem sie die Worte aussprach, kam das Gefühl zurück. Es war, als würde jemand den Sauerstoff reduzieren, sodass sie nach Luft schnappen musste. Am anderen Ende wurde es still. Dann räusperte er sich.

»Ja, das ist schlimm«, sagte er und klang plötzlich ganz zahm.

Ihr wurde klar, dass er ihr gegenüber noch nie so viel Mitgefühl an den Tag gelegt hatte. Sie war ganz gerührt.

»Dann sollten wir den Praktikanten vielleicht seinen Kreuzzug fortsetzen lassen«, sagte er. »Es gibt doch bestimmt auch eine Beerdigung?«

»Kreuzzug? Was für einen Kreuzzug?«

Sie hatte keine Zeitung gelesen. Hatte die Welt außen vor gehalten. Hatte nur einen Anruf von Rose bekommen, sonst nichts. Doch, Karen war da gewesen und hatte ihr einen Topf Suppe auf die Treppe gestellt, als sie nicht aufgemacht hatte. Bo hatte ihr eine SMS geschickt, in der er ihr irgendetwas von einem Trip nach Givskud erzählt hatte, wo er für eine Monatszeitung Fotos für eine Serie über Tiere im Winter machen sollte.

»Tu mir einen Gefallen«, sagte Kaiser und klang plötzlich müde. »Lies die Zeitung und ruf mich zurück. Dann wirst du vielleicht schneller wieder gesund«, fügte er hinzu.

Noch bevor sie antworten konnte, hatte er aufgelegt, und sie hielt das tote Telefon in der Hand. Sie stieg aus dem Bett und schlurfte, die Bettdecke um sich gewickelt, zum Fenster. Es war elf Uhr vormittags, und Tauwetter hatte eingesetzt. Die Felder waren braun gesprenkelt, vereinzelte kleine Schneeflecken wechselten sich mit Pfützen ab, und die Schneewehen in der Einfahrt waren zu grauen, zementähnlichen Haufen geschmolzen. Es tropfte von Bäumen und Büschen, und vor ihren Augen riss sich drüben bei Karen und Søren ein Eiszapfen los und stürzte auf den Hofplatz hinunter.

Sie warf die Decke zurück auf das Bett und stand einen

Moment mitten im Zimmer und fror. Nicht wie damals, als der Frost gekommen war und alles in Trockenheit eingepackt hatte. Diese Kälte war feucht und nass und drang tiefer, bis in die Knochen.

Sie duschte zum ersten Mal in den zwei Tagen, die sie sich verbarrikadiert hatte. Während sie Jeans und Pullover anzog und vor dem schlecht beleuchteten Spiegel Mascara verkleckerte, sah sie plötzlich hinter ihrem eigenen ein anderes Gesicht: die hohen Wangenknochen, die kräftigen Augenbrauen und die Beharrlichkeit in den grünen Augen. Es war ihr nie aufgefallen, wie sehr sie ihrer Mutter glich. Verwirrt ging sie nach unten, zog Stiefel und Mantel an und holte die Post herein. Sie braute sich eine Tasse schwarzen Kaffee und setzte sich mit der Zeitung hin. Holger Søborg hatte seinen Einzug gehalten. »Kreuzzug« hatte Kaiser es genannt, und genau das war es. Es gab drei Artikel. Die Tendenz war unverändert. Wieder wurde betont, wie schade es um die jungen Menschen war, die in ihrer Ohnmacht gegenüber der Gesellschaft eine Schule abgefackelt und unschuldige Tiere umgebracht und wenigstens in zehn Fällen Vandalismus begangen hatten. »Wir sind keine Pyromanen, wir sind lediglich verstört. Das ist in gewisser Weise ein Aufruhr gegen die Gesellschaft«, sollte einer von ihnen gesagt haben.

Sie verwahrten sich gegen die Satanismusanklagen, obwohl sie einhundertdreißig Grabsteine auf dem Nordfriedhof und in Hornslet zerstört und mit satanistischen Zeichen verschandelt hatten.

Dicte trank einen Schluck Kaffee. Die Kälte lockerte langsam den Griff um ihre Knochen und wurde von einer bebenden, heißen Wut abgelöst. Was zum Teufel bildete Holger sich eigentlich ein? Was bildete die Zeitung sich ein? Kaiser? Wie konnten sie so etwas drucken? Was war mit den Kindern, die in diese Schule gegangen waren? Was mit den Kaninchen und den Pferden? Was mit Karen und ihrem Mann? Wer interessierte sich für ihre Gefühle?

Sie blätterte zur nächsten Seite weiter und fand die Erklärung, warum Holger Søborg mit seiner Sichtweise der Dinge durchgekommen war. »Der Brand war ein gutes Geschäft«, hieß es in der Überschrift.

Er hatte recherchiert, das musste man ihm lassen. Aber der Artikel war tendenziös, grenzte ans Verletzende. Er erzählte die Geschichte von Karen Graugaard und ihrem Mann Søren. Holger hatte aufgeschnappt, dass es sich bei Søren Graugaards Pferden um edle Zuchtpferde handelte, die sehr hoch versichert waren und mit denen er hin und wieder ein Vermögen verdiente, indem er sie zur Deckung von Stuten auslieh, in deren Adern bereits blaues Blut floss. Der Artikel unterstellte, dass es für Karen und Søren ein Leichtes gewesen sein dürfte, jemanden anzuheuern, der den Stall abfackelte, während ihnen die Ferien in Norwegen ein gutes Alibi verschafften. Nach Holgers Berechnungen dürfte der Brand dem Paar nicht weniger als zweieinhalb Millionen von der Versicherung einbringen.

»Menschen haben schon für geringere Summen ihr Eigentum abgefackelt«, erklärte der Artikel völlig korrekt. Ohne jedoch den Mord im Moor zu erwähnen und ob sich Karen und Søren mit einem Berufskiller zusammengetan hatten, um Karens eigene Schwester ermorden zu lassen, und warum. Und ohne darauf einzugehen, wie die Polizei das Ganze sah und inwieweit auch einer oder mehrere der in Untersuchungshaft sitzenden Jugendlichen ein Motiv für den Mord haben könnten.

Sie griff nach dem Telefon, wählte die Nummer der Redaktion in Kopenhagen und anschließend Kaisers Durchwahl.

»Wie geht es dir jetzt?«

»Danke, besser.«

»Heißt das, du bist wieder gesund?«

»Pfeifst du ihn dann zurück?«

Kaiser lachte kurz auf.

»Er ist doch kein Hund.«

»Er manipuliert. Und außerdem sind die Artikel schludrig

verfasst. Sie werfen mehr Fragen auf, als sie beantworten.«

Sie fragte nicht direkt, wie sie in die Zeitung gekommen waren, aber sie hörte den Seufzer am anderen Ende.

»Ich war unterwegs. Und Davidsen ist trotz allem der Leiter des Büros in Århus.«

Sie hatte ihn noch nie einen ihrer Kollegen kritisieren hören. Sie wusste nicht, ob sie es als Stärke oder Schwäche auslegen sollte. Vielleicht war er müde. Vielleicht stand er bereits mit einem Bein in einem neuen Job. Man konnte nie wissen.

»Und was jetzt?«, fragte sie vorsichtig wie eine Katze, die auf zerbrochenes Glas tritt.

»Die Story gehört dir, wenn du sie noch willst. Aber du musst gründlich vorgehen.«

»Und Holger?«

»Du kümmerst dich um die Polizei und die Aufklärung. Er kann hin und wieder ein Porträt schreiben, aber du schaust ihm auf die Finger.«

Sie sah das Gerangel vor sich. Davidsen, der sich in vollem Bewusstsein seiner Position plötzlich für Holger einsetzen würde, über dessen mangelnden Grips er sich früher lustig gemacht hatte. So war es nun mal in der Journalistik, genau wie in der Politik. Überall fanden sich nützliche Idioten, und jetzt sollte sie wieder einmal wie ein Keil zwischen zwei davon getrieben werden. Schnell wog sie das Für und Wider ab. Die Alternative war die, dass Holger weiter über den Brand und den Mord berichtete.

»Und du informierst Davidsen? Gibst ihm klare Instruktionen, was meine und seine Befugnisse angeht?«

Er lachte und hustete gleichzeitig. Es war den ganzen Weg von Kopenhagen durch die Leitung zu hören.

»Du hättest Geschäftsfrau werden sollen. Wann wird dein Vater beerdigt?«

Sie sah einen Sarg vor sich, der in die Erde hinuntergelassen wurde. Regen und Schneeregen, die auf den Deckel trommelten, und Blumen, die darauf geworfen wurden. Wann nahm man eigentlich Abschied?

»Ich bin nicht eingeladen.«

Bevor er sie ausfragen konnte, beeilte sie sich hinzuzufügen: »Ich bin in einer halben Stunde in der Redaktion.«

19

Die Augen der Schlange fixierten die weiße Maus in ihrer Ecke des Terrariums. Die gespaltene Zunge spielte hungrig.

Listig kroch die Unruhe in Roses Nacken und streckte ihre Fangarme die Brust hinunter aus, sodass sie keine Luft mehr bekam. Sie wollte nach der Fernbedienung greifen und in einen anderen Kanal zappen, aber Jan liebte *National Geographic,* sodass sie es nicht über das Herz brachte. Stattdessen wandte sie den Kopf ab, aber nicht schnell genug, da alles so abrupt erfolgte. Der Schlund der Schlange, der sich öffnete, das blitzschnelle Zuschnappen und das Verschwinden der Maus im Körper des Tieres. Sie sah das Ganze und stellte zu ihrer eigenen Verwunderung fest, wie sie zu zittern begann und die Handflächen von den neuen Jeans rutschten. Sie wollte Jan bitten auszumachen. Sie wollte es ihm freundlich sagen, aber die Worte verwandelten sich in einen halben Schrei, und er sah sie verblüfft an.

»Was ist?«

Es war albern, darüber war sie sich im Klaren. Am liebsten würde sie es nicht zugeben, aber sie musste es ihm schließlich irgendwie erklären.

»Ich habe Angst vor Schlangen«, sagte sie und wusste sofort, dass das nicht stimmte. Nicht ganz. Denn sie war zwar kein Fan von Reptilien, aber so etwas hatte sie noch nie erlebt. Als würde die Welt über ihr zusammenschlagen und sie verschlingen, wie die Schlange die Maus verschlungen hatte.

Sie trocknete die verschwitzten Hände an einer Serviette

ab. Nun ja, »nie« war vielleicht zu viel gesagt. Denn in der letzten Zeit hatte sie diese Unruhe in sich gespürt. Seit sie die Leiche im Moor entdeckt hatte. Sie wusste, dass das möglicherweise eine Art Reaktion war, so dumm war sie nun auch wieder nicht. Merkwürdig war nur, dass sie mit der Vernunft nicht dagegen ankam.

Jan rutschte auf dem Sofa näher zu ihr hin. Er legte einen Arm um sie, aber sie konnte sich nicht uneingeschränkt über seine Nähe freuen, wie sie es sonst immer tat. Ihr Herz schlug weiter heftig.

»Hier gibt es doch keine Schlangen«, sagte er logisch. »Höchstens mal eine kleine Spinne.«

Rose hörte ihr eigenes nervöses Lachen.

»Natürlich nicht«, nickte sie und spürte den unwiderstehlichen Drang, aus dem Zimmer zu stürzen. An irgendeinen sicheren Ort. Ihre Augen wanderten schnell über das Wohnzimmer von Jans Eltern. Plötzlich schien ihr der Raum furchtbar groß und offen, als könnte irgendetwas Schlimmes auftauchen und sie von allen Seiten anfallen. Sie begann noch mehr zu zittern, jedenfalls kam es ihr so vor. Aber als sie vorsichtig eine Hand ausstreckte, griff sie ins Leere.

Jan schaltete galant auf einen anderen Kanal um. Nachrichten. Das dürfte ungefährlich sein, dachte sie und versuchte, sich zu entspannen. Sie atmete tief ein. Es half auch ein wenig, und sie schmiegte sich an ihn. Jetzt spürte sie die Freude, ihm so nahe zu sein – aber wie lange würde sie anhalten? Sie hatte geglaubt, sicher zu sein, aber in Wirklichkeit konnte auch hier, mitten in diesem Wohnzimmer, alles in Scherben gehen. Mitten in ihrer selbst geschaffenen Blase aus Sicherheit.

»Das geht nicht gut im Mittleren Osten«, sagte er, wie er es schon sooft gesagt hatte. »Es wird keinen Frieden geben, bevor Arafat und Sharon nicht weg sind.«

»Warum nicht?«

Sie fragte, damit er einen seiner kleinen Vorträge hielt, in denen er so gut war. Sie lehnte den Kopf an seine Schulter und lauschte, nicht so sehr der Bedeutung der Worte, sondern seiner Stimme. Sie sog sie in sich auf, als wäre sie ein Schmarotzer auf der Haut irgendeines Tiers.

»Der eine ist ein Terrorist und der andere ein Kriegsverbrecher. Keiner von beiden ist wirklich an Frieden interessiert. Sie haben ihre eigenen Pläne.«

Sie hörte seinen Vater in seinen Worten. Seine Eltern waren in der Stadt, und sie hatten das Haus für sich. Als eine Art Vorgeschmack darauf, alleine zu wohnen, hatte seine Mutter gesagt. Die Tür hinter sich schließen und einfach für sich sein zu können. In dem Haus in Lystrup. Mit *National Geographic* und einem politischen Vortrag. »Wie weit kann man die Spießigkeit eigentlich treiben?« Jetzt hörte sie die Stimme ihres Vaters. Des ewigen Hippies, wie ihn ihre Mutter nannte. Ihm würde es noch schwerer fallen, das mit dem Reihenhaus zu schlucken. Als sie daran dachte, grauste ihr ein wenig vor dem späten Mittagessen, zu dem er sie am kommenden Tag eingeladen hatte. Sie würde noch einmal kritisiert werden.

Jans Stimme redete das Grauen weg. Jetzt kam ein Porträt von Tony Blair, untermalt mit Bildern von CNN. Eigentlich hätte er Sozialwissenschaft oder Volkswirtschaft studieren sollen, dachte sie teilnahmslos, froh, dass die Müdigkeit sich langsam einstellte und ihre Arme schwer wurden.

»Er ist ein Mann, der nach seiner Überzeugung lebt«, sagte Jan voller Bewunderung und erklärte ihr Blairs Schwierigkeiten, den Rest der Engländer davon zu überzeugen, dass er ein ehrlicher Mann war.

Rose entspannte sich bei den Worten. Nicht noch mehr Schlangen. Nicht noch mehr Leichen im Moor. Sie wollte nicht einmal an ihren Großvater denken. Er war tot, hatte ihre Mutter am Telefon gesagt und traurig geklungen. Sie hätte gerne geholfen und getröstet. Aber sie hatte ihren Großvater nie kennen gelernt und empfand nichts für ihn.

»Mutig«, sagte Jan, »dieser Staatsmann.«

»I love it when you talk dirty.« Das Zitat war bestimmt aus einem Film. Es kam ihr plötzlich in den Sinn. Sie schwebte auf einer warmen Wolke davon, während Jan geistesabwesend ihre Hand streichelte. Seine Stimme wurde weicher, und sie fragte sich, wie sie seine Aufmerksamkeit von den Nachrichten weglenken könnte. Denn die Angst musste auf Abstand gehalten werden, und sie hatte diesen kleinen Trick entdeckt. Dass sie geringer wurde, wenn sie sich mit sicheren Wohnzimmern und ruhigen Stimmen und Küssen und Umarmungen umgab. Und vor allem, wenn sie die neue Disziplin ausübten, die Sex für sie war.

Sie zog die Beine unter sich, legte ihr Gesicht gegen seins und ging mit der Zunge in seinem Ohr auf Entdeckungsreise.

Zum Brunchen war es zu spät und zum Abendessen zu früh, als sie am nächsten Tag von dem Gymnasium in Tilst in die Stadt zum Globen Flakket hinunterfuhr.

Sie sah ihren Vater sofort in einer Ecke des Cafés. Das ungeschnittene Haar, das sich zu grauen Locken kräuselte; der Bart, den seine neue Frau glücklicherweise unter Kontrolle hatte. Den ewigen quer gestreiften Pullover mit den kleinen, tanzenden Menschen auf dem knallbunten Hintergrund.

»Du siehst aus, als kämst du direkt vom Catwalk«, sagte sie zur Begrüßung und umarmte ihn. »Selbstgestricktes ist in. Wieder.«

»Ich wusste nicht, dass es aus der Mode war.«

»Out«, berichtigte sie ihn.

»Dann eben out«, sagte er und blinzelte ihr zu.

Es waren bestimmt die Augen, denen die Frauen nicht widerstehen konnten. Sie hatte es so oft gehört, aber nicht begriffen. Es ging über ihren Verstand, was sie in ihm sahen, abgesehen davon, dass er reizend und wunderbar und ihr Vater war. Aber er war auch untreu, und man konnte sich nicht auf ihn verlassen.

»Wie geht es dir, Schatz?«

Sie stellte ihre Vermutungen an, während sie ihn beobachtete und gleichzeitig die Speisekarte studierte. Natürlich wusste er es. Ihre Mutter musste geplaudert haben.

»Ich habe eine Leiche im Moor gefunden. Und außerdem haben wir uns ein Reihenhaus angesehen.«

Er nickte und lächelte leicht, vielleicht über ihre merkwürdige Aufzählung. Aber dann wurde er ernst.

»Du passt auf dich auf, ja?«

Hatte er jetzt seine professionelle Rolle eingenommen? Er war schließlich ein alter Psychologe, auch wenn er meistens mit Verbrechern zu tun hatte und oft im Fernsehen zu sehen war, wenn ein Profil von einem Mörder erstellt werden sollte.

»Wie war es?«, fuhr er fort.

»Die Leiche? Oder das Reihenhaus?«

Er drehte die Augen zur Decke.

»Das Moor natürlich. Das Erlebnis oder wie du das nennen willst. Geht es dir gut? Schlecht? Denkst du viel daran?«

Ihr Blick wanderte über die Speisekarte.

»Was nehmen wir?«, murmelte sie. »Bier? Ein Sandwich? Kuchen?«

»Rose.«

Seine Stimme klang altbekannt warnend, wie wenn sie als Kind nicht aufessen oder den Fernseher beim Kinderfernsehen nicht leiser stellen wollte. Sie sah ihn an.

»Es geht mir okay. Du brauchst dir keine Sorgen zu machen.«

Er griff quer über den Tisch nach ihrer Hand, bevor sie sie wegziehen konnte.

»Ich bin noch immer dein Vater.«

»Noch immer?«

Plötzlich kam die Wut.

»Noch immer, auch wenn alles in Streitereien und Scheidung geendet hat? Auch wenn ihr es nie geschafft habt, eine richtige Familie zu sein, du und Mutter?«

Er sah ganz erschrocken aus.

»Entschuldige«, murmelte sie, überrascht über ihren Ausbruch. Was in aller Welt war mit ihr los?

»Du hast einen Schock«, sagte er ruhig. »Du wirst reagieren. Damit musst du rechnen und Hilfe suchen, falls nötig.«

Aber wie sollte sie ihm sagen, dass sie einfach in Ruhe gelassen werden wollte, dass dann alles gut war. Dass sie nur in Ruhe und Frieden auf einem Sofa sitzen und Jans politische Vorträge anhören wollte und später seinen heftigen Atem und anschließend, danach, sein zufriedenes Schnarchen. Ihr Vater würde sie bestimmt auf der Stelle auslachen und sagen, dass sie die spießigste Tochter sei, die er je gehabt habe, und dass sie endlich auch die Augen für die anderen Seiten des Lebens aufmachen müsse.

»Wie wäre es mit einem Croque-Monsieur? Das dürfte doch etwas für dich sein. Und ein Bier?«

Er gab es auf. Er seufzte und kratzte sich den Bart.

»Wenn du meinst.«

Als sie ihre Getränke bekamen und auf das Essen warteten, fragte sie sich doch, was er zu der Leiche im Moor dachte. Zu dem Mörder. Zu ihrem eigenen Grauen stellte sie eine gewisse Neugier bei sich fest und war ganz erleichtert, als er von selbst auf das Thema zu sprechen kam.

»Wenn du sagst, dass es dir okay geht, kannst du mir vielleicht etwas darüber erzählen, wie du die Leiche gefunden hast. Bevor wir essen«, fügte er hinzu.

Sie erzählte und hatte den Eindruck, dass es sie ein wenig erleichterte.

»Was glaubst du?«

Sie fragte vorsichtig.

»Warum wurde sie auf diese Weise umgebracht? Ich meine, gleich zweimal. Darüber habe ich mir Gedanken gemacht«, räumte sie ein.

Er trank von seinem Bier und bekam Schaum in den Bart, sodass sie lächeln musste. Geistesabwesend trocknete er ihn mit der Rückseite der Hand ab und beugte sich leicht vor.

»Vielleicht ist das die Signatur dieses Mörders«, sagte er dann. »Eine Art Ritual. Eine Zwangshandlung vielleicht.«

»Warum glaubst du das?«

»Weil es unlogisch ist, jemanden zweimal zu ermorden. Und wenn die Logik aufhört, sind nur noch Gefühle und Instinkt da. Der Drang, eine Geschichte zu erzählen.«

Sie schauderte.

»Ein Mörder, der Geschichten erzählt?«

Er lächelte beruhigend.

»Das ist normal. Relativ normal jedenfalls. Wir alle wollen zumindest eine Geschichte erzählen.«

»Was für eine Geschichte?«

Die Kellnerin kam mit dem Essen. Er holte Messer und Gabel aus der zusammengerollten Serviette und sah Rose an.

»Denk einmal nach. Welche Geschichte wolltest du erzählen, wenn du wählen könntest?«

Während sie in dem Essen herumstocherte, dachte sie an die Leiche und an die Angst. An das Reihenhaus. Sie spulte bis zu dem Tag zurück, an dem sie Jan begegnet war; erinnerte sich an die Scheidung und die Sehnsucht nach einer Familie. Stieß auf den Knoten aus Angst, das zu verlieren, was sie hatte. Die Menschen, die sie liebte.

»Meine eigene«, sagte sie. »Ich würde meine eigene Geschichte erzählen.«

Er nickte zufrieden.

»Dumm war sie nie. Kleinbürgerlich vielleicht«, fügte er mit einer gewissen Zärtlichkeit hinzu. »Mit einem gefährlichen Hang zu Reihenhäusern und festen Freunden. Aber dumm nie.«

20

Mikkel Andersen war das also alleine«, stellte Dicte fest. »Warum hat er es getan?«

Wagner setzte sich ihr an dem Tisch in der Kantine des Polizeipräsidiums gegenüber. Auf seinem Tablett standen ein Teller mit drei belegten Brötchen, ein Mineralwasser und ein nicht ganz sauberes Glas.

»Er sagt, sie hat ihn zu Sex gezwungen.«

Wagner kratzte geistesabwesend die Remoulade von dem Roastbeefbrötchen. Man konnte es ihm nicht verdenken, dachte Dicte. Die Zwiebeln waren weich, und die braune Farbe war in die gelbe gelaufen. Während er den ersten Bissen abschnitt und auf der Gabel gefährlich in der Luft schwenkte, fuhr er fort: »Inger Graugaard hat Mikkel mit einem Mädchen auf der Schultoilette erwischt, als er in die Neunte ging. Keine Vergewaltigung, sondern Beischlaf. Das Mädchen ging in die Siebte und war noch minderjährig. Mikkel zufolge wurde er nach der Schule zu einem vertraulichen Gespräch bestellt, wo sie ihn vor die Wahl gestellt hat.«

»Sex oder was?«

Die Gabel hypnotisierte sie, und sie musste sich zwingen, ihn direkt anzusehen. Dunkle Schatten lagen unter seinen Augen, und die Olivenhaut war grauer als je zuvor. So war das bei einem Mordfall. Alle Reserven wurden aufgezehrt. Aus dem gleichen Grund hatte sie zwei ganze Tage gebraucht, ihn zu erreichen und eine Verabredung mit ihm zu treffen.

»Verweisung von der Schule. Öffentlichkeit«, murmelte

Wagner und starrte sein Essen eingehend an. »Er kommt aus einer so genannten guten Familie mit einem strengen Vater. An den Sohn wurden Erwartungen gestellt.«

Zu Dictes Zufriedenheit führte er endlich die Gabel zum Mund, schob im letzten Moment das Essen aber nicht hinein.

»Das wusste Mikkel auch«, fügte er hinzu. »Er ist nicht dumm, auch wenn er sich auf etwas Ungesetzliches eingelassen hat. Nicht, dass ich ihn verteidigen will«, sagte er und sah sie vielsagend an.

Die Geräusche der Kantine stiegen und fielen. Ein Kratzen von Messern und Gabeln auf Tellern und der rieselnde Laut von Getränken, die in Gläser gegossen wurden, gemischt mit Unterhaltungen auf unterschiedlichem Dezibelniveau. Eine Gruppe von vier uniformierten Beamten hielt ihren Einzug, stellte sich an die Theke und wählte ihr Essen aus. In einer Ecke saßen zwei Männer in Zivil und sprachen leise miteinander, und in einer anderen hörte eine ganze Gruppe von Uniformierten einem Witz zu – jedenfalls ihrem Gelächter nach zu schließen.

»Wenn du ihn verteidigst, hörst du dich wie eine Kopie von Holger Søborg an«, machte sie ihn aufmerksam. »Unser Praktikant durfte ein paar Tage selber schmieren.«

Wagner schnitt eine Grimasse. Ekel war in seinem Blick zu sehen, als er die Gabel mit dem Roastbeef wieder senkte.

»Ich hoffe, das ist nicht eure neue Linie. Leute ohne den Schatten eines Beweises zu verurteilen. Ein Motiv zu konstruieren, weil einem die richtigen Täter leid tun und man der Meinung ist, dass sie eine schwere Kindheit hatten.«

Er sagte es mit einer Schärfe, als hätte sie persönlich Holger Søborg auf die Sache angesetzt und ihn über die Versicherungssumme und die Zuchtpferde informiert. Sie hätte natürlich einwenden können, dass der Polizei höchstwahrscheinlich auch keine entscheidenden Beweise zu der Person des Mörders vorlagen. Aber vermutlich hatten sie doch eine glaubwürdige Theorie.

»Ich war nicht da.«

Sie hörte das Echo von Kaisers Entschuldigung und kam sich schäbig vor, obwohl nicht sie die Artikel geschrieben hatte. Sie hätte ein Auge darauf haben können. Sie hätte die Artikel im Layoutprogramm durchsehen, sich bei Davidsen beschweren und eine Szene machen können, wie sie das gewöhnlich tat. Diesen Ruf hatte sie zumindest in der Redaktion, das wusste sie genau.

»Nicht da, ach so«, stellte er fest, und sie sah das Fragezeichen in seinem Blick. Es wäre eine Kleinigkeit, ihm den Grund zu nennen. Der Tod des Vaters war etwas, das die meisten verstanden. Aber aus dem einen oder anderen Grund tat sie es nicht, vielleicht, weil sie ihm keine Erklärung schuldete. Vielleicht aus einem anderen Grund, den zu analysieren sie keine Lust hatte.

»Wie sieht es mit Indizien aus?«, fragte sie stattdessen. »Was ist mit der Mordwaffe? Der Todesursache?«

Einen Augenblick sah sie das Misstrauen in seinem Blick. Was für ein Motiv hat sie?, würde er sich fragen. Warum sollte er Informationen preisgeben, die die restliche Presse noch nicht hatte? Sie entschloss sich zu sagen, wie es war.

»Ich muss den anderen einen Schritt voraus sein«, gestand sie. »Im Moment hängt ein Entlassungsschwert über unseren Häuptern.«

Indem sie es sagte, hörte sie, wie unpassend der Vergleich mit dem Schwert war, und fuhr schnell fort: »Wir haben ausgemacht, dass mein Redakteur Holger kurz hält, wenn ich weiter über den Fall berichte.«

Wagner sah trotz allem erleichtert aus. Endlich aß er das Stück auf der Gabel und schnitt sich ein weiteres ab. Das Fleisch sah zäh aus, und er zerfledderte die Fasern mehr, als dass er sie durchschnitt.

»Sie ist zuerst erhängt worden«, informierte er sie nüchtern. »So war es wohl auch am praktischsten. Vielleicht ist der Mord ganz woanders passiert.«

»Auf dem Hof? Bevor sie ihn abgefackelt haben?«

Sie dachte an das Durcheinander in den Zimmern. Versuchte sich vorzustellen, wo es passiert sein könnte. An den Dachbalken natürlich.

Er zuckte mit den Schultern.

»Darauf deutet nichts hin. Keine Strickenden, keine Spuren. Wir warten noch immer auf die Technik in Kopenhagen«, fügte er hinzu. »Die Sachen liegen drüben im Labor. Das gerichtsmedizinische Institut untersucht die DNA, und das kann wie gewöhnlich ein paar Wochen dauern.«

Er sagte es mit einer Spur von Ärger, während er einen weiteren Bissen hinunterschluckte. Sie wusste, dass die Polizei in Århus über die Wartezeiten frustriert war, wenn Kopenhagen eingeschaltet wurde. Ließen sie die Fälle aus der Provinz länger liegen als nötig? Oder war da ein Hauch von Paranoia im Spiel?

»Wie sieht es mit dem Transport ins Moor aus? Wie hat der Mörder die Leiche dorthin transportiert, wenn sie zu dem Zeitpunkt schon tot war?«

Wagner legte Messer und Gabel zur Seite, griff nach dem Mineralwasserglas und wollte es zum Mund führen, brach aber mitten in der Bewegung ab und hielt es gegen das Licht. Er schüttelte den Kopf.

»Das ist die Spülmaschine. Da fehlt Salz«, sagte er mit Kennermiene.

Er entschloss sich, trotzdem zu trinken, und stellte das Glas zurück auf den Tisch.

»Wir haben keine anderen Reifenspuren als die von den üblichen Autos«.

»Von denen des Wasserwerks«, schlussfolgerte sie.

»Von denen der Stadtwerke Århus. Sie sind orange, haben eine blaue Schrift auf der Seite und eine gelbe Warnleuchte auf dem Dach.«

Natürlich kannte sie sie. Sie hatte sie oft gesehen.

»Aber das heißt nicht notwendigerweise, dass sie in einem davon transportiert worden ist«, fügte er hinzu. »Man muss Jahreszeit und Wetter in Betracht ziehen. Es hatte leicht geschneit. Vielleicht haben wir die Reifenspur des Täters nur nicht gefunden, weil die Fahrzeuge des Wasserwerks darübergefahren sind. Sie sind jedenfalls an dem Freitag in dem Gebiet herumgefahren, an dem Rose am späten Nachmittag die Leiche entdeckt hat.«

Sie nickte. Wenn es geschneit hatte, konnten wichtige Spuren verloren gegangen sein.

Während Wagner fertig aß, begnügte sie sich mit ihrem Kaffee, der nach alten Bohnen schmeckte. Sie hatte sich selbst eingeladen, aber sie bekam nichts hinunter, was nicht an dem Essen lag. Die Stimmung in der Redaktion war auf dem Nullpunkt, seit Kaiser sie überredet hatte, weiter über den Fall zu berichten. Davidsen fühlte sich vor den Kopf gestoßen, weil er es als Desavouierung empfand, und Holger lief mit einem beleidigten Gesicht herum und murmelte etwas von alten Journalisten, die auf ihren Bereichen hockten. Obwohl sie wusste, dass das der reinste Neid war, hatte sie das Gefühl, ihre eigenen Argumente um die Ohren geschlagen zu bekommen. Sie hatte Recht. Aber es kostete etwas, Recht zu haben. Der Preis war der, dass sie als gesetzte und verstockte Journalistin angesehen wurde, die Angst hatte, dass neue, frische Kräfte ihr den Job wegnahmen. Aber war das die Wahrheit? Sie hoffte, nicht.

Sie beobachtete Wagner, während er sich einen Kaffee holte. Sie musste einräumen, dass das Motiv überzeugend klang: Ein gedemütigter Teenager rächt sich an seiner Lehrerin, die ihre Position ausgenutzt hat. In einem Rausch aus Haschisch und Alkohol, natürlich, und vielleicht von den Kameraden angestachelt, die bei dem Schulbrand dabei gewesen waren. Der Stallbrand und das Geständnis desselben besagten zudem, dass der junge Mann am Tatort oder zumindest in der Nähe desselben gewesen war. Es konnte fast nicht anders sein.

»Wie sicher seid ihr euch?«, fragte sie. »Habt ihr ein Geständnis? Indizien? Zeugen?«

Er hatte noch eine Tasse Kaffee für sie mitgebracht – und einen Kuchen, der »Nacht und Tag« hieß. Sie biss in die

»Nacht« und fragte sich flüchtig, welcher geschäftstüchtige Bäcker ihn erfunden und in dunkle und helle Glasur unterteilt hatte.

»Wir stehen erst am Anfang der Ermittlungen«, würgte er sie ab. »Das kann noch kommen. Darüber kannst du noch nichts schreiben.«

Das war seine Art, ihr zu sagen, dass die Details nicht für die Öffentlichkeit bestimmt waren. Weder das mit dem Sex gegen Schweigen noch das mit den eventuellen Reifenspuren. Noch die Tatsache, dass Inger Graugaard erhängt worden war. Die Presse hatte nur erfahren, dass sie mit einem Strick und einer Axt umgebracht worden war, aber nicht, wie. Das war normal. Mit Rücksicht auf die Ermittlungen und die unumgänglichen falschen Geständnisse wurde immer etwas geheim gehalten, und sie war dankbar, denn Wagner konnte einen Heidenärger mit der übrigen Presse bekommen, wenn herauskam, dass sie eine Sonderbehandlung erfuhr.

»Die Mordwaffe war eine ganz neue Axt, vielleicht extra zu dem Anlass gekauft«, kam er ihr zuvor.

»Wir haben natürlich herauszufinden versucht, was in letzter Zeit an Äxten verkauft worden ist und ob sich jemand an etwas erinnert. Vorläufig ohne Resultat. Das könntest du in deinem Artikel erwähnen. Vielleicht hilft das irgendjemandes Gedächtnis auf die Sprünge.«

Sie nickte und machte sich eine Notiz. Das war zumindest etwas.

»Und der Strick? Der hat mir zu schaffen gemacht«, gestand sie. »Wo ist er gekauft worden? Wussten die Jugendlichen, wie man einen Henkersknoten bindet?«

Er sah sie an, und einen Augenblick hatte sie den Eindruck, als wäre er des Gesprächs müde, aber vielleicht waren es nur die schweren Lider, die ihn ein wenig resigniert aussehen ließen.

»Genau wie die Axt. Ein ganz neues Hanfseil mit einer geflochtenen Oberfläche und einem Nylonkern. Wir haben zu diversen Segelsportgeschäften sowie zu Geschäften, die Outdoor-Ausrüstung verkaufen, Kontakt aufgenommen, aber ohne Erfolg.«

Er aß den letzten Bissen von seinem Kuchen und trocknete sich die Finger an der Serviette ab.

»Mikkel Andersen war bei den Pfadfindern.«

Zurück in der Redaktion, versuchte sie, um all das einen Bogen zu machen, das sie liegen lassen musste, und schrieb einen scharfen, kleinen Artikel über die beiden Mordwaffen mit der Aufforderung, Kontakt zur Polizei aufzunehmen, falls jemand etwas zur Aufklärung des Falls beitragen könne. Um sicherzugehen, telefonierte sie selbst ein wenig bei den Baumärkten und Werkzeuggeschäften herum, jedoch ohne Resultat. Sie rief auch diverse Outdoor-Läden und Segelsportgeschäfte an und fragte, ob sich jemand daran erinnern könne, in der letzten Zeit ein Hanfseil verkauft zu haben, und wenn ja, an wen, aber auch das führte zu nichts. Vielleicht, weil sie auf eine Mauer stieß, gingen die Gedanken ihre eigenen Wege. Sie entschloss sich – hauptsächlich aus Eigeninteresse – im Archiv nach Davidsens Artikeln über die »Blumen Gottes« zu suchen. Sie fand eine ganze Reihe und kopierte sie auf eine Diskette, während sie die Kälte spürte, die Cecilies Rücken ausstrahlte, und hin und wieder den Bruchteil eines säuerlichen Kommentars von Davidsen zu seinem neuen Protegé Holger hörte. Aber es war ihr gleichgültig. Sie wusste, dass die Arbeit eine Notwendigkeit für sie war. Dass sie wie ein Chirurg mit einem Skalpell alles Unwesentliche entfernen und zu dem reinen Kern vordringen musste. Ein Krebsknoten in Form eines Mordes. Dieses Gefühl ergriff Besitz von ihr. Eine unbestimmte Stimme, die sagte, dass die Lösung des Mordfalls andere Lösungen mit sich bringen würde.

Während sie kopierte, dachte sie an die letzten zehn Minuten, die sie mit Wagner in der Kantine gesessen hatte. Sie hatte sich gefragt, wie sie ihm von Lise erzählen, inwieweit sie überhaupt etwas sagen sollte. Als Wagner das Motiv des Jungen vor ihr ausgebreitet hatte, hatte sie sich mehr oder weniger entschlossen zu schweigen. Es war im Moment nicht relevant für den Fall, sagte sie sich, während ihr Gewissen sie trotzdem plagte. Und dann hatte er glücklicherweise selbst das Thema zur Sprache gebracht.

»Wie gut kennst du eigentlich deine Nachbarn?«

»Karen? Oder Søren?«

»Karen.«

»Nicht so gut«, gestand sie, was der Wahrheit entsprach. »Jedenfalls nicht bis zu dem Brand«, fügte sie vorsichtig hinzu.

»Und jetzt?«

»Nicht sehr viel besser«, war ihre vage Antwort.

»Weißt du, dass Inger eine Tochter hat? Kennst du ihre Geschichte?«, fragte er.

Natürlich wusste er es, dachte sie, erleichtert über die Frage. So etwas wurde zuallererst untersucht.

»Sie hat nicht viel erzählt«, sagte sie. »Ich muss zugeben, dass ich gedacht habe, dass da vielleicht auch ein Motiv zu finden sein könnte.«

Er nickte und sah wieder müde aus, als würden die dunklen Schatten plötzlich schwärzer und die Augen zufallen. Sie fragte sich nach seinem Privatleben. Nach seinem Leben mit Ida Marie und dem Kleinen. Vielleicht gab es doch nicht so viele rosarote Wolken, wie sie sich vorgestellt hatte.

»Natürlich würden wir uns gerne mit der Tochter unterhalten«, sagte er. »Aber sie ist aus anderen Gründen untergetaucht, und ich bezweifle ganz entschieden, dass sie etwas damit zu tun hat.«

Er stand auf und stellte Tassen und Teller auf das Tablett. Dann richtete er sich auf und sah sie an, und in dem Moment ahnte sie nicht, was in Wirklichkeit in seinem Kopf vor sich ging. Ob sie für ihn nur das kleinere von zwei Übeln war – das andere war Holger Søborg – oder ob ihr Input einen Wert für ihn hatte.

»In der Wirklichkeit ist es nicht immer so einfach wie im

Film«, sagte er dann, was sie an die erste Version glauben ließ.

»Das Motiv des einen verschwindet nicht notwendigerweise, weil ein anderer das Verbrechen begangen hat.«

21

Wagner konnte nicht schlafen. Er wälzte sich im Bett, während das Laken sich unter ihm zu einem durchgeschwitzten Knäuel zusammenrollte. Ida Marie murmelte etwas im Schlaf und griff nach seiner Hand. Sie hielt sie gut fest, und lange Zeit wagte er nicht, sich zu rühren, bis er einen Krampf im linken Bein spürte. Vorsichtig machte er sich frei und stieg aus dem Bett. Er stöhnte leise, zog seine Jogginghose und ein Hemd an und schloss die Tür hinter sich.

Aus dem Kühlschrank holte er sich ein Bier. Mit dem Bier und einem Salamibrot schlich er ins Wohnzimmer, setzte die Kopfhörer auf und suchte im CD-Ständer nach seiner Lieblingsaufnahme von Bachs Goldberg-Variationen. Die, auf die er immer zurückkam.

Er setzte sich im Lehnstuhl zurecht; einem der wenigen Möbelstücke, die zu behalten er durchgesetzt hatte, als Ida Marie und Martin vor einem halben Jahr eingezogen waren. Jetzt waren die dunklen, schweren Möbel durch leichte, helle ersetzt worden, die geblümten Gardinen hatten weißen Tüllvorhängen Platz gemacht, und am seltsamsten war, dass ihm die Veränderung willkommen war. Er lehnte den Kopf gegen den rauen, wohl bekannten Stoff, lauschte Glenn Goulds Magie und versuchte, seinen Kopf von Gedanken zu leeren. Meistens funktionierte das. In der Regel konnte er so sitzen, ganz meditativ, und sich von den unterschiedlichen Stimmen wie von einem Strom mitreißen lassen, sie voneinander unterscheiden und die Stimmenführung genießen, das Kontrapunktische, die Phrasierung und den kristallklaren Anschlag. Der Atem der Musik wurde zu seinem eigenen.

Aber jetzt funktionierte es nicht. Denn natürlich hörte er Stimmen, aber es waren nicht Bachs. Noch immer saß der Schock von dem Gespräch vor zwei Stunden in ihm, als Ida Marie und er das Licht gelöscht und, anstatt zu schlafen, miteinander zu reden versucht hatten.

»Schläfst du?«, hatte sie gefragt.

Das war ihre übliche Gesprächseröffnung, und die Süße ihrer Stimme erreichte sein Ohr irgendwo zwischen Viby und dem Traumland.

»Mmmm.«

Sie rückte näher an ihn heran und drückte ihr Gesicht gegen seinen Hals, sodass er das Kitzeln ihres Haars spürte. Eine Hand drückte vertraulich auf seine Brust, und er wusste, dass sie etwas wollte, das keinen Aufschub vertrug.

»Was hast du?«

»Ich habe über etwas nachgedacht.«

»Mmmm.«

»Über etwas Wichtiges.«

Der Ernst machte ihn hellwach. Die Gedanken überschlugen sich in seinem Kopf und nahmen gigantische Ausmaße an, noch bevor sie das Thema vertiefen konnte.

»Es geht um Martin. Ich habe mir gedacht, dass er vielleicht …«

»Dass er vielleicht was?«

Sie seufzte und presste sich erneut an ihn. Sie wollte ihn um etwas bitten, und dabei ging es nicht um Sex. Jedenfalls nicht hier und jetzt.

»Ich bin jetzt vierzig«, flüsterte sie dann.

Er wollte zärtlich zurückflüstern, dass er zweiundfünfzig war, aber sie deshalb nicht mitten in der Nacht weckte. Aber er tat es nicht, weil er ahnte, was jetzt kommen würde.

Er wartete. Er wusste, dass sie Kraft und Worte sammelte, und fragte sich, wie sie es sagen und wie er reagieren würde, wenn sie es wirklich aussprach. Und dann war er doch völlig unvorbereitet auf die Wärme, die sich bei ihren Worten wie ein lodernder Brand in seinem Körper ausbreitete, und das Blut, das in einem schnellen Rhythmus pulsierte, sodass sich Lust und Zweifel und Hoffnung und Verzweiflung zu einem bittersüßen Cocktail mischten.

»Ich wünsche mir so sehr, dass Martin noch einen Bruder oder eine Schwester bekommt.«

Was hatte er geantwortet? Bach wand sich mit Ida Maries Stimme zu einem Höhepunkt hinauf und wieder hinunter und wieder hinauf. Und genauso war es doch. Höher und höher und hin und wieder ein Sturz, ein Zweifel; ein Hauch von schmerzender Selbsterkenntnis.

Er hatte etwas gemurmelt, ihr Haar gestreichelt und gesagt, dass sie darüber reden müssten, wenn sie ganz wach seien. Als wäre er das jetzt nicht. Er hatte Wasser getreten, hatte fieberhaft und erfolglos seinen eigenen Willen erforscht, der in ihrer Nähe außer Kraft gesetzt schien. Ein Kind. Seines und ihres. Ach, du meine Güte. Er konnte den Gedanken gar nicht fassen. Er war zweiundfünfzig und hatte bereits eine erwachsene Tochter und den zehnjährigen Alexander. Kinder, die er liebte, die er jedoch hin und wieder vernachlässigt hatte, wie ihm sehr wohl bewusst war. Kinder, die hatten zurückstecken müssen, wenn der Job es erforderte. Fußballspiele und Schulvorstellungen und Kindergeburtstage, bei denen er durch Abwesenheit geglänzt hatte, weil ein Fall seine Aufmerksamkeit erforderte. Konnte er es sich überhaupt erlauben, noch mehr Kinder in die Welt zu setzen?

Und doch rührte sich etwas in ihm. Schmeichelte ihm. Wem, ihm? Weil diese bildschöne, junge Frau gerade mit ihm ein Kind haben wollte. Ob des Vertrauens, das sie ihm entgegenbrachte.

Er trank einen Schluck Bier und schob den Verdacht beiseite, dass Frauen mit einem plötzlichen Kinderwunsch vielleicht nicht ganz so selektiv waren, was die Väter ihrer Kinder anging. Nach dem Nehmen-was-da-ist-Prinzip. Aber das konnte er nicht glauben. Nicht von Ida Marie.

Er wusste nicht genau, warum die Gedanken einfach weiterliefen, und konnte nichts dagegen tun, als der Mord darin auftauchte. Vage streifte ihn das Gefühl, dass das Wort »versagen« der Schlüssel war. Der gemeinsame Nenner. Menschen ließen einander im Stich, und manchmal führte das zu unglückseligen Handlungen. Inger Graugaard. Wenn Mikkel die Wahrheit sagte, hatte auch sie versagt und dafür mit dem Leben bezahlt. In ihrem Beruf und ihrer Ehrbarkeit und ihrer Verantwortung gegenüber einem Schüler. Wenn.

Das kleine Wort klammerte sich an die Oberstimme einer Fuge. Dort verband es sich mit anderen Worten zum gleichen Thema. Liebe. Versagen. Hass. Tod.

Er seufzte und trank den Rest seines Biers.

Drei Stunden Schlaf. In etwa.

Das dachte er, als er am nächsten Morgen endlich in seinem Büro saß und sich nicht vorstellen konnte, wie er diesen Tag durchstehen sollte. Er musste seine Zuflucht im Kaffee suchen, auch wenn der ihn langsam umbrachte. Das war die einzige Möglichkeit.

Während er eine Kanne in der Kantine holte, tauchte Dicte Svendsen in seinem Kopf auf. Er sah ihr konzentriertes Gesicht vor sich, als sie einander gegenübergesessen hatten. Sie machte immer Eindruck. Die forschenden grünen Augen ließen ihn nie los, vor allem dann nicht, wenn sie ihn nach Geständnissen, Beweisen und Motiven ausfragte. Und doch war da dieser Abstand, der vermittelte, dass man ihr nicht zu nahe kommen, sie vor allem nichts Persönliches fragen durfte.

Aber das war nicht das Thema. Was wusste er auch über die Wege und Abwege des weiblichen Gemüts? Er, dem es nicht gelungen war, vertrauliche Mitteilungen aus Karen Graugaard herauszulocken, wie Dicte das offenbar geschafft hatte. Denn natürlich wusste sie etwas über die Tochter, Lise. Vielleicht sogar mehr, als sie gesagt hatte.

Offenbar hatte seit zwei Monaten niemand Lise gesehen. Sie wurde längst polizeilich gesucht, war aber wie vom Erdboden verschluckt. Theoretisch betrachtet, hatte sie natürlich auch ein Motiv. Und noch hatte niemand den Mord an Inger Graugaard gestanden. Sowohl Mikkel wie auch seine Kumpane beteuerten immer wieder ihre Unschuld.

Hatte das Offensichtliche sie blind gemacht? Hatte es ihn blind gemacht?

Während er die volle Thermoskanne und eine auf einer Untertasse klappernde Tasse vor sich her balancierte, fiel sein Blick auf Jan Hansen, der Pause machte und zusammen mit Arne Petersen in einer Ecke der Kantine saß. Dicte hatte nach der Axt und dem Strick gefragt. Vor allem nach dem Strick.

Er fasste einen Entschluss, stellte Kanne und Tasse auf einen Tisch und steuerte auf die beiden zu. Er richtete den Blick auf Hansen, der gerade in eine Schnecke biss und sich ganz darauf konzentrierte.

»Hast du einen Augenblick Zeit?«

Hansen schluckte, dass der Adamsapfel hüpfte und er einen Hustenanfall bekam, dass die Krumen spritzten.

»Trink etwas Wasser«, riet ihm Arne Petersen und schob seinem Kollegen in Ermangelung von etwas Besserem die Tasse mit Kaffee hin. Wagner klopfte ihm auf den Rücken.

»Komm in einer Viertelstunde zu mir hoch. Sieh zu, dass du irgendwoher einen Strick bekommst, und bring ihn mit.«

Hansen nickte, mit rotem Kopf von dem Hustenanfall, stellte aber keine weiteren Fragen. Wagner drehte sich um und nahm den Kaffee mit in sein Büro. Er registrierte eine leichte Beschämung und fragte sich, ob sie daher rührte, dass er gerne mit Jan Hansen zusammenarbeitete. Weil er Befehlen gehorchte. Wieder einmal dachte er, dass sie eine Frau im Team gut gebrauchen könnten. Eine, die Fragen stellte.

Während er auf Jan Hansen wartete, rief er im gerichtsmedizinischen Institut der Universität Kopenhagen an. Eine junge

Frau, die wie ein Teenager aus einem der Arbeiterviertel klang, nahm den Hörer ab.

»Ist Kai Jørgensen zu sprechen?«

»Er feiert Überstunden ab.«

Sie schien Kaugummi zu kauen. Wagner wartete nahezu darauf, das Geräusch einer platzenden Blase zu hören.

»Dann stellen Sie mich bitte zu Kim Flyvstrup durch.«

»Der ist krankgeschrieben.«

Wagners Mut sank. Seine Liste persönlicher Kontakte, die ihm vielleicht einen Freundschaftsdienst erweisen und die Analysen von Inger Graugaards Kleidung beschleunigen konnten, wurde kürzer und kürzer.

»Und Henrik Wilhelmsen?«, fragte er verzweifelt.

»Hat Vaterschaftsurlaub«, kam es lakonisch von dem Mädchen, und Wagner hätte ihr am liebsten höchstpersönlich den Mund mit einem Brecheisen aufgestemmt und den Kaugummi herausgeholt.

»Dann stellen Sie mich einfach zu der Abteilung durch«, sagte er mutlos. »Zu wem auch immer.«

»Gerne.«

Sie drückte auf einen Knopf, und die Leitung war tot. Er wartete geraume Zeit, bis ihm klar wurde, dass die Verbindung unterbrochen war. Verbissen rief er noch einmal an. Dasselbe Mädchen ging ans Telefon.

»Ich gehe davon aus, dass Sie gerne Ihren Job behalten möchten«, sagte er diesmal schlau.

Sie schien ihren Kaugummi beinahe zu verschlucken.

»Womit kann ich Ihnen helfen?«, kam es nervös.

»Ich will jemanden von der Rechtsmedizin sprechen. Pronto.«

»Pronto?«, fragte das Mädchen. »Was heißt das?«

»Sofort«, antwortete er ruhig. »Innerhalb der nächsten fünf Sekunden. Und wenn Sie wieder auflegen, beschwere ich mich bei Ihrem Chef.«

Endlich klappte die Verbindung. Ein sehr beschäftigter Mitarbeiter, der außer Atem klang, ging ans Telefon.

»Wagner, Kriminalpolizei Århus. Es geht um den Mordfall im Moor. Ich wollte hören, wie weit ihr seid.«

Am anderen Ende folgte eine Gedankenpause. Der Mann schien noch nie von dem Mord im Moor gehört zu haben.

»Århus. Moor, bum, bum, bum. Lassen Sie mich kurz nachsehen.«

Es klang, als würde jemand mit einem Bleistift auf einen Block klopfen. Wagners Blutdruck stieg.

»Am zweiten Februar«, sagte er unnachgiebig. »Das ist zwei Wochen her. Jetzt müsst ihr verdammt noch mal aufwachen da drüben.«

»Wir sind unterbesetzt«, sagte der Techniker entrüstet. »Wir können schließlich nicht hexen.«

Er hätte nichts dagegen, dachte Wagner, während der Mann offensichtlich im Computer nachsah. Wenn Hexerei half, von ihm aus gern.

»Einen Moment. Hier haben wir es«, sagte der Techniker und klang erleichtert. »Wie ich sehe, hat Wilhelmsen daran gearbeitet. Aber er hat die Sache wieder abgegeben.«

»Vaterschaftsurlaub«, sagte Wagner, der die Resignation der Telefonistin zu verstehen begann. »Wer sitzt jetzt dran?«

»Niemand.«

»Ist der Bericht fertig?«

»Nein. Soweit ich sehe, nicht. Es fehlt noch eine Analyse der beiden weißen Haare, die auf dem Kleid der Frau gefunden wurden.«

»Sie hat einen weißen Hund«, seufzte Wagner. »Ist das alles? Sonst nichts?«

Er konnte den Mann mit der Maus klicken hören.

»Das sind keine Hundehaare«, sagte er schließlich.

»Was dann?«

»Keine Ahnung. Aber ein Morphologe müsste das sagen können. Kann ich Sie zurückrufen?«

Endlich ein rettender Engel. Wagner bereute die harten Worte und gab ihm seine Durchwahl.

Mikkel hatte offensichtlich einen schlechten Tag erwischt.

In sich zusammengesunken saß er ihnen auf einem Stuhl gegenüber. Die Augen beherrschten die Fähigkeit, gleichzeitig in sein Inneres zu sehen und den Raum zu scannen, registrierte Wagner. Der Blick schien auf ihm und dann auf Jan Hansen zu ruhen, ohne wirklich etwas aufzunehmen. Die Lippen waren zu einem mürrischen Oval geformt, das sich jeden Moment in eine ungeduldige Grimasse verwandeln konnte.

»Hallo«, grüßte Hansen freundlich. »Wie geht es dir?«

»Was glauben Sie wohl?«

Die Lippen fielen sofort in das Oval zurück. Der Blick wanderte zur Decke und durch den Raum.

»Fehlt dir etwas?«, fragte Hansen fürsorglich.

»Was glauben Sie wohl?«

»Sag es ruhig«, sagte Hansen.

»Die verdammte Freiheit, Mann. Was sonst?«

Er trat der Ordnung halber gegen ein Tischbein und ballte die Fäuste vor sich auf dem Tisch.

Wagner räusperte sich.

»Da können wir dir hier und jetzt leider nicht helfen. Aber wenn dir etwas anderes einfällt, sag es ruhig.«

Der Junge wippte auf dem Stuhl zurück, und Wagner sah die Herausforderung in seinem Blick.

»Sie hat es verdient zu sterben. Ich werde doch nicht hier sitzen und sagen, dass es schade um sie ist, wenn es das nicht ist.«

Er wippte noch einmal.

»Aber ich war das nicht.«

Der Stuhl wippte mit einem Knall zurück auf seinen Platz. Der Junge lehnte sich plötzlich über den Tisch. Wagner konnte seinen Atem riechen. Am Abend hat es Fisch gegeben, dachte er unwillkürlich.

»Aber das zu glauben ist am leichtesten für euch. Am bequemsten. Passt zu euren ganzen schönen Theorien.«

Mikkel klopfte sich mit dem Fingerknöchel gegen den Schädel.

»Idioten.«

Hansen versuchte schnell zu schlichten.

»Vielleicht hast du Recht. Jedenfalls haben wir ein Problem.«

Mikkel sah ihn misstrauisch an.

»Ihr habt massenhaft Probleme.«

»Aber vielleicht eins, bei dem du uns helfen kannst«, wandte Wagner ein. »Es geht um einen anderen Fall.«

Der Junge blickte zur Decke.

»Was habe ich damit zu tun?«

»Wir können nicht viel sagen«, sagte Wagner. »Der Fall ist geheim.«

Mikkel sah ihn fragend an.

»Topgeheim«, informierte ihn Wagner. »Es geht um die Staatssicherheit.«

Eine gewisse Neugier war bei dem Jungen geweckt. Volltreffer. Alle Jungen lieben Spionagegeschichten, dachte Wagner.

»Eine Agentengeschichte?«

Mikkel tat sein Bestes, um einen desinteressierten Eindruck zu machen.

»So etwas Ähnliches. Leider können wir zum derzeitigen Zeitpunkt nicht viel sagen«, fuhr Wagner fort und sah zu Jan Hansen hinüber, der einverstanden nickte.

»Aber wir kommen nicht weiter, so viel können wir verraten«, redete Wagner weiter. »Und wenn du uns helfen kannst, springen vielleicht ein paar Vergünstigungen für dich heraus. Worauf immer du Lust hast. Vielleicht eine Stereoanlage und ein paar Kopfhörer.«

Der Junge sah total verwirrt aus.

»Soweit wir verstanden haben, magst du Heavy Metal«, sagte Hansen kameradschaftlich. »Marilyn Manson? Iron Maiden?«

Mikkel nickte.

»Die sind super.«

Hansen beugte sich hinunter und zog den Strick aus der Tasche. Er sah ziemlich unschuldig aus, dachte Wagner zufrieden. Blaues Nylon. Sauber und ordentlich. Adrett, wie seine Mutter gesagt haben würde.

Mikkel sah ihn sich neugierig an.

»Es geht um einen Knoten«, erklärte Hansen. »Wir können dir nicht erklären, warum, aber für diesen anderen Fall ist es wichtig, wie ein ganz gewöhnlicher Achterknoten aussieht.«

»Und da wir ein bisschen unter Zeitdruck stehen, haben wir nicht die Möglichkeit, einen Experten zu konsultieren«, machte Wagner weiter. »Aber dann bist du uns eingefallen.«

»Ich?«

Die Augen blinzelten, voller Verwunderung. »Macht ihr Witze mit mir?«

Hansen schüttelte den Kopf.

»Das würde uns niemals einfallen. Aber wir dachten, dass du uns das vielleicht zeigen kannst. Das wäre wirklich eine große Hilfe.«

»Die wir zu schätzen wüssten«, fügte Wagner hinzu. »Du würdest das in deinem Alltag merken.«

»Um was ging es? Um einen Achter oder was?«

Der Junge streckte die Hand aus und fingerte nervös an dem Strick herum. Er versuchte auf gut Glück, die Enden zu einer Acht zu binden, aber erfolglos. Wagners Mut sank.

»Vielleicht kannst du ja einen einfachen Palstek«, sagte er. »Das dürfte einem alten Pfadfinder wie dir doch nicht schwer fallen.«

Mikkel sah verzweifelt aus. In seinen Augen standen der Ghettoblaster und die CDs und die Kopfhörer, doch nach ein paar Sekunden verschwanden sie wieder.

»Die Pfadfinder«, murmelte er. »Das war so verdammt langweilig.«

Er schielte unter den Ponyfransen zu ihnen hin. Versuchte sich immer noch an dem Strick, bevor er ihn wütend über den Tisch warf.

»Ich habe die meiste Zeit geschwänzt«, räumte er endlich

ein und sah sie mit einem Blick an, aus dem deutlich hervorging, dass er beleidigt war.

»Das war nichts für mich, durch die Gegend zu rennen und Holz zu sammeln und Zopfbrot zu backen.«

Wagner griff nach dem Strick und ließ ihn durch die Finger gleiten, gab den Konsequenzen einen Moment Zeit, sich zu setzen.

Dann stand er auf und nickte Jan Hansen zu.

»Kümmerst du dich um einen Ghettoblaster?«

22

Die Leiterin des Pflegeheims, Irene Husum, sah Karen von ihrem Platz hinter dem Schreibtisch aus an.

»Um ganz ehrlich zu sein, wir sind uns nicht sicher.«

Das Personal hatte herausgefunden, wie schlimm es um ihren Vater stand, und um ein Treffen gebeten.

Karen wusste, dass die Leiterin hören wollte, was sie dazu dachte.

»Hin und wieder sind wir der Auffassung, dass er mehr versteht, als er den Eindruck macht«, sagte eine Krankenpflegerin, die Anja hieß; das stand auf dem Schild an ihrem hellblauen Kittel, aber Karen kannte sie natürlich. Manchmal bekam sie eine Art Situationsbericht, bei einem Gespräch im Flur oder einer Tasse Kaffee mit Irene Husum. Aber sie hatte noch nie im Büro der Leiterin gesessen wie jetzt.

»Es ist anders als bei den anderen«, ergänzte Katrine, die Sozialarbeiterin. »Manchmal macht er den Eindruck, als habe er sich lediglich entschlossen, nichts zu sagen. Wie ein Kind, das zeitweise nicht spricht. Man bekommt Zweifel.«

Karen wollte sagen, dass sie keine Ahnung von Kindern und ihren stummen Perioden habe. Sie war nahe daran zu erzählen, dass sie keine Kinder hatte, aber das wussten sie natürlich. Wie sie auch von Ingers Tod und dem Brand wussten. Stattdessen kroch sie auf ihrem Stuhl ein wenig in sich zusammen. Sie hatte plötzlich das Gefühl, durchsichtig zu sein und unter Anklage zu stehen, als wäre sie allein für die Stummheit ihres Vaters verantwortlich.

»Es besteht kein Zweifel, dass das eine Reaktion auf den Tod Ihrer Schwester ist«, sagte Anja, die jetzt auch die Rolle der Psychologin einnahm. »Es hat unmittelbar danach angefangen. Als Sie ihm davon erzählt haben.«

Als ob ihr das nicht selbst aufgefallen wäre. Das verschlossene Gesicht und die Augen, die kaum noch Leben spiegelten. Alles wirkte verdünnt, wie wenn man Wasser in einen Whisky schüttet. »Wer ist Inger?« Die Frage klang noch immer in ihrem Bewusstsein. War das seine raffinierte Art, sich jeglicher Verantwortung zu entziehen, oder hatte er wirklich den Namen seiner jüngsten Tochter vergessen?

Sie fragte sich kurz, wie viel sie ihnen erzählen sollte. Ob sie ihnen sagen sollte, dass er ihrer Meinung nach alles ganz genau mitbekam und wusste, was vorging. Dass er verstand, was er verstehen wollte. Aber das würde bestimmt bitter klingen. Sie wollte nicht, dass sie einen schlechten Eindruck von ihr bekamen und glaubten, dass sie doch nicht die fürsorgliche und aufopferungsvolle Tochter war. Aus dem einen oder anderen Grund versetzte sie der Gedanke in Panik.

»Vater hat schon früher Perioden gehabt, in denen er nicht ganz da war«, sagte sie. »Auch als meine Mutter starb, hat es kurz so eine Periode gegeben. Damals ist man von einer Gehirnblutung ausgegangen.«

All das wussten sie natürlich. Es stand in seinem Krankenblatt.

Die Leiterin nickte und klopfte leicht auf das Krankenblatt, das in der gelben Hülle vor ihr lag.

»Er ist untersucht worden, und wir halten nicht viel davon, ihm Medikamente zu geben, wenn er keine Schmerzen hat. Aber wir haben den Arzt gebeten, ein wachsames Auge auf ihn zu halten.«

Irene Husum sah auf ihre Uhr.

»Ich habe leider um elf eine Besprechung.«

Sie stand auf und gab ihr die Hand.

»Wenn Sie noch Fragen haben, stellen Sie sie ruhig. Wann immer Sie wollen«, fügte sie hinzu.

»Wie lange …?«

Die Worte entschlüpften Karens Mund, bevor sie sie zurückhalten konnte. Die drei Frauen mussten ihre ansatzweise Frustration bemerkt haben. Ob sie errieten, dass ihre Gefühle sich in den vielen Jahren angestaut hatten, säuberlich zusammengefegt in dunklen Ecken?

Die Leiterin lächelte ihr beruhigend zu, wobei Karens Magen krampfte.

»Ansonsten hat er eine einzigartige Gesundheit«, sagte sie. »Er kann noch viele Jahre leben, wenn er das will.«

Er saß, die Decke um sich gewickelt, auf dem Gang und sah in die Leere. Vielleicht betrachtete er auch das Bild an der Wand, dachte sie. Irgendein Per Arnoldi mit einem Spazierstock und einer Melone. Draußen sickerte die Feuchtigkeit von Bäumen und Mauern; ein Vogelhaus hing kläglich in einer Birke und tropfte. Das Tauwetter hatte keine Wärme mitgebracht, sondern das Gefühl eines offenen eisigen Meeres.

»Frierst du nicht, Vater?«

Das war ihre Begrüßung an diesem Tag, und sie fragte, weil sie selbst fror.

Er sah direkt durch sie hindurch, antwortete ihr nicht, sondern streckte stattdessen eine Klaue nach ihr aus und griff nach ihrem Arm, dass es wehtat. Sie konnte den Blick nicht deuten.

»Hast du Lust auf etwas Süßes?«

Sie wand sich schnell los und öffnete die Tasche, um ihn abzulenken. Er beobachtete sie aufmerksam, stellte sie fest. Jetzt starrte er konzentriert auf den Reißverschluss und ihre Hand, die nach der Bäckertüte griff. Ein Tropfen Speichel hing an einem langen Faden aus seinem kranken Mundwinkel.

»Ich hole uns eine Tasse Kaffee.«

Die Erleichterung stellte sich sofort ein, als sie ihm den Rücken zukehrte und auf der Jagd nach Kaffee und Tassen den Gang hinunterging. Außerhalb seiner Reichweite war. Frei, einen kurzen Moment lang, bis sie den Rollwagen mit den Thermoskannen und den Tassen gesehen hatte. Ihre Gedanken rissen sich los, als wären sie lange unter Verschluss gehalten worden. Wann war sie endlich frei? Wie lange musste sie noch warten? Hinzu kamen die Selbstvorwürfe. Er war ein Mensch. Ein Kind Gottes. Jesus hätte die Dämonen aus seinem Gemüt vertrieben und ihm vergeben, ihn mit Öl gesalbt und in die Welt entsandt, um sein Wort zu verkünden. Sie murmelte vor sich hin, während sie, Tassen und Kanne vor sich her balancierend, zurückging. Sie hörte die Musik in ihrem Inneren und wurde ruhiger. »Oh, du Lamm Gottes, das du trägst die Schuld der Welt.«

Er hatte eines der Teilchen gegessen, als sie die Tassen auf den kleinen Sofatisch stellte. Ein anderer Heimbewohner war mit seinem Rollstuhl zu ihnen gerollt. Er sah sehnsüchtig nach dem zweiten Teilchen, das noch in der Tüte war.

Sie nickte ihm freundlich zu.

»Guten Tag, Harald. Wie geht es Ihnen?«

Sie wollte nicht fragen, ob er Besuch gehabt hatte, denn das hatte er fast nie. Ein einziges Mal hatte sie ihn gefragt, und die Tränen waren dem Mann die Wangen hinuntergelaufen. Anja hatte ihr später erzählt, dass Harald seit drei Monaten auf den Besuch seiner Tochter wartete, die in Århus wohnte.

»Möchten Sie auch etwas?«

»Ja, danke, wenn Sie so direkt fragen«, sagte Harald jovial. Er hatte früher ein Feinkostgeschäft gehabt und wusste, wie man mit Menschen redete.

»Sie und Vater können sich das letzte Teilchen teilen«, beschloss sie und schnitt das Mandelteilchen mit dem Kaffeelöffel in der Mitte durch. Sie legte Haralds Stück auf ihre eigene Untertasse und gab es ihm.

»Danke.«

Der Arm kam wie aus dem Nichts. Ein einziger Hieb, und Kuchen und Teller landeten auf dem Linoleumboden, weit voneinander und von Harald entfernt.

»Vater!«

Einen Moment konnte sie ihre Hand nicht beherrschen, die sich zum Schlag hob. Wie ein Segelflugzeug blieb sie in der Luft stehen und wartete, wohin der Wind sie führen würde. Dann hatte sie sich wieder unter Kontrolle, zog sie zu sich und hielt sie in ihrem Schoß mit der anderen Hand fest.

»Entschuldigen Sie bitte, Harald. Vater ist nicht ganz er selbst.«

Sie stand resolut auf und gab Harald die letzte Hälfte des Mandelteilchens. Dann hob sie Teller und Kuchen vom Boden auf und ging, um nach einem Abfalleimer zu sehen. Als sie zurückkam, war Harald weg, und ihr Vater saß wieder in sich selbst versunken da. Sie wollte ihm sagen, dass er so keine Freunde gewann. Aber es würde nichts nutzen, das wusste sie, obwohl sie ihn ermuntert hatte, mit den anderen Bewohnern Freundschaft zu schließen. Ihr Vater war trotz seiner Krankheit wie ein alter, sich selbst genügender Kater. Er brauchte niemanden. Nur sie.

»Es ist kein Kuchen mehr da«, sagte sie und hörte ihren eigenen Ärger. »Wir müssen uns mit einer Tasse Kaffee begnügen.

Er richtete den Blick auf sie und bewegte die Lippen, als sie ihm die Tasse reichte. Gekrümmte Hände hielten sie fest und führten sie zum Mund. Er trank geräuschvoll.

»Der Fluch des Müllers«, sagte er dann, während er die Tasse mit einem Klack abstellte. »Das ist der Fluch des Müllers.«

Sie schauderte. Begann er jetzt wieder, Unsinn zu reden? Das war fast noch schlimmer als sein Schweigen.

»Was für ein Müller, Vater?«

Die leeren Augen suchten ihre. Ihr wurde eiskalt, und sie versuchte, sich an dem Psalm festzuhalten. »Der du trägst die Schuld der Welt.«

»Der Müller von Ny Mølle«, sagte er.

Plötzlich tauchte bruchstückartig etwas in der Erinnerung auf, und Karen blieb eine Weile sitzen, um sich zu fassen, während sie ihren Vater beobachtete, der den restlichen Kaffee schlürfte. Wie hatte sie die alte Geschichte vergessen können?

23

Dicte hatte es endlich geschafft, den Automechaniker im Ort, Kurt, anzurufen. Als sie die Autotür öffnete, kam er aus der Werkstatt und warf einen forschenden Blick auf ihren Kotflügel.

»Wann ist das passiert?«

Sie stieg aus. Ihr fiel auf, dass er sich einen Bart hatte wachsen lassen. Mit dem Bart und dem schwarzen Motorenöl im Gesicht sah er aus wie ein Elitesoldat in einer gefährlichen Mission.

»Vor einer Woche. Ich weiß, ich hätte früher kommen sollen.«

Auf dem kleinen Parkplatz vor der Werkstatt stand ein Sammelsurium von Autos. Ein junger Lehrling tauchte in die Motorhaube eines giftgrünen Toyota Corolla hinunter, und während sie sich unterhielten, kam noch ein Auto und quetschte sich zwischen einen Lieferwagen und Dictes Fiat. Kurt griff nach einem Stück Putzwolle, das er in der Tasche hatte, und trocknete sich die Hände ab, die noch schwärzer waren als sein Gesicht. Er beugte sich hinunter und fuhr mit einem Finger an der Kante des kaputten Kotflügels entlang. Dann ging er in die Hocke und guckte ihn sich näher an.

»Ich glaube nicht, dass der noch zu retten ist. Das heißt, Sie brauchen einen neuen Kotflügel.«

Er sah zu ihr auf.

»Was ist mit der Versicherung? Sind Sie Vollkasko versichert?«

Sie nickte.

»Wie hoch ist die Selbstbeteiligung?«

Zu hoch, dachte sie.

»Viertausend.«

Er richtete sich mit seinen knapp zwei Metern auf, für die der Blaumann zu kurz war.

»Möglicherweise zahlt sich das nicht aus. Ist irgendetwas an dem anderen Auto?«

»Nein. Das war ein Volvo.«

Er nickte, als würde das alles erklären.

»Ich mache Ihnen einen Preis und rufe Sie an.«

Sie setzte sich ins Auto und wollte gerade die Tür schließen, als er sich vorbeugte und leicht gegen die Tür klopfte.

»Ich finde übrigens, dass ihr Karen und Søren ein bisschen zu hart anfasst. All das mit der Versicherung für die Pferde und so. Das ist ein bisschen weit hergeholt.«

Verdammt. Jetzt sollte sie wieder einmal für die Irrtümer der Zeitung geradestehen. Sie sah schon vor sich, wie sie aus dem Dorf geekelt wurde und Hassbriefe bekam.

»Da haben Sie vollkommen Recht«, sagte sie und entschloss sich schnell für die Judas-Taktik. »Ich habe das nicht abgesegnet. Ich war krankgeschrieben.«

Ganz kurz meldete sich ihr schlechtes Gewissen, aber sie schob es schnell beiseite. Holger und Co. sollten sehen, wie sie zurechtkamen.

»Kennen Sie die Familie gut? Kannten Sie Inger?«

Er lächelte, und sein Gesicht nahm einen besorgten, clownartigen Ausdruck an.

»Natürlich. Alle in der Stadt kennen die Familie. Sie wohnen seit vielen Generationen hier. Bis vor sieben Jahren hat Karens Vater in dem Haus gewohnt. Dann ist er ins Pflegeheim in Tilst gekommen.«

Sie hatte Lust, ihn zu fragen, was der Dorfklatsch zu dem Mord sagte, wusste aber nicht, wie sie die Frage formulieren sollte, ohne dass sie zu direkt wurde. Aber Kurt redete gern.

Er ging in die Hocke und kratzte leicht an einem minimalen Rostfleck in der Türöffnung.

»Er war ein richtiger alter Satan, der Jørgen Graugaard.«

Er nickte zu Karens und Sørens Hof hinüber, den man auf der Spitze des Hügels vor ihrem eigenen Haus sehen konnte, das bestimmt einmal als Altenteil zum Hof gebaut worden war.

»Mein Vater hat vor vielen Jahren auf dem Vester-Hof als Tagelöhner gearbeitet. Er hat die furchtbarsten Geschichten erzählt, wie sie alle ausgenutzt worden sind und nie eine Pause machen durften. Einmal ist einer vor lauter Erschöpfung bei der Ernte umgekippt, und Jørgen hat gesagt, dass er nur schauspielere und sie ihn liegen lassen sollten.«

Kurt sah sie an. Hinter dem Bart und der schwarzen Schmiere verbargen sich zwei braune Damwildaugen.

»Er hatte einen Sonnenstich. Und ist nie wieder ganz er selbst geworden.«

Sie versuchte, es sich vorzustellen. Kurt hatte seine Werkstatt am Rand des Dorfs, und durch die offene Autotür konnte sie einen Blick über die Felder werfen, die matschig und kahl dalagen und sich zu etwas hochstreckten, von dem man sagte, dass es ein Hügelgrab aus der Eisenzeit sei. Sie dachte an heiße Sommer. An die Ernte. An eine Zeit vor vielen Jahren, als die Landarbeiter wie Sklaven oder etwas Ähnliches behandelt wurden.

»Was ist mit der restlichen Familie? Der Frau und den Kindern?«

Kurt richtete sich auf. Er stemmte eine Hand in die Hüfte, als wollte er den langen Körper zusammenhalten.

»So viel weiß ich nun auch wieder nicht. Nur, dass seine Frau gestorben ist. Und Inger hatte ich in der Schule, als sie unten in der Lisbjerg-Schule Lehrerin war.«

Er lachte. Die weißen Zähne leuchteten in dem schwarzen Gesicht. »Aber das ist Ewigkeiten her«, fügte er hinzu.

»Eigentlich nicht. Wie war sie?«

Er zuckte mit den Schultern.

»Bestimmt ganz nett. Aber wir haben sie aufgezogen. Das war nicht richtig, das weiß ich jetzt.«

»Warum habt ihr sie aufgezogen?«

Er kratzte sich kurz im Bart.

»Sie schien einen geradezu dazu einzuladen. Schien immer in einer Traumwelt herumzulaufen.«

Er machte eine ausladende Handbewegung. In der Hand hielt er noch immer die Putzwolle. »Irgendwas in der Richtung. Aber das ist über zehn Jahre her.«

Sie lehnte sich leicht aus der Tür und sah zu ihm auf. Er musste Mitte zwanzig sein, und sie wusste, dass er das Geschäft von seinem Vater übernommen hatte, der jetzt pensioniert war. Offensichtlich blieben die Leute über viele Generationen in ihrem Dorf wohnen. Was verbarg sich unter der Oberfläche der Geschichten von altem Hass und vielleicht ebenso alter Liebe? Vielleicht gab es dazu noch Streitigkeiten, die von einer Generation an die andere vererbt wurden.

»Was sagen Ihre Eltern? Über den Mord, meine ich? Wohnen sie noch immer oben am Revelhø?«

Er nickte.

»Ihnen gefällt das natürlich nicht. Das Moor war immer ein bisschen unheimlich.«

Sie wusste, dass sie sich auf sehr dünnem Eis bewegte, konnte es aber nicht lassen.

»Haben Sie eine Idee, wer das getan haben könnte? Glauben Sie, dass es die vier Jugendlichen waren, von denen die Zeitungen berichten?«

Kurt trocknete sich noch einmal die Hände ab, ganz in Gedanken. Er fuhr mit dem Stiefel im Kies herum, dass es knirschte.

»Mein Vater sagt Nein. Er sagt, dass das jemand aus dem Ort war oder zumindest jemand, der die Familie näher kennt als einer, der bei Inger in die Schule gegangen ist.«

»Warum sagt er das?«

Plötzlich sah sie seine Nervosität. Wieder fummelte er an

der Putzwolle herum und wrang sie zwischen seinen schwarzen Händen.

»Ist das hier ein Interview?«, fragte er plötzlich.

Sie schüttelte schnell den Kopf. Sie hatte vergessen, dass die Leute Journalisten oft als unersättliche Drachen ansahen, die alle Informationen fraßen und in Flammenschrift auf der Titelseite ausspuckten.

»Ganz und gar nicht. Ich bin einfach neugierig.«

Jetzt machte er einen ruhigeren Eindruck.

»Warum jemand aus dem Ort, Kurt?«

Er zuckte mit den Schultern.

»Vor allem wegen der alten Geschichten«, murmelte er. »Ingers und Karens Vater. Er hatte zum Schluss viele Feinde.«

»Aber warum dann Inger? Warum nicht er selbst?«

Wieder folgte ein Schulterzucken. Der Blick flackerte leicht und schweifte über die Felder, auf denen sich eine Gruppe verfrorener Möwen niedergelassen hatte.

»Jeder weiß, dass Inger seine Lieblingstochter war.«

Der Automechaniker und die Kirche. Das waren so ungefähr die einzigen Versammlungsstätten in einem Ort, der weder Kaufmann noch Kiosk hatte. Denn zum Einkaufen musste man nach Tilst, wo es zumindest einen Supermarkt und eine Tankstelle gab. Ansonsten betrachteten bestimmt die meisten das Einkaufszentrum als ihren Tante-Emma-Laden.

Während sie das kurze Stück nach Hause fuhr, kam es ihr nicht so verwunderlich vor, dass sie die Leute nie richtig kennen gelernt hatte. Nur wenn sie mit dem Hund spazieren ging, schien sich eine andere Welt vor ihr zu öffnen und sie aufzunehmen. Sie kannte die meisten Dorfhunde mit Namen und wusste, dass Bulder eine kranke Hüfte hatte und Assi an Scheinschwangerschaften litt und Svendsen den einzigen schwarzen Labrador nicht mochte, was auf Gegenseitigkeit beruhte. Die Hunde hatte sie schnell kennen gelernt. Mit den Menschen war das etwas anderes, und jetzt fragte sie sich, wer sie waren und ob einer von ihnen vielleicht etwas wusste.

Bo kam aus Richtung Skejby angefahren, als sie vor dem Haus vorfuhr. Zwei kleine Köpfe hüpften eifrig auf dem Rücksitz auf und ab.

»Wir haben Pizza mitgebracht!«, rief Tobias, indem er die Autotür aufriss und herausgestürzt kam, dass der Kies spritzte. Ninka folgte ihm auf den Fersen.

»Dürfen wir mit dem Hund spielen?«

Bo kam ihr mit vier Pizzakartons entgegen, die er auf dem Arm gestapelt hatte.

»Von Mackie's. Ist das okay?«

Sie sah den Kindern nach, dann sah sie ihn an. War es das? War es okay? Sie konnte sich nicht darüber klar werden, und etwas in ihr protestierte. Kein Anruf. Tagelang kein Lebenszeichen. Und jetzt plötzlich Kinderlachen und das Geräusch kleiner trampelnder Füße und der Anblick seines Gesichts; der Augen, die über ihren Körper wanderten und vor schelmischer Freude glänzten, als hätte er gerade einen großen Coup gelandet und wollte sie in die Details einweihen.

»Dicte?«

Er setzte die Pizzakartons auf einer nassen Fliese ab und streckte die Hand nach ihr aus.

»Entschuldige.«

Er zog sie an sich, murmelte es in ihr Haar, küsste sie auf Wange, Nase und Augen, überall. Das war mehr, als sie ertragen konnte.

»Du bist ein Scheißkerl«, schluckte sie und klammerte sich an ihn. »Ein verdammter Scheißkerl.«

»Aber ich liebe dich«, köderte er sie. »Ich bin ein Scheißkerl, aber ich liebe dich. Und es hat so viel Ärger mit Eva und dem Jugendamt gegeben. All das ist schließlich nicht dein Problem. Ich wollte dich damit nicht auch noch belasten.«

Sie sah zu ihm auf, und er trocknete ihre Wangen mit den Daumen.

»Auch noch?«

»Zusätzlich zu der Sache mit Inger. Und deinem Vater.«

Sie gingen ins Haus. Sie dachte, dass es vielleicht gerade

Letzteres war; das mit ihrem Vater, was sie enttäuscht hatte. Sie hatte Bo so vermisst, dass es schmerzte.

Ninka und Tobias spielten bereits Nachlaufen wie üblich, den Hund dicht auf den Fersen. Svendsen war selbst nichts anderes als ein großer Welpe, sodass er den Besuch der Kinder genoss. Alle drei ließen sich erschöpft auf den warmen Boden im Wohnzimmer fallen, als die Pizzen gegessen, die Kräfte verbraucht und Rotwein und Cola in der Hitze des Spiels verdampft waren.

»Bleibt ihr?«

Er sah sie fragend an.

»Dürfen wir? Ist das okay?«

Sie stand auf.

»Sie können in Roses Bett schlafen. Ich hole Bettzeug.«

Zusammen brachten sie die Kinder ins Bett. Später nahm er ihre Hand und zog sie mit sich.

»Komm.«

Sie fragte sich kurz, wo ihre Widerstandskraft geblieben war. Ihr praktischer Sinn, der ihr immer sagte, dass die Arbeit vor dem Vergnügen kam, gerade wenn die Kräfte begrenzt waren. Aber diese Wirkung hatte er auf sie, und vielleicht konnte sie deshalb nicht Nein sagen. Er brachte sie dazu, Dinge zu tun, an die sie sonst nicht einmal denken würde. Er setzte die Vernunft außer Kraft.

Jedenfalls lag es nicht daran, dass er irgendein Tarzan oder Terminator war. Das dachte sie, als er sie auf das Bett schubste und sie seinen Körper auf ihrem spürte, lang und zäh und dünn. Sie konnte seine Rippen fast zählen, aber da war auch eine Stärke, die von ihnen beiden ausging und die sich auf sie ergoss und sie umfing. Wie immer überrumpelte sie die gegenseitige Anziehung. Ging es ihm ebenso? Überraschte es ihn, wie es nach mehr verlangte, wenn er eine Hand ihren nackten Rücken hinuntergleiten ließ? Bekam er Lust, in ein warmes, ruhiges Meer hinabzutauchen, wenn sein Mund dem ihren begegnete? Wünschte er sich manchmal, dass sie für immer ihm gehörte, ganz und vollständig, ausschließlich?

Sie wusste es nicht. Und sie versuchte, gleichgültig zu sein. Aber wie schon sooft dachte sie wieder darüber nach, als sie anschließend wie zwei Löffel dalagen, ihr Mund an seinem Rücken und Nacken, sodass sie die ganze Süße einatmen konnte; ein wenig frischer Schweiß, gemischt mit dem Duft von Calvin Klein und einem schwachen Pizzageruch. Sie spürte seinen zufriedenen Seufzer mehr, als sie ihn hörte.

»Das ist das Leben«, murmelte er und drehte sich auf den Rücken. »Die beste Dicte der Welt.«

Er strich ihr eine Haarsträhne aus dem Gesicht. Ließ einen Finger seidenweich über ihre Wange und ihr Kinn und ihre Lippen gleiten und sah sie so eindringlich an, dass sie sich nicht erinnerte, schon einmal von ihm so eingehend studiert worden zu sein. Er musste bis tief in ihr Innerstes sehen können: das schneidende Gefühl alter und neuer Trauer, die ineinander übergingen; die Einsamkeit, wie ein tiefer Stich mit einer gefährlichen Waffe. Den Hunger nach einem Sinn. Nach ihm.

»Ich mache es, so gut ich kann.«

Er sagte es mit einem Kuss und ohne dass sie ihn gefragt hatte. Und sie dachte, dass er sie zumindest richtig verstanden hatte und dass das mehr war, als man von den meisten sagen konnte.

»Was ist mit den Kindern?«, fragte sie dann. »Weiß Eva, dass sie hier sind?«

Plötzlich war sein Gesichtsausdruck neutral.

»Sie weiß, dass sie bei mir sind.«

»Aber es ist ein Geheimnis, dass du sie mit hier heraus nimmst? Dein und ihr Geheimnis?«

Er seufzte und gähnte, aber sie wusste, dass es mit Absicht geschah, um sie glauben zu machen, dass es ihm gleichgültig war.

»Sie finden das aufregend. Und sie wird nur stinksauer, das weißt du.«

Sie wusste es nur allzu gut. Eva war krankhaft eifersüchtig. Aber vielleicht war das keine Entschuldigung, zwei kleinen Kindern eine so große Verantwortung aufzubürden.

»Was ist mit den anderen Malen? Hat sie etwas gemerkt? Weiß sie, dass du sie hin und wieder aus der Schule holst?«

Ein kleines Lächeln umspielte seine Lippen. Trotzdem verspürte sie plötzlich Lust, ihn zu schlagen, ihm die Augen zu öffnen und ihm zu sagen, dass er sich sein eigenes Grab schaufelte. Wer Wind sät, wird Sturm ernten. Vielleicht war es das, was Bo im Verhältnis zu seinen Kindern tat.

Sie sah ihn an und prägte sich seine Züge ein, wie sie es schon sooft getan hatte und nie müde wurde zu tun. Die sanften grauen Augen. Der lebhafte Mund. Ein Junge, der vor ihren Augen immer wieder zum Mann wurde. Natürlich wusste er es. Die Konsequenzen waren ihm bekannt. Er hatte lediglich eine Wahl getroffen, wie sie sie wohl alle hin und wieder treffen mussten. Die Wahl zwischen Pest und Cholera.

Sie dachte an Rose und die Scheidung, die für eine Fünfzehnjährige so schwer gewesen war. Sie dachte an das Kind, auf das sie vor langer Zeit verzichtet hatte und an das sich ihr Körper erinnerte, das ihr Gehirn jedoch in dunkle Ecken ihrer Erinnerung verwiesen hatte. Weil sie das Leben und die Zukunft gewählt hatte anstelle des Schmerzes über das, was ihres hätte sein sollen, es aber nie hatte werden können. Vielleicht ging es Bo nicht alleine so. Vielleicht hatte auch sie den Wind gesät und würde eines Tages den Sturm ernten.

24

Die Mathematik war Roses Freund. Und die Geometrie. Zylinder und Rauten, Quadrate und Kuben. Sie wurde ihrer Form nie müde, des Zeichnens und Rechnens und der Resultate, die sich auf Papier festhalten ließen, sodass sie dort standen, schwarz auf weiß. Unbestreitbar und nicht wie so vieles andere in ihrem Leben, das unsicher und wenig greifbar war.

Sie genoss die letzte Stunde am Montag. Genoss es, die Lehrerin die Sprache der Logik sprechen zu hören und den Klang der Kreide auf der Tafel und des Schwamms, der alles wieder auswischte. Sie mochte die Unterrichtsstunden insgesamt. Sie waren wie die Rauten und Rechtecke und Kuben – etwas Strukturiertes. Sie bargen Möglichkeiten, aber sie hatten auch eine ihnen immanente Begrenzung, die einem Halt gab und den Tag einteilte, sodass er handhabbar wurde. In Stunden und Minuten, die sich zählen und zusammenlegen ließen.

Hin und wieder, wenn sie einen Moment unkonzentriert war, musste sie an die Unendlichkeit denken. An das Unfassbare. Eine gewisse Neugier schien von ihr Besitz zu ergreifen und sie zu locken, bis sich der Abgrund vor ihren Füßen auftat und die Angst sich zu regen begann.

Aber dann klammerte sie sich an die Stimme der Lehrerin. An die Logik. Sie rief sich zur Ordnung, und die Vernunft kehrte zurück, und alles war wieder in Ordnung. Innen und außen.

Sie sah sich in der Klasse um, während die Stimme von

dem Katheder sie wie eine Liebkosung beruhigte. Sie hatte Glück. Viele ihrer Mitschüler schienen sich zu quälen und nicht das Geringste zu verstehen. Einige versuchten den Eindruck zu erwecken, dass sie begriffen, aber sie kannte sie inzwischen zu gut. Niels hatte sie früher um Hilfe gebeten, und sie half gern. Ida würde nie auch nur das Geringste verstehen; ihr fehlte eindeutig ein Verständnis für Zahlen und Logik, und Rose hatte keine Ahnung, wie Ida die Prüfung im Frühjahr bestehen wollte.

Während sie sich konzentrierte, machte sich trotzdem ein Gedanke selbstständig und begann ein Eigenleben zu führen. Er kreiste um das Erzählen einer Geschichte, von dem ihr Vater gesprochen hatte. Um das Sprechen in Symbolen, das Aufgeben eines Bilderrätsels, wie wenn der Lehrer den Schülern eine Gleichung mit mehreren Unbekannten gab. Sie schauderte leicht, weil es ihr wie ein Bild ihrer selbst vorkam. Sicher auch ein Bild des Mörders, natürlich, oder des Totschlägers, wie die Polizei sich ausgedrückt hatte, als man sie über den Fund im Moor verhört hatte. Daraus hatte sich schließlich das Gespräch mit ihrem Vater ergeben. Aber vor allem ein Bild ihrer selbst. Ein Bilderrätsel. Mit Zeichen, die sie nicht deuten konnte, aber verzweifelt zu verstehen suchte. Wie die Tatsache, dass sie diesen Abstand zu ihrer Mutter hielt, der sie sonst immer so nahe gewesen war. Dass sie parallel zu der Liebe zu ihr einen kleinen Zweifel entdeckt hatte, etwas, das sie von ihr wegstieß, in Sicherheit. Und genau das verstand sie nicht. Wie die Sicherheit so weit von dem entfernt sein konnte, was immer sicher gewesen war.

Sie biss auf dem Bleistift herum. Sie wünschte, dass es anders wäre, wusste aber, dass das unmöglich war. Vielleicht hieß das, erwachsen zu werden. Vielleicht war es das, was man unter Befreiung verstand. Vielleicht sah ihre Befreiung anders aus, weil sie mit ihren Eltern nie die großen Streitereien und Konfrontationen erlebt hatte. Vielleicht war sie deshalb stiller und schmerzhafter.

Die meisten begannen zusammenzupacken, lange bevor es

geschellt hatte. Die Bücher wurden mehr oder weniger diskret zugeklappt. Die Unterlagen zurück in die Tasche gesteckt. Einer biss knackend in einen Apfel. Sie hatte das Gefühl, in der zweiten Klasse der Grundschule und nicht in der Oberstufe des Gymnasiums zu sein. Aber die Lehrerin war das gewohnt und ignorierte die Geräusche und die Rastlosigkeit und das Scharren der Stühle auf dem Boden und hob nur die Stimme ein wenig, während sie die Hausaufgaben für das nächste Mal erklärte.

Die Aufgaben wurden schnell in die Kalender oder die Aufsatzhefte oder auf die Rückseite der Hand notiert, Taschen über die Schultern geworfen, die durch das jahrelange Schleppen von Büchern und Butterbrotdosen und Sportbeuteln schief waren. Draußen an der Garderobe hingen die Wintersachen und rochen nach nassen Schafen. Die Schüler trampelten wie eine Horde Elefanten auf dem Weg durch den Dschungel den Gang hinunter, und das Dezibelniveau stieg, nachdem immer mehr Schüler aus den Klassenzimmern in die Freiheit strömten.

Rose hatte es nicht eilig. Langsam nahm sie ihren Mantel vom Haken, zog ihn an und spürte die Winterkälte, die noch in ihm hing. Der Matsch vom Morgen hatte sich in steifen Stoff verwandelt, und der Pelzkragen aus Synthetik war ganz zottelig. Die Handschuhe waren steif und ließen sich nur schwer anziehen.

Sie kam als eine der Letzten heraus. Der Bus fuhr nicht so oft. Die Luft war frisch und biss in die Wangen, und sie dachte an den Abend und dass Jan und sie darüber gesprochen hatten, ins Kino zu gehen und sich *Die zwei Türme* anzusehen. Das passte ihr gut. Ein Abenteuerfilm. In dem der Kampf zwischen dem Bösen und dem Guten klar nachvollziehbar war. Wo keine Zweifel aufkamen.

Sie sah die Gestalt in dem Augenblick, als der Bus kam. Ein Mädchen, das angelaufen kam und es gerade noch schaffte, hinter ihr einzusteigen. Sie wollte sich umdrehen und ihr mit den Augen folgen, als die schlanke Gestalt an ihr vorbei weiter nach vorne ging. Etwas in ihr regte sich, aber sie konnte es nicht platzieren. Also machte sie dicht. Konzentrierte sich stattdessen auf die Fahrt und die anderen Fahrgäste, die an der nächsten Haltestelle einstiegen. Allmählich war der Bus voller Schüler, die gerade freibekommen hatten.

Sie hatte beschlossen, in der Stadt auszusteigen. Vielleicht einen Stadtbummel zu machen. Eine bleiche Sonne schien; die Luft war ein wenig wärmer als seit langem, und sie hatte bei H&M eine Bluse gesehen, die sie für den Kinobesuch zu kaufen erwog.

Doch als sie in dem rumpelnden Bus saß, spürte sie etwas im Nacken. Einen Blick. Aufmerksamkeit. Sie war sich nicht sicher. Bestimmt war es wieder ihre Fantasie. Die Unendlichkeit. Nur nicht an die Unendlichkeit denken.

Endlich hielten sie am Rathausplatz. Viele mussten hier aussteigen. Sie wartete und verspürte den Drang, sich umzudrehen und nach dem Mädchen zu sehen, traute sich aber nicht. Und dann war sie an der Reihe, aufzustehen, auszusteigen und sich mit dem Strom treiben zu lassen.

Auf der Straße drehte sie sich schließlich um. In dem Moment stieg das Mädchen aus. Eine kurze Sekunde trafen sich ihre Blicke, bevor Rose sich losriss und auf dem Zebrastreifen die Straße überquerte, während die Autos hupten. Mitten auf dem Zebrastreifen drehte sie sich noch einmal um. Das Mädchen stand an der Ampel und wartete auf Grün, und jetzt erkannte sie sie. Es war das Mädchen mit der grünen Puch Maxi – das Mädchen, das aus Karens und Sørens Haus gekommen war. Sie erkannte den schlanken Körper, der ihrem zum Verwechseln ähnlich sah, und das lange Haar, das im Wind wehte.

25

Das konnte nicht von Dauer sein. Sie hatte es sich während des Wochenendes so oft gesagt, wenn sie das Lachen der Kinder und das frohe Bellen des Hundes gehört, wenn sie die Hand ausgestreckt und mit einer Fingerspitze die warme Haut gefühlt hatte, dass es sie warm durchrieselte und die bösen Träume in die Flucht schlug. Oder wenn sie einfach Bos ruhigem Atem lauschte und dachte, dass es so sein könnte; so sein müsste. Dass das vielleicht sogar ein Menschenrecht war.

Aber es gab kein Gericht, vor dem sie klagen konnte, als der Montag kam und Bos Laune sich verschlechterte und die frohen Gesichter der Kinder auf dem Weg in die Schule in der Einfahrt verschwanden. Selbst Svendsen hatte traurig ausgesehen und sich in seinem Korb zusammengerollt, was seine übliche Art der Problemlösung war und sicher in der Hoffnung geschah, bis zum nächsten Mal schlafen zu können.

Er konnte schließlich nicht wissen, dass es vielleicht so bald kein nächstes Mal geben würde, dachte Dicte, weil Evas Laune so unvorhersehbar war und sie die Kinder in den nächsten Wochen möglicherweise gar nicht hergeben und mehr oder minder glaubwürdige Erklärungen erfinden würde, warum Bo sie an den genau festgelegten Tagen pro Monat nicht sehen durfte. Der Hund konnte nicht wissen, dass er – genau wie sie – gut daran tat, die glücklichen Momente zu sammeln; sie in einem kleinen Samtsäckchen zu verstecken und fest mit einer Schleife zu verschließen, damit sie um nichts in der Welt verloren gingen.

Montagabend lag sie auf dem Sofa und sah fern. Sie war müde nach der Aufgedrehtheit des Wochenendes und fühlte sich wie ein aufblasbares Badetier, aus dem jemand die Luft herausgelassen hat.

Die Arbeit war ihr nicht von der Hand gegangen. Sie kam mit der Story nicht richtig voran, und Wagner war ungewöhnlich verschlossen gewesen, als sie ihn früher am Tag angerufen und ausgefragt hatte.

Sie dachte an das Begräbnis. Vielleicht hätte sie keinen Kontakt zu Sofie aufnehmen und sie nicht nach dem Zeitpunkt fragen sollen. Vielleicht hätte sie es einfach auf sich beruhen lassen sollen. Vergessen.

Sie schloss die Augen und rollte sich, die Beine bis zum Kinn hochgezogen, auf dem Sofa zusammen. Wenn ihr ein Wunsch erfüllt werden würde, wäre es dieser: zu vergessen.

Das dachte sie, während sie gleichzeitig wusste, dass etwas in ihr sich dagegen wehren würde. Wenn sie ihren Vater vergaß, die Liebe zu ihm vergaß, hatte sie nie existiert. Dann lieber das Zahnrad, das sich drehte und ihr Inneres zermalmte. Dann lieber die Erinnerung an das, was war. Die kurze Erinnerung an etwas Warmes und Schönes. Den Klang seines Lachens und seiner Stimme. Das Gefühl dazuzugehören.

Sie döste. Sie wusste, dass das, untermalt von einem späten Krimi auf DR2, keine gute Idee war, konnte den Schlaf aber nicht daran hindern, sie zu überwältigen. Sie schaffte noch zu denken, dass Bo ihr fehlte, die Berührung durch eine einzige Fingerspitze, das Gefühl seiner Nähe, um die Trauer zu dämpfen und die Wut zu besänftigen, dieses unabweisliche Grollen in ihrem Inneren, das sich so leicht verwandeln und zu etwas werden konnte, an das sie nicht zu denken wagte, weil es dann vielleicht alles zerstören würde.

Aber Bo war nicht da, und der Traum kam, wie sie befürchtet hatte. Die Frau im Moor war ihre Mutter. Die Axt, die sie in beiden Händen hielt und schwang, kam ihr schwer vor. Sie wachte halb auf, streckte die Hand aus und konnte ihn nicht finden und spürte, wie etwas in ihr aufstieg und überzulaufen drohte, und sie hörte ihr eigenes trockenes Schluchzen, fühlte die Tränen, die brannten, aber nicht kommen wollten.

Und dann war er da, der kleine, nasse Seismograf einer Hundeschnauze, die gegen ihre Hand stieß. Ein leises, besorgtes Fiepen. Sie öffnete die Augen, und Svendsen sah gutmütig überrascht aus, als sie die Arme um seinen Hals schlang.

»Ach, du. Mein Kleiner.«

Sie murmelte es immer wieder. Der Hund fiepte und leckte, als wäre sie ein unruhiger Welpe. Er wirkte rastlos.

Dicte setzte sich auf.

»Musst du raus?«

Svendsens Ohren richteten sich auf. Das ganze Gesicht lächelte, ein wenig entschuldigend, kam es ihr vor. Sie stand auf, den Traum noch in den Knochen, ging in die Diele und zog Strickjacke und Mantel und Stiefel an und befestigte die Leine an Svendsens Halsband. Als sie die Tür öffnete, sah sie, dass es zu schneien begonnen hatte und ein Halbmond wie eine bleiche Ausgabe der Sonne am Himmel stand und alles beschien. Sie hörte, wie die dünne Schneedecke unter ihren Füßen knisterte, als sie die Leine die acht Meter abrollen ließ, bis es einen Ruck in ihrem Arm gab und sie dem Hund durch die Einfahrt folgte.

Sie machten einen kleinen Spaziergang, allein in der Nacht. Als sie wieder nach Hause kamen, konnte sie im Mondlicht sehen, dass es Viertel nach zwölf war, und einen Moment blieb sie vor der Haustür stehen und nahm die Stille in sich auf; starrte in das Treiben der Schneeflocken und die Schatten im Dunkeln. Und dann sah sie das Licht drüben bei Karen und Søren und hörte den fernen Laut eines Klaviers, auf dem gespielt wurde. Das musste Karen sein, die noch wach war.

Sie ließ den Hund in die Diele und wollte ihm gerade folgen, als sich die Musik wie auf einer Leiter immer höher und höher wand. Sie hatte keine Ahnung von klassischer Musik; nicht wie Wagner und Ida Marie, die beide im Chor sangen.

Aber sie konnte sich von einer Stimmung einfangen und an Orte bringen lassen, an die sie sonst nie kam. Sich verzaubern lassen vielleicht, dachte sie flüchtig, als sie merkte, wie es lockte, wie sich die Fäden wie die Handlung in einem spannenden Film zusammenzogen und auf den Höhepunkt hinliefen.

Sie hatte mehrere Tage nicht mit Karen gesprochen. Sie hatte es vorgehabt, aber nicht mitbekommen, wann drüben jemand zu Hause war. Außerdem schämte sie sich für Holgers Artikel. Vielleicht sollte sie es hinter sich bringen.

Sie überquerte den Weg, angezogen von der Musik, die lauter wurde, je näher sie kam. Jetzt konnte sie die Silhouette durch die Sprossenfenster sehen. Karens Gestalt, über das Klavier gebeugt. Die beiden Kerzen, die in den an dem Deckel des Instruments angebrachten Leuchtern brannten. Ein altes Klavier, dachte sie. Nicht neu im Klang, sondern mit spröden, bodenlosen Tönen.

Ohne weiter darüber nachzudenken, trat sie näher. Sie klopfte leicht an das Fenster und bereute es sofort, weil die Gestalt auf der Klavierbank zusammenzuckte und ihre Hände zu Gesicht und Hals fuhren. »Ich bin's nur«, wollte sie sagen, schaffte es jedoch nicht, bevor die Person da drinnen sich zu sammeln schien und das Fenster einen Spaltbreit aufgemacht wurde. Karens Stimme rief leise: »Bist du das, Lise?«

»Der Artikel neulich tut mir leid. Das hätte ich natürlich schon früher sagen sollen.«

Sie saßen in der Küche, tranken warmen Tee und aßen selbst gebackenes Brot mit Käse. Timbo lag zu Karens Füßen und verschlang begierig jeden Bissen mit den Augen.

Karen sah sie freundlich an, doch hinter der Freundlichkeit spürte Dicte eine gewisse Vorsicht.

»Du hast ihn schließlich nicht geschrieben.«

»Trotzdem. Das ist meine Zeitung. Mein Arbeitsplatz. Und das war unprofessionell.«

Karen zuckte mit den Schultern.

»Natürlich war das nicht schön. Nicht, dass es kommentiert worden wäre, denn die Leute sagen ja nichts.«

Aber Dicte wusste, dass man so etwas merkte. Sie hatte das selbst zu spüren bekommen, damals, als ein Kollege einer anderen Boulevardzeitung entschlossen gewesen war, sie öffentlich bloßzustellen. Es war nach dem Kind-auf-dem-Århus-Fluss-Fall geschehen, über den sie nahezu exklusiv berichtet hatte. Eines Tages hatte sie in der Morgenzeitung einen Artikel vorgefunden, in dem ihre Vergangenheit bei den Zeugen Jehovas aufgerollt und erzählt wurde, dass sie mit sechzehn ein Kind bekommen und zur Adoption freigegeben hatte. Woher immer er das alles wusste. *Sie ließ ihr eigenes Kind im Stich* lautete die Überschrift.

Sie erzählte die Geschichte.

»Ich habe nie Kinder bekommen«, sagte Karen anschließend, und Dicte wusste, dass das als Trost gemeint war. »Ich hatte zwei Fehlgeburten, und das war's. Zumindest hast du die theoretische Möglichkeit, deinen Sohn irgendwann einmal zu treffen. Hast du mal daran gedacht?«

Natürlich hatte sie daran gedacht. Es hatte Perioden in ihrem Leben gegeben, wo sie an nichts anderes gedacht hatte. Wo sie sich heimlich vor Rose geschämt hatte, weil sie mit diesem unsichtbaren Bruder konkurrieren sollte, dem Erstgeborenen. Sie hatte sich bis zur Unendlichkeit gefragt, wo er wohl war. Welches Leben er im Tausch für das bekommen hatte, das er hätte haben können. Bis sie schließlich hatte abblocken, ihn aus ihrem Bewusstsein streichen und in den tiefsten Keller ihres Gemüts verweisen müssen. Weil sie sonst verrückt geworden wäre.

Sie nickte und trank von dem Tee. Sortierte die Worte, damit sie nicht mit der gleichen Geschwindigkeit aus ihr herausbrachen wie die Gefühle, die sich regten.

»Ich komme immer wieder zu dem Schluss, dass es besser ist, es zu lassen. Es würde vielleicht zu wehtun.«

»Vielleicht schmerzt die Ungewissheit noch mehr.«

In Karens Worten hörte Dicte den Schmerz. Das Verlangen, Bescheid zu wissen, und gleichzeitig die Furcht vor der Wahrheit.

»Du hast geglaubt, Lise sei nach Hause gekommen?«

Karen nickte. Ihre Augen wurden zu einem Spiegel, glänzend und ehrlich.

»Søren hat mich immer gewarnt. Er hat mir immer wieder gesagt, dass Lise nie mein eigenes Kind sein wird. Auch jetzt nicht, wo Inger tot ist.«

»Aber das hättest du gerne? Dass sie dein Kind wäre?«

Karen dachte lange nach. Es war, als sei ihr die Frage zum ersten Mal gestellt worden.

»Ich könnte natürlich nie eine Mutter für sie sein. Aber es hat Zeiten gegeben, wo ich gemeint habe, es besser zu können, ja. Genau wie andere, die keine Kinder haben«, fügte sie mit einem kleinen Lächeln hinzu. »Es ist immer leichter, gute Ratschläge zu erteilen.«

Dicte erinnerte sich nur zu genau, wie es gewesen war, Rose zu bekommen und sich alle möglichen mehr oder weniger gut gemeinten Ratschläge von Frauen anhören zu müssen, die es besser wussten.

»Tante zu sein ist doch auch nicht das Schlechteste.«

Karen wurde wieder ernst. Sie schauderte und trank von dem warmen Tee.

»Ich habe Lise wie meine eigene Tochter geliebt«, gab sie zu, und wieder hörte Dicte die Sehnsucht. »Hin und wieder, zu Ingers großer Irritation, habe ich mich eingemischt und die berühmten guten Ratschläge erteilt. Aber die Nähe. Die zwischen Mutter und Tochter …«

Sie schüttelte langsam den Kopf. »Lise war ein wunderbares Kind. Vielleicht war das damals alles anders. Da war nicht die ganze Wut wie jetzt.«

»Wut? Doch wohl nicht auf dich?«

Sie starrte Dicte an, aber der Blick war nach innen gerichtet.

»Sie wollte nicht mit in die Sekte. Sie war zwölf, als ihr Vater starb, und dreizehn, als Inger in dem Glauben in die Wohngemeinschaft zog, die Enden ihres Lebens aufsammeln zu können. Lise hat dagegen angekämpft. Sie ist sogar mehrere Male abgehauen. Aber dann hat sie sich verändert.«

»Sie ist bekehrt worden?«

Karen goss ihnen beiden Tee nach. Setzte gedankenverloren die Teekanne auf den kleinen Korkuntersetzer.

»Wie ich früher schon erzählt habe, ist sie einer Gehirnwäsche unterzogen worden. Verführt worden. Hat sich verliebt. Man kann so viele Worte gebrauchen. Aber die Wahrheit ist, dass sie einen Anker gefunden hat.«

Dicte dachte an ihren Vater. Einen Ort, an den man gehörte.

»Eine Vaterfigur. Anstelle des Vaters, den sie vermisst hat. Das klingt doch logisch«, sagte sie.

Sie dachte an die Artikel, die sie kopiert und mit nach Hause genommen hatte. Sie hatte sie am Wochenende gelesen. Die »Blumen Gottes« waren, oberflächlich betrachtet, ein Ort, wo unglückliche Frauen wieder einen Sinn im Leben finden konnten. Eine Freistatt, wo sie Ruhe und zu Gott finden konnten. Aber unter der Oberfläche war von einer Sekte die Rede, wo die Frauen, eine nach der anderen, zu sadomasochistischen Vergnügungen in der oberen Etage des Hauses ausgewählt wurden, wo ihr Anführer Anders Langballe sich aufhielt und die für die nicht Eingeladenen verbotenes Terrain war. Gerade weil die obere Etage den meisten verschlossen war, herrschte ein hoher Grad an Unwissenheit, was dort oben in der großen Villa vor sich ging, in der zeitweise bis zu zwölf Frauen mit ihren Kindern wohnten. Es war schwer, sich vorzustellen, dass Inger nicht gewusst hatte, wofür ihre Tochter missbraucht wurde, wenn sie zu Langballe und seinen wenigen auserwählten Frauen eingeladen wurde. Aber vielleicht stimmte es. Vielleicht hatte Inger in ihrer Naivität sich nie die Folterkammer vorstellen können, in der eine der Frauen nach gefährlichen Sexspielen tot und mit Handschellen in einem Käfig aufgefunden worden war. Vielleicht hatte sie keine Ahnung, dass Lise als Sexpartnerin des Anführers missbraucht wurde.

Sie dachte an die Macht, die so ein Mann über ein verliebtes, verblendetes Mädchen haben musste.

»Man würde viel für so eine Vaterfigur tun«, fügte sie leise hinzu.

Karens Blick fiel auf ihre Hände. Die langen, schlanken Finger wanden sich ineinander.

»Vielleicht ist die Ungewissheit das Schlimmste«, sagte Dicte mit Karens Worten von vorhin.

Karen nickte.

»Aber es ist schwer«, brachte sie heraus.

»Wie war Lises Verhältnis zu ihrer Mutter?«

Karens Augen leuchteten gequält. Die Finger krampften sich um die Tischkante, dass die Wachstuchdecke zusammengeknüllt wurde, aber die Stimme war trotzdem seltsam nüchtern.

»Als alles herauskam, wollte Inger weg von der Sekte und Lise mitnehmen. Aber die Behörden entschlossen sich, der Mutter das Kind wegzunehmen, was alles nur noch schlimmer machte. Lise wandte sich gegen ihre Mutter. Sie empfand sie als eifersüchtig.«

»Lise meinte, Inger sei in Langballe verliebt?«

Karen nickte und begegnete ihrem Blick.

»Lise entwickelte einen Hass auf ihre Mutter.«

Die Stimme klang fast bittend.

»Keinen wirklichen Hass, glaube ich … Zugegeben, ich kann das nicht mit Sicherheit sagen. Aber einen eingebildeten. Auf gleicher Linie wie die Verliebtheit in Langballe.«

Dicte saß eine Weile still da und fingerte an dem Henkel des Teebechers herum.

»Die Polizei verdächtigt den Jungen, der den Stallbrand gelegt hat, auch Inger ermordet zu haben. Aber ich halte ihn für unschuldig.«

Karen sagte tonlos: »Ich auch.«

»Lise?«

Karens Kopfschütteln wurde zu einer unbestimmten, hilflosen Geste. Lange sagte sie nichts, blinzelte nur die Tränen fort, die zu laufen begonnen hatten.

»Sie kann das nicht allein gemacht haben«, flüsterte sie dann, und etwas wand sich in Dicte, und sie hätte sie gerne getröstet, wie Karen sie zuvor getröstet hatte.

»Es ist doch nicht sicher, dass Lise etwas damit zu tun hat«, sagte sie. »Aber es ist unter allen Umständen wichtig, dass wir sie finden«, fuhr sie geduldig fort. »Vielleicht kann sie helfen, Licht in das Ganze zu bringen.«

Karen blinzelte bei dem Wort »Licht«, als hätte jemand einen Scheinwerfer auf ihr Gesicht gerichtet. Dicte griff nach ihrer Hand und drückte sie leicht.

»Weißt du, wo sie ist?«

Karen befeuchtete ihre Lippen.

»Ich glaube, sie verstecken sie.«

Sie begegnete Dictes Blick. Die Jahre lagen darinnen; die Liebe, Stein für Stein aufgebaut. Sie ließ sich nicht mehr abtragen, wenn sie erst einmal die Wolken erreicht hatte.

26

Weiße Mäuse.«

Ivar K sah Wagner verblüfft an. Jan Hansens Arm blieb mit der Thermoskanne mitten in der Luft stehen. Arne Petersen kratzte sich am Kopf.

»Mäuse?«, wiederholte Hansen als Erster. »Wie um alles in der Welt passen die ins Bild?«

Wagner zuckte mit den Schultern.

»Das müssen wir herausfinden.«

Er dachte an das rechtsmedizinische Institut in Kopenhagen und wie schlampig sie gearbeitet hatten. Erst heute, am Dienstag, hatte ein fahriger Biologe ihnen die Resultate der DNA-Proben telefonisch mitgeteilt. Die beiden Haare von weißen Mäusen, die auf Inger Graugaards Kleid gefunden worden waren, waren das Interessanteste.

»Die DNA-Analyse hat nichts ergeben«, sagte er zu den zur Morgenbesprechung versammelten Kollegen. »Wir haben ihn nicht in unserer Datenbank.«

»Aber es sind DNA-Spuren gefunden worden?«, fragte Ivar K und sah ihn müde an. »Vom Täter?«

Wagner blickte ihn an. Wenn sie alle so aussahen, konnten sie auch gleich nach Hause gehen und für heute Schluss machen. Ein Mordfall zehrte an den Kräften, und das gesamte Team hatte mit den vorhandenen Spuren rund um die Uhr gearbeitet. Und erst jetzt, drei Wochen nach Beginn der Ermittlungen, bekamen sie den DNA-Bericht, der ihnen eine Menge Arbeit hätte ersparen können.

»Wir haben DNA-Spuren des vermutlichen Täters an dem Strick gefunden. Hautzellen von den Händen«, fügte er hinzu und stellte sich vor, wie die Hände des Mörders den Strick entlanggeglitten waren, als er Inger Graugaard die Schlinge um den Hals gelegt hatte. Wo und wie immer das Ganze vor sich gegangen war.

»Unter den Nägeln des Opfers ist ebenfalls DNA des Täters gefunden worden.«

Es wurde ganz still. Er wusste, dass sich jeder Einzelne von ihnen jetzt Inger Graugaards Todeskampf vorstellte, wie sie versucht hatte, Widerstand zu leisten. Aber das gehörte nicht hierher. Objektivität war nötig, wenn etwas so Sensibles wie ein Mord analysiert werden musste.

Während des Schweigens erinnerte sich Wagner an die Entdeckung der Leiche und die Zeit unmittelbar danach. Bereits innerhalb von vierundzwanzig Stunden hatte ihnen der Obduktionsbericht des rechtsmedizinischen Instituts vorgelegen. Das Resultat entsprach dem, was Wagner nach der gerichtsmedizinischen Leichenschau im Moor vermutet hatte, als der Tod durch den Gerichtsmediziner festgestellt worden war. Der Strick hatte für den Bruchteil einer Sekunde die Blutversorgung abgeschnitten. Die Einschnitte am Hals saßen hoch und ließen nicht auf Ersticken oder Erwürgen schließen. Außerdem war das Zungenbein gebrochen, was darauf hindeutete, dass die Frau erhängt worden war. Der Axtschlag war der Frau nach dem Eintreten des Todes zugefügt worden. Um die Einschlagstelle waren keine Blutungen im Gewebe zu sehen gewesen.

Ivar K brach die Stille.

»Und du meinst immer noch, dass das nicht Mikkel Andersen oder einer seiner Kameraden war? Was ist mit ihrer DNA? Wann können wir die vergleichen?«

Es gefiel ihnen allen nicht, das spürte Wagner deutlich. Aber bereits nach dem ersten Verhör von Mikkel hatte er eine Besprechung einberufen und erklärt, dass sie die Ermittlungen weiter ausdehnen mussten. Lise musste gefunden werden, koste es, was es wolle. Anders Langballe musste im Gefängnis verhört werden und Karen Graugaard ebenfalls. Ingers gesamte Vergangenheit und ihre Familienverhältnisse mussten durchforstet werden.

Er hatte drei Tage gebraucht, um sich an den Gedanken zu gewöhnen, dass er einen Fehler gemacht hatte. Einen verständlichen Fehler, würden die meisten Polizeibeamten sagen, aber nichtsdestotrotz einen Fehler. Und als Resultat hatten sie kostbare Zeit verloren.

»Natürlich besteht noch die theoretische Möglichkeit«, sagte er vorsichtig. »Endgültig bekommen wir das morgen bekräftigt oder entkräftet. Das haben sie versprochen.«

»Verdammte Kopenhagener«, murmelte Ivar K und warf wütend einen Bleistift weg. Er landete zufällig auf dem Tisch zwischen Hansen und Wagner. »Die könnten sich verdammt noch mal beeilen.«

Wagner ignorierte den Kommentar, konnte die Frustration aber verstehen. Er hatte den größten Teil des Vormittags damit verbracht, sich zu ärgern, bis er eingesehen hatte, dass das nichts nutzte. Das rechtsmedizinische Institut in Kopenhagen war hochgradig überlastet, die Bezahlung schlecht und die Arbeitsmoral niedrig. Seit dem Aufkommen der DNA-Methode Mitte der Achtzigerjahre hatte sich der Schwerpunkt von der vorrangigen Beschäftigung mit Vaterschaftsfällen auf die Untersuchung der verschiedensten DNA-Proben verlagert, vom Speichel auf einer Briefmarke über Hautreste unter den Fingernägeln bis hin zu Haaren, falls der Haarbalg vorhanden war. Er wusste, dass die Gerichtsmediziner in Århus ein eigenes Institut auf dem Wunschzettel stehen hatten, doch das war eine politische Frage, und er sollte die Nase lieber nicht zu weit vorstrecken. So wie es im Moment aussah, mussten sie noch etwas auf den Vergleich der DNA des Täters mit der der Brandstifter warten.

Er ließ den Bleistift durch die Finger gleiten.

»Wir müssen unter allen Umständen feststellen, ob einer der Jugendlichen weiße Mäuse hält.«

Er blickte zu Hansen hin, der nickte und damit die Aufgabe übernahm. Dann sah er zu Ivar K hinüber.

»Nein. Ich glaube nicht, dass es einer von ihnen war. Nicht mehr. Darüber hinaus können sie alle nicht einmal einen einfachen Kreuzknoten binden.«

Wieder war es eine Weile still. Dann räusperte sich Eriksen.

»Weiße Mäuse kommen in der Natur nicht vor oder nur selten. Die Haare müssen von einem Kuscheltier stammen. Was ist mit den Zoohändlern?«

»Oder den Labors«, schlug Petersen vor. »Sie werden doch auch als Versuchstiere gebraucht.«

Es wurde genickt, die Aufgabenteilung vorgenommen und festgelegt, wer mit wem zusammenarbeiten sollte. Während Wagner über die Versammlung blickte, machte sich eiskaltes Unbehagen langsam unter seinem Hemd breit und kroch seinen Nacken hoch, heftig und beharrlich. Dieser Fall entwickelte sich nicht so, wie er erwartet hatte. Er entwickelte sich auf eine Weise, die ihn beunruhigte und auf die Probe stellte.

Er stand auf. Er dachte flüchtig an Ida Marie und ihren unbeholfenen Versuch vom Wochenende, zu einem Entschluss zu kommen, was ein gemeinsames Kind anging. Als wäre das etwas, worüber man eine Podiumsdiskussion veranstalten könnte. Oder eine Morgenbesprechung, was das anging.

Er schob den Stuhl unter den Tisch und sammelte seine Notizen und den gefaxten DNA-Bericht ein. Plötzlich erschien ihm das so weit weg. Wie aus einem anderen Leben.

Er beugte sich vornüber und legte den Bleistift Ivar K vor die Nase.

Das Gefühl des Unbehagens saß ihm noch immer im ganzen Körper, als er sich in die Kantine hinunterbegab. Er hatte nicht gefrühstückt. Sie hatten beide verschlafen. Der Schlaf hatte ihn so fest im Griff gehabt, dass er nur mit Mühe aufgewacht war, selbst als Martin zu weinen begonnen hatte.

In der Kantinenschlange traf er Hauptkriminalkommissar

Christian Hartvigsen mit dem rotwangigen Gesicht und den Händen, die wie geschaffen für eine Mistgabel waren. Hartvigsen war in seiner Freizeit Bauer, und Wagner bezweifelte nicht im Geringsten, dass er glücklich war, wenn er draußen auf seinem Traktor saß.

»Wir haben die DNA-Resultate in dem Moorfall«, begrüßte er ihn.

»Schon«, brummte Hartvigsen sarkastisch. »Etwas Brauchbares dabei?«

Wagner referierte, während er sich mit einem trockenen Brötchen und einem Päckchen Butter versorgte. Hartvigsen nahm eine Tasse schwarzen Kaffee und sah verzückt nach einer großen, klebrigen Schnecke, die er auf seinen Teller beförderte.

»Ein bisschen was für die Rippen«, erklärte er munter mit einem Blick auf Wagner. »Solltest du auch versuchen.«

»Nein, danke.«

Sie setzten sich an einen etwas abseits stehenden Tisch.

»Du glaubst nicht länger, dass es einer der Brandstifter war, habe ich gehört?«

Wagner referierte wieder. Er hielt nicht viel von Politik, auch nicht am Arbeitsplatz, aber es galt zu überzeugen; um weiterhin Hartvigsens Unterstützung zu haben.

»Kompliziert«, sagte Hartvigsen nur und biss in die Schnecke. »Aber interessant, falls es stimmt, dass an dem Abend und in der Nacht zwei Täter auf dem Hof waren.«

Wagner entging das kleine »falls« nicht. Vielleicht sollte er es nicht als Vorbehalt auffassen, aber seine Stimme wurde doch unmerklich schärfer.

»Die DNA-Proben der Jugendlichen werden darüber endgültig Aufschluss geben«, sagte er. »Wenn wir sie etwas früher gehabt hätten, hätten wir uns viel Arbeit ersparen können.«

»Haben wir aber nicht«, sagte Hartvigsen seufzend. »Wenn Kopenhagen schneller gewesen wäre; wenn der Mond ein grüner Käse wäre.«

Er machte eine Handbewegung, die andeuten sollte, dass es dann keine Grenzen geben würde, was die Polizei in Århus an Beschuldigungen und Festnahmen vorlegen könnte. Eine ganze Flutwelle, sagte der Arm, der den größten Teil der Kantine einschloss.

»Vielleicht ist es gut, wie es ist«, sagte Wagner gutmütig. »Wir hätten gar nicht genug Platz in den Gefängnissen.«

Er wollte aufstehen. Karen Graugaard musste noch einmal befragt werden, und er hatte beschlossen, Hansen mitzunehmen.

Da kam Hansen in die Kantine gestürmt. Der Ernst stand ihm in seinem kreideweißen Gesicht. Wagner sah, wie er stehen blieb und den Raum absuchte, bis sein Blick auf ihrem Tisch in der Ecke landete. Wieder schlich das Unbehagen heran, und er wusste es, bevor Hansen bei ihnen war und atemlos seine Nachricht loswerden konnte: »Die Polizeinotrufzentrale hat einen Anruf bekommen. In Braband ist jemand ermordet worden. Eine Frau.«

Er machte eine kleine Pause, um Luft zu holen. Wagner hörte die Worte, die aus Hansens Mund kamen; wie ein Echo seiner schlimmsten Vorahnungen. Die Konsequenzen begannen sich in seinem Kopf abzuzeichnen.

»Man hat sie mit einem Strick um den Hals und einer Axt im Kopf gefunden.«

27

Eiskalter Regen fiel. Er klatschte auf den Bürgersteig und auf das Dach der alten Backsteinvilla, die hinter zwei Meter hohen Palisaden lag. An einer Stelle fehlte ein Stück Dachrinne, war möglicherweise von einem der Januarstürme weggerissen worden, und der Regen lief wie ein kleiner Wasserfall über den Rand auf das hinunter, was eine Türstufe sein musste. Sie nahm an, dass dort der Eingang war, weil die Stufe in direkter Linie zu der Tür in der Mauer lag, die das Haus umgab. Neben der Tür befand sich eine Gegensprechanlage.

»Unter *der* Dusche möchte ich nicht unbedingt stehen«, sagte Dicte und kroch auf dem Beifahrersitz in sich zusammen, während der Regen auf das Dach des Autos trommelte und das Radio wie üblich schnarrend auf der Frequenz des Polizeifunks lief.

»Dazu wird es auch nicht kommen«, war Bos optimistische Antwort. »Dieses Haus gleicht einer Festung. Die ›Blumen Gottes‹, Gott bewahre«, fügte er voller Verachtung hinzu. »Sollten die Türen solcher Organisationen nicht offen stehen?«

Sie antwortete nicht, weil Bo die Artikel auch gelesen hatte und sich an den Fall erinnerte, auch wenn er nicht an der Berichterstattung beteiligt gewesen war.

»Wie zum Teufel wird man überhaupt Mitglied?«

Er kratzte sich am Kopf. Dann griff er hinter sich und fischte eine Kamera aus dem Durcheinander auf dem Rücksitz, wo bereits mehrere Filmschachteln, ein zerfledderter Stadtplan und zwei leere Cola-Flaschen lagen. Er hielt auf gut Glück die Kamera vor das Auge und schoss ein paar Bilder durch die Windschutzscheibe, aber Dicte wusste genau, dass das nur zum Schein geschah. Es gab Grenzen, wozu sich eine Reihe von unscharfen Regenwetteraufnahmen einer Mauer und einer verschlossenen Tür gebrauchen ließ.

Trotzdem war sie zufrieden. Es war lange her, seit sie das letzte Mal zusammengearbeitet hatten und sie das Gefühl gehabt hatte, dass sie ein Team waren. Bo hatte sie damit überrascht, dass er sich freiwillig für den Job gemeldet hatte. Wie durch ein Wunder hatte er nichts anderes vor. Musste keine Kinder in der Schule abholen oder für Cecilie Bilder von einem Fußballmatch schießen oder eilige Aufnahmen nach Kopenhagen schicken.

»Ich versuche es trotzdem.«

Sie zog die Kapuze des Mantels hoch, bevor sie die Autotür öffnete und ausstieg. Das Trommeln des Regens echote in ihren Ohren, und Eistropfen liefen ihr die Stirn hinunter auf die Nase, von der sie weitertropften und zusammen mit dem Strom auf dem Bürgersteig davonflossen. An der Tür drückte sie auf den Knopf der Sprechanlage, lange und anhaltend. Es verging geraume Zeit, bis eine vorsichtige Frauenstimme antwortete: »Wer ist da?«

»Mein Name ist Dicte Svendsen. Ich suche Lise.«

»Hier gibt es keine Lise«, sagte die Stimme, jetzt ein wenig fester.

»Lise Graugaard?«

»Sie ist nicht hier.«

»Ist sie vor kurzem hier gewesen?«

Eine Pause entstand. Dicte hörte deutlich den Atem der Frau.

»Ich habe eine Nachricht von ihrer Mutter. Sie möchte sich gerne mit ihr treffen. Lise kann selbst bestimmen, wo.«

Sie sprach schnell, aus Angst, die andere könnte auflegen.

»Sie ist nicht hier«, wiederholte die Stimme jetzt in einer höheren Tonlage. »Kommen Sie nie wieder.«

Ein paar Sekunden rauschte es in der Leitung. Dann wurde der Hörer aufgelegt, und fast gleichzeitig hörte sie Bos ungeduldiges Hupen unten vom Weg. Was machte es schon, wenn sie im Halteverbot hielten, dachte sie irritiert und lief durch den Regen zurück. Gewöhnlich nahm er das nicht so genau. Als sie am Auto war, riss sie die Tür auf und wollte etwas Unwirsches sagen, aber er kam ihr zuvor.

»Es ist noch jemand ermordet worden. In Braband.«

Er sagte es, während er das Auto wendete, noch bevor sie die Tür richtig zugemacht hatte. Eine kleine Wasserkaskade ergoss sich auf sie, aber sie bemerkte es kaum.

»Noch jemand? Was soll das heißen?«

»Wie gehabt«, sagte Bo, schwenkte auf den Silkeborgvej und gab Gas.

Er sah sie schief an. »Es klang ein bisschen geheimnisvoll, was sie da im Radio gesagt haben, irgendetwas mit ›wieder wie im Moor‹.«

Dicte drehte sich der Kopf, und das Blut jagte im Eiltempo durch ihren Körper.

»Ach, du meine Güte«, murmelte sie und musste sich an etwas festhalten, fand aber nur den Sicherheitsgurt.

Das Haus hatte Aussicht auf den Brabander See.

Wagner stand in einer sehr nassen Tweedjacke im Regen. Das dichte schwarze Haar war zu einer Art Helm zusammengekleistert. Schon von weitem sah sie, wie grau sein Gesicht unter der glänzenden Nässe war und wie sich die Sorge in zwei senkrechten Strichen direkt über der Nasenwurzel eingegraben hatte. Sie konnte sehen, dass er etwas zu seinem Nebenmann sagte, einem der Kriminaltechniker, die in ihrem blauen Wagen eingetroffen waren. Sie hatten das Gelände bereits mit Flatterband abgesperrt, vor dem sich langsam ein Auflauf bildete. Sie erkannte ein paar andere Journalisten und Fotografen. Bo war nicht der Einzige, der den Polizeifunk abhörte.

»Du auch?«

Vielleicht war es als Gruß gemeint, aber es klang wie eine

müde Feststellung von etwas, das sich dem Verrat näherte. Sie nickte.

»Wir waren in der Nähe.«

Wagner sah Bo an, der sich einen Regenumhang übergeworfen hatte. Darunter guckten die beiden Kameras hervor.

»Seid ihr das nicht immer?«

Sie ignorierte das, was sie als Ärger auffasste. Sie wusste, dass er die Erwartungshaltung der Öffentlichkeit als Druck empfinden musste, den er gut entbehren konnte, und dass er mehr als genug mit seinem eigenen Tatendrang und seinen Erwartungen an sich selbst zu tun hatte. Gar nicht erst zu reden von dem Hauptkriminalkommissar, denn irgendeinen Chef gab es immer, dachte sie und schickte Kaiser einen stummen Gruß. Einen, der die anderen leitete oder es zumindest versuchte. Einen, der die Ehre einkassierte, wenn es gut ging, und den Anpfiff weitergab, wenn es schief lief.

»Kannst du schon etwas sagen?«

Er schüttelte den Kopf.

»Wir können noch nicht hinein. Die Techniker sind noch drinnen.«

»Was ist mit den Nachbarn? Wer wohnt unten?«

Er drehte sich um und sah sie mutlos an.

»Geduld ist eine Tugend«, murmelte er, wandte ihr die Seite zu und zog den Kragen hoch. »Wir arbeiten daran, mehr kann ich nicht sagen.«

Aber sie hatte selbst Augen und konnte sehen, dass unten niemand zu Hause war. Sie nahm an, dass die alte Villa in zwei Wohnungen aufgeteilt und der Mieter unten in der Arbeit war. Auf der Straße standen zwei Zivilfahrzeuge und zwei Polizeiwagen. Der blaue Transporter der Techniker und der rote Corolla des Gerichtsmediziners, den sie am Nummernschild erkannte, parkten in der Einfahrt.

Sie sah zum Haus hoch. Eine dreistöckige Patriziervilla. Die erste Etage hatte einen eigenen Eingang. Sie konnte Menschen sehen, die sich dort oben zu schaffen machten; unruhige, dunkle Schatten, die das Licht in den Fenstern brachen.

Und für einen kurzen Moment sah sie noch etwas anderes, ganz oben, unter dem Dach. Ein kleines Gesicht, das durch ein Dachfenster spähte. Doch als sie blinzelte, war es plötzlich weg, und ihr kamen Zweifel, was sie gesehen hatte. Sie drehte sich wieder zu Wagner um.

»Wer hat sie gefunden?«

Einen Augenblick sah er aus, als wollte er ihr den Rücken zukehren. Aber er wusste genauso gut wie sie, dass es ohnehin bald bekannt sein würde.

»Ein junger Typ, der ihren Fernseher reparieren sollte. Er sagt, dass er sie nicht gekannt hat. Er macht einen ziemlich erschütterten Eindruck.«

Sie blickte sich um. Jetzt sah sie, dass Jan Hansen sich in einem der Autos mit jemandem unterhielt. Höchstwahrscheinlich mit dem jungen Typen.

»Wie ist er reingekommen?«

Wagner zog die Augenbrauen hoch.

»Die Tür stand offen. Sperrangelweit offen, sagt er.«

Letzteres rief er ihr auf dem Weg ins Haus über die Schulter zu, wo ein Kriminaltechniker sein Okay gegeben hatte, dass die Kriminalpolizei den Tatort in Augenschein nahm. Geschützt vor dem Regen, dachte sie neidisch, während die Presseleute wie eine Horde hungriger Wölfe auf einer Koppel draußen herumstreunten, um die Bissen aufzuschnappen, die sie finden konnten. Sie legte Bo eine Hand auf die Schulter, und er drehte sich um, die Linse direkt auf sie gerichtet.

»Wartest du hier?«

Er nickte, dass der Regen von seinem Gesicht tropfte. Mit einer geübten Bewegung zog er den Regenumhang dichter über die Kameras. Währenddessen begannen die Techniker, Aktentaschen hereinzutragen, vermutlich mit Folie für die Fingerabdrücke, ihren eigenen Kameras und allerlei Handschuhen, Tüten und Schläuchen, um Spuren zu sichern. Sie wusste, dass der Boden der gesamten Wohnung bestimmt schon mit Rollen braunen Papiers ausgelegt war, damit eventuelle Spuren nicht zerstört wurden.

Sie trottete den Weg hinunter. Sie wusste, dass sie vergebens auf Informationen aus dem Haus oder aus den Nachbarhäusern warten würde, wo die anderen Presseleute herumlungerten und Klinken putzten und neugierige Passanten interviewten. Stattdessen entschied sie sich für ein paar Villen, die ein wenig weiter entfernt zurückgezogen in großen, alten Gärten lagen. Aber alles sah tot aus. Offenbar war das eine Gegend, wo in der Mitte des Tages alle in der Arbeit waren.

Ein kleines Haus lag auf einem Hammergrundstück am Ende eines langen Weges versteckt. Sie ging hin und schellte, aber auch hier öffnete niemand. Keine Zeugen, dachte sie ärgerlich. Derjenige, der die Frau ermordet hatte, hatte möglicherweise einfach in die Wohnung spazieren können, ohne auch nur von einer Hauskatze gesehen zu werden.

Sie bückte sich und las den Namen auf der Türklingel. *Gärtner Jens Albertsen* stand da. Aber sie sah keine Gärtnerei. Der Mann musste irgendwo außerhalb der Stadt arbeiten.

Während sie auf das Namensschild starrte, fiel ihr die Kirche ein, die weiß getüncht und sehr gepflegt auf der anderen Seite des Wegs lag. Selbst an einem Regentag Ende Februar schien sie zu leuchten und zu näherer Bekanntschaft einzuladen. Das Gleiche ließ sich von dem Friedhof sagen, der eine Verlängerung des kirchlichen Areals bildete, mit seinen schönen Rasenflächen und gut angelegten Gräbern und der Aussicht über den See, wo gerade jetzt der Regen das Wasser mit dem Horizont zu einem undurchdringlichen stahlgrauen Teppich verschmelzen ließ. Ein schönes Bild, selbst jetzt in seiner kalten Pracht. Wie musste es erst an einem lauen Frühlingstag mit voll aufgeblühten Narzissen und Tulpen sein.

Sie schauderte in ihrem Mantel und dachte an ihren Vater und das Begräbnis am kommenden Tag. Sie hatte noch immer keinen Entschluss gefasst, aber irgendetwas in ihr zog sie dorthin. Sie wusste, dass es eine schlechte Idee war, aber sie konnte sich den Gedanken nicht aus dem Kopf schlagen. Ein letztes Lebewohl, sagte man das nicht?

Sie überquerte den Weg, sah eine Pforte und ging zu der Kirche hoch. Sie blieb stehen, als sie ein Geräusch hinter sich hörte und einen Mann in grüner Regenkleidung und Gummistiefeln sah, der verwelkte Blumenkränze und Sträuße in eine Schubkarre warf. Die Blumen holte er von einer dreieckigen Grünfläche, wo sie vielleicht vor einigen Tagen noch in der Wintersonne gestrotzt hatten, und sie nahm an, dass das die Antwort Brabands auf das Grab der Unbekannten war.

»Eine harte Arbeit bei dem Wetter«, grüßte sie. »Gut, richtig angezogen zu sein.«

Der Mann, der gerade ein Bündel Blumen in die Schubkarre werfen wollte, hielt mitten in der Bewegung inne. Er begegnete ihrem Blick, während traurige weiße Lilien und rote Rosen, vernichtet von Wetter und Wind, in seinem Arm tropften.

»Sie ist nie zu hart«, murmelte er. »Alle Jahreszeiten sind schön.«

Sie nickte und machte eine Handbewegung, die das ganze Gebiet mit Kirche und Friedhof umfassen sollte.

»Jedenfalls hier. Das ist eine sehr schöne Anlage.«

Der Mann, der untersetzt war und aussah, als wäre er unter freiem Himmel groß geworden, legte vorsichtig die Blumen in die Schubkarre und richtete sich auf.

»Wir sind auch stolz darauf«, sagte er. »Aber die Natur haben wir nicht gemacht.«

Er blickte nachdenklich über den See. Der Regen schien ein wenig nachgelassen zu haben. Dicte meinte plötzlich, einen Streifen Sonne zu sehen, der durch die Wolken brach.

»Die meisten möchten wohl gerne einen Platz im Parkett«, sagte sie. »Ich kann mir vorstellen, dass der Friedhof beliebt ist.«

Er nickte, bückte sich und beförderte einen Stiel, der sich verirrt hatte, in die Schubkarre.

»Ja, sicher.«

Er blickte sie verstohlen an.

»Aber es gibt eine Zulassungsbeschränkung. Nur wenn Sie

zu dieser Kirchengemeinde gehören, bekommen Sie einen Platz.«

Sie lächelte. Das war die Sonne da draußen. Der Regen hatte etwas nachgelassen.

»Ich habe eigentlich nicht an mich gedacht.«

Sie nickte zu dem Aufgebot an Autos hinüber, die man über die weiße Mauer des Friedhofs sehen konnte.

»Wissen Sie, dass da drüben ein Mord geschehen ist?«

Er nickte.

»Der Küster wohnt im Nebenhaus. Er hat gerade auf dem Handy angerufen.«

Er klopfte sich dort, wo die Tasche saß, auf die Regenjacke. »Das arme Mädchen«, murmelte er. »Sie ist oft hierher gekommen, ihre Mutter liegt da drüben in der Ecke. Ein Urnengrab«, fügte er hinzu und nickte zu einer Reihe kleinerer Parzellen hinüber.

»Der schwarze Stein? Der mit der Taube?«, fragte sie.

Er schüttelte den Kopf.

»Der rote daneben. Erst am Sonntag haben sie und ihr Sohn einen Kranz hingelegt.«

»Sie hat einen Sohn?«

Der Mann lächelte.

»Ein ganz Kleiner ist das. Zu klein für sein Alter. Jonathan. Sind Sie Journalistin?«

Die Frage kam unerwartet. Sie entschied sich, ehrlich zu sein, und nickte.

»Ich versuche, etwas über die Frau in Erfahrung zu bringen«, gestand sie. »Kannten Sie sie?«

Er schüttelte den Kopf, machte Miene, seine Arbeit wieder aufzunehmen, und beugte sich zu seiner Schubkarre hinunter.

»Man lernt sie nie richtig kennen«, sagte er und nickte ihr zum Abschied zu, bevor er mit seiner Ladung toter Blumen den Kiesweg hinuntertrottete.

Sie folgte ihm mit den Augen, bis er in einem Geräteschuppen verschwunden war. Dann ging sie zu dem Urnengrab hinüber. *Ida Rantzen, 1940–2002, geliebt und vermisst* stand da. Sie blieb eine Weile stehen und ließ den Blick auf dem Kranz ruhen, der mit roten Beeren und Christdorn geschmückt war. Dann drehte sie sich um und ging den Weg zurück.

Sie überquerte gerade die Straße, als Wagner zusammen mit dem Gerichtsmediziner aus dem Haus trat. Die Journalisten riefen ihm ihre Fragen zu, aber er winkte abwehrend.

»Keine Kommentare. Wir halten später eine Pressekonferenz ab.«

Sie drängte sich vor, und es gelang ihr, ihn ein wenig zur Seite zu ziehen.

»Was ist, Svendsen? Wenn du ein Solointerview willst, musst du dich mit einem Lied begnügen.«

»Habt ihr den Jungen gefunden?«

Sie sprach leise. Er blieb mitten in einem Schritt stehen.

»Den Jungen? Was für einen Jungen? Wovon redest du?«

»Ihr habt nicht mit dem Nachbarn gesprochen?«

Er schüttelte den Kopf.

»Da ist niemand zu Hause. Ich habe Leute ausgeschickt, um die Nachbarn zu suchen«, räumte er ein. »Von was für einem Jungen redest du?«

Sie nickte zum Haus hoch.

»Ich glaube, er versteckt sich irgendwo auf dem Speicher. Er heißt Jonathan«, sagte sie freundlich. »Ich habe sein Gesicht oben im Fenster gesehen.«

Sie konnte sehen, dass er resigniert den Kopf schütteln und sie einer lebhaften Fantasie oder etwas Schlimmeren bezichtigen wollte. Aber in dem Moment hörte sie einen Ruf aus dem Haus, und ein Kriminaltechniker kam mit einem kleinen, weinenden Jungen auf dem Arm heraus. Der Beamte sah zerknirscht aus.

»Er lag oben unter dem Bett«, erklärte er, während er den Jungen zu trösten versuchte, der vor Angst weinte, dass ihm die Tränen aus den Augen spritzten.

Dictes Magen verkrampfte sich, als würde ihr jemand direkt ins Herz schneiden. Ohne weiter darüber nachzudenken, streckte sie die Arme nach dem Kind aus.

»Hei, Jonathan«, sagte sie sanft.

Das Weinen hörte schlagartig auf. Der Junge sah sie zuerst verblüfft an. Dann leuchtete Vertrauen in seinem Gesicht auf, als könnte Dicte allein die Dämonen vertreiben. Er streckte die Arme aus, und bevor sie sich versah, hatte sie ihn auf dem Arm.

»Dicte.«

Bos Stimme durchschnitt das Murmeln der Umstehenden. Sie drehte sich nach dem Laut um und sah genau in dem Augenblick in die Linse, als seine Kamera klickte.

28

Esther Rantzen«, las Jan Hansen. »Sie hat gut ausgesehen.«

Er reichte Wagner den Pass in der durchsichtigen Plastikhülle. Eine junge, nicht ganz natürliche Blondine lächelte ihn an, und sein Respekt vor Jan Hansen bekam einen kleinen Knacks. Die Geschmäcker waren eben verschieden, dachte er. In seinen Augen glich Esther Rantzen mit ihrem Plastiklächeln, den blauen Augen und dem zu einer das Gesicht einrahmenden Wolke hochtoupierten Haar einer amerikanischen Fernsehsprecherin. Aber deshalb hatte sie ihr Schicksal natürlich nicht verdient.

»Rantzen«, wiederholte Wagner und strich sich mit der Hand über das Kinn. Er musste sich rasieren und eine Weile ausruhen, dachte er flüchtig. Sie waren jetzt seit sieben Stunden am Tatort, aber er wusste, dass das Wunschdenken war und dass von jetzt an nicht viel Zeit für Schlaf bleiben würde.

»Ein ungewöhnlicher Name.«

Hansen hielt den Pass gegen das Licht, den Blick an dem Foto festgefroren.

»Irgendwoher kenne ich sie«, murmelte er.

Wagner erwog, eine Bemerkung über Hansens wilde Jugendjahre und einen möglichen Hang zu Blondinen zu machen, hielt aber den Mund.

»Ivar K und Petersen überprüfen sie«, begnügte er sich zu sagen. »Mit diesem Familiennamen kann das nicht allzu schwer sein.«

Ohne dass er es wollte, wanderte sein Blick zu der toten Frau, die, genau wie man sie gefunden hatte, in Jeans und einem hellblauen Sweatshirt auf dem Wohnzimmerboden lag. Ein Techniker bewegte sich um sie herum und fotografierte sie aus allen Perspektiven, während ein anderer vorsichtig und mit so viel Respekt wie möglich ihre linke Hand in seine nahm. Ein Finger nach dem anderen wurde auf eine Folie gedrückt, um Fingerabdrücke zu sichern.

Kein sexuelles Motiv, stellte Wagner noch einmal fest. Keine zerrissene Hose und kein nackter Oberkörper. Der Täter hatte sich nur für eines interessiert: das Opfer auf die von ihm geplante Weise sterben zu lassen. Zuerst hatte er ihr die Hände mit Klebeband auf den Rücken gebunden, dann die Schlinge um ihren Hals gelegt. Wahrscheinlich hatte er wie bei Inger Graugaard einen Lappen in den Mund des Opfers gestopft und anschließend den Mund mit Klebeband zugeklebt, damit niemand die Schreie hörte. Aber genau wie bei dem ersten Opfer hatte er ihn wieder entfernt, wahrscheinlich um den dramatischen Effekt zu verstärken, wenn das Zungenbein brach und die Zunge heraushing. Wagner schätzte, dass der Gerichtsmediziner Fasern in Esther Rantzens Mund finden würde.

Dieser Mann liebte Inszenierungen, dachte Wagner und musste sich berichtigen. Vielleicht war es ja gar kein Mann. Eine muskulöse Frau hätte den Mord auch begehen können oder, was das anging, mehrere Frauen oder Männer. Aber der Überschaubarkeit halber und vielleicht, weil er voreingenommen war – das gab er gerne zu –, sah er weiter einen Mann vor sich. Vielleicht verstand der Mörder sich als eine Art Filmregisseur. Als Künstler, was wusste er. Mit den Jahren hatte er so einiges über Serienmörder gelesen.

Er schauderte schon bei dem Wort, das uneingeladen in seinem Kopf auftauchte. Serienmörder. Das passte besser in amerikanische Filme. War das wirklich möglich? Hier, mitten im friedlichen Århus? In der Stadt des Lächelns?

Er sah wieder zu der Leiche hinüber. Der Täter hatte sie an

dem Haken des Kronleuchters aufgehängt, wo noch immer ein Rest Strick hing. Anschließend hatte er sie abgeschnitten und auf dem Boden platziert und wahrscheinlich erst dann die Axt in ihren Hinterkopf geschwungen. Das Blut war über das Sofa und den langfasrigen, hellen Hirtenteppich gespritzt. Seine Tochter hatte auch so einen in ihrem Zimmer gehabt, als sie noch ein Teenager war. Angesichts der Gewalttätigkeit des Mordes hätte man mehr Blut erwarten können. Deshalb ging er davon aus, dass auch der Schädel dieses Opfers erst nach dem Eintreten des Todes gespalten worden war.

»Was meinst du, Gormsen? Was die Zeit angeht?«

Er hatte sich an den Rechtsmediziner gewandt, der in seinem weißen Overall neben der Leiche kniete. Genau wie die Techniker trug er Gummihandschuhe, einen Mundschutz und ein Netz über dem Haar, damit es zu keiner Spurenvermischung kam, wenn er das Opfer anfasste. Alle, auch die Kriminalkommissare, hatten blaue Plastiküberzüge für Schuhe und Stiefel bekommen.

»Das lässt sich hier und jetzt schwer sagen«, murmelte Gormsen. »Spontan würde ich auf vierundzwanzig Stunden tippen, aber wir müssen sie uns erst genauer ansehen.«

Er sah erst auf seine Uhr, dann den einen der beiden Techniker an.

»Seid ihr fertig?«

Der Mann nickte hinter seinem weißen Mundschutz und zeigte mit dem Daumen nach oben.

»Okay. Wir packen sie nur noch etwas ein.«

Der Gerichtsmediziner holte Papiertüten aus seiner Tasche und zog sie sorgfältig über Hände, Kopf und Füße des Opfers.

»Ruft ihr den Leichenwagen?«

»Schon passiert«, sagte der Techniker. »Er ist auf dem Weg.«

Er hätte natürlich einen anderen hinschicken können. Es wäre eine Kleinigkeit gewesen, Ivar K darum zu bitten, und niemand hätte auch nur eine Braue hochgezogen. Niemand außer ihm selbst.

Das dachte er, als Jan Hansen eine Stunde später das Auto auf den Parkplatz des pathologischen Instituts des städtischen Krankenhauses in Århus steuerte. Vielleicht empfand er es als eine Art Solidarität mit dem Opfer. Vielleicht schämte er sich, weil er sich das Passbild angesehen und Esther Rantzen, ohne sie zu kennen, als billig und ledig eingeschätzt hatte, nur weil sie ihr Haar färbte und toupierte.

Wagner seufzte, als sie beide ausstiegen und die Wagentüren hinter sich zuschlugen. Es war längst dunkel geworden, und er trat versehentlich in eine Pfütze. Er hatte sich dazu verdonnert, bei der Obduktion dabei zu sein, und Hansen gebeten mitzukommen, weil einmal immer das erste Mal war.

Das alte pathologische Institut mit seinen Backsteinmauern lag hinter den nackten Kletterranken eines riesigen Efeus versteckt. Sie konnten es in dem Licht der Straßenlaternen und der Lampe über der Tür erahnen. Sie gingen den Weg zu der Kapelle des rechtsmedizinischen Instituts hinunter, die in einem angrenzenden Gebäude lag.

Hansen war sichtlich nervös, zündete sich schnell eine Zigarette an und inhalierte gierig.

»Wie lange dauert so etwas?«

Wagner zuckte während des Gehens mit den Schultern.

»Nun ja, vier bis fünf Stunden kann es schon dauern. Gegen elf Uhr heute Abend sind wir bestimmt fertig. Dann schreibt der Pathologe seinen Bericht.«

Er blickte verstohlen zu Hansen hinüber, der ein wenig bleich aussah. Besser er redete weiter, um ihn zu beruhigen.

»Die ergänzenden Details bezüglich Narkotika, Alkohol, Mikroskopie und so bekommen wir erst später«, sagte er. »Das wird alles draußen im rechtsmedizinischen Institut in Risskov analysiert.«

Hansen hustete, zog aber trotzdem noch mal.

»Stehen wir ganz dicht dabei? Ich meine, wenn sie obduziert wird?«

Wagner lächelte beruhigend.

»Du musst nicht ganz nahe dabeistehen. Alle sind beim ersten Mal nervös. Wenn dir schlecht wird, gehst du einfach eine Weile an die frische Luft.«

Hansen nickte tapfer, und Wagner verspürte plötzlich den Drang, ihm pädagogisch richtig zu erklären, dass er keine Angst zu haben brauchte.

»Ich sollte das vielleicht nicht vergleichen«, begann er, »und es ist bestimmt kein Mangel an Respekt. Aber stell dir vor, dass sie ein Hühnchen ist, das tranchiert wird.«

Hansen warf ihm einen gequälten Seitenblick zu.

»Zu Hause macht meine Frau das immer«, gestand er. »Ich habe in meinem Leben noch nicht einmal einen Fisch ausgenommen.«

Sie wurden von dem Institutsangestellten hereingelassen und in den Obduktionssaal geführt, wo auch einer der Polizeitechniker anwesend war, um die Kleider der Frau in Empfang zu nehmen und der Sektion beizuwohnen. Gormsen nickte ihnen zum Gruß kurz zu, während Wagner und Hansen zusahen, wie die Leiche vor ihren Augen entkleidet wurde. Wagners Gewissen rührte sich. Esther Rantzen sah verletzlich und unschuldig aus, wie sie so auf dem Stahltisch lag. Sie war nicht sehr groß, dachte er. Ein Winzling mit dünnen Armen und ohne überflüssiges Fett. Zart von der Statur, nannte man das wohl. Mit kleinen Brüsten, einem minimalen dunklen Dreieck bei den Geschlechtsorganen, das auf ihre natürliche Haarfarbe schließen ließ, und einer schmalen Taille, die ein großer Mann bestimmt mit seinen Händen umspannen konnte. Ein leichtes Opfer.

Gormsen holte ein Diktiergerät aus der Kitteltasche und begann langsam, das Äußere der Frau zu beschreiben. Hansen stand bereits ein wenig abseits, als könnte die Person auf dem Tisch plötzlich aufwachen und »Hu!« machen. Bald kann er nicht mehr, dachte Wagner ein wenig mutlos. So viel zu dem glatt rasierten Schädel und den Nackenmuskeln. Wenn die Säge erst zum Einsatz kommt, ist er hinüber.

Und er sollte Recht bekommen. Als Gormsen die Frau eingehend beschrieben und den Abdruck am Hals erwähnt hatte, der zu hoch saß, um durch Erwürgen verursacht worden zu sein, sowie die Verletzungen im Nacken, die zu einer schwachen Blutung geführt hatten, war es Zeit für den Schnitt, der von der Brust bis zu den Geschlechtsorganen gehen sollte.

Schon als der Institutsangestellte mit der Säge kam, tat Hansen sich schwer. Und als der Schnitt ausgeführt wurde, hörte Wagner ein schwaches Stöhnen neben sich, und Hansen schwankte ein paar Schritte rückwärts, bevor er, grün im Gesicht und mit einer Hand vor dem mit einem Mundschutz verdeckten Mund, aus der Tür stürmte.

»Man sollte es nicht meinen«, kam es trocken von Gormsen, der unangefochten weiterarbeitete.

Wagner seufzte.

»Vielleicht hätte ich besser seine Frau mitbringen sollen.«

Gormsen runzelte eine Braue, aber Wagner führte die Feststellung nicht weiter aus.

Es verging eine halbe Stunde, bis Hansen wieder auftauchte, und als die Tür zum Obduktionssaal aufging, wusste Wagner, dass er von der Sektion nichts mehr mitbekommen würde. Sein ganzer Körper schien unkontrolliert zu zucken wie der eines Jagdhunds, der Witterung aufgenommen hat. Seine Augen über dem weißen Mundschutz glänzten, und den Körper auf dem Tisch schien er kaum zu beachten.

»Ich wusste es«, sagte er. »Ich wusste, dass ich sie kenne.«

Das musste aus der Zeit vor seiner Frau sein, konnte Wagner noch denken. Vielleicht hatte er sie in seiner Jugend in einer der Stadtdiskos flüchtig kennen gelernt.

»Ivar K hat gerade angerufen«, sagte Hansen, dessen Stimme hinter der weißen Gaze unklar klang. »Erinnerst du dich an den Münchhausen-Fall? An die Frau, die mit ihrem Kind untergetaucht ist, weil man sie der Kindesmisshandlung beschuldigt hat?«

Wagner dämmerte es. Die Ärzte im Krankenhaus von Skejby hatten, soweit er sich erinnerte, das Sozialamt alarmiert, die Polizei war eingeschaltet worden, und die Sache hatte mit einer Anzeige geendet.

»Irgendetwas mit Malstiften, nicht?«

Hansen nickte. Jetzt fokussierten die Augen über der Maske die Leiche. Ohne Mitgefühl, stellte Wagner fest. Mit einem ganz anderen Unbehagen als vorher.

»Sie hat ihren Sohn gezwungen, Malstifte zu essen«, sagte Hansen.

Niemand sprach es aus, aber es lag in der kurzen Stille, die folgte, und hing zwischen ihnen in der Luft. Dass Esther Rantzen bekommen hatte, was sie verdiente.

Wagner errötete bei dem Gedanken vor Scham, und auf die Scham folgte die Frage, wie weit es in Wirklichkeit von dem Gedanken bis zur Tat war.

29

In Wirklichkeit mochte sie Katzen lieber.

Karen tätschelte den Hund, der einladend mit dem Schwanz wedelte, als sie das Hundefutter herausholte und damit raschelte. Timbos Anwesenheit im Haus hatte die Katze in die obere Etage vertrieben, wo sie sich in Ingers Zimmer in ihrem Lieblingslehnstuhl eingenistet hatte, der jetzt voller grauer Katzenhaare war. Bedauerlicherweise hatte sie sich – vielleicht aus reinem Ärger – auf ein Abenteuer mit einem sexlustigen Kater eingelassen, wovon der allmählich dicker werdende Bauch Zeugnis ablegte. Karen bangte um den Hausfrieden oder vielleicht eher um die zerbrechliche Waffenruhe zwischen Hund und Katze, wenn erst kleine Kätzchen da waren, die irgendwann die Treppe hinunter in die Küche kommen würden, wo leicht Spannungen zwischen den beiden Parteien entstehen konnten.

Sie dachte daran, während sie den Hund fütterte, weil sie nicht an das andere denken wollte. An das Gespräch. Oder sagte man »Verhör«?

Sie waren gerade gegangen, John Wagner und sein Hansen, der einen so freundlichen Eindruck machte, auch wenn er Ähnlichkeit mit einem der Wachmänner hatte, denen sie im Magasin begegnet war und die sie nicht mochte. Vielleicht lag es an den Augen, dachte sie. Empfindsam und tief, wie die des Hundes, der sie jetzt beobachtete und vielleicht gerade dachte, dass er Inger vermisste. Da war ihr der wachsame Blick der Katze lieber. Die Katze, die nur an sich und ihr Überleben dachte und umgeben von Ingers Sachen lebte, in ihrem Stuhl wohnte und ihren Duft einatmete.

»Inger, Inger«, flüsterte Karen vor sich hin und fügte in Gedanken hinzu: Das hast du nicht verdient. Du hattest nie eine richtige Chance. Ich hätte besser auf dich aufpassen müssen.

Sie ließ den Hund allein und ging in den Proberaum. Sie hatte ein schweres Bach-Präludium zu spielen, durch das sie sich hindurchkauen musste, und wollte schon einmal am Klavier üben, bevor sie in die Kirche fahren würde.

Sie holte die Noten heraus und versuchte, sich darauf zu konzentrieren, einen passenden Fingersatz einzutragen, aber immer wieder spürte sie den Schock wie einen großen Stein zwischen sich und dem Instrument.

Noch einer, noch ein Mord war geschehen, und ihr Gehirn schien es immer noch nicht begriffen zu haben, während ihr Körper sofort gewaltig zu schwitzen und dann zu zittern begonnen hatte. Wagner war in die Küche gegangen, um Tee zu kochen, während Hansen weitergefragt hatte. Er hatte gefragt und gebohrt, dass sie ganz rappelig geworden war. Hatte sie Lise vor kurzem gesehen? Hatte sie eine Idee, wo sie sich aufhalten könnte? Wie war Lises Verhältnis zu ihrer Mutter? Würde sie Lise als normal bezeichnen, oder hatte es ihr geschadet, Mitglied der Sekte gewesen zu sein?

War es denkbar, dass sie unter dem dominierenden Einfluss des Mannes einen krankhaften, übertriebenen Gerechtigkeitssinn entwickelt hatte? Hatte sie irgendwann Anzeichen von Aggressivität oder gewalttätigem Verhalten gezeigt?

Die Fragen waren gestellt worden, und sie hatte sie nur ausgehalten, weil die Stimmen im Gegensatz zu den Worten so sanft und verständnisvoll waren. Der Klang von Hansens und Wagners Stimmen hatte ihr trotz allem eine Art Ruhe eingeflößt; der sanfte Bariton des jungen Mannes und der tiefe von Wagner. Immerhin hatten sie es nicht direkt gesagt, das, was sie beide dachten. Sie hatten trotz allem nicht gefragt, ob so ein möglicherweise übersteigerter Gerechtigkeitssinn sich bei Lise zu einer fixen Idee, zu der Überzeugung entwickelt haben könnte, dass alle Mütter, die ihren Kindern wehtaten, sterben mussten.

Irgendwann war sie zusammengebrochen. Sie erinnerte sich an den Schmerz und die Tränen, die nicht hatten aufhören wollen zu fließen, und an den Klang ihres eigenen Schniefens und die Dankbarkeit, als Hansen ihr ein großes Stück Küchenrolle gereicht hatte. Und sie erinnerte sich an die Worte, die sie schaukelnd hervorgebracht hatte und die noch immer in ihrem Körper saßen und wie ein Teil von ihr geworden waren.

»Sie kann es nicht gewesen sein. Sie kann es unmöglich gewesen sein. Lise könnte nie, nie so etwas tun.«

Und in dem Augenblick, in dem sie das sagte, wusste sie, dass es stimmte. Trotz allem, was sie vorher zu Dicte gesagt hatte. Trotz allem, was sie vorher gedacht hatte, obgleich allein schon das Denken dieses Gedankens ein Verrat war. Sie hatte gezweifelt, das bestritt sie nicht. Sie hatte sich dazu verleiten lassen zu denken, was die anderen dachten. Aber in ihrem tiefsten Inneren saß die Gewissheit. Sie musste es schließlich wissen. Sie, die auf Lise aufgepasst hatte, als sie ein Säugling war. Sie, die sie im Wohnzimmer herumgetragen, sie gefüttert und im Kinderwagen herumgefahren hatte, wenn Inger zu beschäftigt war; sie, die den kleinen Körper an sich gedrückt und seine Wärme gespürt und ihm ihre Liebe gegeben hatte.

Wagner hatte sie mit einem unergründlichen Blick angesehen. Dann hatte er leise gesagt: »Wir glauben auch nicht, dass sie es war. Nicht allein. Aber wir müssen sie finden.«

Und sie hatte ihnen erzählt – wie schon vorher Dicte –, dass die Sekte ihr möglicherweise Unterschlupf gewährte, aber dort waren sie schon gewesen.

»Wir haben die richterliche Genehmigung bekommen, das Haus in Åbyhøj zu durchsuchen, aber ohne Erfolg«, informierte sie Wagner und fügte hinzu: »Fallen Ihnen andere

Menschen ein, an die Lise sich möglicherweise wenden könnte? Freundinnen? Freunde? Andere Familienmitglieder, bei denen sie sich sicher fühlt?«

Sie gab ihm eine Liste mit den Namen der Familienmitglieder. Freundinnen mussten sie durch die Schule in Erfahrung bringen. Sie erinnerte sich an keine Namen.

»Was ist mit dem Gefängnis?«, fragte sie, ohne den Namen zu erwähnen.

Hansen schüttelte den Kopf.

»Die Gefängnisleitung sagt Nein. Zwischen Lise und Anders Langballe hat es keinen physischen Kontakt gegeben, aber das schließt E-Mail-Kontakt oder Kontakt über eine dritte Person natürlich nicht aus.«

Natürlich nicht, dachte Karen. Sie konnte ihn nicht besuchen. Das Gefängnis würde sofort die Behörden informieren, und im Laufe von null Komma nichts wäre Lise wieder bei den verhassten Pädagogen im Sommerhaus oder noch schlimmer.

Nach noch ein paar Fragen war Wagner aufgestanden, und Hansen tat es ihm gleich. Wagner griff in die Brusttasche und holte eine Karte heraus, die er ihr gab.

»Rufen Sie uns an, falls Ihnen noch etwas einfällt.«

Sie nahm die Karte und steckte sie in die Hosentasche, ohne sie anzusehen. Aber als sie gegangen waren, brach alles an die Oberfläche. Vielleicht hätte sie es erwähnen sollen. Vielleicht war es von Bedeutung. Aber vielleicht hatte sie gerade deshalb, weil es möglicherweise von Bedeutung sein könnte, nichts gesagt.

Das Bach-Präludium führte sie an der Nase herum, und sie entschloss sich, in die Kirche zu fahren. Die Fahrt würde ihr gut tun, und sie liebte den Klang der Orgel in dem leeren Raum, wo die Töne zwischen den Wänden hallten.

Doch auf dem Weg schien etwas sie in eine andere Richtung zu ziehen, und sie wendete und fuhr in Richtung Bibliothek.

Es war lange her, seit sie zum letzten Mal dort gewesen war, und ihr fiel die Ähnlichkeit zwischen der Bibliothek und dem Kirchenraum auf: die Stille, als hielten alle aus irgendeinem Grund den Atem an, und die gedämpften Laute, wenn jemand diskret hustete, sich zwischen den Reihen von Büchern hindurchbewegte oder einen Stuhl hervorzog, um sich zu setzen und in einem Buch zu blättern oder etwas im Internet nachzusehen.

Sie ging zu der Schranke und wandte sich an eine Frau in ihrem Alter, mit einer randlosen Brille und zu einem Pferdeschwanz gebundenen Haaren.

»Entschuldigung, ich suche die lokalhistorische Abteilung.«

Die Frau lächelte freundlich und zeigte den Gang hinunter.

»Direkt die Treppe hinunter und dann rechts. Sie können Kopien machen, denn das meiste kann nicht ausgeliehen werden.«

Karen nickte zum Dank und ging den Gang hinunter. In dem kleinen Nebenraum standen die Regale mit Büchern und Schriften über die Gegend Tilst/Kasted Seite an Seite. Da waren Auszüge aus Kirchenbüchern, und da waren Berichte und Matrikelnummern, und da waren historische Pamphlete über das Leben auf dem Land und die Tagelöhner und die großen Höfe der Umgebung.

Sie fand das Gesuchte weit hinten, wo es unter »Schulbesuch im Tilst-Kasted-Gebiet« eingeordnet war. Sie suchte nach der Jahreszahl. 1959. Der Stapel mit Aufsatzheften war sorgfältig gebunden, sodass er wie ein richtiges Buch aussah. Es war ein Projekt, an dem sie teilgenommen hatten. Jeder von ihnen hatte einen Aufsatz über ein historisches Ereignis aus der Gegend schreiben sollen. Es war ihnen gesagt worden, dass ihre Geschichten in das Lokalarchiv aufgenommen und viele Jahre dort verwahrt werden würden. Einige hatten darüber geschrieben, wie die Kirche gebaut worden war. Andere hatten sich einen Hof vorgenommen, vielleicht ihren eigenen, und dessen Geschichte erzählt. Sie selbst hatte ein anderes Thema gewählt.

Sie suchte in dem Stapel und erkannte die Handschrift von vielen ihrer ehemaligen Kameraden. Dann hielt sie plötzlich ihr eigenes Aufsatzheft in der Hand. *Karen Graugaard, 5 A* stand da in ordentlicher Mädchenschrift. Ihr Herz begann unruhig zu schlagen, aber sie ignorierte es und schlug die erste Seite auf.

Der Mord im Moor hatte sie in roten, blutrünstigen Buchstaben geschrieben, und sie griff sich unwillkürlich zum Hals, wo der Puls jetzt kräftig schlug.

30

Da haben wir ja die Heldin des Tages.«

Davidsen sah von seinem Monitor auf und lächelte jovial, aber Dicte ahnte einen Hauch von Säuerlichkeit in seiner Stimme. Sie konnte sich gerade noch in die Zeit vor Holgers Wortdiarrhö zurückwünschen, bevor der Leiter des Büros in Århus fortfuhr: »Vielleicht sollten wir die Verleihung einer Medaille einführen.«

Er legte den Kopf schief und sah publikumsheischend Cecilie und Holger vor ihren Monitoren an und Bo, der mit den Beinen auf dem Sofatisch an einem trockenen Brötchen nagte. »Wie wäre es mit einer Ehrung für humanes und anständiges Verhalten der Journalisten, denen es ganz besonders gelingt, die Aufmerksamkeit der Leser auf sich zu lenken?«

Davidsen erntete Beifall in Form eines Kicherns von Cecilie und eines lächelnden Holger, der sich hinter seinem Monitor versteckte. Bo konzentrierte sich darauf, ein paar Krumen aufzusammeln, die sich auf sein Hemd verirrt hatten, während es ihr gelang, seinen Blick einzufangen, der auffallend unschuldig war.

»Wovon zum Teufel sprichst du?«

Sie war nicht in Stimmung. Vor allem nicht für Davidsens kryptische Kommentare. Und das Gefühl, dass Bo irgendetwas vor ihr verbarg, behagte ihr ganz und gar nicht.

»Vielleicht hast du ja die Zeitung von heute noch nicht gesehen«, sagte Holger hilfreich.

Das hatte sie nicht. Die Post kam auf dem Land immer erst

spät, und darüber hinaus war sie mit pochenden prämenstruellen Kopfschmerzen aufgewacht und hatte sich erst Thomapyrin aus der Apotheke holen müssen, bevor sie dazu in der Lage gewesen war, der Welt im Allgemeinen und der Redaktion im Besonderen gegenüberzutreten. Der Schmerz in ihrem Kopf wurde nicht besser bei dem Gedanken an den gestrigen Mord und nahm noch weiter zu, wenn sie an das Begräbnis ihres Vaters dachte, von dem sie noch immer nicht wusste, wie sie sich dazu verhalten sollte.

»Hier.«

Holger faltete ein Exemplar zusammen und ließ es quer durch die Redaktion fliegen, während Bo verschlafen aufstand, seinen Kaffeebecher leerte und sich in die Küche verzog. Sie griff nach der Zeitung, die an ihr vorbeiflog und mit der Titelseite nach oben auf dem Boden unter dem Fenster landete.

»Mist!«

Schon von weitem konnte sie das Foto sehen, auf dem sie Jonathan auf dem Arm hielt. Es war der Blickfang, der die Zeitung auf der Straße verkaufen sollte. Mit zwei Schritten war sie bei der Zeitung, hob sie auf und starrte auf die Seite. Sie stand mit in die Stirn gezogener Kapuze im Regen, halb von der Kamera weggedreht. Der kleine Junge hatte das Gesicht gegen ihren Hals gedrückt, und noch jetzt erinnerte sie sich an das Gefühl seines schmächtigen Körpers, der sich an sie klammerte, und an den einen übermächtigen Wunsch, das Geschehene ungeschehen zu machen. Ihr Herz führte einen wilden Tanz auf, als sie die Überschrift las: *Reporterin im Morddrama.* Der Bildtext lautete: »Ein dreijähriger Junge war stundenlang mit seiner toten Mutter alleine, die, von einem unbekannten Täter brutal ermordet, in ihrer Wohnung in Braband lag. Als die Polizei das Kind aus dem unheimlichen Haus brachte, suchte es Zuflucht in den Armen unserer Mitarbeiterin Dicte Svendsen, die am Tatort war, um über die Umstände des Mordes zu berichten. Foto: Bo Skytte.« Flüchtig sah sie, dass ihr eigener Artikel mit einem versuchten Porträt des Mörders auf Seite sieben verwiesen worden war.

Sie wirbelte herum und sah in drei Paar Augen, die sie abwartend ansahen.

»Nettes Foto«, kommentierte Cecilie zuckersüß. »Im Profil bist du gut getroffen.«

Davidsen drückte übermütig die Returntaste. Die Bewegung hatte etwas optimistisch Federndes, das sie irritierte.

»Das dürfte gutes Geld gebracht haben«, sagte er. »Zu so etwas kann man als Freelancer nicht Nein sagen.«

Sie wollte protestieren. Wollte sagen, dass sie das nicht gewollt und Bo nur vergessen hatte, das Bild auszusortieren, bevor er den Film an die Zeitung geschickt hatte. Oder das Ganze mit ironischer Distanz und einem breiten, selbstsicheren Lächeln abtun, was noch besser gewesen wäre. Aber sie spürte nur ein Gefühl des Verrats und eine unerwünschte Verletzlichkeit in sich aufsteigen. Eine unbestimmbare Ahnung, aus einem sicheren Versteck herausgezerrt worden zu sein.

Sie versuchte sich an einem Lächeln, das zu einer Grimasse wurde, und ging auf steifen Beinen in die Küche, wo Bo die Kaffeemaschine mit Wasser und Bohnen fütterte, während er demonstrativ pfiff.

»Du hättest mich wenigstens vorher fragen können«, sagte sie.

Zu ihrem Ärger spürte sie Tränen hinter den Augenlidern. Nicht jetzt, dachte sie und zwang die Tränen zurück. Nicht hier und jetzt.

Bo drehte sich halb herum. Aber sie sah, dass er ein schlechtes Gewissen hatte. Sie erkannte es an dem gebeugten Nacken und der leicht trotzigen Kopfbewegung, die die halblangen Strähnen tanzen ließ.

»Was ist eigentlich falsch daran? Es ist schließlich die Wahrheit«, verteidigte er sich. »Der arme Junge wollte doch zu dir.«

»Doch nur, weil ich seinen Namen wusste.«

Er zuckte mit den Schultern, als wollte er sagen, dass er

nicht verstehe, wo das Problem lag. Aber die Bewegung war zu übertrieben und der Protest zu heftig.

»Wie viel bekommst du für so ein Foto?«

Sie hörte das Zittern in ihrer Stimme. Verrat, hämmerte es in ihrem Kopf. Verkauft zum höchsten Gebot.

Er antwortete nicht sofort. Er schaltete die Kaffeemaschine ein und sah ganz so aus, als wollte er dem ganzen Prozess folgen, vom ersten trockenen Fauchen des Wassers, bis die Kanne randvoll war.

»Wie viel, Bo?«

Er drehte sich mit einem Bedauern im Blick zu ihr um. Er kratzte sich leicht im Bart, und sie wusste, was jetzt kommen würde, und machte sich hart.

»Entschuldige, Schatz. Ich wollte dich nicht verletzen.«

Plötzlich war die Sicherheit aus der Stimme verschwunden und seine gesamte Haltung verändert. Er schüttelte den Kopf mit einer Bewegung, die seine mangelnde Urteilskraft einräumte.

»Ich habe, ehrlich gesagt, nicht geglaubt, dass sie das nehmen. Normalerweise bringen sie so ein Foto nicht, wenn die Familie noch nicht unterrichtet ist. Das weißt du selbst.«

Er suchte nach etwas im Kühlschrank, doch sie hatte das Gefühl, dass es ein Vorwand war, um ihr nicht in die Augen sehen zu müssen. »Aber man sieht das Gesicht des Jungen nicht, deshalb haben sie wohl gemeint, dass es okay ist«, sagte er zu dem Milchkarton, den er gerade herausgeholt hatte.

Sie wusste nicht, ob er ehrlich war. In der Regel war er das. Sie hatte ihn nie bei einer Lüge erwischt, aber die Unsicherheit nagte an ihr, und die Kopfschmerzen reizten sie, ihn darauf anzusprechen. Die Kopfschmerzen und das Weinen, das nicht gewinnen durfte.

»Wie zum Teufel konntest du nur denken, dass Kaiser dieses Foto nicht nehmen und auf die Titelseite setzen würde? Wo hast du deinen Verstand gelassen, Mann?«

Er drehte sich um und sah sie hilflos an. Ihr Blick wanderte zwischen seine Beine.

»Gar nicht erst zu reden von deinem Herz«, sagte sie und versuchte, das Zittern aus ihrer Stimme herauszuhalten, während sie nach einem Stuhl griff und sich setzte, bevor die Beine unter ihr nachgaben. »Wie konntest du nur glauben, dass es mir gleichgültig sein würde, mich auf der Titelseite zu sehen?«

Sie wusste sehr wohl, dass er es ihr, wenn er wirklich boshaft sein wollte, zurückzahlen konnte, indem er sie fragte, wie sie zu den Gesichtern stand, die im Laufe der Zeit durch ihre Artikel in der Zeitung gelandet waren. Zu all den Fotos, die er und andere Fotografen von Menschen gemacht hatten, denen es vielleicht ebenso unrecht gewesen war, sich auf der Titelseite wiederzufinden.

Aber er wollte nicht boshaft sein. Vielleicht wollte er es sogar wieder gutmachen, sie trösten und sich entschuldigen für das, was er getan hatte. Aber reichten Entschuldigungen?

»Ich habe nicht gewusst, dass du das so aufnehmen würdest«, sagte er düster und blieb unsicher stehen, obwohl sie ihm ansah, dass er am liebsten zu ihr gekommen wäre. »Hättest du das nicht einfach sagen können?«

Hätte sie das nicht einfach? Konnte man wirklich nicht ein Minimum an Feingefühl erwarten? Er kannte ihre Geschichte. Er wusste, dass sie schon einmal, allerdings von einem Konkurrenten, auf die Titelseite gebracht worden war, sodass alle Welt ihre Geschichte hatte lesen können. Er hatte gesehen, wie sie tränenerstickt mit der Zeitung in der Hand zusammengebrochen war. Denn eins war es, unter einem Artikel den eigenen Namen mit einem kleinen Foto und einer E-Mail-Adresse zu sehen, wie alle Zeitungen sie jetzt brachten. Das hier war etwas anderes. Der moderne Pranger, von dem sie natürlich auch lebte, dessen war sie sich bewusst.

Sie stand müde auf. Sie wusste, dass sie jetzt ungerecht war, aber sie konnte sich nicht beherrschen.

»Money talks, bullshit walks.«

Er folgte ihr in den Redaktionsraum, was sie am allerwenigsten wollte, weil dort alle saßen und glotzten.

»Ich habe es nicht des Geldes wegen getan. Das weißt du genau.«

Und das wusste sie. Sie wusste, dass es die reinste Gedankenlosigkeit war, und das war in gewisser Weise noch schlimmer. Sie griff nach ihrer Tasche, die auf dem Schreibtisch lag. Bo folgte ihr mit großen Schritten und holte sie an der Eingangstür ein.

»Wo willst du hin?«

»Zum Begräbnis meines Vaters.«

»Ich komme mit. Du solltest nicht alleine dorthin gehen.«

Er griff nach seiner Lederjacke, die er über einen Stuhl geworfen hatte. Sie drehte sich um. Sie sah ihm ins Gesicht, das sie so hoffnungslos liebte: die Haarsträhnen und den struppigen Bart und die grauen Narben der Augen, die von seiner Vergangenheit erzählten, die mindestens ebenso verworren war wie ihre eignen. Er war der große Bruder, der die Verantwortung für die Familie übernommen, Aufgaben mit den Geschwistern gemacht und die Flaschen und Pillengläser seiner Mutter entsorgt hatte.

»Ich glaube nicht, dass Fotografen dort erwünscht sind«, sagte sie sanft, bevor sie die Treppe hinunterging.

Sie versuchte, den Tod zu verdrängen, indem sie an Geld dachte. Das Monatsgehalt war beinahe aufgebraucht und der Überziehungskredit mehr als ausgereizt. Sie musste einen Termin mit der Bank machen. Vielleicht konnte sie ein Darlehen auf das Haus aufnehmen. Darlehen waren zurzeit recht günstig, und vielleicht würde nach einer Investition in neue Fenster noch etwas übrig sein, um das Konto auszugleichen.

Aber auf lange Sicht funktionierte das nicht. Während sie auf dem Silkeborgvej aus der Stadt fuhr, saß ihr der Zusammenstoß mit Bo noch immer in den Knochen und bildete den Nährboden für düstere Gedanken über Einsamkeit und Tod. Sie schien ihnen nicht entkommen zu können. Sie hatte das Gefühl, als wäre auch ihr Job eine Art Katalysator für den Tod geworden und sie selbst ein Instrument, das Unbehagen erzeugte und Schrecken in der Zeitung verbreitete, indem sie über das Unglück anderer Menschen schrieb. Nicht zum ersten Mal vermisste sie ihren ruhigen Job in Kopenhagen, wo sie in der Wirtschaftsredaktion gearbeitet und eine ganze Woche auf ein Interview mit einem Manager hatte verwenden können.

In dem Versuch, die Gedanken auf etwas Praktisches zu konzentrieren, hielt sie an einem Blumenladen in Åbyhøj und kaufte einen Strauß schöner orangeroter Rosen. Aber als sie wieder hinauskam und den Strauß vorsichtig auf den Rücksitz legte, arbeiteten die Gedanken weiter.

Sie vermisste Rose. Sie hatte erwogen, sie anzurufen und zu fragen, ob sie mit zu der Beerdigung gehen wolle, aber im letzten Augenblick hatte die Vernunft gesiegt. Wozu sollte das gut sein, außer dass es sie in gewisser Weise tröstete? Was würde es Rose anderes bringen als Enttäuschung und das Gefühl, unerwünscht zu sein, wenn ihre Großmutter und ihre Tante einfach durch sie hindurchblickten, als wäre sie Luft? Es würde niemandem dienen, und zum anderen hatte Rose ein Recht, sie selbst zu sein. Auch damit konnte sie nur schwer umgehen, aber umgehen musste sie damit. Und es respektieren.

Allein das Wort führte dazu, dass sie sich ein wenig besser und erwachsener fühlte, als sie es seit langem getan hatte. Wenn sie Roses Wunsch nach Abstand respektieren konnte, war sie eine verständnisvolle Mutter, die ihrer Tochter die Freiheit zu geben vermochte, sie selbst zu sein und in ihrem eigenen Tempo erwachsen zu werden.

»Psychologenscheiß«, murmelte sie spöttisch und streckte sich im Rückspiegel die Zunge heraus, als sie ein wenig auf dem Gedanken herumgekaut hatte. Sie sollte es doch wissen. Sie hatte selbst Psychologie studiert, wenn auch nur zweieinhalb Jahre. Sie hatte das Studium schließlich nicht ohne Grund geschmissen.

Sie wollte den Blick wieder auf den Weg richten, hatte aber plötzlich das Gefühl, hinter sich den Schatten eines wohl bekannten Autos zu sehen. Sie blinzelte und es war weg. Ein blauer Ford Ka hatte überholt, und sie ließ es auf sich beruhen. Das würde er nicht tun. Nicht nach dem, was sie gerade gesagt hatte.

Sie erreichte Bording um Viertel nach eins und wusste, dass der Gottesdienst in der Kirche bald zu Ende sein musste. Sie hatte keine Lust, sich die Psalmen und die persönlichen Reden anzuhören, die die Mitglieder des Ältestenrats möglicherweise an dem Sarg halten würden, leere und nichts sagende Wortkaskaden, die nur ihr Gefühl der Ohnmacht verstärkten. Faktisch hatte sie keine Ahnung, was sie hier wollte. Sie blieb einen Moment im Auto sitzen und wartete. Die Wut auf ihre Mutter stieg erneut in ihr hoch. Sie war nicht sicher, ob sie es schaffen würde, im Hintergrund zu bleiben und das zu tun, was von ihr erwartet wurde: ein wenig abseits zu stehen und anschließend ihren Strauß niederzulegen und nach Hause zu fahren. Ihre Hände wurden klamm, und ihr Herz pochte bei dem Gedanken. Es war wohl nur menschlich, dass man den Drang verspürte, Schuld zu verteilen, nicht? Wenn einem etwas, das man liebte, genommen wurde, musste man eine Erklärung finden. Einen, der die Verantwortung trug.

Es dauerte nicht lange, bis die breite Kirchentür sich öffnete und der Sarg zum Klang der Orgel hinausgetragen wurde.

Sie kannte viele von ihnen und eigentlich doch nicht. Sie waren älter geworden. Die meisten hatte sie fünfundzwanzig Jahre nicht gesehen. Die Trauernden schlängelten sich wie eine lange, gekrümmte Schlange auf den Friedhof hinaus. Ihre Mutter und Sofie gingen in ihren unkleidsamen Mänteln direkt hinter dem Sarg. Hinter ihnen folgten Sofies Mann Peter und ihre beiden Kinder, ihr Neffe und ihre Nichte, Anne Marie und Hans. Sie war sich nicht einmal sicher, wie alt sie waren. Sie wusste nicht, wann sie Geburtstag hatten, denn diesen zu feiern war verboten.

Sie zwang sich zu warten, saß rastlos da und spielte an dem Radio herum, wechselte von Station zu Station, ohne etwas zu finden, das zu ihrer Stimmung passte. Schließlich stellte sie es ganz aus, blieb still sitzen und betrachtete die Rücken, wie sie eng zusammen um den Sarg standen. Dann löste die Versammlung sich auf, und die Leute gingen in Gruppen zu ihren Autos.

Sie stieg aus. Sie nahm den Blumenstrauß und hielt ihn wie eine Waffe vor sich. Sie sah sich nicht um, als sie zu gehen begann und den Blicken begegnete, die ihr folgten, das Murmeln hörte, als sie vorbeigegangen war. Sie hielt sich aufrecht, trug den Kopf hoch und ging mit raschen Schritten und spürte ihre Augen im Nacken, aber es war ihr gleichgültig.

Ihre Mutter und Sofie waren an dem Grab stehen geblieben. Wie zwei stumme Säulen standen sie mit gebeugten Köpfen jede auf ihrer Seite des Grabes, wahrscheinlich im Gebet versunken. Fremde, dachte Dicte und kam sich abgeklärt vor, bis sie ihnen so nahe war, dass sie ihre Gesichter sehen konnte. Sie sah Sofies weiche Züge, die Rundung ihrer Wangen und die kleine widerspenstige Haarsträhne, die ein Windstoß gelöst hatte. Und sie sah den hilflosen Blick ihrer Mutter, der an ihren behandschuhten Händen hinunterwanderte, die sie krampfhaft ineinander verschlungen hielt. Dicte konnte sich kaum an das herzförmige Gesicht erinnern, das einmal die Schönheit und Sorglosigkeit ausgestrahlt hatte, die zur Jugend gehören. Wie hatte sie jemals von Rache träumen können?

»Mutter.«

Das Wort entwich ihrem Mund wie ein sanftes Seufzen.

Das Gesicht ihrer Mutter hob sich ruckartig. Trauer wurde für eine Sekunde von etwas anderem abgelöst, und in diesem Augenblick fühlte Dicte die Hoffnung. Aber nur kurz. Ein starker Unwille breitete sich auf dem Gesicht ihrer Mutter aus, und Dictes Magen krampfte.

»Du bist nicht meine Tochter.«

Die Stimme war hart. Dicte drückte den Strauß fester an sich und wich unwillkürlich einen Schritt zurück. Sie starrte diese fremde Frau an, die aussah, als wollte sie quer über das offene Grab springen und dem physisch Ausdruck verleihen, was möglicherweise Hass und in ihrer Stimme zu hören und an der Steife ihres Körpers abzulesen war.

»Du hast mich geboren«, sagte Dicte, als sie wieder sprechen konnte. Auch ihre Stimme war jetzt rau und angespannt. »Erinnerst du dich nicht, Mutter? Oder bist du in deiner Selbstgerechtigkeit so hart geworden, dass du das vergessen hast?«

Ihre Mutter trat einen Schritt vor, und Dicte empfand deutlich die Drohung in der Bewegung. Sofie legte ihrer Mutter schnell eine Hand auf den Arm.

»Du sprichst davon, Kinder zu gebären?«, sagte ihre Mutter in einem Ton, der ihr wehtat. »Du, die du nichts anderes als versagt hast? Du hast einen Bastard in die Welt gesetzt und ihn Fremden überlassen. Aber du wirst für deine Sünden bestraft werden. Du hast kein Recht, hierher zu kommen und dich in unser Leben zu drängen.«

Dicte schwankte, als wären die Worte Kugeln, von denen jede ihr Ziel traf. Die Gedanken überschlugen sich, und es brauchte Zeit, bevor ihr eine Antwort einfiel. Sie hatte nicht das Gefühl, zu einer bestimmten Person zu sprechen, sondern zu sich selbst.

»Falls es dich freut, ich werde jeden Tag meines Lebens bestraft«, sagte sie und wusste plötzlich, dass das die Wahrheit war. »Jeden Tag denke ich an ihn und wünsche, ich wäre stark genug gewesen, ihn zu behalten.«

Sie trat den Schritt auf sie zu, den sie vorher zurückgewichen war, als ginge es um einen Kampf um Territorium. Sie stand ganz dicht am Rand des dunklen Lochs und ahnte den weißen Sargdeckel unter der Erde, die darauf geworfen worden war. Tränen schossen ihr in die Augen, und der Kopf schmerzte. Sie ließ ihnen freien Lauf, ohne sich zu schämen.

»Ja, ich habe mein Kind fortgegeben. Aber ich war erst sechzehn, und ich hatte eine Familie, eine Mutter, die mich zugunsten dessen im Stich gelassen hat, was ihr Glauben nennt, was aber nichts mit Liebe zu tun hat. Du liebst nur dich selbst, Mutter. Niemand anderen. So ist es immer gewesen, und in deinem tiefsten Inneren weißt du das genau.«

Das Gesicht ihrer Mutter war jetzt verzerrt. Die Augen glichen kleinen, matten Perlen.

»Du wirst bekommen, was du verdienst«, sagte sie. Sofie hatte ihr den Arm um die Schultern gelegt.

»Lass uns in Ruhe, Benedicte«, bat Sofie. »Geh. Leg deine Blumen hin und geh.«

Man bezahlt für seine Entscheidungen, konnte Dicte noch denken, während die Sekunden wie eine Ewigkeit vorbeiflimmerten. Jeder Tag ist eine Tilgungsrate; der Preis für all die Male, die wir versagt haben. Ich bezahle. Sie bezahlen.

»Du hast Vater vernichtet.«

»Du hast ihn selbst vernichtet, als du gegangen bist«, sagte ihre Mutter. »Du hast dich gegen uns gestellt, immer wieder. Er ist nie wieder er selbst geworden.«

Sie konnte nicht mehr. Die Beine schienen unter ihr nachzugeben, und sie spürte, wie sie in die Knie ging und die feuchte Erde berührte, während das Weinen sich durch ihren Körper wand. Sie ließ den Strauß los, und er fiel mit einem dumpfen Geräusch auf den Sargdeckel. Sie wollte sich aufrichten, aber etwas drückte sie hinunter, und sie kauerte auf dem Boden und bohrte die Finger in die dunkle Erde. Sie hatte das Gefühl, lange so zu hocken, als wären die beiden Gestalten erstarrt und warteten nur darauf, dass sie fiel. Tief hinunter in das schwarze Loch.

Und dann spürte sie Arme um ihren Körper. Sie wurde hochgezogen und ihr Gesicht gegen etwas Schönes, Vertrautes gepresst.

»Komm.«

Sie atmete den Geruch seiner Lederjacke ein und schmeckte seine Lippen, die ihren begegneten und sie küssten, die Tränen wegküssten.

»Es ist ausgestanden, Schatz.«

»Es ist nie ausgestanden«, schluckte sie, den Kopf gegen

seinen gelehnt. »Ich habe dich gesehen. Ich habe das Auto gesehen.«

»Ich bin ein elender Detektiv«, gab er zu. »Hier.«

Er fischte eine Packung Tempotücher aus der Jackentasche und öffnete sie.

»Du bist wirklich gut vorbereitet«, schniefte sie.

Er reichte ihr zwei Taschentücher, und sein Arm um ihre Schulter dirigierte sie von dem Grab weg.

»Sie hasst mich«, sagte sie verwundert, als sie noch eine Weile in seinem Auto saßen, bevor sie in ihr eigenes stieg.

»Am meisten hasst sie vielleicht sich selbst«, sagte Bo.

Er hatte Recht. Es war ausgestanden.

Das dachte sie, als sie auf dem Rückweg hinter ihm herfuhr. Mehr gab es nicht zu tun. Und trotzdem wusste sie, dass sie sich immer an das Gefühl der Hoffnung erinnern, dass es sie immer verfolgen würde.

Als sie auf den Parkplatz der Redaktion fuhren, saß ihr der Auftritt am Grab noch immer in den Knochen, aber er war in den Hintergrund gerückt. Sie hatte ihn in den Teil ihres Bewusstseins verdrängt, wo sie das Ganze aufbewahrte, weil es nicht zu ändern war und das Leben weitergehen musste. Denn es gab ja die Liebe und Rose und die Freude, irgendwo tief in ihrem Inneren, wenn sie sie nur zuließ. All das sollte eine Chance haben.

Das dachte sie, als sie Hand in Hand die Treppe hinauf in die Redaktion gingen und ihre Gedanken nur flüchtig das Geschehene streiften, und sie versuchte, sich auf das Kommende zu konzentrieren. Auf die Arbeit. Die Artikel, die in unendlichen Mengen zu schreiben waren, und den Stein, der jeden Tag den Berg hinaufgerollt werden musste in dem Versuch, einen Sinn zu finden.

Das dachte sie noch immer, als sie den Computer einschaltete und die eingegangenen E-Mails durchging, um die Spams zu löschen und die anderen zu lesen. Sie öffnete eine Mail von einem unbekannten Absender, die sie für eine Leserzuschrift hielt. Die Worte blitzten sie an, und sie hörte das Echo der Stimme ihrer Mutter: »Die große Retterin und Heuchlerin, die ihr eigenes Kind nicht retten konnte, die es wegwarf, weil sie sich selbst genug war. Deine Strafe werden der Galgen und die Axt sein.«

31

Die gelben Farben und der schwarze Scotchterrier des Netto-Supermarkts begrüßten Rose, als sie in Lystrup aus dem Bus stieg. Sie erwog kurz, sofort einzukaufen, entschloss sich jedoch zu warten, bis sie sich das Reihenhaus noch einmal angesehen hatte. In der Regel bekam man in der Discountkette einen guten und billigen Putenbraten, und sie hatte versprochen, an diesem Abend für Jan und die Familie zu kochen.

Rose plante das Menü, während ihre Stiefel über den vom Regen glänzenden Bürgersteig klapperten. Sie würde den Braten zusammen mit dem Wurzelgemüse und den Kartoffeln im Ofen garen, damit die Beilagen Geschmack bekamen. Vielleicht könnte sie für den Nachtisch gefrorene Himbeeren für eine Torte kaufen, die sie mit Crème fraîche servieren wollte. Und Wein natürlich. Für die, die welchen wollten. Eine Flasche dürfte reichen.

Während sie schräg über die Straße ging, blickte sie unwillkürlich über die Schulter zurück. Es war ein neuer Reflex, dessen war sie sich bewusst. »Paranoia« würde ihr Vater bestimmt in seiner Psychologensprache sagen, aber man ging besser auf Nummer sicher. Seit dem Tag auf dem Rathausplatz hatte sie das Mädchen noch dreimal gesehen. Zweimal hatte sie draußen vor der Schule gestanden, und einmal war sie ihr auf dem Weg nach Tilst begegnet, wo Jans Eltern wohnten. Sie hatte erwogen, jemandem davon zu erzählen oder ihre Mutter anzurufen. Aber während sie die nach dem Regen frische Luft einatmete, musste sie sich eingestehen, dass sie Angst vor den Reaktionen hatte. Angst, dass man glaubte, sie bildete sich das nur ein.

Konnte es sich um einen Zufall handeln? Oder sah sie Gespenster und waren es in Wirklichkeit vier verschiedene Mädchen, die sich lediglich ähnlich sahen? Es war schon seltsam, denn allmählich hatte sie den Eindruck, mehr und mehr sich selbst zu sehen, wenn das Mädchen mit seinen langen Haaren und den in dem blassen Gesicht so dunkel und tief wirkenden Augen auftauchte. Die Angst schien zugunsten einer sonderbaren Vertrautheit in den Hintergrund zu rücken. Einer Vertrautheit, die sie nicht wollte, die sie aber trotzdem langsam eroberte.

Sie griff in der Manteltasche nach dem Schlüssel zu dem Reihenhaus, den der Immobilienmakler ihnen freudig überlassen hatte, damit sie es sich ein letztes Mal ansehen konnten, bevor sie eine Entscheidung fällten. Die scharfen Metallkanten bohrten sich in ihre Haut und zwangen sie, den Griff ein wenig zu lockern und den Schlüssel nur so fest zu halten, dass sie glauben konnte, nicht nervös zu sein.

Denn sie musste einräumen, dass ihre Sinne sie hin und wieder überraschten und den Puls schneller schlagen ließen, ohne dass es einen ersichtlichen Grund dafür gab. Ein zufälliger Schatten in einem Gebüsch konnte sie schneller gehen lassen, oder es rieselte ihr kalt den Rücken hinunter, wenn sie im Dunkel meinte, jemanden in der Nähe atmen zu hören.

Sie wusste nicht, warum das so war, nur dass es irgendwie mit dem Fund der Leiche zu tun hatte. Dieses Gefühl, dass plötzlich irgendjemand und ohne ersichtlichen Grund ihr etwas Böses antun könnte.

Ohne es zu wollen, ging sie das Ganze immer wieder durch: das Bellen des Hundes und die klamme Abendstimmung im Moor; der kleine Bach und der Baum, an dessen Fuß sie die Gestalt gesehen hatte. Die Panik, die weiter anstieg, während sie sich über eine Zeit, die sich wie mehrere Minuten anfühlte, nicht bewegen konnte, Svendsen neugierig herumlief und Timbo sich dicht neben Inger setzte und seine

Trauer hinausheulte. Und dann, endlich, die Kräfte, die zurückkehrten, und die Beine, die sich wie eine Maschine unter ihr bewegten, ohne dass sie Kontrolle über sie hatte.

Es bedurfte ihrer gesamten Willenskraft, die Erinnerung wegzuschieben und sich davon zu überzeugen, dass die Zeit auf ihrer Seite war.

Sie blickte automatisch auf ihre Uhr und ging die hundert Meter zurück zu der Bushaltestelle. Sie begann zu zählen, und allmählich kehrte die Ruhe ein, da das Zählen alles andere in ihrem Kopf verdrängte. Sie stellte fest, dass sie genau sieben Minuten von der Bushaltestelle aus brauchte, bis sie den Schlüssel ins Schloss stecken konnte. Perfekt, dachte sie zufrieden, indem sie die Tür aufstieß und eintrat.

Sie war froh, dass die Eigentümer ein paar Möbel stehen gelassen hatten. Auf Rat des Immobilienmaklers, hatte Jans Vater angenommen. »Es ist leichter, ein Haus zu verkaufen, das bewohnt aussieht.«

Jan war plötzlich im Wirtschaftsprüfungsbüro in Zeitdruck geraten und hatte sie auf dem Handy angerufen und gefragt, ob sie alleine hinfahren könne. »Du bist schließlich diejenige, die das Haus einrichten wird. Vielleicht solltest du ein Maßband mitnehmen«, hatte er gesagt. Zuerst hatte sie der Gedanke erschreckt, in einem leeren Haus alleine zu sein. Aber sie hatte sich überzeugen können, dass das Unsinn war, und sich mit der Aussicht auf die hellen Räume und dem Traum von einem eigenen Heim motiviert. Doch das Maßband ließ sie in der Schublade. Genau genommen, fühlte sie sich plötzlich ein wenig gedrängt, als wäre sie für alles verantwortlich und als wollte er sich am liebsten drücken, wenn es darauf ankam.

Sie schloss die Tür hinter sich und putzte sorgfältig die Stiefel an der Matte ab. Langsam begann sie ihren Gang durch die Räume, die, wie sie sich erinnerte, groß und hell wirkten. Hundertdreißig Quadratmeter. »Gut aufgeteilt«, hatte Jans Mutter anerkennend gesagt und sich versichert, dass genug Schrankraum vorhanden und die Küche praktisch eingerichtet war. Sie war nicht wie ihre Mutter, die sich nur für die Aussicht interessieren würde und inwieweit das Haus eine Seele hatte. Deshalb waren sie ja auch in einer alten Rockerfestung gelandet anstatt in einem Haus wie diesem, dachte sie und wurde zu ihrer eigenen Überraschung von einem Gefühl überwältigt, das sie zuerst für Hunger hielt, schnell jedoch als Sehnsucht identifizierte. Als Hohlraum tief in ihrem Inneren, der darauf drang, ausgefüllt zu werden.

Sie telefonierte regelmäßig mit ihrer Mutter, hatte sie jedoch seit mehreren Tagen nicht gesehen. Sie war nicht mehr in dem Haus gewesen mit seiner Unordnung und dem Ofen, der nie ganz sauber war, und den Weinflaschen, die erst in den Container gebracht wurden, wenn vier Plastiktüten voll waren. Sie hatte nicht geglaubt, es so bald schon zu vermissen: den Geruch der ewigen Pizzen und der Pferde vom Nachbarhof und, nicht zuletzt, den nach dreckigem Hund, wenn Svendsen sich im Misthaufen des Nachbarn gewälzt hatte. Aber jetzt kam ihr das Reihenhaus in mehr als einer Beziehung leer vor, und sie wusste genau, was ihre Mutter sagen würde. Dass es sehr schön und praktisch und all das war, aber jedem anderen Reihenhaus an jedem anderen Ort auf der Welt ähnelte und dass wir letztendlich alle einmal als Klone leben würden. Als kleine mechanische Wesen ohne Selbstständigkeit und ohne den geringsten Wunsch, gegen die Normen zu verstoßen.

Sie ließ prüfend eine Hand über einen Fensterrahmen im Wohnzimmer gleiten und putzte sich anschließend den Staub ab. Nicht, dass sie große Lust hatte, gegen die Normen zu verstoßen, dachte sie und ließ den Blick über den Garten und eine Reihe anderer Häuser schweifen. Aber sie vermisste ihre Mutter und gestand sich eine ganz kleine Ungeduld mit Jan ein. Sie vermisste sie, wie sie manchmal an einem warmen Sommertag die frische Kälte des Winters vermisste.

Um das Gefühl der Leere zu vertreiben, fischte sie ein Stück Papier und einen Kugelschreiber aus der Tasche und begann, sich Notizen zu machen. Die Diele brauchte einen

Anstrich, und die Türstufen mussten geschliffen werden – oder was man mit Türstufen machte, damit sie schön aussahen. Ihr gefielen die Klinken an den Türen nicht. Sie konnten sie vielleicht auswechseln, damit sie nicht ganz so altmodisch wirkten. Und im Badezimmer stimmte die Beleuchtung im Verhältnis zum Spiegel nicht.

Als sie ihren Rundgang beendet hatte, ärgerte sie sich, dass das Aha-Erlebnis ausgeblieben war. Letztes Mal hatte sie einen Traum gesehen, war durch die Räume geschwebt und hatte drauflosgeplappert, wie sie sie einrichten könnten, sodass Jan nur noch begeisterter geworden war – und seine Eltern auch. Jetzt ließ sie das Ganze irgendwie kalt. Jan natürlich nicht, dachte sie mit einem Ansatz von schlechtem Gewissen. Aber das Haus. Der Kauf. Und so vieles andere, woran sie nicht denken mochte. Vielleicht sollte sie das sagen. Vielleicht sollte sie es zugeben und einräumen, dass es zu früh war, ein Haus zu kaufen. Aber das war schwer. Sie war so eifrig gewesen, und Jans gesamte Familie war darauf versessen, sie in dem Haus zu installieren.

Bevor sie ging, setzte sie sich kurz auf das Sofa, streckte die Beine aus und stellte sich vor, wo der Fernseher stehen sollte. Aber plötzlich übermannte sie erneut die Sehnsucht. Vielleicht sollte man doch erst Verschiedenes ausprobieren, bevor man ein Haus kaufte und sich finanziell band. In ihrer Klasse waren Mädchen, die mit Freunden experimentierten, die darüber hinaus noch mehrere auf einmal zu haben schienen. Mädchen, die planten, nach dem Gymnasium zu reisen und sich in der Welt umzusehen, und die ganz andere Pläne mit ihrem Leben hatten als sie.

Sie dachte an ihre Angst, und ihr kam die Idee, dass sie vielleicht eine Art Freundin war. Die sie locken wollte, Unbekanntes zu erforschen und andere Türen zu öffnen als die, die in Räume führten, die sie bis zur Bewusstlosigkeit kannte.

Vielleicht war das der Weg nach vorn, aus dem Albtraum heraus.

Sie stand auf. Sammelte Kugelschreiber, Papier und Tasche

zusammen und zog den Mantel an, den sie über einen Stuhl geworfen hatte. Sie sah sich ein letztes Mal in dem Haus um und schloss die Tür hinter sich.

Sie hatte kaum den Schlüssel wieder in die Tasche gesteckt, als sie eine Stimme hörte. Dünn und sehr vorsichtig.

»Hei.«

Sie wirbelte herum. Das Mädchen stand ein wenig unsicher vor ihr, die Hände in den Taschen eines dünnen Mantels.

»Du brauchst keine Angst zu haben«, sagte die Stimme, und Rose sah in die dunklen, tief liegenden Augen und wurde näher herangezogen wie zu einem Spiegel.

»Wer bist du?«

Aber als sie fragte, wusste sie bereits die Antwort: Ingers Tochter. Die, die verschwunden war. Vielleicht hatte sie es in Wirklichkeit die ganze Zeit gewusst.

»Du hast meine Mutter gefunden«, sagte das Mädchen, und Rose nahm die unendliche Traurigkeit in der Stimme wahr. »Im Moor.«

Das Mädchen machte sich an der Tasche zu schaffen, die sie in der Hand hielt. Sie sah wie ein Rucksack aus, und Rose fragte sich, was darinnen war und ob sie so lebte, all ihre Sachen bei sich hatte. Zahnbürste, Pyjamas, Slips? Wie presste man sein Leben in so eine Tasche?

»Ich dachte, dass wir vielleicht miteinander reden können. Dass du mir erzählen kannst …«

Das Mädchen stockte. Sie fuchtelte ein wenig hilflos mit einer Hand in der Luft herum. Keine Handschuhe, stellte Rose fest. Kein Halstuch.

Sie wollte wütend werden und sagen, dass sie es leid war, verfolgt zu werden. Sie wollte fragen, warum das Mädchen nicht einfach geschellt hatte oder warum sie nicht zur Polizei ging. Aber irgendetwas hielt sie zurück.

»Wo?«, fragte sie dümmlich.

Das Mädchen nickte stumm in Richtung Reihenhaustür.

»Da vielleicht?«

Sie wusste nicht, warum sie das tat. Sie konnte es sich nur

so erklären, dass es vielleicht eine Methode war, die Theorie in die Praxis umzusetzen und einen Weg aus der Angst zu finden, indem sie sie wie eine Vertraute behandelte. Und natürlich war da die Neugier. Die Neugier durfte man nicht vergessen.

Sie holte den Schlüssel aus der Manteltasche und schloss auf.

32

Es war das Produkt eines kranken Hirns. Und doch war es wahr, denn sie hatte immer gewusst, dass die Vergangenheit sie einholen würde. So schlicht und einfach war das. Man bezahlte.

Dicte öffnete die Fenster, und Bo schloss sie wieder. Sie riss die Terrassentür sperrangelweit auf, dass die Winterluft hereindrängte und die Wärme auffraß, sich am Boden entlangschlich und unter ihre Kleider kroch und sie kühlte und all das, was in ihr brannte, zu kleinen schwelenden Funken wurde.

»Lass es gut sein«, versuchte Bo sie zu überreden und legte den Riegel vor die Tür in dem Versuch, den Einzug des Frostes zu minimieren. »Du wirst nur krank.«

Sie ging ins Esszimmer und stieß die Sprossenfenster auf.

»Ich brauche Luft.«

Bo eilte ihr hinterher. Sie wusste, dass er sich schuldig fühlte. Sie konnte es geradezu riechen und schmeckte es an der schwülen Luft im Haus.

»Das ist eine schlechte Idee.«

Sie wirbelte herum.

»Warum? Kannst du mir das sagen? Warum ist das eine schlechte Idee?«

»Weil die Kälte dich krank macht«, sagte er resigniert.

»Ja, und?«

Sie starrte ihn eindringlich an. Sie wollte, dass er es sagte, aber er sah weg.

»Es besteht kein Grund, unvorsichtig zu sein«, murmelte er.

Sie hörte ihren Triumph.

»Ich dachte, du sagst, dass man vor so etwas keine Angst haben muss. Das war ein Wahnsinniger, hast du gesagt. Ein verrückter Computerfreak.«

Er verhakte auch die Fenster. Er sah traurig aus, aber sie konnte es nicht lassen und klammerte sich an die Wut, die sie auf ihn hatte. Obwohl sie wusste, dass sie auf sich selbst am wütendsten war.

»Du kannst ruhig gehen«, sagte sie.

»Ich gehe nirgendwohin.«

»Dann musst du in Roses Zimmer schlafen.«

»Ich schlafe bei dir.«

Sie standen mitten im Raum und starrten sich an. Er wirkte anders, sicherer, obwohl sie wusste, dass genau das Gegenteil der Fall war.

Sie wandte den Blick zuerst ab. Plötzlich fühlte sie sich so verdammt müde. Ihr ganzer Körper tat weh, als hätte ihr jemand einen harten Stoß in den Brustkasten versetzt. Sie ließ sich auf das Sofa fallen, ließ das Ganze auf sich einstürmen und rollte sich zusammen.

»Es war die ganze Zeit da. In mir drinnen«, sagte sie vage.

»Was?«

Aber sie hörte an seiner Stimme, dass er es wusste.

»Irgendwo, im hintersten Winkel meines Gehirns, denke ich immer daran. An meinen Jungen. Denke daran, dass er irgendwo lebt und ein Leben führt, von dem ich ein Teil hätte sein können.«

Bo setzte sich auf die Sofakante. Wie wurde man einen Mann los, der nicht gehen wollte?

»Hast du jemals daran gedacht, nach ihm zu suchen?«

Sie lächelte halb, fühlte sich schläfrig nach diesem furchtbaren Tag. Zuerst das Foto und die Beerdigung, dann Wagner und Ivar K, die gekommen waren und den Computer mitgenommen und viel Aufhebens um das Ganze gemacht hatten.

»Das hat mich Karen auch gefragt«, sagte sie.

»Und, hast du?«

Sie schüttelte den Kopf, so gut es im Liegen ging.

»Natürlich habe ich daran gedacht. Aber es ist zu spät. Was sollte das bringen?«

Er hätte ihr einen langen Vortrag halten können, was das bringen sollte und dass viele Adoptivkinder in ihrem späteren Leben Kontakt zu ihren leiblichen Eltern aufnahmen. Aber er wusste sehr gut, dass es ihr nicht um den Kontakt ging, und sie war dankbar, dass er nicht auf einer Vertiefung des Themas beharrte und trotzdem da war, obwohl sie wütend auf ihn war.

»Ich mache uns eine Pasta«, sagte er praktisch und ließ das andere zwischen ihnen in der Luft hängen.

»Carbonara, okay?«

Wieder war sie ihm dankbar trotz ihrer Wut, die sich an verschiedene Adressaten richtete, an Bo und sie selbst, an Wagner, weil er machtlos war, und an ihre Mutter, weil sie außer ihrer Religion nichts liebte. Und an diesen unbekannten Mann vor dem fremden Computer, weil er Säure über ihr Leben gegossen hatte.

Bo stand auf und ging in die Küche. Sie hörte das Geräusch einer Weinflasche, die aufgemacht wurde, und fragte sich, wie er hatte wissen können, dass sie Durst hatte, wo es ihr selbst nicht einmal bewusst gewesen war. Vielleicht waren sie trotz allem zusammengewachsen wie ein altes Ehepaar, auch wenn ihre Beziehung noch verhältnismäßig neu war.

Sie schloss die Augen und erinnerte sich an Wagners ruhige Stimme und ihr Entsetzen, weil seine Augen logen und er ebenso besorgt war wie sie.

»Und du hast niemanden im Verdacht? Keine Ahnung, wer dahinterstecken könnte?«, hatte er sie gefragt.

Sie hatte sich über den Schreibtisch der Redaktion gelehnt, das Gesicht in den Händen vergraben und gewünscht, alles würde verschwinden.

Jan Hansen war damit beschäftigt, ihren Computer zusammenzupacken, und Wagner saß auf der Kante des Sofatisches und beobachtete sie, während Bo mit einem Becher Kaffee in der Hand herumschlich.

»Niemanden.«

Sie rieb sich die Augen und war so müde, doch das Adrenalin in ihrem Körper pumpte sie wach. Die Luft in der Redaktion flimmerte unwirklich.

»Aber das kann doch nur irgendein Idiot sein, der mir einen Schrecken einjagen will, nicht? Das können wir doch nicht ernst nehmen?«

Sie erinnerte sich an die Hoffnung in ihrer Stimme. Erinnerte sich auch an Wagners sanften Gesichtsausdruck und seine Vorsicht.

»So etwas muss man immer ernst nehmen«, generalisierte er.

»Aber die Mail ist doch bestimmt nicht von ihm?«, bettelte sie. »Warum sollte er mir so eine Mail schicken?«

Er antwortete nicht direkt.

»Wir untersuchen das und sehen, was wir finden können.«

»Ihr werdet gar nichts finden«, kam es von Bo, der ein Päckchen Kaugummi aus der Tasche gezogen hatte und sich ein Stück in den Mund steckte. »Das ist irgendein Verrückter, der in einem Computercafé gesessen und sich königlich amüsiert hat. Vielleicht haben auch noch andere Post von ihm bekommen.«

Sie hatte Wagner angesehen und gehofft, dass er reagieren, bekräftigend nicken und sagen würde, dass sie das alles nur der Sicherheit halber taten. Dass sie der Sicherheit halber einen Streifenwagen einmal die Stunde eine Runde durch Kasted drehen ließen. Dass sie der Sicherheit halber zu keiner Tages- und Nachtzeit alleine sein sollte.

Aber er sagte nichts.

Dicte rollte sich fester zusammen, die Knie bis zum Kinn hochgezogen, und umarmte das Kissen, als wäre es ein Rettungsfloß. Jetzt fror sie, obwohl Bo alle Fenster und Türen geschlossen hatte.

Sie dachte an das, was nicht gesagt worden war, das, woran Bo nicht gedacht hatte, als er das Ganze als Spaß hinstellte, und wovor sie bis jetzt die Augen verschlossen hatte. Sie hatten ihr keine Angst machen wollen, sah sie ein. Deshalb hatten sie es nicht erwähnt, aber damit gerechnet, dass sie selbst darauf kommen würde, dass von einem Galgen nichts an die Öffentlichkeit gedrungen war. In der Zeitung hatte nur gestanden, dass Inger Graugaard und Esther Rantzen mit einem Strick und einer Axt umgebracht worden waren. Aber sie wusste nur allzu gut, dass die meisten dabei logischerweise an einen Tod durch Ersticken dachten. Das war einfach so, wenn ein Strick mit im Spiel war. An Erhängen dachte man in der Regel nur bei Selbstmord.

Bo kam mit einer Weinflasche und zwei Gläsern herein. Er ließ sich auf das Fußende des Sofas fallen und massierte ihre Füße. Sie beobachtete sein Profil und sah, dass sein Mund härtere Züge bekommen hatte.

»Er hat Erkundigungen über mich eingezogen«, sagte sie.

Bo seufzte. Seine Hand drückte ihren Fuß.

»Das Foto von mir und Jonathan war nicht allein der Auslöser«, beharrte sie. »Er hat in der Vergangenheit gegraben und den alten Artikel über mich gefunden. Er war gründlich. Warum?«

»Weil er total verrückt ist«, sagte Bo, der nie Psychologie studiert hatte. »Man sollte ihn verdammt noch mal am nächsten Baum aufknüpfen.«

Sie hörte die Machtlosigkeit in jedem Wort. Drehte und wendete die Worte in ihrem Kopf.

»So denkt er eben. Über mich. Du meinst, man sollte ihn aufknüpfen, weil er mir droht. Aber warum ist er so wütend auf mich?«

Bo zuckte übertrieben mit den Schultern, sodass der Wein fast überschwappte. Ihm gefiel das Spiel nicht, dachte sie. Er mochte sich nicht in den Gedankengang dieses anderen Menschen versetzen, da das ein Eingeständnis wäre, dass eine Art von Vernunft dahinterstand.

»Inger Graugaard hat ihre Tochter im Stich gelassen und zugesehen, wie sie zur Sexsklavin wurde. Esther Rantzen hat Jonathan gezwungen, Bleistifte zu essen. Ich habe meinen Sohn an Menschen gegeben, die ich nicht einmal kenne.«

Bos Augen saugten sich an dem Weinglas fest, und sie musste ihn mit dem Fuß anstupsen, damit er sie ansah.

»Er übt Gerechtigkeit aus«, stellte sie fest. »Er rächt die Kinder an ihren Eltern. In seinem Herzen steht er auf der Seite der Kinder. Eine Art Weihnachtsmann.«

Bo gab einen Laut von sich, der eine Mischung aus Schnauben und Lachen war.

»Das ist jetzt aber zu weit hergeholt.«

Sie dachte an ihre Mutter und den Traum, in dem sie selbst die Axt schwang. Sie dachte auch an die Beerdigung und die Hoffnung, die immer da sein würde.

»Man kann aus Liebe, die nicht erwidert wird, so verbittert werden«, sagte sie und dachte laut: »Ich glaube, er ist ein Kind. Ein großes, erwachsenes Kind, das seinerzeit von seiner Mutter und seinem Vater im Stich gelassen wurde.«

Bo seufzte und beugte sich zu ihr hin. Es war offenkundig, dass es ihm schlecht dabei ging, als Psychologe konsultiert zu werden.

»Oder sie«, sagte er schließlich. »Es ist doch nicht sicher, dass es sich um einen Mann handelt.«

33

Wagner vermisste die Musik. Nur eine einzige Fuge oder eine Sonate von Beethoven, die einen Gedankenprozess in Gang setzen konnte. Er vermisste auch einen weichen Stuhl, und er vermisste ein Bier und ein Roggenbrot mit Salami oder zumindest eine gute Tasse Kaffee.

Aber es ging nicht an, eine Musikanlage mit ins Büro zu schleppen, und das Budget reichte nicht für neue Stühle oder, was das anging, für Bier oder eine neue Kaffeemaschine. Also lockerte er stattdessen den Schlips und lehnte sich auf dem harten Bürostuhl zurück, der ihn die letzten Jahre begleitet hatte. Er lauschte auf die ungewöhnliche Stille. Es war neun Uhr abends, und die meisten waren nach Hause gegangen. Nur Ivar K und Jan Hansen waren noch irgendwo im Haus. Ivar K schrieb ein Protokoll über das Verhör, dem er Anders Langballe im Staatsgefängnis von Horsens unterzogen hatte, und Hansen war in die Stadt gegangen, um Pizzen zu holen, nachdem er mehrere Gespräche mit Esther Rantzens Familienangehörigen und Freunden geführt und eingehend den Obduktionsbericht studiert hatte, der ihn öfter, als es die Statistik vorsah, gezwungen hatte, die Toilette aufzusuchen.

Alles in allem waren die anderen voll beschäftigt, während er lange einfach dagesessen hatte, passiv, ohne Telefon, Computer oder auch nur Papier und Bleistift anzurühren. Nur mit einer halb vollen Tasse Kaffee und dem Geschmack schlechter Bohnen im Mund.

Man hatte die Wahl, dachte er. Man konnte das Ganze als

eine Reihe schrecklicher Vorfälle betrachten, an die betroffenen Familien denken und mit ihnen fühlen und sich paralysieren lassen.

Er drehte die Tasse zwischen den Händen und registrierte, dass der Kaffee längst kalt geworden war. Er berichtigte sich. Vielleicht war es keine echte Wahl. Vielleicht erstarrte man unter dem Druck, weil der Gedanke, dass das Leben anderer von der eigenen Klarsicht abhing, unerträglich war. Oder man fing immer wieder von vorne an und wurde hartnäckig, grub sich in all die unbeantworteten Fragen hinein und untersuchte aufs Genaueste, warum, wann, wer und was, bis schließlich etwas auftauchte.

Er war Ersterem nahe gewesen. Gerade heute war er dem Abgrund so nahe gekommen, dass er in das dunkle Loch hatte hinuntersehen können. Als Dicte angerufen und ihm mit langsamer, kontrollierter Stimme die E-Mail vorgelesen hatte, hatte die Unüberschaubarkeit ihn überwältigt, und er hatte sich hinsetzen und seinen Atem beruhigen müssen. Nicht das auch noch, hatte er gedacht, während ihm unter dem Hemd der Schweiß herunterlief. Um Gottes willen, nicht auch noch Morddrohungen.

Erst jetzt, nachdem sich Ruhe über das Präsidium gelegt hatte, war er imstande, die Wahl zu treffen, die vielleicht gar keine war.

Man erstarrte, und dann war das Ganze hoffnungslos. Oder man zog in den Krieg, gruppierte seine Streitkräfte um und startete einen Überraschungsangriff. Man suchte nach den Schwächen des Feindes, einer offenen Flanke, und schlug zu.

Es hatte ihn einen ganzen Nachmittag gekostet, an diesen Punkt zu kommen, das musste er zugeben. Aber jetzt war er angekommen, und sein Gehirn hatte begonnen, Querverbindungen herzustellen. Sie hatten drei Opfer, von denen eines noch am Leben war. Es gab drei Motive, die eins gemeinsam hatten: Sie rochen nach Rache. Offensichtlich lag kein sexuelles Motiv vor, obwohl es sich bei allen drei Opfern um Frauen handelte. In den Augen des Täters waren sie schlechte

Mütter, das war einleuchtend. Aber hatten sie noch etwas anderes gemein?

Er stellte die Tasse ab, rieb sich die Augen, die schwer vor Müdigkeit waren, und fühlte einen beginnenden Kopfschmerz im Hinterkopf rumoren. Die Öffentlichkeit, dachte er. Sowohl über Esther Rantzen als auch über Dicte hatten die Zeitungen berichtet. Die »Blumen Gottes« und der sadomasochistische Mord und der Name Anders Langballe waren auch erwähnt worden. Aber Inger Graugaard und Lise nicht. Das hatten sie längst überprüft. Petersen und Eriksen hatten sich an die Archive der Zeitungen gewandt, aber keiner der beiden Namen war früher schon einmal aufgetaucht.

Er hörte Hansens schweren Schritt auf der Treppe und bildete sich ein, die Pizzen bereits riechen zu können. Er konnte sich noch immer nicht von dem Gefühl frei machen, dass der Schlüssel bei dem allerersten Mord zu finden war. Hier hatte sich der Täter entschieden, seinen Rachefeldzug einzuleiten, und das konnte kein Zufall sein. Warum? Was hatte ihn zu dem Mord bewogen, wenn die Presse ihn nicht auf die Spur gebracht hatte?

Hansen kam mit den aufgestapelten Pizzen in dem Augenblick herein, in dem Wagner zu einer Schlussfolgerung gekommen war. Etwas Persönliches. Der erste Mord war persönlich, danach ging es ums Prinzip. So musste es sein – wenn sie keine andere Verbindung zwischen Inger Graugaard und Esther Rantzen fanden. Und darauf deutete nichts hin.

»Lise«, murmelte er.

»Pizza«, sagte Hansen, der manchmal schlecht hörte.

»Wir müssen Lise Graugaard finden«, stellte Wagner nicht zum ersten Mal fest. Er räumte den Schreibtisch, damit Hansen die Pizzen abstellen konnte. Gleichzeitig wusste er, dass hier etwas nicht passte. Ein junges, zierliches Mädchen und zwei bestialische Morde. Diese Kombination war fast mehr, als ein Polizistengehirn begreifen konnte.

Ivar K war dem Duft der Pizzen gefolgt, kam herein und ließ sich auf einen Stuhl fallen.

»Der Mann ist verrückt.«

Hansen öffnete die Kartons und verteilte die Pizzen.

»Marinara.« Er schob den Karton zu Ivar K hinüber. »Rindfleisch mit Gorgonzola.«

Wagner nahm seine Pizza entgegen.

»Was heißt ›verrückt‹? Ist gar nichts Brauchbares dabei herausgekommen?«

»Absolut nichts, meiner Meinung nach. Aber es kann natürlich sein, dass er uns täuscht.«

»Was sagen die Psychologen?«, fragte Hansen, der immer die menschlichen Aspekte einbrachte.

Ivar K schüttelte den Kopf und biss in die Pizza.

»Die sind doch verdammt noch mal genauso verrückt. Eine Ansammlung von Irren, wenn ihr mich fragt.«

»Aber das tun wir nicht«, entschied Wagner. »Gibt es einen Befund?«

Ivar K interessierte sich nicht für Befunde. Er schüttelte den Kopf, und man wusste nicht, ob es keinen Befund gab oder ob er ihn lediglich für unbrauchbar hielt.

»Er hat eine fürchterliche Ausdrucksweise. Er flucht und wettert wie ein Kümmeltürke.«

»Ivar, verdammt«, stöhnte Wagner, der vergeblich versucht hatte, dem Kollegen politische Korrektheit einzuimpfen.

Ivar K zuckte mit den Schultern.

»Das sagt man doch«, maulte er. »Außerdem quasselt er die ganze Zeit von Gott und dem Himmel und Vergebung und Sünden und all der Scheiße.«

»Hat er Besuch gehabt? Zugang zu einem Computer? Briefe geschrieben und bekommen? Mit dem Handy oder vom Festnetz telefoniert?«

Ivar K nickte bestätigend.

»Ja, sowohl als auch. Wie die meisten anderen Gefangenen in dänischen Gefängnissen wird er behandelt, als wäre er Gast im Hotel Royal.«

»Seidenlaken?«, wollte Hansen wissen und schnappte sich ein Stück Capricciosa.

»Na klar«, murmelte Ivar K. »Verbrechen zahlt sich aus, das wissen wir doch.«

Wagner machte eine ausladende Handbewegung.

»Bitte. Es steht dir frei.«

Hansen lächelte freundlich.

»Du kannst damit anfangen, meine Bank auszurauben. Dann bekommen sie wenigstens ihre eigene Medizin zu schlucken. Wir haben eine Immobilie und bezahlen trotzdem zwölf Prozent Zinsen.«

Ivar K lachte.

»Du bist auch dümmer, als die Polizei erlaubt.«

Wagner räusperte sich. Er hielt es für angebracht einzugreifen.

»Die Jugendlichen sind unschuldig. Wir haben heute die DNA-Ergebnisse bekommen, und die waren negativ. Demnach müssen wir nach anderen Tätern suchen.«

»Und keiner von ihnen hält weiße Mäuse«, warf Hansen ein. »Nur der Ordnung halber.«

»Okay«, sagte Wagner. »Nehmen wir einmal an, dass es nur einer von ihnen war, Mikkel Andersen. Die Wahrscheinlichkeit spricht dafür, dass es ein Zufall war, dass er und der Täter an dem Abend beide in Kasted waren.«

»Und wiederum nicht«, sagte Ivar K. »Vielleicht wussten beide, dass die Familie in Ferien und Inger alleine zu Hause war.«

Wagner nickte.

»Das klingt nach einer Möglichkeit.«

»Mikkel Andersen traf gegen zwei auf seinem Moped ein, da war der Mörder bereits da gewesen«, sagte Hansen. »Das passt zu seiner Erklärung, dass die Tür offen stand und er direkt hineinspazieren und mit den Möbeln um sich werfen und in eine zerbrochene Rotweinflasche treten konnte. Auf diese Weise sind mit Sicherheit wichtige Spuren verloren gegangen.«

Wagner nickte. Der Brand hatte alles noch verworrener gemacht. Er hatte sie auch auf die falsche Fährte geführt, wie er die meisten Ermittler auf die falsche Fährte geführt hätte. Er durfte gar nicht an die Zeit denken, die dadurch verloren gegangen war.

»Gibt es eine mögliche Verbindung zwischen den beiden Ermordeten? Seid ihr auf etwas gestoßen?«

»Vorläufig nicht«, sagte Hansen. »Esther Rantzen hat Inger nicht in der Schule gehabt, und der Familie zufolge hat sie sich nie für Religion interessiert, sodass eine Verbindung über die ›Blumen Gottes‹ auch unwahrscheinlich erscheint.«

»Und in der Wohnung?«

Ivar K rettete geschickt ein Stück Käse mit der Zunge und biss in seine Pizza.

»Keine Literatur, die in diese Richtung zeigt«, sagte er. »Vor allem Frauenzeitschriften und Comics und Ärzteromane oder wie die Dinger heißen. Sie hat keine Ausbildung. Sie war eine arbeitslose, allein erziehende Mutter. Außerdem war sie untergetaucht.«

»Woher hatte sie Geld zum Leben?«, fragte Wagner.

»Aus einem Erbe mütterlicherseits. Und durch den Unterhalt ihres Exmannes, der in Spanien lebt.«

»Haben wir seinen Namen? Ist zu ihm Kontakt aufgenommen worden?«

Hansen nickte.

»Sylvester Jensen. Da ist nichts zu holen. Er hat eine Bäckerei an der Sonnenküste, und sein Alibi ist in Ordnung und wird von mehreren unabhängigen Quellen bestätigt.«

Wagner seufzte und sah auf die Uhr. Es war fast zehn und die Pizza aufgegessen. Sie würden heute nichts mehr ausrichten, denn er spürte die Müdigkeit und Mutlosigkeit der anderen genauso wie seine eigene. Er legte die Hände mit den Handflächen nach oben auf den Tisch.

»Ich denke, wir lassen es für heute gut sein. Gehen wir nach Hause schlafen.«

Hansen packte die Pizzakartons zusammen. Ivar K streckte sich auf seinem Stuhl. Das Telefon schellte. Wagner nahm ab, und sein Herz begann schneller zu schlagen. Nicht noch einmal, bat er. Nicht noch eine.

»Ja.«

»John Wagner?«

»Ja, das bin ich.«

»Berg. Einsatzleitstelle Vejle.«

»Ja?«

»Es geht um ein Auto, das wir auf einem Parkplatz am Stadtrand gefunden haben.«

»Um ein Auto«, sagte Wagner müde. »Um was für ein Auto?«

Die Stimme lächelte milde.

»Ja, also das dürfte in euren Zuständigkeitsbereich fallen. Es handelt sich um einen orangefarbenen Lieferwagen der Marke Toyota. Auf der Seite steht *Stadtwerke Århus*.«

Wagner spürte, wie sich sein System wie ein Computer einschaltete, der ausgeschaltet worden war.

Er richtete sich im Stuhl auf.

»Rührt um Gottes willen nichts an, nicht einmal einen Scheinwerfer. Wir schicken den Technikerwagen.«

34

Bo kam erst spät ins Bett.

Dicte nahm im Halbschlaf seine warme Nähe an ihrer Seite wahr, doch auf dem leeren Platz zwischen ihnen spürte sie noch etwas anderes: die Ereignisse des Tages, die sich genau dort, wo aus ihren Körpern einer hätte werden, wo alle Angst hätte verschmelzen und sich in Sicherheit verwandeln sollen, zu einem Berg angehäuft hatten. Er hatte sie verkauft. Er war ihr zwar auf die Beerdigung gefolgt und hatte sie aufgerichtet, als sie am Boden lag. Aber zuallererst hatte er sie verkauft, und auch wenn er die Konsequenzen nicht hatte voraussehen können, war die E-Mail mit der Drohung eine direkte Folge des Fotos, für das er Geld bekommen hatte. So war das. Bei Bo gab es keinen Kündigungsschutz. Da gab es das Unvorhersehbare, sein rastloses Wesen und seine Gedankenlosigkeit, und sie hatte das Gefühl, nach einem Halt zu suchen und immer wieder in eine bedrückende Einsamkeit zurückzufallen.

In ihren Träumen ergriff die Angst von ihr Besitz, und sie wollte aufwachen, konnte aber nicht. Sie lag hilflos da und wartete auf das Unabwendbare; den Strick und die Axt, die ineinander verschmolzen und ungeheuerliche Formen annahmen.

Und dann schien die Nacht doch die Hindernisse auszuräumen, die zwischen ihnen standen. Oder es war nur die Macht der Gewohnheit, die sie einander näher brachte und sie das Loch zwischen ihren Körpern ausfüllen ließ, ihr Kopf an seiner Schulter, sein Arm um ihre Taille, die Beine ineinander verflochten, seine, ihre, seine, ihre, ohne dass sie das gewollt hatte.

»Schlaf weiter«, murmelte er, als sie die Augen aufschlug und in seine sah. »Es ist erst halb sechs.«

Aber sie machte sich frei, seltsam beschämt über ihren Körper, der sie verraten hatte. Widerwillig ließ er sie los, zog sie aber nicht wieder zurück, wie er es früher getan hätte. Er weiß es, dachte sie, und die Trauer über das, was plötzlich fehlte, war fast so groß wie die Angst, die ihr Innerstes wie einen Putzlappen auswrang. Man hat nur sich selbst, dachte sie. Wenn es darauf ankommt, ist man ganz, ganz allein.

Sie wankte ins Badezimmer, putzte sich die Zähne und sah eine Fremde im Spiegel. Die Augen lagen tief in ihren Höhlen, erschrockenen Löchern. Das Haar stand in Strähnen vom Kopf ab, und die Haut schien mit etwas nahezu Farblosem übermalt zu sein.

In der Küche schmiegte sich Svendsen an sie, blieb ihr die ganze Zeit auf den Fersen, und sie ging in die Hocke und zog ihn an sich und spürte die Muskeln unter dem sehnigen Jagdhundkörper und seinen Willen, sie zu beschützen.

»Du weißt es, nicht?«, murmelte sie, kraulte sein Ohr und ließ ihn lecken. »Du spürst das.«

Und plötzlich, als sie dort saß, überfiel sie die Panik bei dem Gedanken, alle mit Tod und Gefahr anzustecken. Der Kopf des Hundes könnte von einer Axt gespalten werden, sodass die schönen braunen Augen ihre Kraft verloren. Bo, Rose. Ach, du meine Güte, Rose.

Sie stand abrupt auf. Sie wollte nach dem Telefon greifen und sie warnen. Aber was konnte sie sagen, das Rose nicht auf der Stelle nach Hause kommen ließ. Und das ging nicht. Sie durfte nicht hierher kommen. Sie durfte nicht merken, dass etwas nicht stimmte, denn dann wäre sie innerhalb von Sekunden hier.

»Tun, als ob nichts sei«, murmelte sie vor sich hin. Für Rose musste alles so sein wie immer, falls das möglich war.

»Mit wem sprichst du?«

Bo kam aus dem Badezimmer. Das Haar hing ihm in nassen Strähnen um den Kopf. Ihm geht es nicht anders, dachte sie und sah die dunklen Ränder unter seinen Augen und die Sorgenfalte auf der Stirn.

»Ich fahre mit dir in die Stadt«, sagte sie als Antwort. »Ich kann nicht einfach hier herumsitzen.«

»Du solltest besser hier bleiben«, antwortete er und holte Toast und steckte ihn in den Toaster. »Hier können sie besser auf dich aufpassen.«

Er nickte zum Fenster hin, und sie sah den Streifenwagen, der gerade in diesem Moment langsam vorbeifuhr, wie Wagner es versprochen hatte, einmal in der Stunde. Zu mehr reichten die Ressourcen der Polizei nicht.

»Man sollte meinen, das sei die israelische Botschaft«, murmelte sie und dachte, dass es sich natürlich gut machte, aber was sollte es bringen, wenn jemand sie wirklich umbringen wollte? Sie wollte Bo fragen, sagte aber nichts, sondern setzte Kaffeewasser auf. Sie griff nach dem Glas mit Pulverkaffee, kippte zwei Löffel in jede der beiden Tassen und wäre beinahe über Svendsen gefallen, als sie die Milch aus dem Kühlschrank holen wollte.

»Pass auf, du Hund.«

Der Ärger durchschnitt die Luft, und der Hund ließ den Unterkiefer hängen und sah sie erschrocken an. Aus unerklärlichen Gründen rutschte ihr der Milchkarton aus der Hand und landete mit einem Klatschen auf den Fliesen. Weiße Flüssigkeit ergoss sich auf den braunen Boden.

»Mist!«

»Komm. Lass mich das machen.«

Bo hob den Karton auf. Er holte einen Wischlappen und ging in die Hocke und wischte alles auf. Svendsen leckte mit.

»Nein, Svendsen. Raus!«

Sie versetzte dem Hund einen Klaps mit dem Geschirrtuch. Er heulte wie ein erschrockener Welpe und lief auf Milchpfoten hinaus und versteckte sich unter der Anrichte in der Diele. Sie wollte sich entschuldigen, aber die Panik verwandelte sich in Wut, und das Tuch erwischte Bo im Nacken.

»Du auch. Geh«, schluckte sie und hatte plötzlich ihre eigene Stimme nicht mehr unter Kontrolle, die wie eine Rakete abging. »Du bist nicht derjenige, der sterben soll. Du kannst mir ohnehin nicht helfen. Geh, geh, geh!«, rief sie rhythmisch, während das Geschirrtuch durch die Luft sauste und Bo mit dem mit Milch voll gesogenen Wischlappen am Boden hockte und abwartete.

Dann stand er auf, legte den Lappen auf den Tisch und zog sie an sich. Das Schluchzen gewann die Oberhand und schüttelte sie, während Tränen über sein Hemd strömten und sich mit seinem nassen Haar vermischten.

»Alles okay, Schatz«, murmelte er. »Okay. Okay.«

»Ist es nicht«, schniefte sie und wusste, dass es so nicht ging. Sie durfte das, was dabei war zu passieren, nicht passieren lassen, denn dann hatte er gewonnen, wer immer er war, wenn er ein Er war. Dann hatte er die Oberhand gewonnen, und das durfte sie nicht zulassen, denn dann war sie bereits tot.

Das dachte sie wieder, als sie mit Bo zur Redaktion fuhr, nachdem sie den Beamten in dem Streifenwagen Bescheid gesagt hatte. Der Schrecken war ein Teil des Spiels, und sie durfte nicht daran zerbrechen. Sie musste ihr Leben weiterleben und nicht nur das. Sie durfte nicht still sitzen wie eine Zielscheibe, die er nur niederzuschießen brauchte. Sie musste sich bewegen. Zum Gegenangriff übergehen. Sie musste der Bosheit zuvorkommen, seine Gedanken denken, bevor er sie selbst dachte, und einen Weg in dieses fremde Hirn finden, das sie auserwählt hatte.

»Ich muss mit Kaiser reden«, sagte sie, als sie am Einkaufszentrum Nord vorbeifuhren.

Bo hob fragend eine Augenbraue.

»Er kann nicht jemand anderen über den Fall berichten lassen.«

»Du kannst doch jetzt nicht weitermachen«, sagte Bo erschrocken. »Alles, was du schreibst, wird der, der die Mail geschrieben hat, genauestens lesen und interpretieren. Wenn du dich bedeckt hältst, hast du vielleicht eine Chance, dass er dich vergisst.«

»Er vergisst nicht.«

Bo sagte nichts. Es war halb neun, als sie in die Redaktion in der Frederiksgade kamen, und einem Naturgesetz zufolge dürften keine Journalisten so früh in der Arbeit sein. Trotzdem stand Cecilies kleiner Ford Ka ordentlich geparkt auf seinem Platz. Holgers Fahrrad war gegen die Wand gelehnt.

»Was machen die denn hier?«, murmelte Dicte.

»Das werden wir gleich sehen.«

Ein gemeinsames Einverständnis schien sie davon abzuhalten, auf dem Weg die Treppe hinauf weiterzureden. Dicte stieß vorsichtig die Eingangstür auf, hielt sie Bo auf und schloss sie lautlos wieder. Die Tür zu dem großen Redaktionsraum stand offen, und einen Moment blieben sie lauschend stehen. Sie hörten ein schnelles Klacken auf der Computertastatur und ein zweites, langsameres gleicher Art. Cecilies schneller Anschlag und Holgers Zweifingersystem, dachte Dicte und wusste nicht genau, warum sie eine Hand auf Bos Arm legte und ihn zurückhielt, während sie lautlos hinter Cecilies Rücken schlich.

Sie las die Überschrift auf dem Monitor, die verkündete: *Jugendliche unschuldig an Moormord.* Darunter hatte Cecilie den Namen des Verfassers angegeben. *Holger Søborg* stand da, schwarz auf weiß.

»Was zum Teufel machst du da?«

Cecilie ließ mit einem erschrockenen Aufschrei die Tastatur los. Ihre Finger machten sich an der Maus zu schaffen und konnten die Datei noch verstecken.

Dicte zeigte erst auf die Tastatur, dann auf Bo.

»Rate mal, an wessen Artikel sie gerade schreibt?«

Bo glich einem Fragezeichen. Dicte sah zu Holger hinüber, der einen schuldbewussten Eindruck machte.

»Was zum Teufel ist das für eine seltsame Verschwörung?«

Cecilie hatte inzwischen gelernt, dass Angriff die beste Verteidigung war.

»Was bildest du dir eigentlich ein? Dich hier hereinzuschleichen. Ich helfe nur beim Gegenlesen.«

»Helfe nur beim Gegenlesen«, sagte Dicte mit spöttischer Stimme. »Und wer hat gesagt, dass ihr über die Kriminalfälle berichten sollt?«

»Kaiser«, sagte Holger mutig. »Das ist lediglich zu deinem Besten, Dicte«, triumphierte Holger. »Er will nicht das Risiko eingehen, dass dir etwas passiert.«

»So, so, will er das nicht.«

Ihre ganze aufgestaute Angst schien sich in den Willen zu verwandeln, diese beiden kleinen Streber zur Schnecke zu machen, die dasaßen und am laufenden Band Artikel produzierten, um sich bei den Chefs einzuschmeicheln. Sie marschierte zu ihrem Telefon, griff nach dem Hörer und wählte die Durchwahl von Kaiser.

»Kaiser«, sagte Kaiser. Er klang morgenmuffelig.

»Hast du mich von dem Fall abgesetzt?«

»Svendsen«, sagte er überrumpelt. »Das ist doch nur zu deinem eigenen Besten, verdammt noch mal. Wir können doch nicht …«

»Was können wir nicht?«

»Öl ins Feuer schütten, wenn du verstehst. Holger schien mir am geeignetsten.«

Sie warf Cecilie einen Blick zu. Die Konsequenzen begannen ihr klar zu werden. Vielleicht ließ sich das anders regeln. Vielleicht hatte sie jetzt etwas in der Hand, etwas, woraus sie später Kapital schlagen konnte.

»Holger ist plötzlich krank geworden«, verkündete sie spontan. »Er hat hohes Fieber. Eine Grippe, glaube ich.«

»Dicte, verdammt.«

»Willst du die Artikel über den Mord, oder willst du sie nicht? Ich habe alle Notizen und Kontakt zu den Quellen.«

Eine lange Pause entstand. Dann gab er nach, wie sie erwartet hatte.

»Aber sei um Gottes willen vorsichtig und reize den Täter nicht unnötig«, stöhnte er.

»Ich werde ihn mit Samthandschuhen anfassen«, sagte sie und fügte mit einem Blick auf Holger Søborg, der jetzt sehr klein aussah, hinzu: »Und anschließend bei lebendigem Leibe häuten.«

Sie schrieb den Artikel. Sie hatte es selbst so gewollt. Anschließend rief sie Wagner an, wohl wissend, dass dieser Artikel ihre gesamten Intentionen, Rose außen vor zu halten, zunichte machte.

»Ich rufe nur an, um dir mitzuteilen, dass wir die Story morgen bringen.«

»Was macht ihr?«

»Wir veröffentlichen die E-Mail-Drohung und bringen die Story, dass es ein verrückter Mörder auf eine der Mitarbeiterinnen der Zeitung abgesehen hat.«

Er klang, als täte ihm etwas weh.

»Was tut man nicht alles, um Zeitungen zu verkaufen«, stöhnte er.

»Der Entschluss kommt von mir«, beharrte sie. »Kaiser hält nicht viel davon, um die Wahrheit zu sagen.«

Jetzt schien er total verwirrt.

»Warum? Das wird ihn doch nur provozieren.«

»Genau«, sagte sie und dachte an Cecilie. Das wird ihn reizen. Das wird ihn weiter ins Bild locken, sodass wir ihn deutlicher sehen können.

In der entstehenden Pause hörte sie Wagner mit etwas klicken, das sie für einen Kugelschreiber hielt.

»Bist du dir über die Konsequenzen im Klaren?«

Jetzt war es an ihr, zu überlegen und das zu formulieren, was ihr durch den Kopf gegangen war, seit sie Bo mit dem Geschirrtuch auf den Nacken geschlagen hatte, ohne sich bremsen zu können. Sie wusste, dass diese Handlung der Anfang einer schrittweisen Zerrüttung war, wo die Ohnmacht ihr Handlungsvermögen allmählich außer Kraft setzen und sie auf ein zitterndes Wrack reduzieren würde. Und sie wusste, dass der Absender der E-Mail ebenfalls wusste, dass ihre Panik sein Mitspieler war.

»Ich bin mir über die Konsequenzen im Klaren, wenn ich nichts tue«, sagte sie.

»Du bist eine dreiste Frau, Dicte Svendsen«, murmelte Wagner und fügte mit säuerlicher Stimme hinzu: »Man könnte versucht sein zu sagen: dummdreist.«

Es war fünf Uhr, als sie und Bo in die Einfahrt einbogen, durch die beiden riesigen Eisenpfeiler fuhren, die einmal der einzige Weg in diese Rockerfestung gewesen waren.

»Vielleicht sollte man sie wieder errichten«, murmelte sie.

»Was?«, fragte Bo.

»Die Mauer«, sagte sie, indem sie ausstieg. »Sie war gut zwei Meter hoch. Außerdem hatten sie Kameras, die das gesamte Areal abdeckten, und einen Monitor im Haus.«

»Glaubst du, das würde helfen?«

Sie sah, dass er die Frage bereute, indem er sie aussprach. Aber es war zu spät, und sie schüttelte den Kopf und ging zum Briefkasten, um ihn zu leeren.

»Es würde nicht im Geringsten helfen, selbst wenn ich mich in einen unterirdischen Bunker eingrübe.«

Sie fischte den Schlüssel heraus, öffnete den Briefkasten, stapelte die Post im Arm und hätte beinahe ihre Tasche fallen lassen.

»Komm. Gib her.«

Bo nahm die Post. Sie schlossen die Tür auf und begrüßten Svendsen, der den Milchkrieg vergessen hatte und aufrichtig erfreut wirkte, sie zu sehen.

Bo deponierte den Stapel Post auf der Anrichte. Sie griff danach, legte die Zeitung zur Seite und sah alles durch. Da waren ein Brief von der Redaktion in Kopenhagen, eine Stromrechnung und Kontoauszüge von der Bank, die sie ungeöffnet ließ. Man konnte sich auch mit schlechten Nachrichten zuschütten lassen.

Sie drehte und wendete einen gefütterten Umschlag, der einen ramponierten Eindruck machte. Er trug keinen Absender, aber ihr Name und ihre Adresse standen in deutlichen schwarzen Tuschbuchstaben darauf. Ein Gedanke begann sich zu regen, aber er erreichte erst ihr Bewusstsein, als ihr Daumen sich bereits automatisch durch das Papier und das Plastikfutter gearbeitet hatte. Sie sah in den Umschlag, und die Wände begannen auf sie zuzukommen. Sie hörte ihr eigenes Keuchen, als der Umschlag zu Boden fiel.

»Was ist?«

Bo musste sie stützen und ihr auf einen Stuhl helfen. Dann hob er den Umschlag auf, und sie hatte das Gefühl, ohnmächtig zu werden, als der Strick herausfiel und wie eine gefährliche Schlange auf dem Boden liegen blieb. Gebunden zu einem Henkersknoten.

35

In der Dämmerung draußen schneite es. Große Flocken fielen langsam aus der Wolkendecke hinunter, legten sich dämpfend auf den Hofplatz und hüllten das Auto und den Trailer in ein weißes, gespensterhaftes Kleid.

Søren war zu einem Elternabend in die Schule gefahren, und sie hatte sich ans Klavier gesetzt, um ein wenig zu üben, als sie das Auto in der Einfahrt hörte. Aus dem Fenster sah Karen, dass er dieses Mal alleine kam, und sie fragte sich, wie sie das verstehen sollte. Denn sie war sicher, dass es eine Bedeutung hatte. Alles, was die Polizei tat oder sagte, hatte eine versteckte Bedeutung. Daran musste sie sich erinnern, sagte sie sich, während John Wagner mit Schneeflocken im Haar die drei Stufen zur Eingangstür hochstieg und sie ihm aufmachte.

Aber dann vergaß sie es doch.

»Arbeiten Sie? Ich habe das Klavier gehört.«

Sein Gruß sollte entspannt klingen, aber an seiner gesamten Haltung sah sie deutlich die Anspannung, und gegen ihren Willen tat er ihr leid. Sie nickte und führte ihn ins Musikzimmer. Sie beobachtete ihn, wie er zum Klavier ging und kurz in dem Notenstapel blätterte und im Stehen einige Akkorde anschlug.

»Kommen Sie. Geben Sie mir Ihren Mantel.«

Er riss sich mit einem bleichen Lächeln los, knöpfte den Tweedmantel auf und reichte ihn ihr zusammen mit dem Schal und einem dankenden Nicken.

»Was für ein alter Klimperkasten.«

Er sagte es über die Schulter, während sie den Mantel hinausbrachte, auf einen Haken hängte und den Schal in einen Ärmel stopfte. »Sie können ihn gerne ausprobieren.«

Als sie zurückkam, hatte er sich gesetzt, und sie hörte die Töne der langsamen, introvertierten g-Moll-Fuge aus Bachs Wohltemperiertem Klavier. Verhalten am Anfang, dann immer sicherer. Klar und deutlich legte er das Thema dar, wenn es in den vier Stimmen auftauchte. Sie stand ein wenig von ihm entfernt und sah, wie das Haar sich um die Ohren legte, und die im Profil kantige Nase. Seine Schultern hatten sich gesenkt, und die Spannung in seiner Haltung schien sich aufzulösen und in Ausdruck zu verwandeln.

»Alt vielleicht, aber kein Klimperkasten«, murmelte er, als der letzte Dur-Akkord im Raum verklungen war.

»Nicht, wenn man weiß, was man tut. Haben Sie selbst kein Klavier?«

Sie fragte, weil er ungeübt klang. Weil seine Finger über ein Können verfügten, das nicht gepflegt wurde, und sie dachte, dass das eine Schande war.

Er drehte sich um, blieb aber auf dem Klavierstuhl sitzen.

»Wir haben meiner Tochter eins gekauft.«

»Dann können Sie doch darauf spielen?«

»Sie wohnt in Kopenhagen. Ich sehe sie nicht oft.«

Letzteres klang leicht resigniert, und sie ahnte ein Bedauern, als er schnell das Thema wechselte.

»Ich gehe davon aus, dass Sie von der Drohung gegen Dicte Svendsen gehört haben. Es steht auch in der Zeitung.«

Es war mehr eine Feststellung als eine Frage. Sie wusste nicht genau, warum sie sich schuldig fühlte, aber sie tat es.

Er begegnete ihrem Blick.

»Wie alt ist der Hof eigentlich?«

Sie blinzelte, verwirrt über den erneuten Themenwechsel.

»Er ist von 1835«, stammelte sie.

»Und was hat er für eine Geschichte?«

»Die kurze oder die lange Version?«

Er antwortete nicht direkt, sondern drehte sich noch einmal auf dem Stuhl herum, sodass er aus dem Fenster über die abgebrannten Stallungen sehen konnte.

»Die sind von 1877«, sagte sie und nickte in dieselbe Richtung. »Das Wohnhaus wurde abgerissen und 1911 von meinem Urgroßvater wieder aufgebaut.«

Er drehte sich zu ihr um.

»Dann ist der Hof seitdem in Familienbesitz?«

Sie nickte. Hin und wieder konnte sie die Geschichte nahezu spüren; die Anwesenheit früherer Generationen, ihre Sorgen und Freuden, Geburten, Hochzeiten und Beerdigungen.

»Er muss Ihnen viel bedeuten«, stellte er fest, und sie dachte, dass er es nur wissen sollte. Der Hof sei ein Fluch, hatte sie oft zu Søren gesagt, aber da war diese Verbundenheit; das Gefühl, eine Fackel weiterzutragen, solange sie das konnte.

Als sie nichts sagte, stand er auf, wanderte ein wenig im Zimmer herum und sah sich die alten Fotos an, die sie auf das Musikzimmer begrenzt hatte, um nicht zu sehr den Eindruck entstehen zu lassen, in einem Museum zu wohnen.

»Herbst«, murmelte er und starrte die alten, grobkörnigen Fotos an. »Pflügen. Und was ist das?«

Er nickte zu einem Bild in der Ecke hinüber.

»Torfstechen im Moor«, antwortete sie. »Zu jedem Kataster in Kasted gehörte ein Stück Moor, aus dem Heizmaterial geholt wurde. Das Torfstechen wurde während des Krieges wieder aufgenommen, als es an Brennstoff fehlte.«

Wagner starrte das Foto lange an, als könnte es alle seine Fragen beantworten. Dann hörte sie ein deutliches Seufzen, und er ging wieder zu dem Klavierstuhl, wo er ein wenig in ihren Noten blätterte.

»Stört es Sie, dass ich gucke? Es ist lange her, dass ich zu so etwas Zeit gehabt habe.«

Sie wollte sagen, dass man vielleicht noch ein wenig damit warten sollte, sich Zeit zu nehmen, wenn man zwei Morde und eine Morddrohung aufzuklären hatte. Aber er hatte etwas an sich, das sie nur auffordernd nicken ließ. Deshalb setzte sie sich und wartete, während er sich vorfühlte und sich schließlich für eine weitere Bach-Fuge entschied. Ihr fiel auf, dass er extrem gut darin war, die Stimmen auseinander zu halten und jeder ihre eigene Identität zu verleihen, und sie kam zu dem Schluss, dass er ein tüchtiger Polizeibeamter sein musste, denn das dürfte auch bei einem Mord wichtig sein. Die vielen Informationen und Zeugenaussagen gegeneinander abzuwägen und sich mit verschiedenen Kombinationen vorzufühlen.

»Sie haben demnach Ihr ganzes Leben auf dem Hof gewohnt?«, fragte er, als er zu Ende gespielt hatte.

»Bis ich dreiundzwanzig war. Und dann wieder, als Vater krank wurde und nicht mehr alleine zurechtkam. Søren und ich haben unser Haus in Hasle verkauft und sind hierher gezogen.«

Er stand wieder auf und sah sich die alten Fotos an.

»Ungewöhnlich heute«, murmelte er. »Nicht viele erwachsene Kinder sind bereit, ihr eigenes Leben aufzugeben, um ihre Eltern zu pflegen.«

Sie seufzte. Wie sollte sie ihm das Pflichtgefühl erklären, das immer da gewesen war, zusammen mit der Sehnsucht nach einer Familie, die sie vielleicht nie haben würde und nie richtig gehabt hatte.

»Ich habe selbst keine Kinder«, begnügte sie sich zu sagen. »Inger hatte damals mit Mann und Kind und Job genug zu tun. Und Søren bekam endlich seine Pferde«, fügte sie hinzu.

Er sah aus, als wollte er noch bleiben.

»Ich kann einen Kaffee machen«, schlug sie vor, und er nickte dankbar.

»Das wäre schön.«

Er spielte, während sie in der Küche die Kaffeemaschine einschaltete und die Dose mit den Keksen hervorholte. In der Pause fragte sie sich, wie sie eine Balance finden konnte zwischen Erzählen und Verschweigen. War das richtig, dass die ganze Familie und ihr Hintergrund in einem Mordfall umgekrempelt wurde?

»Erzählen Sie mir etwas über Ihre Kindheit. Über Ihre und Ingers«, sagte er, als sie beim Kaffee saßen.

Sie überlegte, wie sie anfangen sollte. Keine Lügen, dachte sie. Sie wollte sich dicht an der Wahrheit halten.

»Wir haben immer mitgeholfen, seit wir klein waren«, sagte sie schließlich. »Inger war fünf Jahre jünger als ich, sodass meistens ich dran war. Es gab immer genug zu tun.«

»Ihr Vater lebt noch, haben Sie einmal gesagt. Erzählen Sie mir etwas über Ihre Eltern.«

Sie wollte still sitzen bleiben, ganz neutral. Sie wollte sagen, dass da nicht viel zu erzählen sei. Aber der Stuhlsitz schien unter ihr zu glühen, und sie musste die ganze Zeit die Stellung wechseln, um sich nicht zu verbrennen.

»Da gibt es nicht viel zu erzählen«, hörte sie sich sagen und dachte an den Mann im Pflegeheim und erinnerte sich an die Hand, die nach ihr gegriffen hatte. Die Hand, die sie immer gefürchtet hatte und die sie selbst jetzt so deutlich vor sich sah, mit den Leberflecken und den deutlich hervortretenden Adern und den langen, starken Fingern.

»Hatten Sie eine glückliche Kindheit?«

Die Stimme war plötzlich sanft. Zu ihrem Schrecken merkte sie, wie ihr Tränen in die Augen stiegen und drohten, über ihre Wangen zu laufen. Sie musste weggucken, zu dem Klavier, wo er die Bach-Fuge aufgeschlagen hatte. Sie könnte so viel erzählen. Jetzt hatte sie die Wahl. Sie könnte ihm erzählen, wie alles gewesen war, aber etwas hielt sie zurück, und sie wusste, dass es mit ihrer Erziehung zu tun hatte, wie immer. Über einen Abstand von mehreren Jahrzehnten hörte sie noch immer die Stimme ihrer Mutter: »Man hängt seine dreckige Wäsche nicht öffentlich auf.«

»Natürlich«, kam die Antwort ganz automatisch, aber dann begegnete sie seinem Blick und wusste, dass das eine zu große Umgehung der Wahrheit war.

»Nein«, berichtigte sie sich und fügte in einem ganzen Satz, als wäre sie in einem Sprachkurs, hinzu: »Nein, es war keine glückliche Kindheit.«

Und als er sie weiter fragend ansah, glitt ihr Blick über die Fuge, und bevor die Stimme ihrer Mutter sie wieder stoppen konnte, fuhr sie fort: »Wir bekamen Prügel. Fast jeden Tag.«

36

Dicte wollte nur schlafen; auf einer Wolke hinweggleiten und alles vergessen. Doch stattdessen lag sie stundenlang wach, während in der Nacht die Schatten lauerten und zu sonderbaren Gestalten wurden, die drohten hervorzuspringen und sie zu zermalmen.

Sie lauschte Bos regelmäßigem Atem und beneidete ihn so sehr, dass sie am Ende Lust hatte, ihn wachzurütteln und die Angst in ihm heraufzubeschwören, so wie sie sich in ihr festgesetzt hatte. Chronisch geworden war, wie es schien.

Sie saß ganz oben im Hals auf der Lauer und schüttete jedes Mal Kaskaden von Adrenalin aus, wenn ihre Sinne etwas sahen oder hörten oder fühlten, das anders war, als sie es in Erinnerung hatte. Das Trimmgerät in der Ecke wurde zu einem verkrüppelten Streichholzmännchen mit ausgestreckten Armen; der Kissenstapel in dem alten Lederstuhl zu einem übergewichtigen Verrückten, der nur darauf wartete, dass sie einschlief; das konstante Knirschen des alten Holzes zu den schweren Schritten eines Fremden auf der Treppe.

Es half nur wenig, dass Bo da war. Zwischenzeitlich wünschte sie ihn ganz weg, wünschte, sein Schuldgefühl ausradieren und ihm sagen zu können, dass sie alleine zurechtkam. Aber sie wusste, dass sie das nicht tat. So musste es sich anfühlen, blind oder von Gicht gelähmt und gezwungen zu sein, die Verantwortung anderen zu überlassen, die sich ihrerseits gezwungen fühlten, diese Verantwortung zu übernehmen. Eltern, Ehepartner, Freunde, Kinder. Die Welt war voller verzweifelter Abhängigkeitsverhältnisse, voller Menschen, die sich in Wirklichkeit vielleicht hassten, weil der eine den anderen mehr brauchte als der andere.

Sie warf die Bettdecke zur Seite. Sie brauchte Licht, wollte es aber trotzdem nicht anmachen und Bo wecken und seinem resignierten Blick begegnen, während er sich und sie ein weiteres Mal anlog und beteuerte, dass es sein größter Wunsch sei, hier zu sein und auf sie aufzupassen.

Sie sah auf den Wecker. Es war zwei Uhr nachts. Ungeduldig holte sie ihre Jogginghose und ein Sweatshirt heraus und nahm beides mit nach unten, wo sie in der Küche Licht machte. Sie wollte wachen, dachte sie. Sie wollte mit einer Tasse warmen Kaffees hier sitzen und nachdenken und über zwei Leben wachen, die vergeudet waren.

Sie versuchte, sich lautlos zu bewegen. Goss Wasser in den Kessel und nahm einen Becher aus dem einen Schrank und Kaffee aus einem anderen. Aber alle Geräusche schienen verstärkt zu werden, und in ihrem Kopf schien ein ganzes Sinfonieorchester zu dröhnen. Sie war sicher, dass Bo bald aufwachen und sich – verschlafen und leicht irritiert – verpflichtet fühlen würde, mit ihr hier zu sitzen und zu warten, bis der Tag anbrach.

Aber sie wollte seine Gesellschaft nicht, wollte überhaupt keine Gesellschaft, was das anging. Das dachte sie, während sie ein Stück Brot toastete und der Toaster das Brot mit einem Klack in einem hohen Bogen auf den Tisch spuckte. Sie konnte sich ruhig daran gewöhnen, alleine zu sein. Sich selbst zu helfen. Letzten Endes war das das Einzige, das sie retten konnte, denn wenn sie alles den anderen überließ, protestierte ihr Instinkt und schrie, dass sie dann zum Tode verurteilt war.

Sie nahm Käsebrot und Kaffee mit ins Wohnzimmer. Svendsen tauchte verschlafen aus seinem Korb in der Diele auf und meinte höflich, er müsse ihr Gesellschaft leisten.

»Geh«, überredete sie ihn. »Geh schlafen.«

Aber er legte sich ihr treu zu Füßen, wo er im Laufe von

zehn Sekunden einschlief. Sie ertappte sich dabei, neidisch auf den Hund zu sein, weil »Ruhe« und »Schlaf« im Laufe von vierundzwanzig Stunden zu Fremdwörtern für sie geworden waren.

Stattdessen trank sie den Kaffee und spürte, wie ihr Kopf nachtklar und scharfsichtig wurde und ihr Körper sich anspannte, bereit zu Selbstverteidigung oder Flucht oder beidem. Sie versuchte zu analysieren, sich die Ereignisse des Tages ins Gedächtnis zu rufen und nüchtern anzusehen.

Gegen acht war Wagner gekommen, allein. Vorher waren natürlich andere da gewesen; Mitarbeiter der technischen Abteilung, die den Strick abholen sollten; Jan Hansen, um sie zu verhören und zu Hause einen Bericht zu schreiben, der daliegen und Staub ansammeln würde, während der Täter sich weiter im Århus-Gebiet verlustierte. So, fürchtete sie, würde es laufen, vor allem wenn sie die anderen die Arbeit für sich machen ließ. Außerdem hatte sie es teilweise selbst verschuldet. Sie hatte darauf bestanden, den Artikel zu veröffentlichen und den Lesern von den Drohungen zu erzählen, und bald würde auch Rose zu Hause auftauchen, da sie natürlich angerufen hatte und total aufgelöst gewesen war. Es hatte keiner kleinen Kraftanstrengung bedurft, sie zu überreden, nicht zu kommen.

Sie trank erneut von dem Kaffee und biss in den Toast. Sie hätte es bereuen können, und irgendwie tat sie das wohl auch. Aber in ihrem tiefsten Inneren wusste sie, dass es das einzig Richtige gewesen war. Irgendwo da draußen lief ein Mensch herum, der ihr Übles wollte, und dieser Mensch musste ausgeräuchert werden; mit so vielen Informationen und Fehlinformationen über seine Person bombardiert werden, dass er oder sie gezwungen war, aus dem Dunkel zu treten und zu zeigen, was richtig und was falsch war.

»Irgendwie so«, murmelte sie und kraulte Svendsen hinter dem Ohr und zwang sich zu essen, weil sie den ganzen Tag keinen Bissen hinunterbekommen hatte. »Klingt das nicht einfach?«

Da war Wagner anderer Meinung gewesen.

»Du machst alles nur noch schwerer, sowohl für uns als auch für dich.«

Er war nicht zum ersten Mal in ihrem Haus, und auch die anderen Male war er rastlos hin und her gewandert, hatte sich angesehen, was an den Wänden hing. Einige abstrakte Malereien aus den Jahren mit Torsten und seinem intellektuellen Geschmack sowie ein paar Kohleskizzen von Aktmodellen, die sie selbst einmal einem bedürftig erscheinenden jungen Künstler abgekauft hatte. Wagners Interesse für den Geschmack anderer Leute war eine Berufskrankheit, nahm sie an. Man erfuhr viel über andere Menschen, wenn man sah, was sie sich an die Wände hängten.

Während er seine Kunstbesichtigungsrunde im Wohnzimmer drehte, hatte sie sich an die wenigen Abende mit ihm und Ida Marie und anderen guten Freunden erinnert. Abendessen bei Wein und entspannten Gesprächen. In einer anderen Welt, in einer anderen Zeit.

»Was habt ihr?«, hatte sie gefragt und ihm mit einer Handbewegung zu verstehen gegeben, dass er sich hinsetzen sollte, statt sie mit seinem Wandern noch nervöser zu machen.

Er nahm sich einen Stuhl und setzte sich auf die Kante und kam einigermaßen zur Ruhe, während Bo die Gelegenheit nutzte, außerhalb ihrer Reichweite zu flüchten und einen Spaziergang mit dem Hund zu machen.

»Wir haben das Auto. Es gehört der Stadtverwaltung Århus und ist einen Tag, bevor Ingers Leiche gefunden wurde, als gestohlen gemeldet worden«, sagte er, und sie konnte hören, dass er sich wirklich Mühe gab, aufmunternd zu klingen. »Es ist vor kurzem auf einem Rastplatz in Vejle gefunden worden.«

»Woher wisst ihr, dass es das richtige ist?«

Sie sah sein Zögern.

»Oder darfst du dazu nichts sagen?«

Er zuckte leicht mit den Schultern.

»Doch, doch, das kann bestimmt nicht schaden. Vielleicht ganz im Gegenteil.«

Trotzdem dauerte es eine Weile, bis er wieder etwas sagte.

»Auf Ingers Sachen wurden zwei weiße Haare gefunden«, kam es dann. »Ein Morphologe hat festgestellt, dass sie von weißen Mäusen stammen.«

Sie wusste, was jetzt kommen würde. Sie zog die Brauen hoch zu einer Frage, sagte aber nichts.

»Wir haben das Auto heute abgeholt, und die Techniker haben auch darin drei weiße Haare gefunden. Sie scheinen ebenfalls von Mäusen zu stammen.«

»Äxte und Stricke und weiße Mäuse«, sagte sie laut. »Hilft euch das weiter? Was ist mit Lise? Habt ihr eine Spur von ihr? Habt ihr mit dem Guru im Gefängnis gesprochen und mit den anderen Sektenmitgliedern? Habt ihr?«

Sie hörte ihre eigene raue Stimme, müde von Weinen und Vorwürfen, aber sie konnte nicht aufhören. »Habt ihr überhaupt ansatzweise etwas in der Hand, dem ihr nachgehen könnt, etwas anderes als eure Nasen?«

Bei einer anderen und fröhlicheren Gelegenheit hätte er vielleicht die Nase der Polizei für Morde verteidigt, aber er sagte nichts. Stattdessen sah er sie hilflos an, und sie wusste, dass er ihr die Angst nehmen wollte, es aber nicht konnte.

»Wir haben uns gedacht, dich mit einer Alarmanlage auszustatten«, sagte er.

»Mit einer Alarmanlage? Mit so einer, die alte Damen bekommen, und die dann, wenn sie endlich einmal gebraucht wird, nicht richtig funktioniert, sodass sie erst einmal acht Stunden daliegen und später an Lungenentzündung sterben?«

Er berichtigte sie.

»Mit so einer, mit der wir Frauen ausstatten, denen Gewalt seitens ihrer Männer droht.«

»Egal. Das Resultat ist das Gleiche«, sagte sie. »Wahrscheinlich ist es passiert, bevor ihr da seid.«

»Das ist immerhin besser als nichts. Außerdem ist da noch

der Streifenwagen«, sagte er hoffnungsvoll. »Ich würde das Angebot annehmen.«

Sie überlegte, aber nur kurz.

»Nein, danke. Ich komme zurecht.«

Sie schob den Teller mit dem Brot zur Seite, obwohl sie nicht einmal die Hälfte gegessen hatte. Sie zog die Beine unter sich auf das Sofa und starrte durch das Fenster in die Nacht hinaus, wo ein bleicher Mond und der Schnee, der liegen geblieben war, wie Silber glänzten. Sie hatte zu Wagner gesagt, dass sie schon überleben werde und dass er sich keine Sorgen machen solle. Sie hatte ihm in die Augen gesehen und beteuert, dass sie keine Hilfe brauche, wenn diese in Form einer unbrauchbaren Alarmanlage bestand, die sie sich um den Hals hängen sollte.

»Das endet nur damit, dass er mich damit erwürgt«, hatte sie gesagt und sofort gewusst, dass genau das nicht passieren würde. Denn ihr Tod war bereits geplant, und zu der Planung gehörten ein Strick und eine Axt und kein blöder Seniorenalarm.

Sie werde zurechtkommen, hatte sie gesagt, weil ihr der Gedanke, von der Hilfe anderer abhängig zu sein, so fremd war. Doch falls sie sich zu dem Zeitpunkt sicher gefühlt hatte, tat sie das jetzt nicht mehr, wo die Nacht von draußen zu ihr hereinkroch und die Schatten der Bäume in der Dunkelheit Gestalt annahmen.

Sie stand auf und zog die Gardinen ganz zu. Sie setzte sich steif in den Lehnstuhl, weil das Sofa zu weich war und sie nicht einschlafen durfte, sondern wachsam sein musste, damit ihr kein Laut entging, kein Anzeichen der Gegenwart eines Fremden.

Aber ihr Körper begann trotzdem, sich zu entspannen, ohne dass sie etwas dagegen tun konnte. Das konstante Summen des Blutes in ihrem Kopf wurde leiser, und ihre Gedanken wanderten zu Orten, an denen sie sie nicht steuern konnte, und zu Bildern und farblosen Wellen wurden, die ganz ruhig in ihr schwappten.

Gegen ihren Willen schloss sie die Augen. Nur ein wenig, dachte sie. Nur ein wenig ausruhen und Kräfte sammeln.

Sie glitt in das Dunkel und ließ die Angst los. Sie wollte nach ihr greifen, sie an sich ziehen wie einen Schutz, aber sie entglitt ihr, und etwas in ihr schien sich zu lockern.

Das Geräusch drang nur langsam zu ihr durch. Entfernt nahm sie den kleinen metallischen Klick einer Klinke wahr, gefolgt von dem Luftzug von einer Tür, die geschlossen wurde.

Dicte kämpfte, um wach zu werden. Irgendwo wusste sie, dass der Moment gekommen war und dass sie bereit sein musste. Sie spürte einen anderen Menschen im Zimmer; den Atem, die Haut, die Wärme abgab; vorsichtige Schritte auf dem Boden.

Ihre Augen öffneten sich dem schwarzen Dunkel. Sie wollte schreien. Wollte nach einer Waffe greifen. Jetzt sah sie die Gestalt draußen in der Diele, vermummt wie mit einem Umhang. Nur eine Kontur, eine schwarze Nuance gegen eine andere. Ihre Hände suchten nach etwas, womit sie sich verteidigen könnte, fanden aber nichts. Flüchtig wurde ihr klar, wie hilflos sie war.

Jetzt kam die Gestalt näher. Dicte kroch in dem Stuhl zusammen. Wollte zumindest schreien, aber der Schrei blieb ihr im Hals stecken.

Und dann war da plötzlich ein lautes Poltern von Eisen, das auf Eisen traf, und der Lärm schien ihre Stimme frei zu machen, und sie hörte ihren Schrei und spürte den Körper, der wie eine Feder von dem Stuhl aufsprang, und das Weinen und die Kräfte und ihre geballten Fäuste, die auf die schwarze Gestalt einschlugen.

»Mama! Hör auf, Mama!«

Aber sie konnte nicht. Sie schlug einfach zu, während der Laut aus ihrer Kehle zu einem Schluchzen wurde. Und dann sank sie in sich zusammen, auf das kalte Eisen der harten Eisenplatte des Kaminofens und stieß sich das Knie an Feuerhaken und Schaufel, die Rose von dem Stativ gestoßen hatte.

Sie hörte Bos schnelle Schritte, wie er auf bloßen Füßen die Treppe herunterkam, und spürte den Unterschied zwischen ihrem eigenen angespannten Körper und Roses sanfter Berührung, als ihre Tochter sie in die Arme nahm.

37

Wir haben zwei Geständnisse.«

Wagner hob eine Augenbraue. Eriksen trommelte mit den Fingern auf den Tisch. Rhythmisch, als ginge ihm eine bestimmte Melodie durch den Kopf, wahrscheinlich ein alter Schlager, dachte Wagner und fragte sich, wie man es schaffte, Lieder zu festlichen Anlässen zu schreiben und Morde aufzuklären.

»Falsche natürlich«, fügte Eriksen hinzu. »Bei dem einen handelt es sich um einen achtundsiebzigjährigen Rentner, der glaubt, in einem früheren Leben Jack the Ripper gewesen zu sein. Bei dem anderen um eine junge Frau, die die Mordwaffen in einer Einkaufstüte mit sich herumtrug.«

»Und was?«, fragte Ivar K und streckte unter dem Tisch die Beine aus, sodass er weiter auf seinem Stuhl nach vorne rutschte. »Zwei Meter Zahnseide und eine Nagelschere?«

»Etwas in der Richtung«, sagte Eriksen. »Ein Paar Nylonstrümpfe und einen Hammer, wie man ihn für fünfzehn Kronen im Baumarkt kaufen kann. Sie hat früher einmal Psychologie studiert und meint, alles verdrängt zu haben.«

»Ich würde das auch verdrängen wollen, wenn ich einmal Psychologie studiert hätte«, murmelte Ivar K und gähnte offen.

»Die Morde«, präzisierte Eriksen. »Nicht das Studium.«

»Schlecht recherchiert«, meinte Arne Petersen. »Sie hätte zumindest Zeitung lesen und sich über die Vorgehensweise des Mörders informieren können.«

Wagner seufzte und schickte die Thermoskanne weiter. Das war einer der Nachteile, wenn ein Fall so öffentlich wurde. Im Kielwasser der Zeitungsartikel gab es immer falsche Geständnisse, und es erforderte Zeit und Personal, ihnen nachzugehen und die Leute davon zu überzeugen, dass sie keine Mörder waren.

»Gibt es sonst noch etwas? Was ist mit der Suche nach Lise? Hat die Meldung im Fernsehen etwas gebracht?«

Seitdem Esther Rantzen tot aufgefunden worden war, hatten sie das Fernsehen in den Fall eingeschaltet. Nicht, dass er das gerne tat. Es erinnerte ihn etwas zu sehr an eine Hexenjagd, und außerdem riskierten sie, mit Hinweisen überschwemmt zu werden, die zu sortieren Ewigkeiten dauerte.

Eriksen verdrehte vielsagend die Augen.

»Massen von Hinweisen. Mehrere Zeugen haben sie gleichzeitig auf Fünen und Seeland gesehen, in Samsø und in Lystrup. Sie muss viel zu tun gehabt haben.«

»In Lystrup?«, fragte Wagner, vor allem weil seine jüngste Schwester dort wohnte.

»Ein Zeuge hat sie an einem Kiosk gesehen, wo sie Zigaretten gekauft haben soll«, sagte Eriksen verärgert. Wagner konnte nicht richtig ausmachen, ob es der Kauf war, der ihn ärgerte, weil Eriksen ein bekehrter Raucher war, oder die Unwahrscheinlichkeit, dass das junge Mädchen Lise war.

»Welche Marke?«

Eriksen wühlte in seinen Notizen. Wagner fiel auf, dass seine Ohren knallrot wurden.

»Prince«, sagte er dann. »Zwei Packungen.«

Hansen warf den Kopf in den Nacken und studierte die Decke.

»Prince«, wiederholte er angewidert. »Wer zum Teufel raucht so etwas?«

»Wissen wir, ob Lise raucht?«, fragte Wagner.

Eriksen wurde noch röter. Er schüttelte den Kopf und kam glücklicherweise selbst mit dem Vorschlag.

»Ich rufe Karen Graugaard an.«

Wagner nickte dankbar. Eriksen war hin und wieder ein bisschen träge, wie ein gebrauchtes Messer. Aber der gute Wille war da.

Hansen räusperte sich.

»Die technische Abteilung hat einen Computerfachmann hinzugezogen, und der hat die E-Mail zu einem Internetcafé in der Innenstadt zurückverfolgt. Es heißt ›Gate 78‹.«

Wagner sah über die morgendliche Versammlung. Der Jüngste des Teams, der frisch verheiratete Kristian Hvidt, hob einen Arm.

»Ich kann dort vorbeischauen. Vielleicht hat einer der Angestellten etwas bemerkt.«

»Wie zum Beispiel eine Person, die hereinkommt, um ins Internet zu gehen?«, kommentierte Ivar K säuerlich.

Auch Kristian Hvidt wurde rot, und Wagner warf Ivar K einen warnenden Blick zu.

»Es wäre unverantwortlich, niemanden dorthin zu schicken«, meinte Hansen. »Wir sollten uns auch die Angestellten einmal ansehen. Sie haben doch wohl zuallererst die Möglichkeit, die Computer zu benutzen.«

»Was ist mit den Mäusen?«, fragte Arne Petersen nach einer Pause, in der niemand etwas gesagt hatte.

»Den Mäusen?« Wagners Gedanken waren auf Abwege geraten. Für den Bruchteil einer Sekunde waren sie nach Hause nach Viby geflogen, zu Ida Marie und seiner eigenen Handlungsunfähigkeit, wenn sie versuchte, eine klare Antwort von ihm zu bekommen. Ihm wurde ganz schwindelig. In der Arbeit war sein Tag vom Tod geprägt, und zu Hause sollte er dazu Stellung nehmen, ein neues Leben in die Welt zu setzen.

»Die weißen Mäuse«, führte Petersen aus. »Wo sollen wir nach einem Zusammenhang suchen?«

Wagner griff nach dem Mineralwasserglas. Er fühlte sich total leer. Als hätte jemand seine Gedanken und Ideen gestohlen. Das Schwindelgefühl wurde seltsam aufdringlich. Er fühlte den fast unbezwingbaren Drang, in sich zusammenzusacken, den Kopf auf die Arme zu legen und die Welt sich selbst zu überlassen.

Hansen rettete ihn schließlich.

»Was ist mit den Versuchslaboratorien? Vielleicht an der Universität? In der Biologie zum Beispiel?«

Wagner nickte mechanisch.

»Das klingt nach einer Möglichkeit.«

Sie verteilten die Aufgaben, und er stand allzu schnell auf, sodass er sich am Stuhlrücken festhalten musste.

»Du sieht bleich aus«, sagte Hansen leise. »Hast du überhaupt gefrühstückt?«

Wagner kramte in seinem Gedächtnis, das ihm wie ein Sieb mit sehr großen Löchern vorkam.

»Ich habe einen Kaffee getrunken«, sagte er dann. »Nur einen Kaffee.«

»Und gestern Abend?«, wollte Hansen wissen. »Krustentiere? Ein Omelett?«

»Plätzchen«, sagte Wagner, was auch stimmte und ihn an den Besuch bei Karen Graugaard erinnerte. Als er nach Hause gekommen war, war er so müde gewesen, dass er vergessen hatte zu essen. Ida Marie hatte die Kinder zu einem Besuch bei ihrer Mutter mitgenommen, und er hatte alleine dagesessen und eine CD gehört und ein Bier getrunken.

Hansen sah ehrlich besorgt aus.

»Vielleicht solltest du dir gleich ein Brötchen aus der Kantine holen.«

Wagner schüttelte den Kopf, trank von seinem Wasser und besänftigte damit kurz das, von dem er jetzt wusste, dass es ein großes Loch in seinem Magen war.

»Ich kann unterwegs etwas essen.«

»Unterwegs wohin?«

»Nach Egå. Wir sehen uns Lises früheres Zuhause an.«

»Eriksen und Petersen waren erst kürzlich da«, sagte Hansen mit gedämpfter Stimme, als erzählte er einen gewagten Witz. »Drei Pädagogen und zwei Bewohner, und keiner von ihnen hatte uns etwas zu erzählen.«

Wagner spürte, wie ihn das Wasser ein wenig erfrischte und den Schwindel vertrieb.

»Ihnen«, berichtigte er, nahm seine Jacke von der Stuhllehne und zog sie an. »Sie hatten ihnen nichts zu erzählen und nicht zum damaligen Zeitpunkt.«

Das rot angestrichene Ferienhaus lag weit vom Strand zurückgezogen. Es war eines der Angebote der Gemeinde an Jugendliche mit Problemen. In dem Haus wohnten drei Pädagogen, die zwei Mädchen von fünfzehn beziehungsweise sechzehn Jahren betreuten. Wagners Informationen zufolge war die eine Mitglied einer gewalttätigen Mädchengang gewesen und hatte mitgemacht, einen Klassenkameraden zu überfallen, der mit einem Knochenbruch in der einen Augenhöhle, einer gebrochenen Nase, einem perforierten Trommelfell und punktförmigen Blutergüssen in beiden Augen auf die Unfallstation gebracht worden war. Das andere Mädchen hatte Drogenprobleme und ein schwieriges Verhältnis zu dem Begriff »Eigentumsrecht«. Sie war zehnmal beim Diebstahl von Markenklamotten in diversen Boutiquen in Århus erwischt worden und hatte ihren Klassenlehrer überfallen, nachdem der sie mit ihrer Schwänzerei konfrontiert hatte.

Bis vor kurzem war Lise die dritte junge Bewohnerin des Hauses gewesen, und Wagner fragte sich, wie es ihr gegangen sein mochte in der Gesellschaft der beiden gleichaltrigen Mädchen, die eine ausgesprochene Tendenz zur Gewalttätigkeit hatten, und der drei Pädagogen, die Lise davon hatten abhalten sollen, ihren Freund im Gefängnis zu besuchen. Schlecht, schätzte er, als sie im Schneematsch vor dem Haus parkten und die Rauchsäule aus dem Schornstein himmelwärts steigen sahen. Es gab vielleicht mehr als einen Grund, warum sie abgehauen war.

Sie hatten vorher nicht angerufen, und die Pädagogen waren sichtlich irritiert.

»Wir hätten doch gern die Möglichkeit gehabt, uns vorzubereiten«, sagte eine kräftige Frau, die sie hereinließ. Sie hatte dickes helles Haar und stark geschminkte Augen.

Wagner und Hansen nickten nur und gingen an ihr vorbei ins Wohnzimmer, wo vier Frauen um einen Esstisch saßen und Karten spielten. Bis auf eine waren sie alle dünn und strubbelig, trugen Jeans und kurze Pullover, die den Bauch freiließen, und hatten Piercings in Nase, Lippen und Augenbrauen. Es war kaum auszumachen, wer die Pädagogen und wer die Betreuten waren, dachte er.

»Sie waren doch schon mal hier.«

Wieder war die dicke Pädagogin die Wortführerin. Die anderen nickten sich zu und spielten weiter.

»Wir ermitteln in zwei sehr grausamen Mordfällen«, sagte Wagner kurz angebunden.

»Da können mehrere Gespräche mit denselben Personen nötig sein«, fuhr Hansen etwas milder fort.

Wagner zog einen Stuhl vor und setzte sich unaufgefordert an den Tisch. Hansen ging im Wohnzimmer auf und ab.

»Wir suchen nach Lise«, begann Wagner. »Wir wissen, dass Sie uns nicht sagen können, wo sie sich aufhält. Aber vielleicht können Sie uns etwas anderes erzählen.«

Er richtete den Blick auf die Frau, die er für eine der Pädagoginnen hielt, eine junge Frau mit eingefallenen Wangen und sehr blauen Augen im Kontrast zu der solariumbraunen Haut.

»Wie war Lises Gemütszustand, bevor sie verschwand? War sie wütend? Aufgewühlt? Wovon hat sie gesprochen?«

Die Pädagogin sortierte ein paar Karten in dem Blatt um, das sie in der Hand hielt.

»Lise hat nie viel gesagt«, erklärte sie und warf den beiden Mädchen ihr gegenüber einen wissenden Blick zu. »Nicht wie die beiden Frauenspersonen hier. Die plappern die ganze Zeit von Freunden und davon abzuhauen.«

Die Mädchen kicherten, aber Wagner bildete sich ein, die Härte in ihren mit Kajalstift umrandeten Augen zu sehen, und war traurig. Er würde sich wohl nie an Frauen als Gewaltverbrecherinnen gewöhnen und fragte sich kurz, ob diese Tatsache ihn zu einem schlechten Polizisten machte. Wenn junge Mädchen einander die Nase und die Augenhöhlen brechen konnten, konnten sie natürlich auch töten.

»Ein stilles Wasser«, sagte er. »Meinen Sie das?«

Die Pädagogin zuckte mit den Schultern.

»Man kam ihr nur schwer nahe. Sie hat eigentlich nie viel gesagt.«

»Was meint ihr?« Wagner sah die beiden jungen Mädchen an, die Jan Hansen mit offenkundiger Bewunderung anglotzten. Sie zuckten beide mit den Schultern, sagten aber nichts.

»Die meinen nichts«, sagte die dicke Pädagogin und folgte den Blicken der Mädchen. »Jedenfalls nicht zu Lise. Die war was für Fortgeschrittene.«

Jan Hansen setzte sich endlich, sodass der Stuhl unter den Muskeln knackte. Die Stimmung um den Tisch schien sich schlagartig zu ändern. Das eine der beiden Mädchen warf kokett den Kopf zurück, dass das Haar um ihren Kopf flog. Die andere verbarg ein Kichern hinter ihrem Blatt.

»Spielen Sie Canasta?«, fragte sie Jan Hansen und richtete ein Paar fast unschuldiger blauer Augen auf ihn.

»Okay, spielen wir ein Spielchen«, bot Hansen generös an. »Wer gibt?«

Hin und wieder musste man einsehen, dass man überflüssig war.

Wagner stand auf und machte einen Spaziergang. Ein kalter Wind fegte durch die vernachlässigten Ferienhausgärten mit den zugefrorenen Pfützen und den Haufen alter, verwelkter Blätter, die in die Ecken geweht worden waren. Er zog den Mantelkragen hoch und atmete das Meer ein, das so nahe war, dass er das Salz fast auf seinen Lippen schmecken konnte. Er dachte an Dicte Svendsen, die nichts von der Alarmanlage hatte wissen wollen, sondern offen und ehrlich gegen die Drohung ankämpfen wollte, von der sie nicht ahnte, woher sie kam. Und er fragte sich, wie er selbst mit so einer Drohung umginge, und kam zu dem Schluss, dass er genauso reagieren würde. Besser die Initiative ergreifen als still dasitzen und warten. Vielleicht würde jeder instinktiv so reagieren, dachte er. Vielleicht würden die meisten es vorziehen, etwas an ihrer Situation zu ändern; ihrem Verfolger mit einem roten Tuch vor der Nase herumzuwedeln in der Hoffnung, ihn zu einem Zusammenstoß zu provozieren, der ohnehin unumgänglich war. Vielleicht war es nur menschlich, dachte er und machte einen Schritt über eine an den Rändern zugefrorene Pfütze. Aber es war auch verdammt gefährlich.

Als er zurückkam, hörte er kameradschaftliches Lachen und Reden von Hansen und Co. Das Spiel steckte offensichtlich in den letzten Zügen. Er räusperte sich und blieb am Tischende stehen. Hansen sah auf. Seine Augen leuchteten vor Eifer.

»Einen Augenblick, Chef, dann bin ich da. Ich muss sie nur erst ein wenig in ihre Schranken verweisen.«

Blicke wurden quer über den Tisch geworfen, und nicht nur die beiden Mädchen erröteten.

»Wir werden schon sehen, wer hier wen verweist«, murmelte die dicke Pädagogin und legte drei Könige hintereinander aus.

»Du bist eine toughe Frau, Alice«, murmelte Hansen.

»Nur äußerlich«, lächelte die Pädagogin und legte eine Hand auf Hansens kräftigen Schenkel. »Du bist auch nicht schlecht.«

Die Mädchen lachten ihr Teenagerlachen, ein Cocktail aus Geniertheit und brodelnder Sexualität. Der Raum war vom Flirt erfüllt, und Wagner rollte die Augen zur Decke und wartete, bis die letzte Karte gespielt war und Hansen sich endlich verabschiedete.

»Und?«, fragte er, als sie ein Stück den Weg hinuntergefahren waren und das Auto über die vielen Löcher holperte. »Hast du etwas erfahren, das Petersen und Eriksen nicht erfahren haben?«

»Sie haben unter dem Tisch mit mir mit den Füßen geflirtet«, sagte Hansen träumerisch. »Alle beide, glaube ich.«

»Sie sind wegen Gewalttätigkeit verurteilt worden«, sagte Wagner und hörte selbst, wie sauer er klang.

Sie waren fast wieder in der Stadt, als Hansen sich endlich erholt hatte und wieder normal denken konnte.

»Dem einen der Mädchen zufolge hat Lise erzählt, dass ihre Mutter einen Mann kennen gelernt hat.«

Wagner konnte nahezu hören, wie seine innere Antenne zu piepsen begann.

»Ein Freund?«

Hansen machte eine Kopfbewegung, die sowohl Ja als auch Nein bedeuten konnte.

»Er war sehr viel jünger als sie, hat Lise gesagt.«

»Hat sie ihn einmal gesehen?«

Hansen nickte.

»Malene zufolge hat Lise gesagt, dass der Mann in das Haus gekommen ist, in dem die Sekte wohnte.«

Wagner warf Jan Hansen einen Blick zu, der wieder träumend vor sich hinsah.

»Malene?«

»Und Mette«, sabberte Hansen. »Man kann nicht mit jemandem Karten spielen, ohne seinen Namen zu kennen.«

Als sie zurück ins Präsidium kamen, konnte Eriksen bestätigen, dass Lise Prince rauchte, und Wagner schickte ein paar Leute nach Lystrup, um der Erinnerung der Kioskbesitzerin ein wenig auf die Sprünge zu helfen und herauszufinden, ob noch andere Lise gesehen hatten. Aber er wusste, dass es bestimmt vergebens war und sie einen größeren Durchbruch und eine gehörige Portion Glück brauchten, um sie zu finden. Wenn Lise sich nicht entschloss, sich selbst zu melden.

38

In ihrem tiefsten Inneren wusste Dicte genau, dass das Ganze eine Parodie war. Die üblichen Morgengrüße in der Redaktion, Davidsens übertriebene Freundlichkeit und Cecilies süßsäuerliches Lächeln. Selbst die Kaffeetassen mit ihren Kaffeeschlückchen und die Stapel gebrauchter Teller mit den vertrockneten Kuchenresten des Vortags und die gebrauchten Folienaschenbecher, die nach altem Tabak rochen. Alles wirkte, als hätte jemand speziell für sie eine Horde Statisten angeheuert und die Requisiten zu einem Film *Ein Tag in der Redaktion* aufgetrieben. Um ihr das Gefühl zu geben, dass trotz allem noch etwas wie immer war. Normal, dachte sie, ließ das Wort auf der Zunge zergehen und erinnerte sich kaum noch, wie Normalität sich anfühlte. Irgendetwas in Richtung Alltag, wo Begebenheiten kamen und gingen, ohne dass das Adrenalin jedes Mal durch den Körper gepumpt wurde, wo man sich ärgerte, wenn eine Quelle ein Zitat geändert haben wollte, oder sich auf eine Kaffeepause und die Teilchen freute, die Davidsen jeden Mittwoch mitbrachte, wenn sie ihre große Redaktionsbesprechung abhielten.

»Dann sind wir ja vollzählig«, sagte Davidsen mit der Bestimmtheit des Leiters des Århuser Büros in der Stimme zu seinem Monitor. »Sollen wir unsere Besprechung abhalten?«

Wie gewöhnlich wurde seine Autorität im selben Tempo unterminiert, in dem er ein Teilchen verspeisen konnte.

»Der AGF-Fußballklub hält in einer halben Stunde eine

Pressekonferenz ab«, teilte Cecilie mit, bevor er ihr eine andere Aufgabe zuteilen konnte.

»Wozu?«

Sie beugte sich hinunter, holte einen kleinen Spiegel aus ihrer Tasche und suchte nach einem Lippenstift.

»Einer der Spieler ist in einem Café in eine Schlägerei mit ein paar dieser kahl geschorenen Rechtsradikalen verwickelt worden.«

»White Pride? Ich dachte, das wären Fans gewesen«, sagte Davidsen.

Cecilie zuckte mit den Schultern, zog routiniert die Lippen nach und presste sie auf einem Kleenex zusammen.

»Bo kommt mit.«

Ihr Blick landete auf Dicte und durchlöcherte sie mit der unausgesprochenen Frage.

»Gut«, sagte Dicte und meinte das Gegenteil. »Natürlich geht er mit.«

Sie ignorierte die Enttäuschung, die ihre Stimme ganz dünn machte. Er konnte schließlich nicht die ganze Zeit bei ihr sitzen und Händchen halten. Der Alltag war auch noch da, er musste Geld verdienen und das Leben mit ihr und der über ihrem Haupt schwebenden Drohung so normal wie möglich gestalten. Außerdem wollte etwas in ihr Bo und seine Sorge und sein verdammtes Verantwortungsgefühl, das ihr Gewissen belastete, los sein. Wie am Morgen, als sie ohnmächtig geworden war, nur weil Rose morgens um sieben nach Hause gekommen war, und Bo sich Vorwürfe gemacht hatte, nicht rechtzeitig wach geworden zu sein, und ihr, ihn nicht früher geweckt zu haben.

»Dicte?«

Davidsen sah sie mit hoffnungsvollem Blick an.

»Ich habe eine Verabredung im Präsidium«, log sie. »Mit John Wagner.«

Davidsens Enthusiasmus sackte in sich zusammen.

»Was hast du für morgen?«

Sie stand auf und begann, Tassen hinauszutragen. Plötzlich

sehnte sie sich nach Ordnung. Wenn sie die Beulen in ihrem Leben schon nicht glätten konnte, wollte sie zumindest dafür sorgen, dass die Redaktion nicht wie ein Schlachtfeld aussah.

»Eine Bestandsaufnahme des Falls«, faselte sie über die Schulter auf dem Weg in die Küche. »Vielleicht wäre auch ein Artikel über die Datenbank und ihre Effektivität nicht verkehrt.«

Es war immer ratsam, die Datenbank zur Sprache zu bringen, weil Davidsen viel darüber geschrieben hatte und sie fast schon für seine eigene Erfindung hielt.

Bevor er etwas sagen konnte, schellte das Telefon auf Holger Søborgs Tisch. Sie hatten über das, was passiert war, nicht gesprochen. Sie selbst hatte das Thema nicht angeschnitten, und Cecilies Mund war mit sieben Siegeln verschlossen. Davidsen war überzeugt, dass Holger mit einer schlimmen Grippe zu Hause lag, und da er in der ständigen Angst lebte, sich anzustecken, und täglich mit zwei frischen Äpfeln bewaffnet in der Redaktion erschien, war er nicht gerade jemand, der einen Mitarbeiter aufforderte, mit Fieber zur Arbeit zu kommen.

Eigentlich ließen sie die Telefone der Kollegen einfach schellen und die Leute eine Nachricht auf den Anrufbeantworter sprechen. Dicte wusste selbst nicht genau, warum sie nach dem Hörer griff. Vielleicht nur, weil sie gerade in dem Augenblick an Holgers Schreibtisch vorbeikam, als das Telefon klingelte. Vielleicht war es die Neugier, wer am anderen Ende der Leitung saß und einen Praktikanten anrief, der es sich zur Gewohnheit gemacht hatte, andere seine Artikel schreiben zu lassen.

»Apparat Holger Søborg, was kann ich für Sie tun?«

»Ist er da?«

Die Stimme gehörte einem Mann und klang herrisch und selbstbewusst wie die eines Politikers.

»Leider nein«, sagte sie mit ihrer Servicestimme. Der Mann am anderen Ende schien sich nicht darüber zu wundern, dass ein Journalist eine Privatsekretärin hatte. »Kann ich ihm etwas ausrichten?«

Der Mann räusperte sich bedeutungsvoll. Desto überraschender war das, was er sagte.

»Sie können ihm sagen, dass sein Onkel angerufen hat und ihn bittet zurückzurufen.«

Sie griff nach einem Kugelschreiber. Ohne genau zu wissen, warum, kritzelte sie die Nummer auf dem Display schnell auf einen alten Tagesplan und kämpfte gegen den Drang an, nach dem Namen des Mannes zu fragen.

»Ich lege ihm eine Notiz hin«, sagte sie nur, und der Mann legte auf, ohne sich zu verabschieden und danke zu sagen. Sie riss den Papierfetzen mit der Nummer ab und stopfte ihn in die Tasche.

Sie fuhr in die Stadt hinunter und wusste nicht, wohin sie unterwegs war, bis sie plötzlich vor dem Reisebüro am Store Torv stand. *Ostjütländische Reisen* stand in großen Buchstaben auf der Fensterscheibe. Sie stieß die Tür auf und ging hinein, bevor sie es sich anders überlegen konnte. Ida Maries Kollegin und Miteigentümerin Jane saß oben im Verkauf und sprach mit den Kunden, die von der Straße hereinkamen. Sie nickte Dicte zu und machte ihr ein Zeichen, dass Ida Marie unten im Büro war. Dicte blieb einen Augenblick stehen und versuchte sich darüber klar zu werden, was sie sagen wollte. Sie gab es auf und griff nach dem Metallgeländer der Treppe und spürte, wie die frische Kühle die Panik dämpfte.

Ida Marie saß allein vor einem Stapel mit Papieren. Das lange blonde Haar fiel ihr dick auf den Rücken. Im Profil sah Dicte deutlich die Konzentration auf ihrem Gesicht und in dieser Konzentration Ida Maries besondere, leuchtende Schönheit. Engelhaft, sagte Anne immer mit schlecht verborgenem Neid. Traumhaft, hätte Dicte Ida Marie in diesem Moment beschrieben. Wie eine Madonnenfigur aus einer fernen Zeit, die mit einer Zeitmaschine ins einundzwanzigste Jahrhundert befördert worden war.

»Hei.«

Ida Marie fuhr zusammen.

»Ach, du meine Güte. Bist du das wirklich?«

Die Stille war fast zum Greifen. Dann stand Ida Marie auf und kam auf sie zu. Bevor sie wieder flüchten konnte, spürte sie ein paar dünne Arme um ihren Hals und wurde gedrückt. Einen Augenblick stand sie steif da, doch dann schien sich ein Druck tief in ihrem Inneren zu lösen, und sie erwiderte die Umarmung.

»Das ist gut, dass du kommst.«

Zu Dictes großem Schrecken verwandelten sich die schönen blauen Augen in kleine Seen, die überzufließen drohten.

»Komm. Setz dich«, schniefte Ida Marie. »Dir muss es doch höllisch schlecht gehen.«

»Höllisch« war nicht gerade ein Wort, das man aus dem Mund eines Engels erwartete. Dicte lächelte.

»Schrecklich. Aber jetzt geht es mir besser. Bist du sehr beschäftigt?«

Ida Maries Hände machten sich an dem Stapel mit Papieren zu schaffen.

»Ich kümmere mich wie gewöhnlich um die Beschwerden. Kannst du dir vorstellen, dass sich jemand beschwert, weil sie morgens in dem Hotel von Vogelgesang geweckt worden sind? Eine andere Gruppe will ihr Geld zurück, weil es eine Woche lang geregnet hat.«

»Ach, du lieber Himmel«, murmelte Dicte. »Ich hoffe, ihr habt eine Kartei der Kunden, die ihr nicht haben wollt.«

Ida Marie schüttelte den Kopf und schob die Briefe weg.

»Vielleicht sollten wir das in Erwägung ziehen. Willst du eine Tasse Tee? Mineralwasser? Was möchtest du?«

Unsicherheit hatte sich in Ida Maries Stimme geschlichen. Dicte sah die Traurigkeit, die tief in Ida Maries Blick versteckt lag.

»Entschuldige, dass ich mich nicht gemeldet habe«, sagte sie. »Das hat nichts mit dir zu tun.«

»Bo?«

Ida Marie sprach den Namen so vorsichtig aus, dass er auf einem Kissen aus Luft zu schweben schien. »Ich dachte, dass vielleicht etwas mit ihm ist.«

Dicte zuckte leicht mit den Schultern.

»Hast du Zeit, Mittag essen zu gehen? Vielleicht im ›Jorden‹?«

Im Sommer lockte der Fluss mit seinen Cafés am Wasser die Leute an. Aber im Winter zog es die Menschen zurück in die Gemütlichkeit der kleinen Kopfsteinpflasterstraßen im Quartier Latin. Während sie Seite an Seite gingen, dachte Dicte, dass auch die Sache mit dem Kind auf dem Fluss herumspukte: die blaue Wanne, die auf der schmutzigen Oberfläche des Flusses geschaukelt hatte, und das kleine Kindergesicht mit den geschlossenen Augen. Das war jetzt anderthalb Jahre her, aber es gab keinen Grund, gerade diesen Ort aufzusuchen, wo der ganze Albtraum begonnen hatte.

»Das ist lange her, nicht?«, sagte Ida Marie, als könnte sie Gedanken lesen. »Dieser Septembertag, du weißt schon.«

Sie waren beim Café Jorden angekommen, stießen die rote Tür auf und traten in die Wärme. Dicte nickte.

»Es ist viel inzwischen passiert.«

Sie fanden einen Fenstertisch und bestellten Tee und zwei Sandwiches.

»Manchmal braucht man Freundinnen«, sagte Ida Marie vorsichtig. »Und manchmal möchte man lieber alleine zurechtkommen. Es gibt trotz allem Grenzen, womit wir einander helfen können.«

Dicte spürte einen Stich. Sie suchte nach der Freude in Ida Maries Gesicht, die sie sich eingebildet hatte zu sehen. Sie war schließlich die Glückliche. Das hatte sie zumindest angenommen. Sie hatte auch angenommen, dass man nichts und niemanden brauchte, wenn man das Glück in seiner reinsten Form gepachtet hatte, vor allem keine Freundinnen, die sich mit der Liebe schwer taten.

»Vielleicht wollte ich nur diskret sein«, sagte sie und wusste, wie unbeholfen sie klang. »Ich habe versucht, mit meinen Problemen auf Abstand zu bleiben.«

Sie dachte an all die chaotischen Monate, nachdem Bo seine Exfrau Eva verlassen hatte, und an seinen hin und wieder offensichtlichen Zweifel, ob er jetzt das Richtige tat. An die Wochenendabende, an denen er gar nicht aufgetaucht war, weil er sich doch entschlossen hatte, in dem Haus zu bleiben, das jetzt Eva und den Kindern gehörte, nur um in der Nähe von Tobias und Ninka zu sein. Es hatte sie unsicher gemacht und ihr das Gefühl gegeben, ihm nicht immer so wichtig zu sein, und hin und wieder, wenn es am schlimmsten war, dass er sie gar nicht brauchte.

»Niemand bekommt hundert Prozent«, sagte Ida Marie.

Natürlich nicht. Nicht rein physisch, dachte Dicte. Aber man konnte jeder auf seiner Seite des Erdballs sein und einander doch haben. Vielleicht war es eine Frage, inwieweit man einander sicher war. Eine Frage des Kündigungsschutzes.

»Aber fünfundneunzig Prozent«, sagte Dicte. »Im Gegensatz zu meinen dreiundsechzig.«

Ida Marie beugte sich ein wenig vor, führte die Teetasse an die Lippen und pustete auf die dampfende Oberfläche.

»Im Moment verwendet er, ehrlich gesagt, mehr Energie auf dich als auf mich«, sagte sie. Sie sprach ganz offensichtlich von Wagner. »Ich habe lernen müssen, dass der Tod Vorrang hat. Vor dem Leben«, fügte sie hinzu.

Irgendetwas in den Worten rief ein Echo in Dicte hervor. Sie konnte nahezu hören, wie es schallte, und ein Widerstand in ihr wuchs wie vor einigen Tagen, als sie nachts wach gesessen und nachgedacht hatte.

»Müssen wir uns damit abfinden?«, fragte sie und suchte in Ida Maries Blick nach der Antwort. »Müssen wir uns damit abfinden, dass die Angst die Freude überschattet?«

Ida Marie lächelte ihr altes Lächeln, und Dicte sah das Schelmische hinter der Melancholie.

»Natürlich nicht«, sagte dieser halb schwedische Engel, der

irgendwann in Århus auf die Erde gesunken war. »Ich möchte gerne noch ein Kind«, fügte sie hinzu.

In der Stimme lagen eine Kraft und ein Lebenswille, die die Luft zwischen ihnen tränkten und sich fast wie eine Droge einatmen ließen. Dicte atmete tief ein und hielt den Atem an, solange sie konnte.

»Und ich möchte gerne überleben«, sagte sie und atmete wieder aus.

Ida Marie hob feierlich ihre Teetasse.

»Auf das Leben.«

»Und auf die Freunde«, sagte Dicte vorsichtig.

»Die Freundinnen«, berichtigte Ida Marie. »Mit und ohne Pausen.«

Als sie nach Hause kam, war Rose wieder da, obwohl sie und Bo sie gedrängt hatten, bei ihrem Freund zu bleiben.

»Vielleicht war es doch zu früh«, erklärte Rose erwachsen, als sie sich auf TV2 die Nachrichten ansahen. »Jan sagt, dass er gut noch warten kann, bis ich mich bereiter fühle.«

Dictes widerstrebende Gefühle kämpften um ihre Aufmerksamkeit. Wurde nicht in irgendeinem Märchen der Hauptperson ein großer Wunsch erfüllt, aber auf Kosten von etwas anderem? Sie hatte sich gewünscht, dass Rose das sagen würde, aber jetzt wünschte sie sich plötzlich das Gegenteil. Sie hoffte, dass Rose erkennen würde, wie gefährlich es war zu bleiben, und dass sie bei Jan und seiner ganz normalen Familie sicherer war.

»Vielleicht sollte ich doch erst einmal etwas anderes ausprobieren.«

»Andere Freunde?«, fragte Bo. Er klang skeptisch.

Dicte konnte sich auch nicht vorstellen, dass ihre vernünftige Tochter die Freunde wechselte wie ihre Freundinnen ihr Aussehen.

»Ich könnte nach dem Gymnasium erst einmal reisen«, sagte Rose. Sie klang unsicher. »Etwas anderes kennen lernen.«

Dicte stand auf und trug die leeren Teller und den Rest von Roses Pastagericht in die Küche.

»Okay«, sagte sie, als sie zurückkam. »Willst du mir erzählen, was passiert ist?«

Aber Rose machte plötzlich auf ihre zerstreute und freundliche Art dicht, die Dicte sagte, dass nichts mehr zu machen war. Also ließ sie Fernsehen Fernsehen sein und ging in die Diele zum Telefon, fischte die Nummer von Holgers Onkel heraus und rief die Auskunft an.

»Ich habe eine Telefonnummer, zu der ich die Adresse verloren habe«, erklärte sie. »Können Sie mir helfen?«

Die Dame am Telefon wollte offensichtlich ihr Möglichstes tun, um eine Kundin zu dem exorbitanten Tarif pro Minute festzuhalten, der sicher jenem eines Überseegesprächs entsprach.

»Das ist eine Anwaltskanzlei«, erklärte die Stimme. »Lars Søborg-Olsen und Partner.«

»Søborg-Olsen?«

»Mit Bindestrich«, sagte die Dame hilfreich.

Dicte legte auf. Lars Søborg-Olsen verteidigte einen der jungen Brandstifter, soweit sie sich erinnerte. Offenbar hatte Holger Søborg wie so viele Journalisten seinen anonymen Nachnamen zugunsten eines anderen ausgemustert, an den sich die Leser möglicherweise besser erinnerten. Gleichzeitig hatte er die Tatsache verschwiegen, dass er mit einer der Parteien des Falls verwandt war und damit als hochgradig befangen galt.

Sie wurde in ihren Gedanken durch Roses lauten Aufschrei unterbrochen. Sie starrte wie gebannt auf den Fernseher. Dicte folgte ihrem Blick. Ein Foto von Lise war auf dem Bildschirm zu sehen, untermalt von der neutralen Stimme des Nachrichtensprechers.

»Bei der Polizei sind viele Hinweise eingegangen, jedoch ohne die entscheidende Spur in der Suche nach der sechzehnjährigen Lise Graugaard zu bringen. Sie wird in Verbindung mit zwei Frauenmorden im Bezirk Århus gesucht. Bei einer der Frauen handelt es sich um ihre Mutter. Lise Graugaard verschwand vor einem Monat aus einem Ferienhaus in Egå bei Århus, wo sie unter der Aufsicht von drei Pädagogen stand.«

»Rose?«

Dicte starrte ihre Tochter an und hatte plötzlich das Gefühl, sie überhaupt nicht zu kennen. Im Bruchteil einer Sekunde wirbelten ihr die Gedanken durch den Kopf.

»Was weißt du über Lise?«

Roses bleiches Gesicht löste sich von dem Bildschirm.

»Ich habe das nicht gewusst. Ich habe nicht ferngesehen«, flüsterte sie.

Dicte ging zu ihr und legte ihr eine Hand auf die Schulter, die jetzt unter dem Pullover zitterte.

»Was weißt du?«

Rose schüttelte den Kopf.

»Sie hat nichts damit zu tun«, sagte sie. »Sie will nur in Ruhe gelassen werden.«

Dicte zog sich einen Stuhl heran und setzte sich dicht neben Rose. Sie zog sie an sich.

»Sie hat nichts getan«, beharrte Rose erneut, jetzt mit verweinter Stimme.

»Das glaube ich gern«, sagte Dicte sanft. »Aber sie kann etwas Wichtiges wissen, ohne sich selbst darüber im Klaren zu sein. Kannst du mir sagen, wo sie ist?«

Rose sagte lange nichts. Dann seufzte sie und bohrte ihr Gesicht gegen den Hals ihrer Mutter, und plötzlich erinnerte sich Dicte an das Gefühl, Leben in sich zu spüren, an die Freude, ein Kind in sich zu tragen, und die unendliche Trauer, die der Trennung gefolgt war.

39

Rose sah ihre Mutter an, deren forschender Blick dem ihren begegnete. Trauer lag darin, dachte sie und fühlte sich schuldig.

»Und du hast wirklich nichts gewusst?«, fragte Dicte.

Die Frage wirbelte ihr durch den Kopf. Wie viel hatte sie eigentlich gewusst? Und wie viel hatte sie bequemerweise verdrängt?

Sie wollte es erklären, aber wie sollte sie das Gefühl in Worte fassen, in den letzten Tagen wie in einer Blase gelebt zu haben? Wie sollte sie anderen verständlich machen, dass ihre Begegnung mit Lise auf seltsame Weise ein Loch in diese Blase gestochen hatte, sodass sie plötzlich sich und ihr eigenes Leben klar sehen konnte?

»Natürlich habe ich gewusst, dass sie auf der Flucht ist, aber nicht, dass sie richtig von der Polizei gesucht wird. Ich habe bis jetzt keine Zeitung gelesen und so. Ich konnte das einfach nicht«, fügte sie hinzu.

Bo war in die Küche gegangen, um Kaffee und Tee zu kochen. Sie hörte ihn draußen hantieren.

»Was ist mit Jan?«, fragte ihre Mutter. »Er muss den Steckbrief doch irgendwo gesehen haben. Hat er dir nichts erzählt?«

Sie war plötzlich älter geworden, dachte Rose und versuchte, sich über die Veränderung klar zu werden, sie zu begreifen. Sie hatte keine tieferen Falten, und sie war weder dünner noch dicker. Sie glich sich selbst, abgesehen von den Augen und der Art, wie sie durch die Gegend huschten. Rose musste an eine von Jans Natursendungen denken, die sie im Fernsehen gesehen hatten. Sie sah einen von der Sonne beschienenen Fluss und einen Fisch vor sich, der vor der Angel des Anglers herumsprang.

»Ich glaube, Jan wollte mich schonen«, sagte sie. »Er wusste schließlich, dass ich vor dem Ganzen geflohen bin. Vor all dem, das ich nicht aushalten konnte. Vor Ingers Leiche und dem Geruch der toten Pferde.«

Indem sie die Worte aussprach, stellte sie fest, dass sie darüber sprechen und daran denken konnte. Trotz der Drohung, die über dem Haupt ihrer Mutter schwebte, kam ihr alles so seltsam, fast unheimlich ungefährlich vor, als hätte sie alle Angst bereits im Vorhinein verbraucht, sodass keine mehr übrig war, wenn es wirklich ernst wurde.

Ihre Mutter vergrub das Gesicht in den Händen und rieb sich die Augen. Dann lehnte sie erneut den Kopf nach hinten gegen das Sofa, wobei die Haare zerzausten. Sie sah müde aus, dachte Rose und vermisste ihre Energie. Ein müder Fisch, der bald keine Kraft mehr hatte zu springen.

»Erzähl mir das Ganze noch einmal. Von vorne«, sagte ihre Mutter langsam. »Du hast sie also von dem Tag her wiedererkannt, an dem du zu Jan gezogen bist?«

Rose nickte erneut.

»Sie kam aus Karens und Sørens Wohnhaus und fuhr auf einer grünen Puch Maxi davon. Anschließend habe ich sie an verschiedenen Orten gesehen. Draußen vor der Schule. Im Bus. Und so weiter.«

»Hattest du Angst?«

»Anfangs hatte ich große Angst. Ich war ja ohnehin schon nervös.«

»Ja, aber Herrgott noch mal. Du hättest mir doch etwas sagen können.«

Ihre Mutter machte eine Armbewegung, als wollte sie die Hand ausstrecken, ließ es aber. Rose suchte nach Worten.

»Du warst doch Teil des Ganzen.«

»Und was ist jetzt anders? Bin ich das jetzt nicht noch mehr?«

Dicte beugte sich wieder vor und sah sie eindringlich an. »Hast du jetzt nicht noch mehr Grund, bei Jan zu bleiben?«

Bevor sie antworten konnte, sagte ihre Mutter mit einer ansatzweisen Härte in der Stimme, über deren Vorhandensein sie sich selbst nicht im Klaren war: »Du hättest nicht hierher kommen sollen. Das wäre das Beste gewesen.«

Aber genau darüber hatte sie in den letzten vierundzwanzig Stunden immer wieder nachgedacht. Und sie war zu einem Entschluss gekommen, zu dem ihre Begegnung mit Lise und die Hoffnungslosigkeit von deren Situation mit beigetragen hatten. Es nutzte nichts zu fliehen, und genau das hatte sie getan, als sie zu Jan gezogen war. Sie war nicht so sehr deshalb zu ihm gezogen, weil sie mit ihm zusammen sein, sondern weil sie dem Haus hier und dem Gefühl der Unausweichlichkeit entrinnen wollte. Aber Lise würde gefunden werden; man konnte nicht vor seinem halben Leben davonlaufen. Man musste ihm in die Augen sehen, auch wenn es einem Angst machte. Man musste innehalten und sich darüber klar werden, wovor man eigentlich Angst hatte.

»Ich glaube, ich habe das Unglück in gewisser Weise vorweggenommen«, erklärte sie und hatte trotzdem nicht das Gefühl, die richtigen Worte zu finden. »Ich hatte Angst, alles zu verlieren, Mama.«

»Alles?«, kam es vom Sofa, und sie konnte hören, dass sie nur halb verstanden wurde, aber vielleicht war das mit Müttern so. Rose nickte.

»Dich und Vater und das Haus und den Hund. Die Sicherheit vielleicht. Ich glaube, ich wollte mir meine eigene Sicherheit schaffen, denn ich weiß, dass diese Sicherheit hier nicht ewig dauern kann. Aber ich habe herausgefunden, dass ich noch nicht dazu bereit bin.«

Es war so schwer. Sie wollte sich besser erklären, aber stattdessen erzählte sie wieder von der Begegnung mit Lise.

Erzählte von der Verfolgung und dem Gefühl, dass Lise ein böser Geist war, ein Gebilde ihrer Fantasie. Sie erzählte auch von ihrer Begegnung, wie sie einander gegenübergestanden hatten, wie es geregnet hatte und wie dieses fremde Mädchen so zerzaust und einsam ausgesehen hatte und wie ein Bild von Rose selbst gewesen war, in einer anderen Zeit, in einer anderen Situation.

»Sie hat schließlich ihre Mutter verloren«, sagte sie flüsternd. »Sie hat das Schlimmste erlebt, das man erleben kann. Das, wovor ich die größte Angst hatte. Sie hat mir leid getan, aber ich war auch neugierig.«

»Warum, Rose? Warum warst du neugierig?«, fragte ihre Mutter.

Wieder suchte Rose nach Worten.

»Weil sie überlebt hat.«

Sie war plötzlich müde und schloss für einen Moment die Augen. Wieder hörte sie Lises Stimme und spürte ihre Anwesenheit in dem Reihenhaus, die dünne Gestalt in dem Mantel, der viel zu kalt für die Jahreszeit war; das struppige Haar und das bleiche Gesicht und die Zigaretten, die sie aus dem Rucksack geholt und ihr angeboten hatte, als sie sich im Wohnzimmer gegenübersaßen.

Rose hatte den Kopf geschüttelt.

»Ich rauche nicht.«

Lise nahm selbst eine, und Rose fiel auf, dass ihre Hände zitterten, als sie die Zigarette mit dem Plastikfeuerzeug anzündete.

»Ich weiß nicht, was du über mich gehört hast, aber bestimmt ist alles gelogen«, sagte Lise und inhalierte tief.

»Ich habe nicht viel gehört«, sagte Rose vorsichtig. »Etwas von einer Sekte, aber ich weiß nichts Genaues.«

Das Mädchen ihr gegenüber schauderte, als würde sie frieren. Vielleicht wurde sie krank, dachte Rose. In den dünnen Sachen würde sie auch krank werden.

»Alle glauben, dass ich meine Mutter gehasst habe und

dass ich mich deshalb verstecke. Vielleicht glauben sie sogar, dass ich sie umgebracht habe.«

Eine trotzige Wut hatte sich in die Stimme geschlichen.

»Als ob ich jemals meine Mutter umbringen könnte«, sagte Lise ärgerlich. »Kannst du dir das vorstellen?«

Rose schüttelte schnell den Kopf, weil es stimmte. Sie konnte es sich nicht vorstellen. Das Mädchen hatte nichts Abgebrühtes. Sie war wie sie selbst: jung und unsicher und auf der Flucht.

»Ich bin auch nicht vor meiner Mutter abgehauen«, sagte Lise bitter. »Nicht einmal vor den Pädagogen draußen in Egå. Die konnten doch nichts dafür. Nein, ich bin nur abgehauen, weil ich dort nicht meine Freiheit hatte und nicht tun konnte, was ich wollte.«

Rose fragte sich, wie viel Freiheit Lise in der Sekte gehabt hatte, aber sie wagte nicht zu fragen. Glücklicherweise beantwortete Lise die unausgesprochene Frage selbst.

»Natürlich gab es auch bei den ›Blumen Gottes‹ keine Freiheit. Aber das war irgendwie anders, und ich wäre auch da nicht geblieben, wäre Anders nicht gewesen.«

»Anders?«, fragte Rose vorsichtig. »War er nicht der Anführer?«

Lise nickte.

»Bist du jemals verliebt gewesen?«

Die Frage bohrte sich bis in ihr Inneres. Rose erforschte sich selbst. Aber das mit Jan gehörte vielleicht doch in eine etwas andere Kategorie – sie mochte ihn und hatte das Gefühl, dass das, was sie zusammen hatten, praktischer und erdverbundener war.

»Ich glaube nicht. Nicht wirklich.«

Lise lachte ein melodisches kleines Lachen.

»Aber halb vielleicht?«

Rose lächelte.

»Halb, ja.«

»Nun gut, ich habe mich in Anders verliebt, als ich vierzehn war. Hundert Prozent.«

»Mit vierzehn«, sagte Rose unsicher. »Ist das nicht sehr früh?«

Lise nickte.

»Natürlich ist das früh. Viel zu früh. Deshalb ist es wohl auch vorbeigegangen.«

Sie wedelte mit der Zigarette herum, an deren Ende die Asche hing.

»Hast du keinen Aschenbecher?«

Rose stand auf und holte den Untersetzer von einer der Topfblumen.

»Aber wenn es ausgestanden ist und du nicht mehr in ihn verliebt bist, hättest du dich doch melden können.«

Lise seufzte.

»Das wollte ich auch. Ich war es so leid, untergetaucht zu sein, zuerst bei den ›Blumen Gottes‹ und anschließend bei Freunden und Bekannten. Aber dann hast du meine Mutter im Moor gefunden, und ich habe Angst bekommen. Verstehst du das?«

Rose verstand. Sie wollte Lise sagen, dass sie nicht ewig flüchten konnte, aber sie verstand auch, dass gerade jetzt das Bedürfnis, nicht entdeckt zu werden, und das Bedürfnis nach Freiheit am wichtigsten waren.

»Sie glauben, dass ich etwas mit ihrem Tod zu tun habe«, flüsterte Lise. »Sie werden mich immer wieder verhören und erwarten, dass ich irgendetwas verrate und eine ganze Menge von den Leuten erzähle, bei denen ich gewohnt habe, und das will ich nicht.«

Sie stockte erneut und sah Rose mit ihren glänzenden Augen an, die in dem blassen Gesicht sehr groß wirkten.

»Sie haben damit nichts zu tun. Anders hat nichts damit zu tun, und ich habe ihn nicht im Gefängnis besucht und werde es auch nicht, weil das Kapitel in meinem Leben abgeschlossen ist. Ich will nur meinen Frieden.«

Vielleicht waren es diese Worte, die weiter in Rose klangen. Verstanden werden, in Frieden gelassen werden, sich selber über die Dinge klar werden. Nicht missverstanden und lächerlich gemacht werden, wie es ihr mit Jan passiert war. »Gerichtsvollzieher« hatte Bo ihn genannt, wenn er Geschenke für sie im Einkaufszentrum kaufte. Und ihr Vater und ihre Mutter hielten sie für spießig und langweilig. Ja, sie wusste genau, wie es sich anfühlte, nicht ernst genommen zu werden.

»Aber warum ich?«, hatte sie Lise gefragt. »Was willst du von mir?«

Lise schniefte, und einen Augenblick dachte Rose, dass sie sich in dem dünnen Mantel in der Kälte erkältet hatte, aber dann wurde ihr klar, dass sie weinte.

»Ich wollte nur die Wahrheit wissen. Ich wollte sie von dir hören, weil du sie gefunden hast und weil ich glaube, dass du nicht quatschst. Würdest du das nicht auch wollen, wenn es deine Mutter wäre? Die Wahrheit?«

Rose beobachtete das Mädchen lange, das mit dem Rucksack zu seinen Füßen und der Zigarette, an der sie die ganze Zeit nervös zog, vor ihr saß. Und wieder hatte sie das Gefühl, dass sie sich in vielen Beziehungen glichen und Lise Recht hatte. Sie hätte auch die Wahrheit hören wollen, egal, wie schrecklich sie war.

»Ich habe an dem Tag, an dem der Hof deiner Tante gebrannt hat, einen Spaziergang mit den Hunden gemacht«, begann sie.

Bo kam aus der Küche herein und teilte Kaffeebecher aus. Dann schenkte er ein und stellte eine Schale mit Vanillekränzchen auf den Sofatisch, als hätte er nie etwas anderes gemacht.

»Was meint Jan dazu?«, fragte er. »Ist er sauer auf dich?«

Sie griff nach dem dampfenden Becher und schüttelte den Kopf.

»Er sagt, dass er mich gut verstehen kann. Aber ich weiß nicht, ob er ganz ehrlich ist.«

»Jedenfalls ist er ritterlich«, sagte ihre Mutter mit einem kleinen Lächeln. »Und er hofft wohl, dass du bald deine Meinung änderst und mit ihm zusammenziehst.«

»Aber was ist mit Lise?«, beharrte Bo. »Hast du eine Idee, wo sie jetzt ist? Verstehst du, wie wichtig es ist, sie zu finden?«

Sie ging in sich und verstand es nur allzu gut. Sie wusste, dass sie zu lange gewartet hatte, auch wenn es nur vierundzwanzig Stunden waren. Lises Flucht musste ein Ende haben, weil ihre Aussage nicht nur bei der Aufklärung von zwei Morden helfen, sondern auch ihre Mutter retten und dazu beitragen konnte, denjenigen zu finden, der sie bedrohte.

»Ich weiß es nicht. Nicht direkt. Ich habe nur so ein Gefühl.«

Sie erinnerte sich an Lises unruhigen Blick, der in dem leeren Reihenhaus auf Wanderschaft gegangen war, und an ihren Kommentar, als jede ihres Weges gegangen war, hinaus in das Sauwetter.

»Das ist ein schönes Haus. Aber es schreit danach, bewohnt zu werden. Es riecht so unbewohnt.«

»Vielleicht kaufen wir es. Jan und ich.«

Lise hatte sie skeptisch angesehen.

»Meinst du nicht, dass du noch etwas zu jung dafür bist?«

Rose sagte nichts. Aber als sie nach Hause kam, teilte sie Jan mit, dass das Haus doch nichts für sie sei und sie ohnehin noch nicht mit ihm zusammenziehen könne.

»Und was sagt dir dein Gefühl?«, fragte Bo freundlich und griff nach einem Vanillekränzchen.

Sie trank von ihrem Kaffee. Sie versuchte, sich selbst zu überzeugen, dass sie das Richtige tat, konnte sich aber nicht von dem Gefühl befreien, eine Freundin zu verraten.

»Ich glaube, dass sie da ist. Ich glaube, dass sie zurück zu dem Reihenhaus gegangen ist und sich irgendwie Einlass verschafft hat.«

40

Dicte saß in dem dunklen Wohnzimmer und starrte in eine weitere schlaflose Nacht. Bo und Rose waren längst zu Bett gegangen. Nur Svendsen war wach und erhob sich und sah sie bittend an, bis sie ihn durch die Gartentür in den Garten ließ. Die Nachtkälte schlug ihr ins Gesicht und machte sie noch wacher.

Sie schloss die Tür wieder und dachte an den Jüngsten Tag, Armageddon, an dem Jehovas Auserwählten Einlass in das Tausendjährige Reich gewährt würde und an dem alle anderen verlorenen Seelen in einem Blutbad endeten. Sie wusste, dass die Angst vor diesem Blutbad noch immer in ihr saß, wie sehr sie auch versuchte, ihr zu entkommen. Wie ein unsichtbarer Gefährte hatte sie sich mit ihrer Existenz verflochten, sie durch die Ehe mit Torsten, Roses Geburt und Kindheit begleitet und war schließlich zum Leben erwacht, als sie das tote Kind auf dem Fluss gefunden hatte und an das Kind erinnert worden war, dass sie vor langer Zeit zur Adoption freigegeben hatte.

Natürlich kämpfte ihre Vernunft dagegen an, und meistens überfiel das Grauen sie nur in ihren Albträumen. Aber sie hatte längst erkannt, dass sie ihm nie ganz entkommen würde.

Sie hatte es versucht, das hatte sie. Sie hätte das Kind behalten, hätte sie gekonnt. Hätte den Jungen in Liebe erzogen, genau wie Rose. Bestimmt.

Ihr Verstand sagte ihr, dass sie nicht anders hatte handeln

können. Aber ihr Instinkt sagte etwas anderes, und sie schauderte bei dem Gedanken an die E-Mail, die sie bekommen hatte. Die Person, die sie geschrieben hatte, hatte die empfindlichste Stelle ihres Herzens getroffen. Die, deren Stoff so leicht zu zerstören war wie eine alte, morsche Leinwand. Wie war das möglich? Wie konnte jemand, den sie nicht kannte, so genau treffen, als kehrte ihr eigenes Kind zurück, um sie zu strafen? Wie hatte das passieren können?

Der Hund kratzte an der Gartentür, und sie stand auf, um ihn hereinzulassen. Sie hatten mit Rose vereinbart, zusammen nach Lystrup zu fahren und nach Lise zu suchen, sobald es hell wurde, aber ihr war plötzlich klar, dass sie nicht warten konnte. Sie konnte Rose nicht in das Ganze hineinziehen. Rose, die keine Schuld traf. Anders als sie, die damals vor fünfundzwanzig Jahren, als sie ihren Sohn in den Armen gehalten und gewusst hatte, dass sie ihm keine Zukunft ermöglichen konnte, eine Wahl getroffen hatte. Ja, sie hatte ihn weggegeben. Ja, sie hatte einen Preis dafür bezahlt, an jedem einzelnen Tag ihres Lebens. Und sie bezahlte noch immer.

Sie ging in die Diele, gefolgt von dem Hund, der sich gehorsam in seinen Korb legte und mit der Schnauze unter dem Schwanz zusammenrollte. Sie zog Stiefel und Mantel an, nahm den Autoschlüssel aus der Glasschale auf der Anrichte und schlich sich hinaus in die Nacht, die der Frost fest im Griff hatte, sodass die Erde unter ihren Sohlen knackte. Einen Augenblick blieb sie ganz still neben dem Auto stehen und lauschte, spähte in das Dunkel, um zu sehen, ob der Streifenwagen in Sichtweite war. Aber sie sah keine Scheinwerfer, hörte kein Motorengeräusch und erschauderte bei dem Gedanken, dass sie hier schutzlos im Dunkeln stand, während die anderen drinnen im Haus schliefen. Das Dunkel drohte sie zu umklammern und die Luft aus ihr herauszupressen. Sie hörte ihr eigenes Keuchen, als der Schatten einer Katze an ihr vorbeiglitt und den Bewegungsmelder auslöste.

Mit zitternden Händen schloss sie die Autotür auf, setzte sich ins Auto und hatte Schwierigkeiten, den Schlüssel ins Zündschloss zu stecken. Endlich gelang es, und der Motor erwachte mit einem Husten. Sie gab etwas zu viel Gas, als sie zurücksetzte, und hoffte, niemanden zu wecken, als sie auf dem Weg nach Ny Mølle hinunter beschleunigte.

Am Søftenvej fuhr sie rechts, bog vor dem Kreisverkehr ab, fuhr quer über den Randersvej Richtung Terp, folgte der Straße durch das schlafende Dorf mit den vielen Straßenschwellen und ignorierte die Geschwindigkeitsbegrenzung auf vierzig Stundenkilometer. Das Dunkel war allumfassend, und auf dem ganzen Weg bis zu der Kreuzung in Lystrup, wo das gelbe Schild des Netto-Supermarkts in der Nacht leuchtete, begegneten ihr keine anderen Autos. Sie bog nach links ab und folgte der Beschreibung, die Rose ihr gegeben hatte. Bald sah sie die Reihenhäuser wie kleine geklonte Silhouetten hinter einer niedrigen Hecke liegen. Sie parkte ein wenig entfernt und holte die Taschenlampe aus dem Handschuhfach. Sie ging das restliche Stück Weg zu Fuß, während ihr klar wurde, dass sie sich keine Gedanken darüber gemacht hatte, wie sie das Ganze angehen sollte.

Sie schob den Zweifel zur Seite und ging weiter, bis sie Nummer sechsundfünfzig gefunden hatte. Sie war dankbar für die gelben Steine, weil ein rotes Backsteinhaus noch anonymer gewesen wäre.

Das Haus war dunkel. Sie folgte dem Weg zum Eingang hinauf und hörte in der Stille den Laut ihrer eigenen Schritte wie kleine Knallerbsen. Sie guckte auf gut Glück durch das Fenster, das sie für das Küchenfenster hielt. Es war ein Risiko, die Taschenlampe einzuschalten, und einige Sekunden wog sie die Vor- und Nachteile gegeneinander ab. Doch zu dieser Nachtstunde schliefen alle, und außerdem schirmte die Hecke sie ab, sodass der Lichtkegel vom Weg aus kaum zu sehen sein würde. Sie schaltete sie ein. Sie leuchtete in das Fenster, nur ein paar Sekunden, aber das reichte. Auf dem Küchentisch lagen einige Bananen, und in der Ecke sah sie eine

Packung Cornflakes. Neben der Spüle standen zwei Teller auf einem Handtuch, den Boden nach oben, als hätte sie jemand in Eile abgespült und zum Trocknen hingestellt.

Sie griff nach der Klinke und drückte sie herunter. Die Tür ließ sich leicht aufmachen. Das Schloss war bestimmt kaputt, dachte sie. Aufgebrochen und anschließend nicht mehr verschließbar. Sie trat in das Dunkel, fand den Schalter an der Wand, drückte darauf und musste blinzeln, als sie plötzlich bei voller Beleuchtung in einem fremden Haus stand.

»Hallo!«, rief sie und kam sich ziemlich dumm vor. »Lise, bist du da?«

Sie hörte ein Geräusch. Ein lautes Poltern und einen unterdrückten Schrei, dann wurde eine Tür aufgestoßen, und sie standen sich steif gegenüber und starrten sich an. Das Mädchen war unwahrscheinlich dünn mit seinen Streichholzbeinen, die unter dem langen Hemd hervorguckten. Ihr Haar war zerzaust, und in den dunklen Augenhöhlen und dem Gesicht, das so weiß war wie die Wand, spiegelten sich Schlaf und Schrecken wider.

»Was wollen Sie?«

Die Stimme war heiser. Einen Moment sah sie Lises Nasenflügel vibrieren, als versuchte sie zu wittern, ob sie Freund oder Feind war. Dicte fragte sich kurz, ob das Mädchen vielleicht versuchen würde zu flüchten, aber das kam ihr trotz allem unwahrscheinlich vor. Wo sollte sie mit bloßen Füßen im Nachthemd hinlaufen? Hinaus in die frostige Nacht, um sich bei den Nachbarn zu beschweren, dass jemand in das Haus eingebrochen war, in das sie selbst eingebrochen war?

»Ich bin Roses Mutter«, sagte Dicte so ruhig sie konnte. »Ich möchte gerne mit dir reden.«

Der Blick des Mädchens wanderte schnell zur Eingangstür. Dicte schüttelte den Kopf.

»Ich bin alleine.«

»Und Rose?«

»Sie schläft. Sie hat nichts hiermit zu tun.«

Lise öffnete den Mund, als wollte sie etwas sagen, schloss

ihn aber wieder. Dicte nickte zu dem Zimmer hin, das sie für das Wohnzimmer hielt.

»Können wir da reingehen?«

Noch einmal flackerte Lises Blick. Ihr Körper zuckte zusammen, als wollte sie flüchten und würde doch von der Vernunft zurückgehalten. Ihr Gesichtsausdruck wechselte von Alarmbereitschaft zu Resignation, und sie machte auf dem Absatz kehrt und ging in das sparsam möblierte Wohnzimmer voraus, wo sie das Licht über dem Sofatisch einschaltete. Ohne etwas zu sagen, warf sie sich auf einen Stuhl und griff nach der Packung Zigaretten und einem gelben Plastikfeuerzeug, das auf dem Tisch lag.

»Ich habe nichts getan«, murmelte Lise, als sie ihre Zigarette angezündet hatte. »Nichts Schlimmes jedenfalls.«

Dicte atmete tief ein und langsam wieder aus. Sie musste vorsichtig zu Werke gehen, dachte sie. Sie nicht erschrecken. Nicht anklagen. Das Mädchen ihr gegenüber wirkte wie eine zarte Blume, die sich zwar ein bisschen entfaltet hatte und Wind und Wetter ausgesetzt gewesen war, sich aber bei der geringsten Berührung schnell wieder schließen konnte.

»Ich brauche deine Hilfe, Lise«, begann sie, während der Gedanke auftauchte, dass sie möglicherweise einer Mörderin gegenübersaß. Lise konnte ihre Mutter und Esther Rantzen getötet und ihr die berühmte E-Mail geschickt haben. Nicht, dass es ihr wahrscheinlich erschien, dass das schmächtige Mädchen mit einer Mordwaffe umgehen könnte, aber alles passte so gut, sie hatte ein Motiv, und ihre Flucht vor den Behörden sprach nicht für sie. Die Haut auf Dictes Arm begann Unheil verkündend zu jucken, aber sie ignorierte es. Sie hatte beschlossen, es zu versuchen, und das galt es jetzt durchzuziehen.

»Die Person, die deine Mutter umgebracht hat, droht, auch mich umzubringen, und ich werde tun, was ich kann, um sie zu finden.«

Das Mädchen sah skeptisch aus. Offenbar hatte auch sie nicht Zeitung gelesen.

»Ich war das nicht.«

»Das glaube ich auch nicht.«

»Aber die Polizei glaubt das.«

Dicte schüttelte den Kopf.

»Die glauben gar nichts. Aber sie suchen nach dir, was du natürlich weißt. Irgendwann finden sie dich, und dann macht deine Flucht dich verdächtig. Vielleicht finden wir ja eine Möglichkeit, dass du nicht zu viel Ärger bekommst.«

Lise zog an der Zigarette, und Dicte sah, wie sie den Rauch bis tief in die Lungen sog, bevor sie ihn langsam wieder ausstieß. Sie beugte sich leicht vor und nahm Augenkontakt auf.

»Wo warst du in der Nacht, in der deine Mutter ermordet wurde und der Stall gebrannt hat? In der Nacht vom ersten auf den zweiten Februar? Du musst unzählige Male an diese Nacht gedacht haben, Lise.«

Ein Paar wachsamer Augen beobachtete sie lange.

»Ich will nur meine Ruhe haben«, sagte Lise schließlich. »Ich will ich selbst sein.«

Dicte nickte.

»Das verstehe ich gut«, sagte sie und hörte ihre eigene Bitterkeit. »Das möchte ich auch, aber dann habe ich diese E-Mail bekommen, in der stand, dass ich erhängt und mein Kopf mit einer Axt gespalten werden soll, genau wie es deiner Mutter ergangen ist.«

Sie sah, wie das Mädchen mit den Augen blinzelte. Schrecken und Unbehagen strahlten aus dem bleichen Gesicht, und Dicte wusste, dass es galt, tiefer zu bohren.

»Stell dir das vor, Lise. Du bist auf der Flucht, aber nur vor dir selbst und vor der Polizei, die dich sucht. Ich werde von einer Person gejagt, die mich auf brutalste Weise ermorden will. Einer Person, die es bestimmt genießt, sich vorzustellen, wie sie das machen wird. Wie es klingen wird, wenn sie meinen Schädel spaltet. Wie ich aussehen werde, wenn ich an einem Haken an der Decke baumele. Wie deine Mutter, Lise. So wie Rose sie gefunden hat.«

Lises Mund hatte sich geöffnet. Die Augen starrten ins Leere. Dicte fuhr fort.

»Ich glaube nicht, dass du etwas damit zu tun hast. Vielleicht bin ich naiv, aber das Ganze erscheint mir allzu bestialisch, und du bist nur ein junges Mädchen, das über sich selbst bestimmen will. Aber vielleicht weißt du etwas. Vielleicht hast du etwas, nur ein Gefühl, das mich in die richtige Richtung weisen kann.«

Erneut lehnte sie sich vor, hielt die Augen des Mädchens fest und tat ihr Bestes, um durch die Lagen von jugendlichem Trotz, gemischt mit Verletzbarkeit und Wut, hindurchzusehen.

»Ich bin Roses Mutter. Wenn ich sterbe, verliert sie mich, genau wie du deine Mutter verloren hast. Rose mag dich. Vielleicht kannst du helfen, das zu verhindern.«

Lises Lippen schlossen sich sanft um die Zigarette, aber als sie sie wieder losließen, wurden sie zu einem dünnen Strich, und in ihrem Blick schwamm die Herausforderung.

»Warum sollte ich mich um Rose sorgen?«

Dicte schloss halb die Augen. Sie hoffte, richtig gesehen zu haben.

»Weil sie du sein könnte. Das hast du gedacht, nicht? Als du gehört hast, dass ein siebzehnjähriges Mädchen deine Mutter gefunden hat. Dass du das hättest sein können, und deshalb wolltest du sie kennen lernen. Nicht nur, um zu erfahren, was mit deiner Mutter passiert ist und wie sie gefunden wurde, sondern auch, um zu hören, wie Rose reagiert hat. Deshalb bist du ihr gefolgt, nicht?«

Wenn es einen Weg zu ihr gab, musste er hier zu finden sein, dachte sie. In der Spiegelung zwischen zwei jungen Mädchen und den Wendungen, die ihr Leben nahm, wenn die Erwachsenen für sie entschieden. Rose und die Scheidung und ihr Klammern an Jan. Lise und ihr unfreiwilliges Heranwachsen in einer Sekte, die zu einem Elternersatz und mehr geworden war.

»Ihr habt etwas gemeinsam«, fuhr Dicte fort. »Ihr habt euer Leben selbst in die Hand genommen, aus Protest gegen die

Wirklichkeit, in die man euch hineingezwungen hat. Ihr gleicht einander, auch äußerlich. Das muss ich dir bestimmt nicht erzählen.«

Lises Mund bewegte sich fast unmerklich. Der Strich wurde wieder sanft, während sie den Blick senkte und Asche von der Zigarette auf der Untertasse abstrich. Als sie Dicte wieder ansah, waren ihre Augen kugelrund und glänzend.

»Ich habe meine Mutter geliebt«, sagte sie halblaut. »Ich habe sie auch gehasst, aber vor allem habe ich sie geliebt.«

Dicte nickte. Natürlich. Man streitet sich; man macht einander Vorwürfe; man reißt sich los. Man fühlt sich verraten und ungeliebt, und trotzdem liebt man. Die Minuten an dem offenen Grab stürmten mit ihrer ewigen Hoffnung auf Versöhnung auf sie ein.

»Da war ein Mann«, sagte Lise zu der Zigarette in ihrer Hand. »Er hat uns in Åbyhøj besucht.«

»Bei den ›Blumen Gottes‹?«

Lise nickte.

»Er wollte Mitglied werden. Aber irgendwie passte er nicht in die Sekte. Aber er war sehr an meiner Mutter interessiert. Nicht wie ein Freund, sondern auf eine eklige Art.«

»Was meinst du mit ›eklig‹? Irgendwie unheimlich?«

Lise dachte gründlich nach. Dann nickte sie.

»In der Regel saß er nur da und starrte sie an, wenn sie es nicht merkte. Er hatte schöne Augen, aber sie konnten auch gucken, dass man Angst bekam.«

In Lises Blick begegnete Dicte einem Gemisch aus Wut, Trauer und Verwirrung.

»Er war sehr viel jünger als sie, und ich habe ihr gesagt, dass sie dumm sei, wenn sie glaube, dass das ernst gemeint sei. Ich wollte, dass sie vorsichtig ist, aber sie hat immer wieder mit ihm kokettiert.«

»Wie hieß er? Kannst du dich an seinen Namen erinnern?«

Lise schüttelte den Kopf.

»Nicht an den Nachnamen. Aber er hieß Klaus. Das hat er jedenfalls gesagt«, fügte sie hinzu.

»Warum glaubst du nicht, dass er echtes Interesse an deiner Mutter hatte?«

Lise machte eine ausladende Handbewegung, dass Asche durch die Luft flog. Der Ärger der Jugendlichen loderte auf.

»Sie war schließlich nicht mehr die Frischeste mit den grauen Haaren und den flachen Schuhen, und er sah verdammt gut aus und hätte jede haben können.«

»Ein klasse Typ?«

Lise nickte.

»Er hatte Ähnlichkeit mit Brad Pitt.«

41

Wagner öffnete die Tür des Reihenhauses und trat ein.

Die Katze war sofort da und wand sich um seine Hosenbeine, noch bevor er mit der Tasche unter dem Arm richtig im Haus war. Er wollte irgendetwas sagen, vielleicht rufen, dass er da war, so wie man es im Film sieht, wenn der Hausherr von einem langen Tag im Büro nach Hause kommt. Aber eine Stille schien über ihm zusammenzuschlagen, und die Worte blieben ihm im Hals stecken. Niemand war zu Hause, und er dachte, dass er unter normalen Umständen den Frieden und die Ruhe genossen hätte, die ihm manchmal fehlten. Aber im Moment war nichts normal. Alles war auf den Kopf gestellt, und er ertappte sich dabei, nach einem Richtungsanzeiger zu suchen; vielleicht nach dem Gefühl von etwas Ganzem und der Gewissheit, dass er willkommen war.

Er hängte den Mantel auf einen Bügel in der Diele und zog die Schuhe aus. Dann ging er ins Schlafzimmer, wo ihm die Leere noch stärker bewusst wurde. Nicht einmal eine einzelne Socke oder ein einzelner Schuh waren irgendwo zu sehen. Die pastellblaue Bettdecke war glatt wie die Haut auf einem Tierkörper, und es roch sauber und steril. Ihm fiel ein, dass heute Putztag war. Vibe Rasmussen war mit Eimer, Wischlappen und Staubsauger da gewesen und hatte die Spuren der Hausbewohner entfernt, wie ein Täter versuchte, den Polizeitechnikern zuvorzukommen. Er ging von einem Zimmer zum anderen. Martins Spielsachen waren in einer Ecke des Zimmers verstaut, und selbst Alexanders Zimmer sah ordentlich aufgeräumt aus.

Im Wohnzimmer standen frische Blumen in einer Vase auf Ida Maries Glastisch, und die Zeitungen lagen zusammengefaltet im Zeitungsständer neben dem Sofa. Die Kissen waren aufgeschüttelt und standen in Reih und Glied, und die lavendelblaue Decke war mit minutiöser Sorgfalt zusammengefaltet und wie zufällig auf der gelbgrauen Armlehne des Sofas drapiert. *Schöner Wohnen* hätte es nicht besser hinbekommen können, dachte er leicht traurig und vermisste Ida Maries Stimme im Wohnzimmer und Martins Plappern und die Gewissheit, dass Alexander in seinem Zimmer saß und Aufgaben machte oder in eine blutige Schlacht zwischen den Guten und den Bösen aus *Star Wars* vertieft war. Aber sie waren nicht da, und jetzt erinnerte er sich, dass Anne versprochen hatte, auf Martin aufzupassen, weil Ida Marie zu irgendeiner späten Geschäftsbesprechung musste und Alexander bei seiner Schwester Hanne war, die in derselben Straße einige Nummern weiter wohnte. Er erinnerte sich auch, dass er sich eigentlich darauf gefreut hatte, in ein ruhiges Haus zu kommen, sich in den Lehnstuhl zu setzen, gute Musik zu hören und den Gedanken freien Lauf zu lassen. Aber es war halb neun, und er war erschöpft, und sein Körper sehnte sich nach einem anderen Körper. Nicht so sehr nach Sex wie nach Armen, die sich um ihn schlangen, nach dem Rhythmus eines anderen Herzens an seinem und dem Gefühl, unter lebendigen Menschen zu sein, die sich liebten und liebevoll miteinander umgingen. Menschen, die verstanden, dass man als Polizeibeamter hin und wieder das Gefühl hatte, mit gespreizten Beinen zwischen dem Totenreich und dem Land der Lebenden zu stehen.

»Pathetisch«, murmelte er vor sich hin und folgte der Katze in die Küche. Sie schlängelte sich zwischen seinen Beinen hindurch und schnurrte ihren Hunger oder vielleicht auch nur ihre Gier laut heraus.

»Okay, okay.«

Er kramte hinten im Schrank und fand eine alte Dose mit dem Katzenfutter, das Ida Marie zugunsten des langweiligen Trockenfutters konfisziert hatte. Mit Dorsch- und Makrelengeschmack. Er lächelte, als er das Futter in die Schale füllte. Ida Marie wäre entrüstet, hatte aber keine Probleme, Pizzen von dem Pizzamann um die Ecke zu bestellen.

Die Katze belohnte ihn mit einem zärtlichen Biss in die Hand, als er die Schale auf den Boden stellte.

Er holte sich ein Bier aus dem Kühlschrank, schmierte sich ein Roggenbrot und ging ins Wohnzimmer, wo er eine CD mit Beethovens siebter Sinfonie einlegte. Er hörte sie nicht oft. Wie viele der Klassiker hob er sie auf, damit sich die Töne nicht abnutzten und die explosive Heftigkeit des ersten Satzes und die Ekstase der Wiederholung in dem langsamen Satz nicht in die Banalität der Wiederholung abrutschten. Aber es gab Ausnahmen. Es gab Tage wie diesen, wo die blutigen Geschehnisse in seinem Kopf einen zu großen Raum einnahmen und er sich, um nicht zu kapitulieren, mit einer starken und kräftigen Portion Schönheit bombardieren musste, die der Brutalität des Verbrechens trotzen konnte. Hier halfen Bach oder Mozart nicht.

Er seufzte, schloss die Augen und lehnte den Kopf gegen den zerschlissenen Stoff des Stuhls. Aber nicht einmal Beethoven konnte die Bilder in die Flucht schlagen. Sie begannen, sich in den Vordergrund zu drängen, wie sie das gewöhnlich taten, wenn er in letzter Zeit versuchte, die Arbeit loszulassen und zu entspannen. Inger Graugaard, wie sie in dem kalten Moor gelegen hatte, und Esther Rantzen mit den blonden, blutverschmierten Haaren und der Axt, deren Schaft in die Luft stand, während ihr Sohn Zuflucht unter dem Bett gesucht hatte. Was hatte er gesehen? Sie hatten kein Wort aus ihm herausbekommen.

Dafür war an diesem Morgen Dicte Svendsen mit Lise in die Morgenbesprechung geplatzt, und, ja, sie waren ein gutes Stück weitergekommen, das musste er zugeben. Die anderen im Team waren guter Stimmung gewesen, aber auch ein wenig beschämt, dass eine Journalistin die Arbeit für sie erledigt hatte. Aber es half nicht, kleinlich zu sein, das hatte er schon lange erkannt. Sie brauchten alle Hilfe, die sie bekommen konnten, und Dicte ging es nicht anders. Dass ihre Tochter sie zu Lise geführt hatte, war nur ein glücklicher Umstand, mit dem niemand hatte rechnen können.

Er griff nach einer Scheibe Roggenbrot mit Käse und biss hinein, aber es schmeckte ihm nicht. Er stellte den Teller zurück auf den Tisch. Beethovens zweiter Satz begann, und er saß ganz still und ließ sich von dem Strom mitreißen und vermisste Ida Marie. Natürlich war ihm klar, dass die Besprechung wichtig war, aber er konnte sich trotzdem des Gefühls nicht erwehren, dass sie ihn bestrafen oder zumindest ein wenig auf Abstand halten wollte. Sie wusste ja, dass er sich mit ihrem Wunsch nach noch einem Kind schwer tat. Sie wusste auch, dass etwas in ihm sich dagegen wehrte und der Gedanke an noch mehr Verantwortung schwer auf ihm lastete. Er wünschte, er könnte das ändern und ihr sagen, dass sie es einfach versuchen sollten, dass es schon gehen werde. Aber irgendwie schien die Arbeit an dem Fall dazwischengekommen und die Logik des Mörders in sein Bewusstsein gedrungen zu sein und seine Sicht der Zukunft in einer dunkleren Farbskala zu zeichnen.

Er trank aus der Bierflasche und ließ die Flüssigkeit bis auf den Grund seines Körpers sinken und den Alkohol seine Wirkung tun, sodass sich die Müdigkeit schwerer und entspannter anfühlte. Die Drohung gegen Dicte hatte das Motiv klar werden lassen, meinte er. Die Frauen, die in den Augen des Täters schlechte Mütter waren, sollten bestraft werden. Auch wenn sie vielleicht keine andere Wahl gehabt hatten. Mütter, die ihre Kinder im Stich gelassen hatten, und Mütter, die die Umstände über die Liebe zu einem Kind hatten bestimmen lassen. Mütter, die gequält hatten, und Mütter, die ihre Versprechen nicht gehalten hatten. Das war grausam, und das war krank und genau die Art von Gerechtigkeit, die er immer verabscheut hatte. Es war das Gericht der Straße, konzentriert in einem einzigen rachsüchtigen Gehirn. Und trotzdem fand es irgendwo in ihm ein Echo. Trotzdem konnte er den kleinen Ansatz von Gerechtigkeit sehen, ein Umstand, der ihn sich vor sich selbst ekeln ließ, weil auch er nicht freigesprochen würde, wollte man diesen Maßstab anlegen. Und weil dieser Maßstab ihm zu seinem großen Entsetzen hin und wieder angemessen erschien.

Er stand auf. Beethoven hatte eine bessere Aufmerksamkeit verdient als die, die er ihm zu geben imstande war. Er stellte die Anlage aus und steckte die CD zurück in die Hülle, ging in die Diele und zog Mantel und Schuhe an und trat in das Dunkel hinaus, wo eine nasse Kälte ihm entgegenschlug.

Er sollte sich freuen, dachte er, während er die Straße hinunter zu Hannes Haus ging, den Wind im Rücken. Lise hatte ihnen ein Alibi für die Nacht geliefert, in der ihre Mutter ermordet worden war. Sie hatten es überprüft, und sie schien wirklich den Abend und die Nacht zusammen mit einem Mädchen aus der Sekte verbracht zu haben, das jetzt bei seinem Vater in der Assensgade wohnte. Sie hatten einen Verdächtigen oder, richtiger, den vermutlichen Vornamen des möglichen Täters. Lise hatte gegen das Versprechen, alleine wohnen zu dürfen und vor den Pädagogen Ruhe zu haben, mit ihnen zusammengearbeitet. Das war einfach zu bewerkstelligen. Sie war ihrer Mutter weggenommen worden, aber Ingers Tod hatte die Sachlage geändert. Wenn Lise das nur etwas früher eingesehen und sich mit ihren Informationen an sie gewandt hätte, anstatt zu glauben, dass sie verfolgt und der Freiheit beraubt werden würde, für die sie so viel riskiert hatte.

Er seufzte. So war es vielleicht, jung zu sein, dachte er. Er konnte sich nicht mehr erinnern. Aber er wusste aus Erfahrung, dass die jungen Leute die Polizei scheuten, ohne dass es notwendigerweise einen Grund dafür gab.

Hanne, die gerade den Abwasch erledigte, sah ihn vom Küchenfenster aus kommen.

»Wie komme ich zu der Ehre?«

Sie öffnete weit die Tür, und er wusste, dass er die Kälte mit hereinbrachte.

»Ich dachte, dass Alexander vielleicht nach Hause will.«

Sie sah ihn skeptisch an, während er einen Moment einfach dastand und alles in sich aufnahm. In ihrem und Karstens Haus roch es nicht nach Putztag, sondern nach frisch gebratenen Frikadellen. In der Diele konnte man kaum gehen vor Schuhen in diversen Größen, und es war schwer, sich Gehör zu verschaffen, weil drei Jungen im Alter von sieben, zehn und elf Jahren irgendein Spiel spielten, zu dem laute Rufe und Schreie gehörten, die aus den Sprechblasen von Comics zu stammen schienen.

»Er glaubt, dass er hier schlafen soll«, sagte sie vorsichtig und mit dem pädagogischen Selbstvertrauen, das aus einem Leben mit Kindern gewachsen war, sowohl zu Hause als auch bei ihrer Arbeit als Kindergärtnerin. »So war es doch abgemacht.«

Sie führte ihn in die Küche, wo er sich auf einen Hocker setzte. Den Mantel behielt er an.

»War es das?«, fragte er dümmlich, weil er es natürlich wusste. Aber etwas in ihm wollte protestieren. Der Junge war, verdammt noch mal, sein Sohn.

»Er kann ja ein anderes Mal hier bleiben«, schlug er vor. »Kannst du ihm nicht sagen, dass ich gekommen bin, um ihn zu holen?«

Hanne nickte in Richtung Diele und Treppe, die in die erste Etage führte.

»Warum gehst du nicht rauf und sprichst mit ihm?«

Aber das war nicht nötig, denn plötzlich waren Schritte auf der Treppe zu hören, und Alexander steckte seinen kleinen, dunklen Kopf ins Zimmer. Wagner begegnete seinem bekümmerten Blick.

»Ist etwas nicht in Ordnung, Vater?«

Etwas nicht in Ordnung, konnte Wagner noch denken. Man kommt und holt seinen Sohn ab, und er glaubt, dass etwas nicht in Ordnung ist.

Er räusperte sich und wollte etwas sagen, als der Junge ihm zuvorkam.

»Wir spielen gerade so schön.«

Aus dem ersten Stock kamen Gepolter und Gejohle, und Hannes Sohn Johan rief die Treppe hinunter: »Alexaaaander! Komm schon!«

Alexander trippelte ein wenig auf der Stelle, während sein Blick die Treppe hinaufwanderte. Wagner brachte die Worte nicht heraus, sondern saß nur still da, als sein Sohn sich mit einem entschuldigenden Lächeln zurückzog.

»Wir sehen uns morgen, Vater. Wenn alles in Ordnung ist«, fügte er hinzu.

Wagner schüttelte den Kopf, ohne es richtig zu wollen. Natürlich war nicht alles in Ordnung. Es war absolut nicht in Ordnung, wenn der eigene Sohn ein anderes Heim seinem eigenen Zuhause vorzog.

»Er wird langsam groß.«

Hanne wollte ihn trösten, und er wusste, dass sie seine Gedanken erraten hatte. So war es schließlich immer. Die praktische Hanne, die wusste, wie es einem ging und warum.

»Ich vernachlässige ihn.«

Sie ging zum Fenster und wischte die Fensterbank ab, auf der Töpfe mit Kresse und anderen Kräutern standen.

»Es geht ihm gut«, sagte sie über die Schulter. »Er ist glücklich. Er spielt gut, und in der Schule läuft es auch gut.«

Sie drehte sich um. »Was willst du mehr?«

Was wollte er mehr? Ein besseres Gewissen vielleicht. Vielleicht ging es hier mehr um ihn selbst als um Alexander. Er sah sie an. Sie hatte das blonde Aussehen und die Sanftheit ihrer Mutter. Kinder und Tiere scharten sich um sie, das war immer so gewesen, genau wie junge Leute und Erwachsene sich bei ihr Rat holten. Hin und wieder hatte er sich gefragt, an wen sie selbst sich wandte, aber sie hatte Karsten, den großen, gutmütigen Karsten, der Sozialarbeiter war und mit der Unterbringung von Kindern und Jugendlichen in Erziehungsheimen zu tun hatte. Kein lustiger Job, aber Karsten war auf wunderbare Weise fast immer guter Laune.

»Können wir es mit unseren Kindern nicht besser machen?«, fragte er schließlich, ohne es eigentlich zu wollen, weil er genau wusste, was jetzt kommen würde. »Haben wir nicht eine Verpflichtung, mehr für sie da zu sein?«

Sie stemmte die Hände in die Hüften und sah aus, als hätte irgendjemand die Kavallerie zum Angriff gerufen.

»Frauen zurück an den Herd, willst du das?«

Er sah weg. Sie setzte sich ihm gegenüber.

»Man kann die Zeit nicht zurückdrehen«, sagte sie. »Und ich kann dir versichern, dass der Mythos von den vernachlässigten Kindern stark übertrieben ist. Die meisten Kindergartenkinder entwickeln sich gut und würden sich zu Tode langweilen, wenn sie alleine mit ihrer Mutter zu Hause sitzen sollten.«

Sie schüttelte den Kopf. »Warum sagst du so etwas? Liegt es an dem Fall? An den Jugendlichen, die die Schulen abgefackelt haben? An den beiden Morden?«

»Totschlägen«, berichtigte er sie müde.

»Schlechte Mütter«, fuhr sie unangefochten fort und rollte die Augen zur Decke. »Danke, ich habe Zeitung gelesen. So einen kranken Unsinn habe ich noch nie gehört.«

Er musste lächeln. Niemand konnte wie Hanne die Dinge zurechtrücken.

»Ida Marie möchte noch ein Kind«, entfuhr es ihm.

Sie kniff die Augen zusammen, als könnte sie ihn nicht richtig sehen. Dann lachte sie und machte eine ausladende Handbewegung.

»Ja dann, ran an die Arbeit!«

Bevor er etwas sagen konnte, stand sie auf, holte ein Bier aus dem Kühlschrank und stellte es ihm vor die Nase.

»Du siehst müde aus. Sie hat bestimmt nicht viel Freude an dir, bis der Fall abgeschlossen ist«, sagte sie mit ihrem üblichen Mangel an Diskretion. »Er nimmt dich ganz schön mit.«

Da kam Karsten mit fragendem Blick aus dem Wohnzimmer herein.

»Habe ich doch richtig gehört.«

Er stand mit seinem großen Körper eine Weile linkisch in

der Tür, bevor er einen Stuhl nahm und sich an den Küchentisch setzte. Er nickte gutmütig zu der Bierflasche hin. »Sieht ganz so aus, als könntest du das brauchen.«

Er wollte aufstehen, bestimmt, um sich auch ein Bier zu holen, aber Hanne hatte es bereits erraten. Sie stellte ein Bier und ein Glas vor ihn hin, füllte eine Schale mit der Sorte Chips, die Ida Marie als reine Fettbomben bezeichnen würde, und setzte sich mit einem Glas Rotwein zu ihnen.

»Was machen die Ermittlungen, oder frage ich besser nicht?«

Wagner wartete, bis sich ein Schluck Bier und ein paar Chips gesetzt hatten. Mit anderen als Ida Marie sprach er nicht über seine Arbeit, und selbst da war er in der Regel vorsichtig. Aber diese Küche hatte etwas an sich – diese Ruhe, die trotz Kinderspiel und Geschrei über dem Haus lag und zu einem Gespräch einlud. Er spürte, wie die Worte langsam aus ihm herausgezogen und die Begebenheiten der letzten Tage auf dem Tisch mit der rot karierten Wachstischdecke ausgebreitet wurden. Er erzählte von Dicte und der Drohung gegen sie, von der sie natürlich gelesen und gehört hatten; von dem Fund Esther Rantzens und Lises Aussage, und zwei Menschen, die er sehr schätzte, aber trotzdem nicht so oft sah, hörten intensiv zu.

Als er fertig war, sah Karsten ihn eindringlich an, während er langsam aus seinem Bierglas trank.

»In der Arbeit sagen wir immer, dass wir der Gewalt folgen müssen«, sagte er dann.

Wagner sah ihn fragend an.

»Wenn wir ein Problem in einer Familie analysieren müssen, können wir in der Regel der Gewalt wie einem roten Faden folgen. Manchmal Generationen zurück.«

Er stellte vorsichtig das Bierglas zurück auf den Tisch. »Aber ihr seid das Ganze bestimmt schon durchgegangen«, fügte Karsten hinzu. »Den Hintergrund der involvierten Familien und so.«

Wagner nickte. Sie waren das durchgegangen oder nicht? Er sah auf seine Uhr und stand auf.

»Ich sollte sehen, dass ich nach Hause komme.«

Hanne begleitete ihn hinaus. Einen Moment glaubte er, sie wollte eine kleine Rede halten, bevor sie ihn in die kalte Luft entließ. Ihm vielleicht erzählen, dass er ein guter Vater war und ruhig noch ein Kind in die Welt setzen konnte. Aber sie umarmte ihn nur, und er ging in den eisigen Regen hinaus, der ihm ins Gesicht schlug.

Als er am nächsten Morgen die Zeitung öffnete, während sich Ida Marie und Martin quer über den Tisch in Babysprache unterhielten, starrte er lange das Phantombild des gesuchten Mannes an, das sie nach Lises Beschreibung erstellt und veröffentlicht hatten. Wer war er? Warum war er in Inger Graugaards Leben getreten? Warum hatte er seine Grausamkeit entfesselt und zwei Frauen so brutal ermordet, falls er es war?

Wagner ließ die Gedanken arbeiten, während das Gesicht sich vor seinem Blick verwandelte und die Zeichnung zu Fleisch und Blut wurde. Ein schöner Mann, wie es schien. Mit einer betonten Kieferpartie und einem entschlossenen Blick. Er dachte an Karstens Rat. Folge der Gewalt. Und er dachte an Karen Graugaard und das Eis, das ihm den Rücken hinuntergelaufen war, als sie von ihrer und Ingers Kindheit erzählt hatte.

Er beschloss, so bald wie möglich dem Pflegeheim in Tilst einen Besuch abzustatten.

42

Karen zählte immer die Schläge. Vielleicht, weil das etwas war, das sie tun, woran sie sich festhalten konnte. Vielleicht um Anklagen für den Tag zu sammeln, an dem er seine Strafe bekommen würde. Denn das würde er, nur dafür lebte sie. Erst zehn Jahre alt, kannte sie den Hass und seine Auswirkungen auf sie in- und auswendig. Sie wusste, wie er sie langsam von innen her verzehrte wie ein Wurm einen Apfel, dass er ihr Leben beherrschte. Vielleicht fürchtete sie deshalb den Hass am meisten. Weil sie wusste, dass er mehr als irgendetwas anderes sie und Inger eines Tages zerstören würde.

Wie sie neben Søren lag und schlief und im Traum die Schläge auf sich herniederprasseln spürte, war sie sich doch im Klaren, dass es ein Traum war. Sie wusste, dass sie in einem noch größeren Albtraum aufwachen würde und nur überleben konnte, wenn sie an jedem Tag jede Minute nach der anderen nahm. Ihr ganzer Körper schrie vor Schmerzen und Sehnsucht, und wie immer rief sie nach ihrer Mutter. Aber es war die Stimme ihres Vaters, die ihr im Traum antwortete. Es war seine Hand, die schlug.

»Verdammt noch mal, was bist du für eine Quasselstrippe. Wenn man dir nur den Rücken zukehrt, steht dein Mund nicht mehr still. Habe ich dich nicht gelehrt, die Klappe zu halten?«

Sie hatte nichts getan, meinte sie. Sie hatte nur vergessen, die blauen Flecken auf ihrem rechten Arm zu bedecken, und die Nachbarin war gekommen und hatte ihren Vater zur Rede gestellt. Karen hatte gebettelt und sie angefleht, es zu lassen, aber Marie konnte man nicht so einfach zur Vernunft bringen.

»Du solltest dich schämen, Jørgen Graugaard, kleine, wehrlose Mädchen zu schlagen. Wenn ich das noch einmal sehe, melde ich dich dem Jugendamt.«

Aber sie tat es nicht, weil ihr Mann Jens die Hälfte von Jørgens Boden gepachtet hatte, der fett und humusreich war und eine gute Ernte erbrachte. An dieser Vereinbarung durfte nicht gerüttelt werden.

Wieder trafen sie die Schläge. Ihr Rücken war wie gerädert; ihre Beine und ihre Arme waren fast gefühllos. Sie spürte, dass sie von ihm wegglitt und wie die Augen sich langsam schlossen.

»Stellst du dich etwa tot?«, brummte er, reduzierte aber trotzdem das Tempo. »Glaub nur nicht, dass dir das hilft.«

Aber es half, wenn das Dunkel kam und sie umfing. Es half, wenn er Angst bekam.

Die Berührung war vorsichtig, und trotzdem erwachte sie schlagartig. Das Laken unter ihr war verknüllt und sie schweißnass.

»Träumst du wieder?«

Sørens Flüstern vibrierte im Dunkeln. Er kannte sie so gut. Er wusste auch, dass er ihr jetzt nicht zu nahe kommen durfte.

Er begnügte sich damit, unter der Decke nach ihrer Hand zu greifen und sie zu drücken.

»Es geht vorbei«, sagte er in dem vergeblichen Versuch zu trösten. »Es ist immer schlimmer, wenn sich etwas zuspitzt. All das mit Lise …«

Ihr Mund war trocken und ihr Körper steif, als wäre er in der Mitte durchgebrochen. Sie griff nach dem Wasserglas und trank dankbar. Dann legte sie sich in die Kissen zurück und wartete, bis das Leben langsam zurückkehrte.

»Der Polizeibeamte war hier, habe ich das erzählt?«

Er kroch etwas näher an sie heran, dass die Decke knisterte. Er streichelte ihre Hand.

»Was wollte er?«

Sie richtete das Kissen, damit es ihren Nacken besser stützte.

»Er war hier, bevor sie Lise gefunden haben«, sagte sie und dachte wieder an den Traum. »Ich habe ihm von Vater erzählt«, sagte sie dann. »Außer dir habe ich das noch nie jemandem erzählt.«

Er seufzte. Sie hörte auch ein unterdrücktes Gähnen, aber was konnte man um fünf Uhr morgens anderes erwarten?

»Aber das hättest du. Es noch anderen als mir erzählt, meine ich.«

Sie drehte sich zu ihm um.

»Ich konnte nicht. Bis jetzt. Ich hätte das Gefühl gehabt, bei lebendigem Leib gehäutet zu werden und einem anderen Menschen hautlos gegenüberzustehen.«

»Aber ihm konntest du es erzählen?«

In der Stimme schwang keine Eifersucht mit, nur ein leichtes Wundern. Sie schluckte. Sie erinnerte sich an den Klang des Klaviers, als sie in der Küche gestanden und Kaffee gekocht und die Kekse aus der Dose geholt hatte.

»Er hat Bach gespielt«, sagte sie, und diese Antwort schien Søren zu reichen, weil er nicht weiterfragte. Stattdessen rückte er noch ein wenig näher an sie heran, während er weiter ihre Hand hielt.

»Schlaf jetzt«, murmelte er und war bereits eingeschlafen.

Der Traum saß den ganzen Vormittag in ihr und hatte sie noch immer nicht ganz losgelassen, als das Telefon schellte.

»Wagner. Störe ich?«

»Ich sitze an einem Bach-Präludium. Aber das kann wohl warten.«

Er räusperte sich, dass es in der Leitung kratzte.

»Es geht um Ihren Vater. Wir würden uns gern mit ihm unterhalten. Haben Sie etwas dagegen?«

Sie hätte damit rechnen müssen, aber trotzdem begann der Schmerz heftig an der Stelle zu pochen, an der er sie im Traum geschlagen hatte. Sie suchte nach einer glaubwürdigen Antwort, vielleicht ein wenig zu lange, denn Wagner fuhr fort: »Sie können gerne dabei sein, wenn Sie das möchten. Aber soweit ich weiß, ist er nicht entmündigt worden.«

Sie schluckte und dachte an den Hass und daran, wie sie dagegen angekämpft hatte und dass sie dabei war, den Kampf zu verlieren. Sie dachte auch an ihre Mutter. In all den Jahren hatte Karen versucht, die Familiengeheimnisse für sich zu behalten, wie sie versprochen hatte. Jetzt hatte sie versagt, aber seltsamerweise fühlte sie keine Scham. Nur vor dem Hass hatte sie Angst.

»Sie können es versuchen«, sagte sie. »Aber es ist nicht leicht, sich mit meinem Vater zu unterhalten. Er ist allmählich ziemlich senil, und die Nachricht von Ingers Tod hat es nicht besser gemacht.«

Sie hörte die Wärme in seiner Stimme und war dankbar dafür.

»Ich weiß, dass das nicht leicht für Sie ist. Wir werden diskret vorgehen.«

»Aber was …?«

Sie stockte, und er beendete ihre Frage: »Was wir uns davon versprechen? Vielleicht eine Lösung. Vielleicht nur ein Steinchen in einem Mosaik. Er steht natürlich nicht unter Verdacht, so ist das nicht.«

Sie fragte nicht weiter, und er vertiefte es nicht.

Als sie zur Kirche fuhr, um zu üben, hoffte sie, dass es laufen würde, wie sie in ihrem tiefsten Inneren erwartete. Sie hoffte, dass sie mit leeren Händen wieder gehen und einsehen würden, dass das keine Spur war, die zu verfolgen sich lohnte. Natürlich wusste sie, warum sie es zumindest versuchen wollten. Es waren ihre Enthüllungen über die Schmerzen der Kindheit, die sie mit denen der Gegenwart verknüpfen wollten. So dachte man in der modernen Psychologie. Lächerlich, sagte sie sich, als sie auf den Kirchplatz fuhr. Eine Vergeudung von Zeit und wertvollen Polizeikräften. Und in der Zwischenzeit lief ein Mörder frei herum.

Sie stieg aus und knallte die Tür extra fest zu. Sie mochte John Wagner und respektierte ihn als tüchtigen Polizeibeamten, aber vielleicht hätte sie ihm doch nicht von damals erzählen sollen. Die Menschen hatten heute eine Tendenz, die Kindheit für alles verantwortlich zu machen und die Verbrecher zu entschuldigen, die es schwer gehabt hatten. Aber ihr Vater war kein Verbrecher.

Die Stille in ihrem Kopf war absolut, als sie vorsichtig, um nicht mit der Notentasche auf dem dünnen Eis auszurutschen, vom Auto zur Kirche ging. Milderes Wetter war angesagt, aber bis jetzt noch nicht eingetroffen.

Erst als sie die schwere Tür zur Vorhalle aufstieß, berichtigte sie sich selbst.

Er war nicht die Art Verbrecher, den sie suchten.

Sie übte gerne in der leeren Kirche und liebte die Kraft der Orgel, wenn die Pfeifen die Töne in den Raum hinausschmetterten und alles umfingen; die Bänke, die Wände, das Licht von den hohen Fenstern, die Kanzel und die sorgsame Altarausschmückung des Malers Emil Gregersen. Hier kam sie dem Zustand des Glücks am nächsten oder zumindest dem der Versöhnung. Hier hatte sie die besten Augenblicke erlebt, Augenblicke, in denen der Hass sich auflöste und die kalte Eiskugel, die sie immer mit sich herumzutragen schien, sich in etwas Fließendes, Warmes verwandelte.

Sie dachte daran, während Finger und Füße Tangenten und Pedale suchten in dem Versuch, das Bach-Präludium mit all seinen Verzierungen und Modulationen zu einem musikalischen Ganzen zusammenzufügen. Søren würde es traurig machen, deshalb hatte sie ihm nie gesagt, dass er zwar ein wichtiger Bestandteil ihres Lebens war, sie die Musik und die Kirche und den Kirchenraum und die Hoffnung auf Frieden aber sehr viel weniger entbehren konnte.

Doch wie es mit einem launischen Geliebten nun einmal war, gab es Momente der Distanz und Zeiten, in denen die Melodie verschwunden war. Sie musste über ihr eigenes Bild lächeln, weil sie nie einen Geliebten gehabt hatte und sich nicht besonders viel aus Sex machte. Aber es gab diese Zeiten, da sie keinen Sinn sehen konnte und die Sinnlosigkeit Besitz von ihr ergriff. So war es schon lange. Seit Ingers Tod, als Gott sich vor ihr verborgen und sie gesucht und gesucht, aber nur eine dröhnende Leere gefunden hatte. Nur als sie in ihrer Küche gestanden und gehört hatte, wie der Polizeibeamte Bachs Wohltemperiertes Klavier spielte. Nur da und nur für kurze Zeit hatte sie ansatzweise wieder einen Sinn gespürt.

Zögernd ließ sie die Töne des Präludiums im Raum verklingen, während sie versuchte, den Faden wieder aufzunehmen. Sie hatte versagt, das wusste sie, und sie war bestraft worden. Sie hatte nicht gut genug auf Inger aufgepasst, und zur Strafe hatten sie die raue Brutalität der Trauer und der Hass auf ihren Vater getroffen, der sich in ihrem Magen zu einem Schneeball zusammengeballt hatte, der nie schmolz. Gab es einen Ausweg? Gab es eine Möglichkeit, etwas wieder gutzumachen? Konnte sie dem Griff entkommen, der sie festhielt?

So saß sie lange, während die Orgel Luft und Töne in den Kirchenraum presste. Sie hörte nicht die Tür, die sich öffnete, und die Schritte, die die Treppe zu der Orgel hinaufstiegen, wo sie mit dem Rücken zu dem leeren Kirchenraum saß. Sie hörte nicht den vorsichtigen Atem und spürte nicht die Anwesenheit eines anderen Menschen.

»Hei.«

Sie hörte auch nicht dieses erste Wort, sodass Lise die Stimme über die Töne der Orgelpfeifen erheben musste.

»Tante Karen!«

Sie ließ keuchend die Tastatur los, und einen Moment wurde alles brüchig um sie, die Töne und die Luft und die Wände.

»Tante Karen.«

Diesmal war die Stimme sanfter. Lise streichelte ihren Rücken, den ein Schluchzen schüttelte.

»Du hast mich erschreckt.«

»Das wollte ich nicht.«

Karen drehte sich auf der Orgelbank um und sah in Lises blasses Gesicht. Sie sah das lange Haar, das ein feines Oval umkränzte, und Dankbarkeit durchrieselte sie wie die Perlenreihe Sechzehntelnoten, die sie gerade gespielt hatte.

»Ich habe hier gesessen und gehofft«, sagte sie. »Dass du kommst.«

Lise setzte sich und teilte sich die Orgelbank mit ihr. Sie griff zögernd in die Tasten und spielte »Maikäfer, flieg«, dass es im Kirchenraum dröhnte.

»Erinnerst du dich, wie du mir beigebracht hast zu spielen?«

Karen lächelte.

»Bis zu einem gewissen Grad. Du warst nicht sonderlich interessiert. Aber du bist musikalisch.«

Lise zuckte mit den Schultern und ließ die Tasten los. Dann griff sie nach ihrem Rucksack, der am Fuß der Orgel stand, nahm ihn auf den Schoß und wühlte darin herum. Karen erkannte Ingers Schmuckkästchen, als sie es herausholte und ihr gab.

»Ich wollte nur etwas von ihr haben«, murmelte Lise. »Aber ich musste die goldene Uhr verkaufen. Die, die sie von Großmutter geerbt hat. Ich hatte kein Geld.«

Karen stopfte das Schmuckkästchen zurück in den Rucksack. Sie fragte sich, was es zu bedeuten hatte, dass Lise zurückgekommen war.

»Das gehört dir ohnehin«, sagte sie. »Du kannst damit machen, was du willst.«

Das Weinen war so herzerweichend und kam so unerwartet und wurde durch die Akustik des leeren Raums noch verstärkt. Lises schmächtiger Körper bebte, und Karen legte einen Arm um sie. Jetzt war sie die Tröstende.

»Ich habe in der Zeitung gelesen, dass Mutter tot ist. Ich

habe nicht gewagt, mich zu zeigen und zu melden. Ich wusste, sie würden mich verdächtigen.«

»Unsinn«, log Karen und dachte an ihren eigenen Verdacht. »Du bist doch noch ein Kind. Und jetzt ist alles gut, und du kannst aufatmen und nach Hause kommen.«

Lise hob das Gesicht. Tränenstreifen glänzten wie kleine Flüsse.

»Nach Hause?« Sie schüttelte den Kopf, und Karen wurde das Herz schwer. »Das glaube ich nicht. Ich brauche mein eigenes Leben.«

Das hatte auch Inger gesagt, als sie endlich die Kindheit hinter sich gelassen hatte und von dem Hof weggegangen war, erinnerte sich Karen. Und sie erinnerte sich an die Hoffnung in der Stimme und ihre Bewunderung der Stärke, die in diesen Worten gelegen hatte, die sie selbst nie hätte aussprechen können. Ihr eigenes Leben, in jeder Beziehung, ohne die Einmischung von Schatten aus einer schmerzhaften Vergangenheit. Ein Leben nach eigener Wahl, das hatte Inger zumindest bekommen.

Lise zog eine Zeitung aus dem Rucksack und schlug sie auf.

»Da war ein Mann, Tante Karen. Hat Inger jemals von ihm erzählt? Er hieß Klaus.«

Karen schüttelte den Kopf, während Lise blätterte. Inger war so schweigsam gewesen. Vielleicht hätte sie Verdacht schöpfen sollen, weil das Schweigen ihr nicht ähnlich sah. Vielleicht hätte sie John Wagner davon erzählen sollen.

Lise fand, was sie gesucht hatte, und zeigte es ihr.

»Ich habe ihnen eine Personenbeschreibung gegeben. Aber ich weiß nicht, wo er ist, und kenne seinen Nachnamen nicht.«

Oberflächlich gesehen, zeigte die Zeichnung einen schönen Mann, das sah sie sofort. Doch als ihre Augen das Bild näher betrachteten, packte sie die Wahrheit plötzlich an der Kehle und drückte zu, dass ihr die Luft wegblieb. Die breite Stirn, die blauen, forschenden Augen, der schmale Mund.

Vielleicht würde das, was sie wiedererkannte, niemand anderem auffallen. Die Ähnlichkeit war nicht so unverkennbar wie die Tatsache, dass der Hass gewonnen hatte.

43

Mal ehrlich, ist das nicht ein bisschen dünn?«

Davidsen warf die Zeitung quer über den Tisch und strich das spärliche Haar mit einer Handbewegung zurück in die Stirn, die ihren Teil über seine Skepsis an ihrer fachlichen Urteilskraft ausdrückte, aber vor allem seine Unsicherheit bezüglich seines Jobs als Leiter des Büros in Århus.

»Dünn?«

Dictes sämtliche Verteidigungsmechanismen schalteten sich ein. Wollte er sie jetzt dafür strafen, dass ihr nicht gekündigt worden war, wie er vielleicht gehofft hatte?

»Was meinst du mit ›dünn‹?«, wiederholte sie und sah von dem Monitor auf, auf dem Ritzaus Nachrichten vorbeiflimmerten. Es gab bereits eine Meldung, dass Lise von der Journalistin gefunden worden war, die der vermeintliche Mörder bedroht hatte.

»Es ist wohl an der Polizei zu entscheiden, ob das für eine Fahndung reicht«, fuhr sie fort. »Außerdem steht nichts davon da, dass der Mann verdächtigt wird.«

Davidsen sah sie sauer an. Endlich bestand Klarheit, wer von der Sparrunde betroffen war, und wie durch ein Wunder schien sie an der Redaktion in Århus vorbeigegangen zu sein. Nur der Praktikumsplatz würde gestrichen werden, nachdem Holger im Mai fertig war. Was Davidsen als eine Form persönlicher Kränkung und Einschränkung seines eingebildeten Provinzimperiums betrachtete.

»Ich meine, ich verstehe einfach nicht, warum wir so viel

Platz auf das diffuse Phantombild eines Mannes verschwenden sollen, der nur peripher etwas mit dem Fall zu tun hat.«

»Peripher? Ist es nicht an der Polizei, das zu entscheiden?«

Er zuckte mit den Schultern und guckte feindlich die Zeichnung des gesuchten Mannes an. Dicte musste zugeben, dass sie nicht zu übersehen war, da sie sechs Spalten der Seite einnahm. Kaiser liebte so etwas.

Davidsen schob den Stuhl zurück und streckte seine langen Beine aus.

»Es liegen schließlich keine Informationen vor, denen zufolge der Mann Inger Graugaard bedroht hat, gewalttätig gegen sie geworden ist oder sie einer Gefahr ausgesetzt hat«, leierte er. »Was das angeht, kann es sich um einen ganz gewöhnlichen unschuldigen Mann handeln, vielleicht sogar mit Frau und Kindern, der einfach zur falschen Zeit am falschen Ort war.«

Seine Stimme klang nach gerechter Entrüstung, aber Dicte fiel nicht darauf herein. Sie kannte ihn zu gut und wusste, dass niemand so wenig Skrupel hatte wie Davidsen, wenn es darum ging, im Dienste einer guten Story die Identität anderer Menschen preiszugeben. Wie oft hatte er Namen von Verdächtigen veröffentlicht, noch bevor sie angeklagt oder verurteilt worden waren. Sie brauchte nur an den bestialischen Sexualmord an einem kleinen Mädchen im vorigen Jahr zu denken, wo ein Verdächtiger seinen Namen in der Zeitung hatte sehen müssen, noch bevor man ihn festgenommen hatte. Das Resultat war, dass er von einer wütenden Horde von Bürgern der kleinen Stadt zusammengeschlagen worden war.

Sie stand auf und begann, schmutzige Tassen wegzuräumen. Es war später Nachmittag, und sie waren alleine in der Redaktion. Sie sehnte sich nach Hause, wusste aber, dass die Rastlosigkeit ihr folgen würde. Sie und die Angst vor ihrem Verfolger mit seinen Drohungen saßen wie eine permanente fieberhafte Energie in ihr.

»Holger wäre das anders angegangen!«, rief er ihr hinterher, als sie mit den klappernden Tassen hinausging.

Sie drehte sich schnell um, und ein Kaffeelöffel rutschte aus dem Stapel und fiel auf den Boden.

»Holger!?«

Sie wollte die Augen schließen und bis zehn zählen oder vielleicht besser bis hundert. Sie hatte sich gelobt, keine schlechte Kollegin zu sein und Holger, der nur ein Praktikant war und erst am Beginn seiner journalistischen Laufbahn stand, nicht bloßzustellen. Aber etwas in ihr schrie danach, sich zu rechtfertigen und von seinem Onkel und seiner Befangenheit zu erzählen und dass Cecilie einige seiner Artikel geschrieben hatte. Vielleicht, dachte sie ganz kurz, hatte sie sogar die Pflicht, es zu erzählen. Wer wusste schon, wo ein Journalist wie Holger Søborg eines Tages einmal als Chef landen würde? Musste sie nicht hier und jetzt seinen totalen Mangel an Ethik und Moral enthüllen, selbst wenn ihr das gegen den Strich ging?

Sie starrte Davidsen an, der schnell den Blick abwandte. Wenn es darauf ankam, war er konfliktscheu.

»Nun ja«, murmelte er zahm. »Ihn werden wir wohl nicht behalten.«

»Und das ist auch gut so«, sagte sie und ging mit den Tassen hinaus.

Die Müdigkeit von der langen Nacht im Reihenhaus saß ihr noch immer in den Knochen und verflocht sich mit allem anderen, das in ihr arbeitete. Sie fühlte sich, als würde sie mit Pillen künstlich wach gehalten, während sich dahinter ein Schlafdefizit von einer Million Jahren verbarg. Ich schaffe es nicht, dachte sie. Nicht mehr lange. Bald bin ich reif und werde nicht einmal großen Widerstand leisten. Vielleicht wartet er nur darauf. Vielleicht wartet er darauf, dass ich aufgebe und das Unumgängliche geschehen lasse.

Sie hatte Skejby hinter sich gelassen und ließ das Auto nach Ny Mølle hinunterrollen, als sie die rasche Bewegung eines Tiers am Wegrand sah und eine Katze ihr vor das Auto lief. Sie wusste nicht, wie sie es schaffte, so schnell zu reagieren, aber sie stand auf der Bremse, bevor sie darüber nachdenken konnte. Die Katze lief weiter, als wäre nichts geschehen. So war das vielleicht, dachte sie ein wenig optimistischer, als sie weiterfuhr. Vielleicht hatte man mehr Reserven, als man ahnte. In extremen Situationen benötigte man Schnelligkeit, Geistesgegenwart und vielleicht sogar Mut. Hatte sie auch Letzteren? Sie versuchte, sich zu erforschen, musste jedoch aufgeben und feststellen, dass sie keine Ahnung hatte und sich nicht gut genug kannte.

Sie umklammerte das Lenkrad und drehte bei Ny Mølle zum Topkærvej hoch ab. Sie durfte nicht aufgeben. Irgendwo gab es eine Lösung, und vielleicht war das Phantombild Teil davon. Ein jüngerer Mann, der die Sekte aufgesucht hatte, die ansonsten vor allem Frauen in den mittleren Jahren anzog. Da stimmte etwas nicht, das hatte auch Lise gespürt. Ein gutes Aussehen, eine gewisse Selbstsicherheit in Bewegungen und Ausdruck, hatte Lise gesagt. Davidsen konnte meckern, soviel er wollte, aber irgendetwas stimmte da nicht. Vor allem dann nicht, wenn sie bedachte, dass der Mann Interesse an Inger Graugaard gezeigt hatte. Natürlich konnte man vorurteilslos sein und meinen, dass die Menschen ein Recht hatten, sich quer durch alle Altersstufen zu verlieben, aber Lises Instinkt hatte Recht. Irgendetwas in der Kombination dieser beiden Menschen war absolut falsch.

Sie war gerade in die Einfahrt eingebogen, als Bo auf dem Handy anrief.

»Hei, Schatz. Wir haben uns verspätet. Wo bist du?«

Er war mit Cecilie bei einem Handballspiel gewesen. Sie machte die Autotür auf und stieg mit der Tasche in der Hand aus.

»Zu Hause.«

»Und der Streifenwagen?«, fragte er und klang nervös.

Sie sah sich um. Er war nirgendwo zu sehen.

»Der kann doch nicht die ganze Zeit hier sein«, sagte sie müde und wusste, dass er jetzt mit heulenden Sirenen und seinem schlechten Gewissen als Treibstoff angerast kommen würde.

»Bleib im Haus«, sagte er schnell. »Ich bin in einer halben Stunde da.«

»Bo?«

Sie wollte ihm sagen, dass er nicht für sie verantwortlich war und nicht für sie Polizei spielen konnte. Aber darüber waren sie längst hinaus, und ihre Gespräche klangen nach einer Mischung aus Schuldgefühlen und Angst.

Sie drückte auf »Aus«, weil er das Gespräch bereits beendet hatte. Dann warf sie sich die Tasche über die Schulter und ging ins Haus zu Svendsen, der sie übermütig begrüßte. Sie hockte sich hin und vergrub ihr Gesicht in seinem Fell, und der Hund winselte bemitleidenswert und leckte ihr zum Trost die Wange ab.

»Sollen wir einen Spaziergang machen?«

Nachdem sie die Worte ausgesprochen hatte, gab es keinen Weg zurück. Der Hund sprang eifrig hoch und begann zu bellen und hinter ihr herzulaufen, und die Traurigkeit in seinen Augen verwandelte sich in Ekstase. Er gab nicht eher auf, bis sie die Leine an seinem Halsband befestigt und sich die Hundesachen angezogen hatte, die aus einer alten Jacke, die nach Trockenfisch roch, Regenhosen und Gummistiefeln bestanden, weil das Wetter tückisch aussah.

»Du passt auf mich auf?«

Sie sagte es zu Svendsen, als sie die Eingangstür hinter ihnen abschloss. Aber der Hund hatte ihre schlechte Stimmung vergessen und die Nase bereits am Boden und zog Richtung Moor. Es gelang ihr, ihn auf einen anderen Weg zu locken, und sie bogen an der Kasted-Kreuzung nach rechts ab, an dem weißen Bauernhaus und dem Feld vorbei, auf dem nur wenige und selten Hühner waren. Sie gingen diesen Weg nicht oft, weil während der Stoßzeit viel Verkehr war, doch auf das Moor hatte sie keine Lust. Noch nicht, dachte sie. Vielleicht irgendwann einmal, aber nicht jetzt.

Sie blieben nicht stehen, bis sie ganz unten am Hügel waren, wo der Fluss sich quer durch die Landschaft schnitt und man auf einer kleinen Brücke stehen und auf den Strom hinunterblicken konnte, der über die Steine rollte. Es war ein wirklich schönes Naturschutzgebiet, und eine Panoramaroute führte hier entlang. Sie erinnerte sich, dass sie einmal auf einer nahe gelegenen Wiese einen Reiher gesehen hatte. Das Wetter hatte sie an der Nase herumgeführt, und sie schwitzte in den Regensachen, während die Sonne nach Frühling schmeckte. Ein Jogger kam in einem gelben Dress mit schwarzen Streifen auf sie zu, und Svendsen machte sich jagdbereit.

»Nein!«

Sie zog sicherheitshalber an der Leine, und der Hund sah sie mit seinem Man-kann-es-doch-einmal-versuchen-Blick schuldbewusst an.

Sie trat zur Seite und hielt Svendsen dicht bei sich, während der Jogger an ihnen vorbeilief. Sie wäre beinahe Hals über Kopf in den Fluss gefallen, als sie über ein niedriges Schild stolperte, das sie früher noch nie gesehen hatte und das halb versteckt im Gebüsch stand. Als der Jogger weit weg war und Svendsen das Interesse an seinem Wild verloren hatte, wanderten ihre Augen zu dem Schild zurück.

Es war eines der Schilder, die als eine Art Service für Naturliebhaber aufgestellt worden waren. Feine, ausgemalte Zeichnungen zeigten Bilder der Vögel und Pflanzen, die man mit etwas Glück in dem Gebiet sehen konnte, und ein leicht verständlicher Text informierte kurz über das Egå-Kasted-Tal, ein von dem Schmelzwasser unter dem zwei bis drei Kilometer dicken Inlandeis am Ende der letzten Eiszeit vor zirka dreizehntausend Jahren geformtes Trogtal. Dem Text zufolge hatte der Eg-Fluss seinen Ursprung in dem Flachmoorgebiet des Geding-, Tilst- und Kasted-Moors. Von hier aus schlängelte er sich durch die ostjütländische Landschaft und mündete schließlich in der Århus-Bucht.

Ein kleiner Abschnitt informierte kurz über die Geschichte des Moors, und Dicte las interessiert, während Svendsen zu erschnuppern versuchte, wie viele andere Hunde das Schild besucht hatten.

Die Information überrumpelte sie so, dass sie vor Verblüffung fast die Hundeleine losgelassen hätte. Sie glaubte fast, falsch gelesen zu haben, und ging noch einmal mit rasendem Puls zu dem Abschnitt »Geschichte des Moors« zurück, um den gesamten Text gründlich zu lesen.

Nach dem einleitenden Abschnitt über die Entstehung des Moors folgten die Worte, an denen ihre Augen hängen geblieben waren. Ohne weiter darüber nachzudenken, las sie die Zeilen laut und hörte in der scharfen Märzluft ihre eigene Stimme, während die Unruhe ihr unter der Regenjacke den Rücken hinunterrieselte und den Schweiß in Eis verwandelte.

»Viele Moore bewahren alte Geheimnisse. So fand man 1940 im Kasted-Moor die Reste eines Mannes, der einen Strick um den Hals und eine Axt im Kopf hatte. Angeblich handelte es sich um den Müller von Ny Mølle, der 1660 in einer nebligen Nacht aus seinem Haus verschwunden war – die Hexe von Kasted hatte ihn geholt.«

44

Wagner wusste nicht genau, was ihn bewogen hatte, allein nach Tilst ins Pflegeheim zu fahren.

Er hätte Jan Hansen oder auch Ivar K bitten können mitzukommen, hatte es aber nicht getan. Vielleicht, um den alten Mann nicht unnötig zu erschrecken, dachte er, während er einen Augenblick draußen vor dem Präsidium im Auto sitzen blieb und die Adresse im Stadtplan suchte. Es regnete leicht, aber trotzdem lag der Frühling in der Luft. Es hatte mit dem Licht zu tun. Die dunklen Morgen änderten sich langsam, und die seltenen Sonnenstrahlen versprachen eine hellere Zeit.

Er fand die Adresse, fuhr Richtung Viborgvej und fragte sich, was das wohl für ein Mann war, den er jetzt treffen sollte.

Unmerklich wanderten die Gedanken von Jørgen Graugaard zu seinem eigenen Vater, der ebenfalls über achtzig war. Wie würde er reagieren, wenn plötzlich zwei Polizeibeamte in dem Haus außerhalb von Viborg auftauchten, das er noch immer selbst versorgte, obwohl er vor drei Jahren Witwer geworden war? Nervös wahrscheinlich. Oder mehr als das, vielleicht völlig verängstigt. Er kam zu dem Schluss, dass er sich deshalb entschlossen hatte, alleine zu fahren.

Aber Karl Wagners Vorgeschichte unterschied sich natürlich von jener der meisten Leute. Er hatte als deutscher Soldat während des Krieges in Dänemark gedient, wo er seine spätere Frau getroffen hatte, die bei Kriegsende für ihre Verliebtheit in einen Feind von einem wütenden Pöbel bestraft worden war, der ihr die Haare abgeschnitten und sie gedemütigt hatte. Nach dem Krieg war Karl Wagner nach Åbenrå zurückgekommen und hatte seine dänische Liebe geheiratet. Seit dieser Zeit hatten sie in Dänemark gewohnt und drei Kinder erzogen, aber als John Wagner jetzt quer über die Regina-Kreuzung und weiter zum Mølle-Park hinunterfuhr, erkannte er, dass sein Vater in Dänemark nie richtig heimisch geworden war. Der Schatten des Krieges schien immer auf ihm zu lasten und machte seinen angeborenen Ernst nur noch ausgeprägter. Wagner erinnerte sich noch an den Schmerz im Gesicht seines Vaters, als er als Kind weinend nach Hause gekommen war und erzählt hatte, wie er in der Schule damit aufgezogen wurde, dass seine Mutter ein Deutschenliebchen gewesen war. Kurz darauf war die Familie nach Viborg gezogen und hatte in der Hoffnung, neu anzufangen, den Nachnamen der Mutter, Petersen, angenommen. Den drei Kindern ging es auch gut in der Schule, aber Karl Wagner, der jetzt Petersen hieß, wurde immer stummer und verschlossener, was nicht gerade Kunden in die Metzgerei lockte, die er zusammen mit seiner Frau betrieb. Erst viele Jahre später, als John Wagner erwachsen geworden und zur Polizei gegangen war, hatte sein Vater sich ein wenig geöffnet. Er erinnerte sich an ein Gespräch, das sie an einem späten Weihnachtsabend geführt hatten, nachdem der Rest der Familie zu Bett gegangen war. Sie hatten das Schachspiel hervorgeholt und lange gesessen und an einem Whisky genippt, als sein Vater mit seinem unergründlichen, ernsten Blick aufsah, in dem die Jahre gestapelt lagen.

»Ich hoffe, du bist dir im Klaren, was du tust.«

Das Wort »Polizei« wurde nicht erwähnt, aber John Wagner, der in der Zwischenzeit den alten Namen wieder angenommen hatte, verstand. Er erinnerte sich so deutlich an seine eigene jugendlich naive Antwort, als wäre sie gerade aus seinem Mund gekommen.

»Ich möchte gerne das Richtige tun«, hatte er stolz proklamiert und hinzugefügt: »Der Gerechtigkeit dienen. Leute, die ein Verbrechen begangen haben, sollen bestraft werden, damit die Allgemeinheit in Sicherheit leben kann.«

Sein Vater hatte einen Läufer versetzt und ihn mit einem freundlichen, taxierenden Blick angesehen.

»Du glaubst also, dass es eine deutliche Scheidelinie zwischen Verbrechern und gemeinen Bürgern gibt?«

Wagner hatte seinen Vater verständnislos angesehen, während er gleichzeitig seinen nächsten Zug überlegte.

»Das versteht sich wohl von selbst«, sagte der junge Polizeibeamte. »Verbrecher brechen das Gesetz, und gemeine Bürger halten sich daran.«

Er machte einen Zug, den er sofort bereute, weil er seine Dame ihrer Deckung beraubte.

»Demnach gibt es keine Grauzone?«, fragte sein Vater mit den Augen auf dem Schachbrett. »Keine Zwischenstation, zum Beispiel wenn man von einem Verbrechen weiß, das ein anderer begangen hat? Oder selbst Opfer eines Verbrechens geworden ist und aus Angst vor Repressalien den Mund hält? Was ist man dann? Unschuldig oder mitschuldig?«

Als Wagner das Band jetzt wieder abspielte, erkannte er, dass sein Vater möglicherweise an etwas ganz anderes gedacht hatte als an das Offensichtliche. Karl Wagner war achtzehn gewesen, als er zur Wehrmacht einberufen wurde, und zwanzig, als die Deutschen Dänemark besetzten. Das, was er damals als richtig und falsch verstanden hatte, hatte sich später als das totale Gegenteil erwiesen. Das, was auf dem Papier eine Einhaltung des Gesetzes war, galt später als ein Verbrechen.

Wagner konnte nur raten, inwieweit er von diesem Gespräch im Laufe der Jahre beeinflusst worden war, weil er es sich nie richtig in Erinnerung gerufen und eingehender darüber nachgedacht hatte. Aber die Essenz hatte die ganzen Jahre in ihm gesessen, das wusste er plötzlich. Die Fähigkeit, ein Fragezeichen zu setzen und nicht einfach blind einen Verbrecher als einen Verbrecher anzusehen und eine Stütze der Gesellschaft als eine Stütze der Gesellschaft, hatte sein Vater ihn gelehrt, und diese Einsicht hatte Karl Wagner nicht gratis bekommen. Es war eine teure Erfahrung für den jungen deutschen Soldaten gewesen zu entdecken, dass die Wahrheit verschiedene Gesichter haben konnte, je nachdem, welchen Nachnamen man trug.

Er bog an der Bilka-Kreuzung nach rechts ab, fuhr an der Schule vorbei und den Havkærvej hinaus. Als er sich allmählich dem Pflegeheim näherte, fragte er sich, welche Wahrheiten der alte Mann, den er besuchen wollte, an seine Kinder weitergegeben hatte. Sein eigener Vater hatte keinem seiner Kinder auch nur eine Ohrfeige gegeben. Dieser Mann hatte seine Töchter verdroschen, Karen Graugaards Aussage zufolge jeden Tag. Was für einen Treibstoff bekam man von so einem Vater zum Leben? Hass? Oder bestenfalls Vergebung? Und war da überhaupt Platz für Liebe?

Das Gespräch im Büro der Leiterin wurde zu einer Fortsetzung des kurzen Telefongesprächs am selben Morgen, als er angerufen und gebeten hatte, Jørgen Graugaard verhören zu dürfen. Es wurde auch eine Wiederholung dessen, was Karen Graugaard gesagt hatte.

»Er ist nicht immer ganz da«, sagte Irene Husum freundlich von der anderen Seite des großen Schreibtischs, wo sie auf einem Stuhl thronte, der höher als seiner war. »Aber Katrine, sie ist unsere Sozialarbeiterin, sagt, dass er heute Morgen einen ganz fitten Eindruck gemacht hat.«

Wagner nickte verstehend.

»Ich muss es eben versuchen. Ich möchte ihn gerne zu seiner Vergangenheit befragen. Vielleicht erinnert er sich daran besser als an die Gegenwart.«

Sie lächelte anerkennend, aber er ahnte einen Anflug von Kühle in der Stimme.

»Wenn es etwas gibt, worüber Jørgen Graugaard gerne reden möchte, ist es bestimmt die Vergangenheit. Das möchten sie übrigens alle«, fügte sie hinzu und stand auf. »Ich zeige Ihnen den Weg.«

Er folgte ihr einen langen Gang hinunter, wo einige Bewohner in ihren Rollstühlen saßen und ihnen mit den Augen folgten.

»Kommt meine Tochter heute?«, rief einer von ihnen der Leiterin nach.

»Heute nicht, Harald«, sagte sie über die Schulter. »Ein andermal.«

Wagner schauderte und konnte sich des Gefühls nicht erwehren, dass diese Frage und diese Antwort täglich gestellt und gegeben wurden.

»Du hast Besuch, Jørgen. Der Herr ist von der Polizei und möchte dich gerne etwas fragen.«

Der Mann saß scheinbar passiv am Fenster, durch das die Sonne hereinschien, sodass Wagner seine Gesichtszüge nicht unmittelbar sehen konnte. Aber plötzlich kam Leben in ihn, und mit einer schnellen Bewegung schoss er mit dem Rollstuhl in die Mitte des Zimmers. Ein paar ausgeblichene blaue Augen saugten sich an Wagners Blick fest.

»Haben Sie Kuchen mit?«

Die Stimme war überraschend kraftvoll, und einen Moment war Wagner total perplex, überrumpelt von der Frage des Mannes. Dann schüttelte er den Kopf.

»Daran hätte ich denken müssen.«

Er sah Irene Husum an, die ihm zu Hilfe kam, auch wenn er ein Ressentiment in ihrer Stimme erahnte.

»Ich kann Anja bitten, Kaffee und Gebäck zu bringen.«

»Danke, das ist nett von Ihnen«, sagte Wagner und wartete, bis sie die Tür hinter sich geschlossen hatte. Dann trat er vor und streckte Jørgen Graugaard die Hand hin.

»Mein Name ist John Wagner. Ich bin Kriminalkommissar.«

Der Mann sah einen Augenblick mit etwas, das an Misstrauen erinnerte, auf die ausgestreckte Hand. Dann kam die Bewegung, schnell wie ein Schlangenbiss, und Wagner spürte einen Finger, der nach ihm schnappte.

»Ich liebe Gebäck«, sagte der Mann, und Wagner sah den Sabber aus dem kranken Mundwinkel laufen.

Er setzte sich Jørgen Graugaard gegenüber auf einen Stuhl. Aus irgendeinem Grund ließ er den Mantel an. Der Mann fuhr mit seinem Rollstuhl ganz nah zu ihm heran, und Wagner empfand ein Unbehagen und musste sich zwingen, sich auf das zu konzentrieren, was er fragen wollte.

»Mein Beileid zu Ingers Tod«, begann er, ohne dass der Mann reagierte. »Ich habe Ihrer Tochter Karen einen Besuch abgestattet. Was für ein schöner alter Hof«, fuhr er fort. »An der Wand hingen Bilder von den verschiedenen Jahreszeiten. Von Ernte und Pflügen und Torfstechen im Moor.«

Er bildete sich ein, dass etwas im Blick des Mannes sich regte. Der Mund bewegte sich, ohne etwas zu sagen, und der Ausdruck der Augen wurde klarer.

»Das muss ein hartes Arbeitsleben gewesen sein«, sagte Wagner. »Vielleicht mögen Sie mir etwas darüber erzählen.«

Er war ein großer Mann, dachte Wagner, während Jørgen Graugaard wieder den Mund bewegte. Jetzt war er in sich zusammengesunken, aber man sah an den kräftigen Knochen und den langen Gliedern, dass Ingers und Karens Vater ein imposanter Mann gewesen war.

Eine junge Frau brachte Kaffee und Gebäck, stellte alles auf den Tisch und ging wieder. Wagner goss ihnen beiden ein und teilte von dem Gebäck aus, und der Mann im Rollstuhl lächelte mit dem einen Mundwinkel ein schiefes Lächeln.

»Der Hof«, erinnerte Wagner ihn. »Ihr Leben. Ihre Familie«, erdreistete er sich zu sagen.

Der Mann, der ein Stück Gebäck zum Mund geführt hatte, fauchte plötzlich, dass die Krumen spritzten.

»Familie, ha! Unbrauchbare Flittchen«, meckerte er. »Nichts anderes als Männer im Kopf. Zügeln muss man die.«

Wagner fühlte, wie ihm der kalte Schweiß ausbrach. Er zwang sich, einen Schluck Kaffee zu trinken. Was wollte er eigentlich hier? Was konnte so ein alter, gewalttätiger Mann überhaupt zu ihren Ermittlungen beitragen? Er hatte eine gewisse Skepsis in Karen Graugaards Stimme wahrgenommen, und sie hatte natürlich Recht. Die Gewalt in der Vergangenheit hatte nichts mit der Gewalt in der Gegenwart zu tun. Der Teufel sollte Karsten und sein Geschwätz von dem sozialen Erbe und all dem, wozu es führte, holen.

»Nicht wie er«, sagte die Stimme plötzlich. »Er war anders.«

Wagners Gedanken hielten inne.

»Wie wer?«

Die Augen blitzten wütend und sahen plötzlich farbechter aus, als hätte das Blau sich um die Iris gesammelt.

»Aber der Müller hat ihn geholt. Weg war er.«

»Der Müller?«, bohrte Wagner verzweifelt und sah, wie sich der Ausdruck der Augen des Mannes veränderte. Alt und unruhig begegneten sie seinen: »Glauben Sie, dass er irgendwann zurückkommt?«

45

»Verdammt!«, rief Bo aus dem Badezimmer, aus dem ein explosives Spritzen des Wasserhahns zu hören war. »Irgendwas stimmt wieder nicht mit dem Wasser.«

Das Problem war nicht neu. In der letzten Woche war der Druck absolut unberechenbar gewesen, und hin und wieder wurde gelbes Ocker mit dem Wasser herausgespült.

»Dann tu was.«

Sie wusste, dass sie ungerecht war, aber man konnte sich daran gewöhnen, einen Handwerker im Haus zu haben, und Bo hatte von Anfang an ein wohltuendes Gespür für die praktischen Probleme gezeigt. Kurz nachdem sie sich zum ersten Mal begegnet waren, hatte er sowohl die Heizung als auch den Dunstabzug in der Küche repariert. Warum dann nicht auch einen Wasserhahn?

Er kam mit nassen Haaren, einem Handtuch um die Hüften und der Zahnbürste in der Hand herein.

»Ich habe es versucht. Du musst einen Klempner anrufen, damit er sich das ansieht. Vielleicht brauchst du einen neuen Wasserhahn.«

Sie seufzte und wühlte im Schrank, aus dem die Sachen herausquollen. Natürlich durfte nicht alles um verrückte Mörder und Morde im Moor kreisen. Es gab schließlich auch noch einen Alltag, und der war in gewisser Weise das Wichtigste, weil sonst alles aufhörte. Das dachte sie, während sie Jeans und eine Bluse und Strümpfe herausholte, die keine Laufmaschen hatten.

»Okay, ich rufe von der Redaktion aus an. In ein paar Minuten will ich mich mit Hanne bei der *Stiften* treffen.«

Bo schien mit dieser Information zufrieden, warf das Handtuch fort und begann sich anzuziehen. Traurigkeit schlich sich ein, während sie ihn beobachtete. Noch vor kurzer Zeit hätte sein Anblick in ihrem Bauch ein Ziehen heraufbeschworen. Noch vor einem Augenblick wäre es ihnen selbst an einem einigermaßen frühen Morgen schwer gefallen, die gegenseitige Anziehung zu ignorieren, wenn sie in Slip und BH dagestanden hätte und er wie Gott ihn schuf.

In dem Moment begegnete er ihrem Blick und verstand. Sie sah es an der Art, wie er ihr diskret den Rücken zuwandte, als er sich anzog, und sie war verwirrt, als müsste sie eine ganz neue Sprache lernen.

Sie frühstückten stumm. Rose war schon fort. Selbst der Hund schien in niedergedrückter Stimmung, als wüsste er nicht richtig, was los war.

»Das muss ein Zufall sein«, sagte Bo noch einmal, wie er es bereits am Vorabend gesagt hatte. »Das macht keinen Sinn. Etwas, das vor so langer Zeit passiert ist, kann unmöglich von Bedeutung sein.«

Er bezog sich auf das Schild an dem Fluss, von dem sie ihm erzählt hatte und das ihr die ganze Nacht nicht aus dem Kopf gegangen war. Spät am Abend hatte sie eine alte Kommilitonin von der Journalistenschule angerufen, die jetzt bei der *Stiften* arbeitete, und Hanne hatte versprochen, für sie ein wenig im Archiv der Zeitung zu recherchieren.

Dicte schüttete einen Schluck Kaffee in sich hinein, verbrannte sich die Zunge und lief schnell zum Waschbecken, um kaltes Wasser zu trinken. Aber wieder kam nichts als ein Spritzen.

»Verdammt!«

»Das sage ich doch«, mümmelte Bo, den Mund voller Käsebrot. »Das Haus braucht eine durchgreifende Renovierung.«

»Nicht in meiner Zeit«, entschied sie in Gedanken an den Dispokredit.

»Du könntest auf den unbelasteten Teil ein billiges Darlehen aufnehmen.«

Ach, du meine Güte. Das Niveau näherte sich Roses Verliebtheit in ihr Reihenhaus. Sie aß schnell fertig, verabschiedete sich halbwegs vernünftig und fuhr davon in Richtung Skejby und des neuen Gebäudes der *Århus Stiftstidende* mit seiner modernen Glasfassade und allem, was in und neu war. Anfangs war es erfrischend, mit den Gedanken alleine zu sein und in dem Fiat durch die Landschaft zu brausen, aber das schlechte Gewissen holte sie irgendwo auf dem Udkærsvej ein. Sie wusste genau, dass es ihm ebenso schlecht ging wie ihr und dass er nur versuchte, normal zu wirken und über alltägliche Dinge zu sprechen. In seinem Inneren nagten Angst und Unwissenheit große Löcher in sein Selbstbewusstsein und den Glauben, dass die Liebe alles überwand. Sie wusste es, weil es ihr selbst nicht anders ging.

Sie meldete sich in der Rezeption, und kurz darauf kam Hanne und holte sie in ihr Büro hoch.

»Ich habe eine Stunde gewühlt«, sagte sie, während sie auf einem Apfel herumkaute. »Das war ganz lustig, in den ganzen alten Zeitungen zu blättern. Der Journalismus war damals schon etwas anderes.«

Dicte sah sie fragend an, als sie mit dem Aufzug nach oben fuhren.

»Viel mehr Lokalgeschichten, weißt du«, lachte Hanne. »Von einem Schmied, den ein Pferd getreten hat, einem Haus in Skejby, das abgebrannt ist, und einer Familie, die ins Armenhaus gekommen ist. Wirklich bewegende Sachen.«

»Und Fotos?«, fragte Dicte.

»Nicht so viele natürlich. Aber hin und wieder gab es welche. Ich habe auch deine Geschichte gefunden.«

Ihr Herz begann zu hämmern. Sie stiegen in der dritten Etage aus und gingen den Gang hinunter zu Hannes Büro. »Warum interessierst du dich eigentlich für den alten Fall?«, fragte Hanne neugierig. »Geht es um deine Familie?«

Dicte nickte, weil das am einfachsten war.

»In der Familie werden Geschichten über diesen Moorfund erzählt, und ich wollte mich nur versichern, was wirklich passiert ist«, log sie.

Hanne öffnete die Tür zu ihrem Büro und schloss sie hinter ihnen. Sie nickte zu einem niedrigen Sofatisch hinüber.

»Ich habe es für dich kopiert. Du kannst ja nicht das Original mitnehmen. Es war auch schon ganz gelb und fiel fast auseinander.«

Dicte setzte sich wortlos und griff nach der Kopie. Die Typen waren eindeutig altertümlich, und der Artikel war nicht lang, aber dafür gab es ein kleines Foto von zwei Männern, die sich im Kasted-Moor, wie sie annahm, auf ihre Schaufeln stützten. Sie trugen in die Nacken geschobene Hüte, gestrickte Pullover und grobe Arbeitshosen. Die Hosen steckten in schweren Stiefeln.

Männerleiche beim Torfstechen im Kasted-Moor gefunden hieß es in der Überschrift, und der Text erzählte dieselbe Geschichte, die sie auf dem Schild am Fluss gelesen hatte. Man nahm an, dass es sich bei der Leiche um den Müller von Ny Mølle handelte, der 1660 verschwunden war.

Dictes Blick wanderte zu der Bildunterschrift, und ihr gesamter Körper spannte sich an. »Der Hofbesitzer Jens Graugaard und sein Sohn Jørgen am Ort des makabren Fundes. Sie waren mitten beim Torfstechen, als ihre Schaufel auf etwas Hartes stieß, das sich als Oberschenkelknochen erwies.«

Dicte blieb lange mit der Kopie in der Hand sitzen und starrte sie an, während sie versuchte, ihre Gedanken zu sortieren und zu einer Schlussfolgerung zu kommen. Natürlich hatte sie von Nachahmungstaten gehört. So etwas gab es häufig in Filmen, aber immer diente ein aktuelles Verbrechen einem anderen Mörder als Inspirationsquelle. Egal, wie sehr sie ihr Gehirn durchforstete: Ihr fiel kein Grund ein, warum jemand einen dreihundert Jahre zurückliegenden Mord kopieren sollte. Und sie konnte absolut nicht verstehen, warum ausgerechnet Inger Graugaard auf die gleiche Weise sterben sollte wie der Mann, den ihr eigener Vater in jungen Jahren im Moor von Kasted gefunden hatte.

46

Rose konnte sich nicht konzentrieren.

Die Mathematiklehrerin tat zwar ihr Bestes, und normalerweise wirkte das und nahm sie völlig gefangen. Aber nichts war mehr normal. Alles war auf den Kopf gestellt worden, und ihre Gedanken wanderten von dem Thema an der Tafel nach draußen. Durch das Fenster schien die Sonne herein, und der Himmel war blau, und sie sehnte sich nicht nur nach Luft, sondern auch nach etwas Neuem, einem neuen Leben vielleicht.

Sie hatte Lise seit dem Tag im Reihenhaus nicht mehr gesehen, aber gehört, was passiert war. Sie hatte auch Zeitung gelesen, und das war neu im Vergleich zu der Zeit nach dem Tag, an dem sie Inger Graugaard im Moor gefunden hatte. Jetzt wagte sie es wieder, eine Zeitung zu öffnen. Sie hatte auch die Zeichnung des gesuchten Mannes gesehen und das Gefühl gehabt, ihm schon einmal begegnet zu sein. Ihre Mutter hatte sie damit aufgezogen, dass es bestimmt nur die Ähnlichkeit mit Brad Pitt sei.

Nach Schulschluss ging sie in die Stadt hinunter, wo sie sich mit ihrem Vater in dem üblichen Café treffen wollte.

Er war aufgrund irgendeines Seminars in Århus und hatte angerufen und gesagt, dass er etwas Wichtiges zu erzählen habe. Außerdem war er neugierig, das wusste sie genau. Oder vielleicht traf »besorgt« es doch besser. Er verfolgte, was sich in den Mordfällen tat. Er hatte ihr auch vorgeschlagen, nach Kopenhagen zu kommen und eine Zeit lang bei ihm und Sandra zu wohnen, aber sie hatte abgelehnt. Sie wollte bleiben, wo sie war, und außerdem brauchte ihre Mutter sie, auch wenn sie versucht hatte, sie zum Fahren zu überreden.

Während sie im Bus saß, flimmerten die Begebenheiten der letzten Zeit durch ihren Kopf. Es war viel über den Fall berichtet worden, sowohl in der Zeitung als auch im Fernsehen. Die verschiedenen Spuren, die die Polizei verfolgte, waren öffentlich gemacht worden, zumindest einige davon. Ihre Mutter hatte von den Haaren weißer Mäuse gesprochen, die auf Inger Graugaards Kleidung und in dem Auto entdeckt worden waren, das die Polizei auf einem Parkplatz in Vejle gefunden hatte. Die Geschichte von den Haaren hatte sich irgendwo in ihrem Bewusstsein festgesetzt. Sie hatte das Gefühl, nach etwas zu suchen, das sie gehört oder gesehen hatte und das der Polizei weiterhelfen konnte. Aber es entglitt ihr immer wieder.

Sie verwies das Ganze in den Hinterkopf, als sie beim Kaufhaus Magasin ausstieg, im Sonnenschein zu dem Café am Fluss hinunterging und sich einen Platz suchte. Es war zu kalt, draußen zu sitzen, selbst unter den Gasstrahlern, deshalb entschied sie sich für einen Fenstertisch. Kurz darauf kam ihr Vater mit den schwingenden grauschwarzen Locken und einem Lächeln und der Sonne im Bart zur Tür herein.

»Hei, Schatz. Was siehst du gut aus.«

Er umarmte sie, hielt sie ein wenig auf Abstand und sah sie anerkennend an.

»Verdammt, ich glaube, du wirst langsam erwachsen.«

Natürlich hatte er es gehört, möglicherweise von ihrer Mutter. Aber sie hatte keine Lust, über Jan zu reden und eigentlich auch nicht über die beiden Morde, deshalb aßen sie zu Mittag und sprachen über alles Mögliche, bis ihr Vater quer über den Tisch nach ihrer Hand griff.

»Ich habe eine Neuigkeit«, sagte er, und sie hörte, wie seine Stimme leicht zitterte. »Ich hoffe, du freust dich.«

Sie sah ihn neugierig an. Die Augen schillerten, und ein Lächeln lag auf der Lauer.

»Willst du heiraten? Ist das nicht ein bisschen zu spießig?«, kicherte sie.

»Du bekommst einen kleinen Bruder«, verkündete er, und ihr wurde plötzlich bewusst, dass ihr Mund weit offen stand und ihr Herz einen Schlag lang aussetzte.

»Was bekomme ich?«

Eigentlich fragte sie nur, um Zeit zu gewinnen. Ihr Gehör war schließlich völlig in Ordnung.

»Sandra ist im vierten Monat«, sagte er stolz. »Es wird ein Junge.«

Ein Bruder. Das Blut rauschte in ihrem Kopf. Vor nicht allzu langer Zeit hatte sie sich ein Kind gewünscht. Jetzt sollte sie Schwester werden, und sie fasste es nicht. Sie verstand dieses Leben mit seinen Überraschungen und Winkelzügen nicht. Bestimmt bedurfte das eines erweiterten Führerscheins, den sie noch nicht hatte.

»Herzlichen Glückwunsch«, murmelte sie und spürte trotzdem einen Stich. Dieser Bruder würde ihr fern sein. Er würde in einer anderen Familie aufwachsen.

»Du wirst zu ihm Kontakt haben«, sagte ihr Vater, der Gedanken lesen konnte. »Wenn du das willst.«

»Weiß Mutter es?«

Er schüttelte den Kopf.

Jetzt kamen die Tränen. Sie erinnerte sich an den Tag, als sie mit den Hunden im Moor spazieren gegangen war. Sie erinnerte sich an die Sehnsucht nach einer Familie und nach denen, die sie nie kennen gelernt hatte. Sie hatte gehört, dass man Schmerzen in Armen oder Beinen haben konnte, die teilweise amputiert worden waren. So ging es ihr. Sie hatte Schmerzen gehabt, und sie hatte etwas vermisst. Menschen, Familie, die sie nie getroffen hatte. Ein kleiner Bruder war doch etwas.

Sie stand auf und ging auf die andere Seite des Tisches und umarmte ihren Vater.

Sie war froh und unruhig zugleich, als sie mit dem Bus nach Hause fuhr. Denn über dem Haus lag ein Schatten. Eine Drohung – auch wenn man sie hin und wieder fast vergessen und glauben konnte, dass alles nur ein Spuk sei, denn die Tage vergingen und nichts passierte. Selbst der Streifenwagen war nicht mehr so sichtbar, fand sie. Die Polizei glaubte vielleicht auch langsam, dass die Geschichte ausgestanden war.

Erst als sie ausstieg und auf der Landstraße nach Hause ging, fiel ihr ein, wonach sie vor dem Treffen mit ihrem Vater ihre Erinnerung durchforstet hatte. Sie erinnerte sich an den Abend, an dem sie mit Jan auf dem Sofa gesessen hatte. Die Angst hatte sie übermannt, während sie fernsahen. *National Geographic.* Sie erinnerte sich an die Schlange, die die weiße Maus in dem Terrarium vor dem todbringenden Biss mit ihrem Blick fixierte. Allein bei dem Gedanken stellte sich das eisige Gefühl wieder ein, und sie begann nach Luft zu schnappen. Sie lief die letzten Meter zum Haus.

»Mutter?!«

Aber sie hätte es wissen müssen, weil das Auto nicht da war und Svendsen in seinem Korb hinter der Glastür lag. Panik stieg in ihr hoch, während sie nach dem Schlüssel suchte und aufschloss. Ganz automatisch verschloss sie die Tür hinter sich, stürzte zum Telefon und wählte die Nummer ihrer Mutter in der Redaktion. Niemand nahm ab, und sie rief sie auf dem Handy an.

»Rose?«

Die Stimme beruhigte sie sofort.

»Wo bist du, Mama?«

»Auf dem Parkplatz vor dem Präsidium. Warum?«

Irgendwie wusste sie, dass sie ihr erzählen musste, dass Sandra schwanger war, aber das andere schien dringlicher, und sie stieß das Wort hervor: »Schlangen.«

»Schlangen?«, fragte ihre Mutter vorsichtig, und Rose hörte, wie sie den Motor ausstellte. »Was ist damit?«

Sie schloss die Augen, während sie den Hörer festhielt. Sie

wünschte, ihre Mutter wäre hier, hier im Haus. Warum und weswegen, wusste sie nicht.

»Schlangen werden mit weißen Mäusen gefüttert. Manchmal mit lebenden.«

Am anderen Ende war es still. Nur der Verkehr war schwach zu hören.

»Mama, es gibt Vereinigungen von Leuten, die Reptilien halten. Ich habe das im Fernsehen gesehen.«

Sie schauderte. All das, von dem sie geglaubt hatte, dass es verschwunden sei, kam auf sie eingestürmt, und sie wusste, dass sie zitterte.

»Ich glaube, er hält Schlangen.«

47

Dicte blieb einen Moment mit dem Handy in der Hand auf dem Fahrersitz sitzen. Irgendwo in ihrem Hinterkopf begann ein Schmerz zu hämmern, erst unbedeutend, dann immer heftiger, bis die Innenseite ihres Schädels dröhnte und sie wusste, dass eine Migräne im Anzug war. Sie lehnte den Kopf gegen das kühle Fenster und hörte wieder Roses Stimme, wie sie vor wenigen Sekunden geklungen hatte. Verzweifelt und voller Nervosität. Man sollte sie nicht alleine lassen. Genau das machte ihr Sorgen, viel mehr als das mit den Schlangen. Der Schmerz wanderte, als hätte man einen erfindungsreichen Trommler in ihrem Kopf eingesperrt. Der Rhythmus änderte sich von Sekunde zu Sekunde, und Wellen von Übelkeit stiegen und fielen. Sie hatte seit zwei Jahren keine Migräne mehr gehabt und geglaubt, sie ganz los zu sein. Aber die Migräne und dieser nicht greifbare Mörder schienen eine Allianz eingegangen zu sein, die sie in die Knie zwingen wollte.

Sie wusste, dass sie aus Ohnmacht die Fäuste ballte und auf das Lenkrad einschlug, sodass das Dröhnen des Schmerzes zu präzisen Dolchstößen ins Gehirn wurde. Aber sie hatte sonst nichts, worauf sie einschlagen, keinen Menschen, auf den sie einhämmern konnte. Und doch gab es ihn. Er war irgendwo in der Nähe, schlich herum wie ein Raubtier und wartete und entwickelte einen Hunger. Allein der Gedanke ließ ihren Hals austrocknen. Sie sah sich im Spiegel und fragte sich kurz, wer diese fremde Frau mit den roten Augen, dem zerzausten Haar und der Haut war, die so stramm über Nase und Wangen lag, als könnte ein Stück Knochen durch sie hindurchstechen. Das war das Resultat, dachte sie oder versuchte es zumindest, weil der Schmerz so überwältigend war, dass ihr Gehirn wie gelähmt schien. Das hatte er erreicht. Sie und ihre Umgebung waren durchdrungen von seiner Existenz.

Nie hatte sie einem Menschen gegenüber Hass in Reinkultur empfunden, und trotzdem kannte sie diesen Geschmack. In kleinen Prisen hatte sie ihn ihrer Mutter gegenüber kennen gelernt, aber da war immer noch etwas anderes gewesen: vielleicht die Hoffnung auf Versöhnung oder die Sehnsucht nach Liebe. Jetzt konzentrierte sich der Geschmack wie ein Brennen auf der Zunge und wirbelte durch ihren Körper bis in Arme und Beine hinein. Ihre Hände, ihre Füße, die Kuppe ihres kleinen Fingers zitterten vor Hass auf diesen unbekannten Menschen, der dabei war, ihre Welt zu zerstören.

»Stirb selber«, flüsterte sie und schlug noch einmal auf das Lenkrad, gleichgültig gegenüber dem Schmerz. »Stirb, stirb, stirb, stirb.«

So saß sie da. Sie wusste nicht, ob sie lange oder nur ein paar Minuten so gesessen hatte, als der Schmerz genauso plötzlich aufhörte, wie er begonnen hatte, und sie erschöpft und atemlos zurück in den Sitz sank, verzweifelt nach Flüssigkeit verlangend.

Sie griff nach einer Cola-Flasche, die auf dem Rücksitz lag, trank begierig und wischte sich mit der Rückseite des Ärmels nachlässig den Mund ab. Dann öffnete sie die Tür und stieg aus, und mit jedem Schritt gelang es ihr, ihren Puls und ihre Wut zu beruhigen. Sie musste versuchen zu verstehen, wie krank das auch war. Sie musste sich mit einer unsichtbaren Sonde vortasten, die auf seine Logik reagierte. Sie durfte den Hass nicht übermächtig werden lassen, denn dann konnte sie ihn nicht sehen und würde geblendet wie ein Hase in einem Lichtkegel sitzen.

Sie schnappte ein letztes Mal frische Luft, bevor sie die Schwingtür aufstieß und den uniformierten Beamten im Eingangsbereich informierte, dass sie eine Verabredung hatte. Dann fuhr sie mit dem Fahrstuhl nach oben, und Wagner nahm sie mit einem Nicken und einem gemurmelten Gruß an der Fahrstuhltür in Empfang.

Als sie ihn sah, dachte sie, dass es ihm schlechter ging als ihr, und der Wunsch, ihm etwas Brauchbareres liefern zu können als das Fragment einer alten Geschichte, die vielleicht nicht einmal von Bedeutung war, ergriff Besitz von ihr. Sie gingen in sein Büro, und er ließ sich auf seinen Stuhl fallen. Einen Moment saß er vollkommen passiv da und sah sie an, als hätte er Schwierigkeiten, sich zu erinnern, wer sie war. Seine Haut war fahler denn je. Auch er hatte abgenommen, die gebogene Nase war scharfkantig geworden, die Augen starrten sie ohne Feuer an, mit einer unnatürlichen Mattigkeit auf einem Hintergrund tiefer Schatten.

Sie setzte sich auf den Stuhl ihm gegenüber.

»Du siehst schlecht aus«, entschlüpfte es ihr.

Er lächelte schief.

»Du siehst auch nicht viel besser aus. Was führt dich zu mir?«

Sie kramte in ihrer Tasche und zog die Kopien heraus, die Hanne für sie gemacht hatte. Sie schob sie zu ihm hinüber und beobachtete die Veränderung an ihm, während er las. Es war, als würde eine Pflanze gegossen und die Flüssigkeit im Laufe von Sekunden mit den Blättern aufgesaugt. Der Körper wurde wieder lebendig, die Hände umgriffen eifrig das Papier, er richtete sich auf und sah sie schließlich mit einer Glut im Blick an, von der sie noch vor wenigen Minuten gedacht hatte, dass sie für immer verschwunden wäre.

»Gut«, murmelte er. »Richtig gut.«

Sie beugte sich vor und fing seinen Blick ein.

»Dann weißt du mehr als ich. Ich muss zugeben, dass ich den Zusammenhang nicht verstehe. Deshalb bin ich eigentlich auch hier.«

Er stand auf, plötzlich voller Energie.

»Möchtest du etwas essen? Du siehst hungrig aus.«

Der Gedanke an die Kantine des Polizeipräsidiums reichte aus, ein eventuelles Hungergefühl verschwinden zu lassen. Sie sagte jedoch nichts, sondern nahm es als gutes Zeichen und folgte ihm zum Fahrstuhl.

»Was hast du?«, fragte sie, während sich die Tür schloss.

»Ein Teilchen«, sagte er ernst und starrte auf die Fahrstuhltür. »Und du hast ein anderes Teilchen.«

Er sah sie an. »Lass uns sehen, ob wir eine Ecke des Puzzlespiels fertig bekommen.«

Sie entschied sich für ein Brot mit Fischfilet und einen Kuchen, weil alles andere aussah, als würde man bei einer Obduktion einen natürlichen Tod und einen Todeszeitpunkt irgendwann in der vergangenen Woche feststellen.

Wagner griff furchtlos nach einem Schweinebraten mit eingetrockneter Kruste, die von einer Ladung Rotkohl gut getarnt wurde, und einem Käsebrötchen, das so trocken aussah, dass es eine Tötung aus Unachtsamkeit verursachen könnte.

»Können wir uns unterhalten, ohne dass ich morgen auf der Titelseite davon lese?«, fragte er, indem sie sich an einen Ecktisch setzten. »Ich glaube, dass das im Moment für die Aufklärung entscheidend ist.«

Schnell wog sie das Für und Wider gegeneinander ab und opferte die Loyalität gegenüber der Zeitung mit einem Schulterzucken.

»Man könnte wohl sagen, dass es in meinem eigenen Interesse ist«, sagte sie und schickte ein stummes Gebet gen Himmel. Lass es passieren. Lass uns finden, was wir brauchen, um ihn in seinem Versteck auszuräuchern.

Er betrachtete sie eine Weile mit einem undefinierbaren Blick.

»Ich hatte ein Gespräch mit Karen Graugaards Vater, der im Pflegeheim in Tilst ist«, begann er und nahm den Schweinebraten in Angriff.

»Warum das? Ich dachte, er wäre senil.«

Er lächelte schwach.

»Das habe ich auch gedacht. Aber das war, bevor du mit der Geschichte von dem Müller im Moor gekommen bist.«

Er beugte sich vor, und ein Stück Schweinebraten schwebte auf der Gabel gefährlich über dem Wasserglas.

»Ich verstehe nicht, wieso bisher niemand den alten Mord erwähnt hat«, sagte sie. »Die Leute in der Gegend müssen sich doch daran erinnert haben, als man Inger gefunden hat. Warum hat niemand ein Wort darüber verloren?«

Er sah sie nachsichtig an.

»Der Mann im Moor ist zweifellos erhängt worden. In der Zeitung stand nichts von Erhängen, als Inger starb«, erinnerte er sie. »Das haben wir ganz bewusst nicht erwähnt. Die Leute sind wohl davon ausgegangen, dass sie erwürgt worden ist, und dann ist die Ähnlichkeit nicht so gravierend.«

»Aber trotzdem. Was ist mit der Axt?«

Er betrachtete eingehend seine Gabel, als hätte er irgendein Objekt in dem Schweinebraten entdeckt.

»Das ist so viele Jahre her. Es hat wohl niemand geglaubt, dass das von Bedeutung sein könnte.«

»Und Karen?«

Er schüttelte den Kopf.

»Karen ist ein anderer Fall. Aber sie hat es bestimmt auch als unbedeutend abgetan. Dreiundsechzig Jahre sind eine lange Zeit.«

Sie nahm ihren Mut zusammen und rückte dem Fischfilet mit dem Messer zu Leibe, hatte jedoch Schwierigkeiten mit der Kruste.

»Was hat er denn gesagt, der Vater?«

»Er hat einen Müller erwähnt. Und noch eine andere Person. Einen, den er mit ›er‹ bezeichnet hat.«

»›Er‹? Im Gegensatz zu ›sie‹?«

Wagner nickte und erbarmte sich der Gabel mit dem Schweinebraten.

»Ich habe ihn nach seiner Familie gefragt, und er hat etwas von den Töchtern gesagt. Inger und Karen«, sagte er, als er fertig gekaut hatte. »Wusstest du, dass er sie verdroschen hat?«

Sie schüttelte den Kopf.

»Aber ich habe einen Einblick in seinen Umgang mit anderen Menschen bekommen, als ich mit meinem Auto unten beim Automechaniker war.«

Sie erzählte ihm die Geschichte von dem Tagelöhner, der zusammengebrochen war und keine Hilfe bekommen hatte.

»Netter Mann«, sagte Wagner voller Abscheu.

»Kann man so sagen.«

Sie schwiegen eine Weile und ließen das Gesagte sacken. Jørgen Graugaard war offensichtlich während seines ganzen Lebens ein Mann gewesen, der über seine Umgebung mit Gewalt und Macht geherrscht hatte. Dicte dachte, dass es bestimmt viele solcher Menschen gab. Menschen, die sich durch das Leben terrorisiert hatten und nie vor einen Richter gestellt worden waren. Selbst jetzt, nachdem er seine Tochter verloren hatte, konnte man nicht richtig zu ihm vordringen. Seine Senilität hatte gnädig dafür gesorgt, dass der Trauer der Stachel genommen wurde. Denn wahrscheinlich liebte man seine Kinder, auch wenn man sie verdrosch, dachte sie und erinnerte sich an die Worte des Mechanikers, dass Inger seine Lieblingstochter gewesen war.

Wagner griff nach dem Mineralwasserglas und trank einen Schluck.

»Er hat gesagt, dass sie gezüchtigt werden mussten, die Töchter. Er hat gesagt, dass sie nichts als Männer im Kopf hatten.«

Sie riskierte es, in das Fischfilet zu beißen.

»Das kommt mir alles so absurd vor«, sagte sie mit vollem Mund. »Ein alter Mann, der vor so vielen Jahren eine Leiche im Moor gefunden hat. Es kann gut sein, dass er ein Sadist ist und Karen und Inger geschlagen und vielleicht sogar missbraucht hat, aber er ist über achtzig und lebt in einem Pflegeheim.«

Sie sah Wagner an, der seinen Schweinebraten zur Hälfte bewältigt hatte.

»Er kann es doch nicht gewesen sein, oder? Das macht keinen Sinn. Da muss noch jemand anderer im Spiel sein, irgendwo an der Peripherie vielleicht. Jemand, der die Geschichte von der Leiche im Moor kennt.«

Er richtete den Blick auf sie, aber sie wusste, dass er sie nicht sah. Er war woanders. Sie konnte nahezu sehen, wie er auf eine mentale Reise ging, die ihn zu den verschiedenen Aspekten des Falls führte. Sie versuchte, seinen stummen Betrachtungen zu folgen. Wer kannte die Geschichte von 1940? Wer konnte darauf verfallen, den alten Mord als Modell für eine Reihe neuer Racheaktionen zu nehmen? Jemand, dessen Denkweise genauso gewalttätig war wie die Jørgen Graugaards. Wahrscheinlich jemand, der ihn kannte. Jemand, der die Familie kannte und wusste, was vor sich gegangen war. Jemand, der sich gedemütigt fühlte. Jemand, der noch eine Rechnung offen hatte.

Wieder sah sie die Veränderung; wie vorhin, als sie ihm die Kopien gezeigt hatte. Er legte Messer und Gabel zur Seite und starrte sie an. Sie sah, wie das Blut seinem Gesicht Farbe gab und die Augen vor Eifer glänzten. Hätte sie die Nase Witterung aufnehmen sehen, wäre sie nicht überrascht gewesen.

»Ein Junge«, sagte er rau und hustete, als hätte er einen Krümel im Hals. »Im Gegensatz zu den beiden Mädchen.«

Sie verstand es immer noch nicht und wartete ungeduldig auf eine Erklärung.

»Es gab doch noch einen Sohn«, erinnerte sich Wagner. »Karen hat erzählt, dass er nach dem Tod der Mutter bei Verwandten untergebracht wurde, als ihr Vater einen Zusammenbruch hatte.«

Etwas dämmerte Dicte. Sie nickte.

»Karens und Ingers Bruder.«

Wagner stand auf und stieß dabei den Stuhl um, ohne es zu merken.

»Er ist später adoptiert worden. Irgendwo müssen wir seinen Namen und sein Alter finden.«

Sie folgte ihm. Zusammen liefen sie hinaus und nahmen die Treppe. Sie konnte die Logik noch immer nicht ganz sehen.

»Wenn er als Kind einem gewalttätigen Vater weggenommen wurde, dürfte es nicht so viel geben, worüber er sich beklagen kann. Und warum sollte er Inger töten? Und anschließend Esther Rantzen? Warum hat er nicht einfach den alten Mann umgebracht?«

Er sah sie an, und plötzlich begriff sie, dass er sie hier und jetzt, in dieser Situation, als Partnerin ansah. Nach diesem Fall würde das nie mehr so sein. Doch da sie ein Teil des Ganzen, da sie ein potenzielles Opfer war und er das Gefühl hatte, dass er das hätte verhindern müssen, bezog er sie mit ein. Später, wenn alles überstanden war, würde das Gitter wieder heruntergelassen werden und er wieder der Polizeibeamte sein, zurückhaltend mit Äußerungen gegenüber der Presse, und sie die Journalistin, deren Aufgabe es war, ihm Informationen zu entlocken.

»Vielleicht wäre es eine Idee, wenn ich mit zu Karen hinauskomme«, schlug sie vor. »Denn zu ihr willst du doch, nicht?«

Erst als sie unten im Hof bei den Autos waren, drehte er sich zu ihr um.

»Immer im Dienst?«, fragte er, und sie ahnte eine Melancholie in der Stimme, die sie unruhig machte und innehalten ließ. Hatte er Recht? War der Hunger nach der guten Story so tief in ihr verankert, dass er selbst jetzt noch da war? Sie machte sich einen Augenblick an den Autoschlüsseln zu schaffen, während sein Blick sie festhielt. Dann siegte die Ehrlichkeit, und sie nickte.

Sie wusste nicht, ob es Verachtung oder Bewunderung war oder beides, was sie in seiner Stimme hörte, als er sagte: »Wir sehen uns draußen.«

48

Das Pferdemaul war weich. Karen hielt die Hand ganz dicht davor und ließ die Wärme des Atems ihre Finger wärmen. Die braunen Augen sahen sie unter langen Wimpern an, und sie suchte mit einer Hand in der Tasche nach einem Stück Würfelzucker und legte ihn auf die flache Hand. Das Tier schnappte vorsichtig, und der Würfelzucker war verschwunden.

Sie sah sich in dem alten Stallgebäude um, wo Søren Platz für ein kleines Shetlandpony und dieses eine Pferd geschaffen hatte, das Freja hieß. Die anderen waren noch auf einem Hof in Brendstrup untergebracht. Der Brandgeruch hing noch immer über den Gebäuden, aber glücklicherweise sah es jetzt so aus, dass die Versicherung zahlte, sodass sie alles wieder aufbauen konnten.

Freja stieß freundschaftlich ihren Ellenbogen an, und ihre Augen bettelten.

»Mehr gibt es nicht.«

Aber das Pferd stupste sie noch einmal, und wieder griff sie in die Tasche.

»Dann ist es aber genug für heute.«

Sie trat einen Schritt zurück und beobachtete die Tiere. Eigentlich fielen die Pferde nicht in ihren Bereich, und sie hatte sich nie sonderlich für sie interessiert. Aber seit dem Brand war das anders. Sie suchte gerne Frejas Gesellschaft. Sie mochte den Geruch ihres warmen Körpers und den Klang ihres ruhigen Atems und ihre Bewegungen. Es tat ihr gut, dem

Wohnhaus mit all seinen Erinnerungen und den Bildern an den Wänden zu entfliehen.

Sie lehnte sich gegen das Geländer und sah dem Pferd zu, das seine Mahlzeit fortsetzte und altes Heu in sich hineinmümmelte. Sie hatte einen Entschluss gefasst. Hier, in dem alten ausgedienten Stall mit dem Pferdegeruch und dem Geruch des Brandes in der Nase, wusste sie, was sie zu tun hatte. Sie hätte es schon längst tun sollen. Aber die Angst, dass Lise involviert sein könnte, und die Stimme ihrer Mutter, die immer die gleichen Worte wiederholte, hatten sie zurückgehalten. »Das bleibt in der Familie, Karen. Für immer in der Familie.« Seit sie ein kleines Mädchen war, hatte dieser Satz sie verfolgt, und – egal, wie aufgeklärt und wie wütend sie war – er schien eine Macht über sie zu haben, der sie all die Jahre gehorcht hatte. Sie hatte geschwiegen. Die Familie kam an erster Stelle, das hatte sie schließlich immer getan. Auch vor dem Gesetz, wie sie jetzt einsah.

Sie hörte das Geräusch von Reifen auf dem Hofplatz und war nicht überrascht, als sie zwei Autos sah. Dicte Svendsens Fiat fuhr zu ihrem eigenen Haus, und John Wagners Ford parkte vor dem Wohnhaus.

Die Erleichterung machte sich in einem tiefen Seufzer Luft, und Karen gab dem Pferd, das noch einmal das Maul gegen ihre Hand drückte, einen Klaps und wusste, dass die Zeit gekommen war. Sie streichelte das weiche Maul und legte einen kurzen Moment ihre Wange daran.

Sie dachte an all die Jahre, die sie sich selbst belogen hatte. An all die Zeit, in der sie sich als die pflichtgetreue Tochter gesehen hatte, die ihren Vater zweimal die Woche im Pflegeheim besuchte. Warum? Das fragte sie sich, als sie den Stall verließ und in der eisigen Frühjahrssonne quer über den Hofplatz ging. In der Hoffnung, vergeben zu können, tönte es in ihr. Doch der Anblick der krummen Hände ihres Vaters und der Klang seiner Stimme hatten sie in ihrem tiefsten Inneren nicht milder gestimmt, wie sie gehofft hatte. Stattdessen wurde sie direkt in der Zeit zurückgewirbelt, und jedes Mal, wenn sie das Pflegeheim verließ, klebte ihr der kalte Schweiß wie eine zweite Haut am Körper, und der Rücken schmerzte, als erinnerte er sich an die Schläge.

Sie hatte so gehofft, die Augen vor dem Bösen verschließen und es dadurch verschwinden lassen zu können. Aber das hatte nicht funktioniert. Und jetzt hatte es sich ausgebreitet. Das, was ihr Vater ihnen als Gabe verehrt hatte, war wie ein Bumerang zurückgekehrt.

»Er heißt nicht Klaus, er heißt Henrik. Er war sechs Jahre alt, als meine Mutter starb. Kurz nach ihrem Tod hatte mein Vater eine kleine Hirnblutung, und Inger und ich waren mit dem Ganzen überfordert. Wir mussten uns schließlich auch um meinen Vater kümmern. Deshalb wurde Henrik in die Ferien zu den Verwandten meiner Mutter in Års geschickt, und mit der Zeit, die verging, wurde dieses Arrangement zu einer festen Einrichtung.«

Sie hörte ihre eigene monotone Stimme. Aber seltsamerweise hatte sie das Gefühl, nicht wirklich anwesend zu sein, sondern neben sich zu stehen und zuzusehen.

»Ich habe es gewusst, als ich die Zeichnung in der Zeitung gesehen habe«, sagte sie und wärmte sich an dem Teebecher. »Ich habe meinen Vater gesehen«, erklärte sie. »Wie er auf Jugendbildern aussieht.«

Sie sah sie an, und sie starrten zurück, und sie fragte sich, ob sie sie verstanden. John Wagners Augen blickten sie milde an, Dictes Augen glänzten wie im Fieber, und das Weiße wirkte rötlich, als hätte sie schlecht geschlafen oder geweint.

»Warum hast du nicht schon früher etwas gesagt?«, fragte Dicte. »Warum hast du nichts von der Leiche gesagt, die dein Vater im Moor gefunden hat?«

Wieder drehte Karen den Teebecher zwischen den Händen. Die Wärme tat gut, auch wenn der Frühling bereits auf dem Weg war und Ostern mit ihm. Einen kurzen Moment gingen ihre Gedanken auf Wanderschaft, als hätten sie einen selbstständigen Willen. Karfreitag war der schlimmste Tag, aber dann kam die Auferstehung, und die Last wurde leichter. Sie sehnte sich nach diesem Tag, wo ein anderer die Schuld auf sich nahm, wo es leichter werden und die Eiskugel schmelzen würde.

»Ich habe mir eingeredet, dass es da keinen Zusammenhang gibt«, sagte sie zu dem Teebecher. »Wie hätte ich auch einen Zusammenhang sehen sollen? Das ist doch so lange her.«

Dicte antwortete nicht. Wagner räusperte sich.

»Haben Sie eine Ahnung, wo Henrik jetzt ist?«

Was hätte sie getan, wenn sie es gewusst hätte? Sie dachte kurz nach. Würde sie ihn möglicherweise selbst aufsuchen? Sie schüttelte den Kopf. Nur ihr Vater hatte Henrik verstanden, und als er krank wurde, tat das niemand mehr. Inger war vor der Verantwortung zurückgewichen – und sie selbst? Vielleicht hatte sie nach all den Jahren, die sie den Buckel hingehalten hatte, einfach nicht die Kraft.

»Wir haben schon lange keinen Kontakt mehr zu ihm. Die Verwandten meiner Mutter, die ihn adoptiert haben, sind längst tot. Das ist vielleicht zwanzig Jahre her. Sie waren damals schon nicht mehr jung.«

»Und die Geschichte von der Leiche im Moor?«, fragte Dicte. »Ich gehe davon aus, dass er sie kennt?«

Karen sah sich einen Moment im Wohnzimmer um. Es hatte sich nicht viel verändert. Sie hätte es neu möblieren sollen, die alten Tapeten herunterreißen und Frische hereinlassen. Aber die Wahrheit war, dass es noch immer so aussah wie damals. Dieselben Möbel, dieselbe Standuhr in der Ecke, die die Zeit in kleine Stücke zertickte. Einmal hatte sie versucht, sich in ihr zu verstecken, aber die Uhr war zu klein für sie, und er hatte sie eingefangen und bestraft.

Hier, in diesem Wohnzimmer, hatte er ihnen die Geschichte immer wieder erzählt. Henrik hatte jedes Mal mit offenem Mund und Stielaugen zugehört.

»Natürlich kannte er die Geschichte«, sagte sie. »Er wollte sie immer wieder hören.«

Während der Teebecher wärmte, erinnerte sie sich an seine Besessenheit, als hätte er sie von ihrem Vater geerbt. Abend für Abend hatte er die Geschichte erzählt bekommen. Es war immer dieselbe: der Fund von etwas Hartem unten im Schlamm. Das Gesicht, das sie direkt anzustarren schien. Der Strick um den Hals und die Axt, die nach so vielen Jahren noch immer im Schädel steckte. Das sei keine Geschichte für Kinder, hätte man einwenden können, aber mit so etwas konnte man ihrem Vater nicht kommen.

»Es war Henriks Lieblingsgeschichte«, sagte sie. »Er hat sie geliebt. Und mein Vater war davon besessen, sie standen sich in nichts nach.«

»Und was war die Essenz?«, fragte Wagner vorsichtig. »Hatte die Geschichte eine Moral?«

Sie sah ihn an. Jetzt würde er das Urteil über sie fällen. Jetzt würde er sie zum Scheiterhaufen verurteilen, aber sie hatte sich entschlossen, und sie musste es zu Ende bringen.

»Es war der reinste Aberglaube. In seinem tiefsten Inneren hatte mein Vater eine höllische Angst vor der Rache des Müllers«, flüsterte sie. »Vielleicht war das ein Ausdruck seines schlechten Gewissens. Aber er war überzeugt, dass der Müller sich rächen würde, weil er in seinem Grab gestört worden war. Vater glaubte, dass er zugrunde gehen würde, wenn der Müller eines Tages die Zeit für gekommen hielt.«

»Das hat er alles einem sechsjährigen Kind erzählt?«, fragte Dicte mit Verachtung in der Stimme gegenüber dem, was sie nicht verstand.

Was hatte er gesagt? Karen durchforstete ihre Erinnerung.

»Es sieht meinem Vater nicht ähnlich, Rücksicht darauf zu nehmen, ob jemand sechs oder sechzehn ist.«

Wagner stand auf und begann im Wohnzimmer herumzuwandern. Sie wünschte, sie hätte ihm mehr helfen können. Sie wünschte, sie wäre furchtloser gewesen.

»Wie ging es Henrik dabei, weggegeben zu werden?«, fragte er, während er anscheinend eine Van-Gogh-Reproduktion an der Wand studierte.

Sie schloss die Augen. Henriks Abreise war das Einzige, das sie klar vor sich sah. Sein herzerweichendes Weinen und die Art, wie er sich wie ein kleiner Affe an ihr festgeklammert hatte. Sie erinnerte sich an sein Betteln und sein kleines verweintes Gesicht und den Klang der Autotür, die zufiel, und der Reifen, die über den Hofplatz rollten. Wo waren ihre Gefühle geblieben? Warum hatte sie das nicht berührt? Das Eis in ihrem Bauch schien es verhindert und alles zu einem großen Block zusammengefroren zu haben, der nicht schmelzen wollte.

»Schlecht«, sagte sie und hoffte, ihre Aussage nicht vertiefen zu müssen.

»Natürlich hat er geglaubt, es ginge nur in lange Ferien, aber er war sehr traurig. Auch wenn es zu unser aller Bestem war, dass er ein gutes Zuhause bekam«, fügte sie hinzu.

»Woher weißt du das?«, fragte Dicte.

Sie zuckte mit den Schultern und gab die einzige Antwort, die sie kannte.

»Das war doch Familie.«

Das Ticken der Uhr war lange Zeit das einzige Geräusch. Dicte rieb sich die Schläfen. Wagner hatte ihnen den Rücken zugekehrt und sah aus dem Fenster auf den Hof. Oder wanderten seine Augen in Wirklichkeit zu dem abgebrannten Stall hinüber, wo alles angefangen hatte? Sie konnte es nicht sehen.

Als er endlich etwas sagte, klang seine Stimme traurig.

»Wir haben es also mit einem Mann in den Vierzigern zu tun, der den größten Teil seines Lebens als Adoptivkind verbracht, seine richtige Familie aber gekannt hat.«

Er drehte sich um und sah sie fragend an, und sie nickte.

»Mit einem Mann, der plötzlich nach so vielen Jahren zurückkommt und mordet, zuerst seine Schwester und dann eine wildfremde Frau, die ihr Kind misshandelt hat.«

Er machte ein paar Schritte auf sie zu, nicht drohend, doch es reichte, dass sie erschrocken blinzelte.

»Wo ist der Zusammenhang?«

Dicte hatte aufgehört, ihre Schläfen zu massieren. Sie sah auf, und Karen hätte am liebsten woanders hingesehen, konnte ihrem Blick aber nicht ausweichen.

»Inger war seine Mutter«, sagte sie. »Sie hat ihn mit dreizehn bekommen. Niemand wusste etwas, weil sie und meine Mutter verreist sind und die letzten Monate der Schwangerschaft bei Verwandten gewohnt haben.«

Eine lange Pause entstand. Sie starrten sie an.

»Wusste Henrik, dass Inger seine Mutter war?«, fragte Wagner schließlich.

Karen schüttelte den Kopf.

»Und was ist mit den Verwandten, die ihn adoptiert haben?«

»Sie wussten es.«

Wagner seufzte.

»Sie müssen es ihm erzählt haben, vielleicht als er älter war. Das erklärt einiges.«

49

Das Licht schnitt sich einen Weg in ihr Gehirn und gab den Schmerzen freies Spiel.

Dicte zog die Gardinen vor und wünschte, sie hätte sich für einen dunkelblauen anstelle des weißen Stoffs entschieden, der Sonnenstrahlen wie scharf geschliffene Messer hereinließ. Mühsam zog sie ihre Jeans aus und ließ sie auf dem Boden liegen. Die Bluse folgte. Sie kroch unter die Decke, zog sich ein Tuch über die Augen und rollte sich zu einem Ball zusammen, während die Migräne rote Wellen aussandte und die Übelkeit an der Oberfläche schwamm.

Sie versuchte, alles auszuschließen und auf einer Blase aus Nichts in der Luft zu schweben. Aber Karens angespannte Stimme stach Löcher in die Blase und erzählte die Geschichte immer wieder, und sie landete unsanft auf der harten Erde, gezwungen zu lauschen und die Schmerzen anzunehmen, die Worte und Ereignisse in ihrem Kopf zusammenmahlten. Wieder hörte sie von dem Jungen, der aus seinem Zuhause vertrieben worden war und nicht wusste, dass seine Schwester seine Mutter war. Sie hörte von Karen, deren Gefühle durch unmotivierte, jahrelange Schläge abgestorben waren. Hörte von dem Vater, dessen Gemüt so hart wie die Axt war, die den Schädel des Müllers gespalten hatte, und von einer Mutter, die die Familie zum Schweigen verpflichtet hatte, weil sie meinte, dass ihre langwierige Krankheit eine Entschuldigung für den Vater der Kinder sei. All das hörte sie vor dem Hintergrund der Schmerzen, während sich gleichzeitig von irgendwo weit weg eine andere Melodie einschlich und untermischte. Eine Melodie, die ihr wohl bekannt war. Eine, die sie nicht hören wollte.

Sie warf sich im Bett hin und her und fand keine Ruhe. Sie zog sich Bos Kissen über die Ohren, damit sie zumindest den Verkehr draußen nicht hörte, wenn die Leute auf dem Weg von der Arbeit durch das Dorf fuhren, oder Bo, der besorgt unten hantierte. Nach dem Gespräch mit Karen war sie mit einer zurückkehrenden Migräne nach Hause gekommen und hatte nur einen atemlosen Bericht geben können, bevor sie kapitulieren und ins Bett kriechen musste.

Bo hatte versprochen, den Klempner in Empfang zu nehmen, der um drei kommen wollte, um den Druck in den Wasserhähnen zu überprüfen. Rose und er mussten sich um das Essen kümmern, den Hund füttern und mit ihm spazieren gehen. Sie wollte einfach hier liegen, in ihrem eigenen Dunkel, und den Stimmen lauschen und sich vor der Melodie verschließen, die mit den Schmerzen um die Wette immer lauter wurde. Sie wollte sie leiser drehen und schließlich ganz ausschalten.

Bald mussten die Tabletten doch wirken. Sie hatte ganz hinten im Medizinschrank ein Glas mit Migränetabletten gefunden und konnte sich nicht erinnern, wann sie zuletzt eine genommen hatte. Vielleicht vor zwei Jahren, dachte sie. Vielleicht während der Scheidung von Torsten, als ihre Welt kenterte.

Aber es dauerte, bis die Medizin wirkte, und die Melodie war inzwischen so aufdringlich und beharrlich, dass sie nicht die Kraft hatte, Widerstand zu leisten.

Es war ihr eignes Lied, und dieses Lied als Disharmonie im Ohr, sank sie immer tiefer in ein schwarzes Loch, ohne etwas dagegen tun zu können. Es hatte in ihr zu klingen begonnen, als das Wort »Adoption« zum ersten Mal gefallen war, und sie dachte an ihr eigenes Kind und schämte sich, weil sie das Gefühl von Schuld nicht aus der Sehnsucht heraushalten und sich des Verdachts nicht erwehren konnte, dass das erste Gefühl stärker war als das zweite.

Sie umarmte das Kissen und bohrte ihr Gesicht in seine Weichheit, schloss ihren Mund darum herum und biss zu, während der Trommler in ihrem Kopf zu einem Solo ansetzte.

Sie konnte nichts daran ändern, doch wenn sie es gekonnt hätte, hätte sie eines getan: Sie hätte ihn behalten, um ihn zu lieben und sich vor dieser alles verzehrenden Schuld zu bewahren, vor dieser schlecht verheilten Wunde, die aufsprang, sobald jemand daran rührte. Und genau das hatte er getan, dieser unglückselige, unheimliche Mann. Der Junge, der so grausam zurückgewiesen worden und jetzt ein Mann war, erfüllt von dem Wunsch nach Rache. Er hatte daran gerührt, und er hatte daran gekratzt, und er hatte das Blut wieder aus der Wunde fließen lassen.

Durch den Nebel aus Schmerzen und unzusammenhängenden Gedanken hörte sie draußen auf dem Kies das Geräusch eines Autos. Das musste der Klempner sein. Sie hörte eine Autotür, die geöffnet und mit einem Knall wieder geschlossen wurde, dass ihr der Kopf dröhnte. Die Schritte des Mannes auf dem Kies hallten in ihrem Schädel wider, und sie wünschte sich, dass die Medizin endlich wirkte. Komm, komm, dröhnte es in ihrem Kopf, aber andere Worte drängten sich gewaltsamer auf, und sie zog sie langsam aus der Erinnerung ans Licht. Man sät den Wind und erntet den Sturm. Das tat man im Verhältnis zu seinen Kindern. Sie im Verhältnis zu dem Sohn, den sie zur Adoption freigegeben hatte, und ihre eigenen Eltern im Verhältnis zu ihr. Man glaubt, das Richtige zu tun. Man überzeugt sich selbst, aber eines Tages kommt doch alles zurück und trifft einen mit einer Stärke, die man nicht für möglich gehalten hat. Eines Tages wurde einem die Rechnung präsentiert. Falls es einen Jüngsten Tag gab, ein Armageddon, musste es das sein, die Stunde der Rechenschaft gegenüber den Kindern in einer Unendlichkeit von Generationen. Und in der nächsten Reihe stand sie selbst. Sie hatte in dieser Reihe eine Nummer, wie in der Warteschlange in der Delikatessenabteilung des Supermarkts. Die Glocke hatte bereits geläutet, und eine der Frauen hinter der Schranke hatte ihre Nummer aufgerufen.

»Hier. Trink das.«

Sie merkte eine Hand, die ihren Nacken stützte, und spürte die Kühle des Glases an ihren Lippen. Sie öffnete die Augen und sah in Bos.

»Komm, Schatz. Ich weiß, dass du Durst hast. Eiskaltes Wasser«, versuchte er sie zu überreden.

Tropfen für Tropfen saugte sie es in sich auf. Zuerst vorsichtig, dann gierig.

Er stellte das Glas zurück auf den Tisch, legte sich neben sie und strich ihr das Haar aus dem Nacken und liebkoste sie.

»Besser?«

»Mmmm.«

»Du musst versuchen, das Ganze realistisch zu sehen«, sagte er dann. »Du darfst dich nicht so quälen.«

Sie sah zu den Deckenbalken hoch und stellte fest, dass die Migräne fort war oder zumindest gelindert. Er hatte seine eigene Nachttischlampe eingeschaltet und auf den Boden gestellt, damit das Licht nicht so grell war. Das hatte er ihretwegen getan, dachte sie. Und Eiswasser geholt. Sollte man von so einem fürsorglichen Mann nicht einen guten Rat annehmen?

»Wie spät ist es?«

»Acht. Wir haben gerade gegessen. Hast du Hunger?«

Sie schüttelte den Kopf.

»Ich will nur hier liegen«, murmelte sie gegen seine Schulter. »An nichts denken.«

Es verging einige Zeit, und ihr Wunsch wurde erfüllt. Das Gehirn war nur noch auf das Atmen an seiner Seite, auf das Sich-am-Leben-Halten, konzentriert.

»Es nutzt nichts«, sagte er schließlich sehr sanft. »Du kannst das Ganze nicht miteinander verknüpfen. Du kannst dir nicht immer weiter Vorwürfe machen. Dann bist du genau wie er«, sagte er, jetzt verzweifelt. »Das ist genauso ein Wahnsinn, siehst du das nicht?«

Sie presste sich an ihn, und er hielt sie fest, streichelte ihren Rücken und küsste sie.

»Du bist sehr viel mehr wert, als dich von einer kranken Logik terrorisieren zu lassen. Sehr viel mehr.«

»Sehr viel mehr«, wiederholte sie an seiner Brust und glaubte es fast. »Sehr viel mehr.«

Sie wusste nicht, wie viel Zeit vergangen war, aber sie wusste, dass sie geschlafen hatte. Als sie aufwachte, lagen sie noch in derselben Stellung. Bo war noch immer wach.

»Hast du jetzt Hunger?«

Ihr Magen antwortete. Sie nickte.

»Chili con Carne?«

»Super.«

Sie standen auf und gingen nach unten. Bo wärmte das Essen, schnitt Brot und servierte.

»Was ist mit dem Klempner?«, erinnerte sie sich. »Konnte er etwas ausrichten?«

Bo schüttelte den Kopf, während er ihr einen Teller mit dampfendem, warmem Essen vor die Nase stellte.

»Er hat gesagt, dass es am Wasserwerk liegt.«

Sie häufte Chili con Carne auf die Gabel und pustete.

»Hast du angerufen?«

»Mmmmm.«

Er antwortete, während er sich Rotwein einschenkte und ihr ein Glas Eiswasser hinschob.

»Sie kommen morgen um zwei. Kannst du zu Hause sein? Ich habe einen Auftrag.«

Sie nickte und aß und klammerte sich an den Alltag.

Er trank von seinem Wein.

»Und der Mechaniker hat angerufen. Er hat einen Kotflügel für dich. Gebraucht und billig, hat er versprochen.«

Klempner, Kotflügel, Mechaniker. Was für schöne Worte.

»Ich kann morgen zu Hause arbeiten«, sagte sie. »Dann kann ich ihm das Auto dalassen.«

Später, als das Essen sie gewärmt und sie ein halbes Glas Wein getrunken hatte, was sie vor Rose nicht durfte, wenn sie Medikamente genommen hatte, fiel ihr ein, was Rose von den

Schlangen gesagt hatte. Sie rief Wagner unter seiner Durchwahl an. Er war noch immer im Präsidium. An seiner energiegeladenen Stimme hörte sie, dass die heutigen Ereignisse die Ermittlungen einen Schritt vorangetrieben hatten. Sie erzählte ihm kurz von Roses Kriechtiervereinen.

»Ich dachte, ich sollte es erwähnen. Aber ihr habt das bestimmt schon gecheckt.«

Sie hörte ihn in Papieren wühlen und konnte ein paar andere Stimmen unterscheiden. Sie nahm an, dass das Ermittlungsteam eine Besprechung abhielt, bevor sie nach Hause gingen.

»Das hoffe ich«, sagte er freundlich. »Einen Augenblick.«

Er hielt die Hand über den Hörer, und sie hörte ein Murmeln.

»Wir haben alle Vereine überprüft, die wir ausfindig machen konnten«, sagte er, als er zurückkam. »Pythonschlangen kommen am ehesten infrage. Die fressen lebende Mäuse.«

Sie schauderte bei dem Gedanken.

»Aber es gibt keinen Henrik Nørager?«

Karen hatte ihnen erzählt, dass die Familie, die Henrik adoptiert hatte, mit Nachnamen Nørager hieß.

Er seufzte.

»Keinen Henrik Nørager. Und auch keinen Klaus Nørager. Oder Graugaard, was das angeht.«

»Vielleicht hat er einen dritten Namen angenommen?«

Jetzt hörte sie die Verzweiflung.

»Vielleicht. Wahrscheinlich«, murmelte er. »Einen dritten Namen, den wir nicht kennen.«

»Wie eine Nadel in einem Heuhaufen«, stellte sie fest.

»Etwas in der Richtung«, sagte er vage.

Plötzlich wurde ihr das Ausmaß der Aufgabe klar, und sie bedauerte, gefragt zu haben.

50

Hier. Das dürfte helfen.«

Ida Marie stellte den Becher vor ihn auf den Sofatisch und rollte sich in ihrem hellblauen Bademantel, der für einen kurzen Moment auseinander glitt und die Kontur einer einzelnen runden Brust freigab, neben ihm zusammen. Irgendwo in ihm regte sich etwas, beruhigte sich aber wieder, und er griff nach dem Becher mit dem warmen Punsch. Lehnte sich in die Kissen zurück und lauschte der CD mit Mozarts Violinsonate, die sie aufgelegt hatte.

»Hattest du einen schlechten Tag?«, fragte sie leise.

Es war spät geworden, und die Kinder waren schon lange im Bett, als er nach Hause gekommen war. Er hatte sich über Ida Maries Putenfrikadellen mit einer Portion Kuskus und einem Rohkostsalat hergemacht und brauchte den Punsch. Der Vorwand war eine nahende Erkältung.

»Schlecht nicht«, sagte Wagner, während er von der warmen Flüssigkeit trank. »Nur lang und frustrierend.«

»Seid ihr einen Schritt weitergekommen?«

Sie fragte, während sie mit kreisenden Bewegungen seinen Nacken massierte und wieder etwas in ihm weckte. Leidenschaft war zu viel gesagt, dachte er flüchtig. Verlangen traf es wohl besser. Das war weniger verpflichtend. Im Moment tat er sich schwer mit allem, das weiter als bis zum morgigen Tag reichte. Aber er brauchte ihre Nähe, den Klang ihres Atems und das Wissen, dass sie quicklebendig war und ihn liebte.

Er legte den Nacken zurück in ihre Hand und rutschte ein wenig tiefer auf dem Sofa.

»Einen großen Schritt, wie es scheint.«

»Aber nicht groß genug?«

Er griff nach ihrer Hand, die jetzt vom Nacken zur Schulter gewandert war. Er küsste die Innenseite und atmete einen Rest Seife ein und schmeckte das Salz auf ihrer Haut. Und dann erzählte er kurz und ohne viele Details von seinem Tag.

Anschließend seufzte er in den Punsch, trank und leerte den halben Becher. Die Wärme breitete sich schnell vom Magen in Arme, Beine und Kopf aus.

»Dicte war neulich im Büro«, sagte sie und lehnte das Gesicht gegen seine Schulter, sodass ihr Haar ihn kitzelte und sein Verlangen anstachelte, bestimmt, ohne dass sie sich dessen bewusst war. »Ihr geht es richtig schlecht.«

Er nahm eine Strähne des langen blonden Haars zwischen die Finger, fühlte seine seidige Struktur und wunderte sich über die Natur, die sein eigenes Haar kohlschwarz gefärbt hatte und ihres so hell, dass es fast weiß war. Er erinnerte sich, gelesen zu haben, dass natürliche Blondinen einer aussterbenden Rasse angehörten und das Phänomen im Lauf der beiden nächsten hundert Jahre aussterben werde.

»Es ist nicht leicht für sie«, gab er zu, während er das Haarbüschel studierte und an Dicte mit ihrem mittelblonden Wuschelhaar dachte, an das Gesicht, das seine Fülle verloren hatte, und die gequälten, roten Augen. »Habt ihr euch wieder vertragen?«

Er mochte es nicht, wenn zwischen Ida Marie und ihren Freundinnen Missstimmung herrschte. Es geschah nicht oft, aber es kam vor, vielleicht weil diese Freundschaften auf so vielen Gefühlen aufbauten, dass es nahezu unmöglich war, dass die seismografischen Schwingungen der einen der anderen entgingen.

»Eigentlich hatten wir keinen Krach«, sagte sie, griff nach dem Punsch und trank einen kleinen Schluck. »Ich glaube, sie war ein bisschen eifersüchtig.«

Er runzelte eine Braue.

»Eifersüchtig? Worauf?«

Einer ihrer Finger folgte der inneren Kante seines Hemdkragens.

»Vielleicht glaubt sie, dass ich glücklich bin und sie nicht.«

Er spürte, dass sie sich auf gefährlichem Grund bewegten. Trotzdem musste er ihren Blick suchen und erforschen.

»Bist du das denn nicht?«

Sie wandte ihm das Gesicht ganz zu, sodass er die blauen Augensterne sehen konnte. Ihre Nase streifte seine Wange, und die Lippen zitterten unmerklich.

»Eigentlich schon«, sagte sie zu seiner Erleichterung. »Aber vielleicht ist Dicte dem Glück auch näher, als sie denkt. Wenn sie nicht von mordlustigen Verbrechern gejagt wird.«

»Dem Glück näher? Mit Bo?«

»Hmm. Mit dem unberechenbaren, geheimnisvollen Bo.«

»Er ist sehr jung«, sagte er und bemerkte sofort seinen taktischen Fehler, denn sie sah ihn vergnügt an und nickte bekräftigend, unterließ es jedoch, gnädig hinzuzufügen, dass er zwölf Jahre älter war als sie und dass das vielleicht bei seinem Zögern, die Familie um ein weiteres Kind zu erweitern, mit hineinspielte.

»Der Arzt hat heute meine Spirale entfernt«, sagte sie.

»Entfernt? Einfach so?«

Sie zuckte mit den Schultern und lächelte rätselhaft.

»Hin und wieder muss man so etwas auswechseln.«

Er wollte fragen, ob sie sich eine neue habe einsetzen lassen, aber in dem Moment nahm sie vorsichtig seine Hand und führte sie durch die Öffnung in der Seide in die Schatzkammer. Die Brust legte sich schwer und zerbrechlich zugleich in die Rundung seiner Hand, und jetzt spürte er das Verlangen in voller Stärke, und alles, was mit Tod und Mord und Zweifel zu tun hatte, verschwand und löste sich irgendwo zwischen den Violinen und dem sie begleitenden Klavier auf.

»Du brauchst keine Angst zu haben«, flüsterte sie sanft wie ein Engel. »Das Leben ist stärker als der Tod.«

Er wusste, dass sie eine Sirene war, die ihn lockte, und er wusste, was sie wollte und dass sie ihn in diesem Moment sowohl liebte als auch manipulierte. Aber das verringerte das Verlangen nach ihr nicht, eher im Gegenteil. Er vergrub sein Gesicht in ihr, und sie vertrieb die Dämonen und machte die Worte für eine Weile wahr und verwandelte das Verlangen in etwas, das sich mit Leidenschaft verwechseln ließ. Später, als sie ins Bett gegangen waren und sie an seiner Seite schlief, kam ihm der Gedanke, dass sie eigentlich nur ihren Teil dazu beigetragen hatten, dass eine bedrohte Art vielleicht etwas länger als zweihundert Jahre überlebte.

Das Team traf sich am nächsten Tag um acht im Dienstbesprechungsraum mit Brötchen und Kaffee und dem unterschwelligen Gefühl, dass sie sich beeilen mussten, bevor die Katastrophe sich ereignete. Wagner dachte, dass sie es alle spürten und Ivar K deshalb seine Tasse so voll goss, dass der Kaffee auf die Untertasse überlief, und Jan Hansen die Zuckerschale umstieß. Sie hatten so viele Informationen, und doch fehlte ihnen die entscheidende. Währenddessen saß der Mörder irgendwo da draußen und suchte sich ein weiteres Opfer. Es konnte Dicte Svendsen sein, die ihm nicht aus dem Kopf ging, weil sie ihn mit ihren Artikeln provoziert hatte. Er konnte sie jedoch auch aufgrund der Aufmerksamkeit, die sie umgab, fallen gelassen und eine andere ausgewählt haben. Eine nichts ahnende Frau, die vielleicht gerade in diesem Augenblick die Tür öffnete und ihren Mörder hereinließ, oder die sich jetzt, in dieser Sekunde, zu einem Spaziergang an einem einsamen Ort entschloss oder die Tür unabgeschlossen ließ, weil sie den Besuch einer Freundin erwartete. Wann würde er zuschlagen? Wann war es zu spät? Wann würden sie einen Anruf bekommen, der sie an einen weiteren blutigen Tatort rief?

»Die öffentlichen Ämter öffnen um neun«, sagte er und sah sich im Kreis um. »Bis wir einen Durchbruch haben, wird das die reinste Fleißarbeit, befürchte ich. Wir müssen im zentralen Personenregister nachsehen und Kontakt zum Adoptionsausschuss aufnehmen, um Henrik Nørager aufzuspüren. Er wurde mit sechs von einer Familie Nørager in Års adoptiert und hat irgendwann auch den Namen Nørager angenommen. Vielleicht sind die Informationen zu alt, um in der EDV etwas zu finden. Dann müssen wir die entsprechenden Stellen anrufen, um Zugang zu Karteikarten oder Mikrofilmen zu bekommen.«

Er goss sich ein Glas Leitungswasser ein, bevor er fortfuhr.

»Seine Adoptiveltern sind inzwischen tot, aber in der näheren Umgebung gibt es bestimmt noch Verwandte. Die müssen wir ausfindig machen und befragen. Außerdem sind Hinweise aufgrund der Phantomzeichnung eingegangen. Die müssen wir durchgehen.«

Die Aufgaben wurden verteilt. Jan Hansen und Ivar K übernahmen die Sekte. Hansen sollte mit den Mitgliedern sprechen, um zu hören, ob eines von ihnen etwas über den Mann wusste, der gesagt hatte, er hieße Klaus, und der im Haus ein und aus gegangen war. Ivar K fuhr zum Staatsgefängnis in Horsens, um Anders Langballe noch einmal zu verhören. Petersen und Eriksen nahmen sich der öffentlichen Ämter an.

»Ich möchte gerne alle den Fall betreffenden Akten in einer Stunde auf meinem Tisch haben«, sagte Wagner. Er hatte schlecht geschlafen. Nicht wegen Ida Marie – die offenbar eine Entscheidung gefällt hatte und ein Nein nicht akzeptierte, vor allem kein zögerliches –, sondern aufgrund des nagenden Gefühls, dass er etwas tun konnte, dass es eine Abkürzung gab, um Henrik Nørager ausfindig zu machen, und dass sich die Lösung irgendwo in den Fallakten verbarg.

»Bis zurück zu dem Schulbrand?«, fragte Kristian Hvidt.

Wagner nickte.

»Der Schulbrand, die Kaninchenmorde, der Stallbrand, alles. Und einer muss zum Pflegeheim in Tilst fahren und mit dem Personal und den Bewohnern reden und allen die Phantomzeichnung zeigen. Der alte Jørgen Graugaard ist der Vater unseres Verdächtigen. Vielleicht hat Henrik ihn irgendwann besucht.«

Petersen und Eriksen standen auf, um sich in die rund um die Uhr geöffneten EDV-Register einzuloggen. Wagner schob das Wasserglas zur Seite, griff nach der Thermoskanne und goss sich ausnahmsweise eine Tasse der Teerbrühe des Präsidiums ein. Das würde sich später rächen, und er würde ein paar von den Säureblockern nehmen müssen, aber hier und jetzt brauchte er einen Koffeinstoß.

»Was ist mit der Presse?«, fragte Jan Hansen. »Sollen wir sie über irgendetwas informieren?«

Wagner dachte nach, dann schüttelte er den Kopf.

»Das bringt nichts. Theoretisch gesehen, könnte es bei einer Ergreifung des Täters helfen, aber höchstwahrscheinlich wird es eher das Gegenteil bewirken, und der Verdächtigte taucht ganz unter.«

Anschließend gingen alle ihrer Wege. Wagner trank seinen Kaffee aus und fuhr mit dem Fahrstuhl in sein Büro hoch. Das Leben ist stärker als der Tod, hatte Ida Marie ihm versprochen, und für Sekunden erinnerte er sich an die Sanftheit ihrer Stimme, während der Fahrstuhl irgendwo zwischen Himmel und Erde an den Seilen hing. Er musste sich an diese Stimme halten. Sie sollte ihn begleiten und ihm versichern, dass es so war. Denn wundersamerweise glaubte er daran, auch wenn es banal, wenn es eine Floskel war und, wenn alles zu allem kam, vielleicht eine Lüge. Wenn sie es sagte, glaubte er es.

51

Dicte fuhr das Auto auf den Parkplatz vor der Werkstatt des Automechanikers. Seit sie das letzte Mal hier gewesen war, waren die Autos nicht weniger geworden. Sie standen dicht an dicht, die einen in einem besseren Zustand als die anderen. Bei einem, bestimmt ein kleiner Micra, war die Nase ein wenig eingedrückt wie bei einer Harmonika. Bei einem anderen stand die Motorhaube offen, und einem dritten fehlten alle vier Räder.

Sie parkte und sah sich ein wenig um. Draußen war niemand zu sehen, deshalb ging sie zu der Werkstatt und klopfte an die Tür. Auch hier war kein Zeichen von Leben, sodass sie die Tür vorsichtig öffnete und den Kopf in das Halbdunkel steckte.

»Kurt?«

Ein schwarzer Renault stand auf der Hebebühne. Unter ihm konnte sie einen sich bewegenden Lichtkegel ausmachen.

»Kurt? Sind Sie das?«

Zuerst hörte sie ein Murmeln. Dann kam eine Stimme von unten herauf.

»Sind Sie die Journalistin?«

Sie bejahte es.

»Ich komme sofort.«

Trotzdem verging eine geraume Zeit, und sie wanderte rastlos in der Werkstatt herum. Sie war an diesem Morgen aus einem schweren Tablettenschlaf erwacht. Die Migräne war verschwunden, aber ihr Kopf schien wie mit Watte ausgestopft. Gut, dass sie beschlossen hatte, heute zu Hause zu bleiben, dachte sie und guckte in das Büro, wo die Kalender der Autofirmen mit ihren vollbusigen Kühlerblondinen die Wände schmückten.

»Hei.«

Kurt stand so plötzlich hinter ihr, dass sie zusammenzuckte. Groß, mit schwarzem Kopf, in seinem üblichen schwarzen Blaumann.

»Habe ich Sie erschreckt?«

Ihre Gedanken rasten, während sie das bärtige Gesicht anstarrte und mit der Zeichnung in der Zeitung verglich. Sie musste vorsichtig sein. Theoretisch gesehen, konnte er es sein. Hinter dem Motoröl und der netten Maske konnte er es sein. Unwillkürlich sah sie nach der Tür, die sie hinter sich geschlossen hatte.

»Sind Sie ganz allein?«, brachte sie heraus.

Er machte eine ausladende Armbewegung.

»Mein Lehrling ist krank. Und hier ist der Teufel los.«

Der Ärger in seiner Stimme beruhigte sie ein wenig. Der Lehrling hätte hier sein sollen. Es war offensichtlich, dass er keine Lust hatte, sich allein um die Werkstatt zu kümmern. Also hatte er auch nicht vor, jemanden umzubringen. Dazu war er viel zu beschäftigt.

»Sie sehen blass aus«, sagte er. »Haben sie den Mörder immer noch nicht gefunden?«

Sie zwang sich, seinem Blick zu begegnen, sah die braunen Hundeaugen hinter dem Bart und das schwarze Gesicht. Ich kann so nicht leben, dachte sie. Er ist ein ganz normaler Mensch. Kein Verrückter, im Gegenteil. Ich muss mich zusammennehmen.

Kurt trippelte unruhig hin und her. Er blieb auf Abstand, als wüsste er, dass sie schreiend fortlaufen würde, wenn er ihr zu nahe käme. Dann hellte sich sein Gesicht auf, als hätte er eine gute Idee.

»Ich habe einen Kotflügel für Sie«, sagte er froh, und ihr

Gehirn registrierte den Tonfall und ließ sich erneut beruhigen.

»Bo hat gesagt, dass es ein gebrauchter ist«, brachte sie hervor und fügte sicherheitshalber hinzu: »Er kommt mich in zehn Minuten abholen.«

Kurt schien dieser Bemerkung keine besondere Bedeutung beizumessen, sondern zog ein Stück Putzwolle aus der Tasche und wischte sich wie üblich die Hände ab.

»Er steht da drüben. Er ist so gut wie neu.«

Er verschwand in den Tiefen der Werkstatt und kam nach einigem Rumoren mit dem Teil wieder. Sein Anblick verriet nichts, aber auch das war ein gutes Zeichen, überzeugte sie sich. Kein Strick und keine Axt. Nur ein blöder Kotflügel.

Er nannte einen Preis.

»Schaffen Sie das heute? Ich kann das Auto hier lassen.«

Er versprach es, und sie trat ein paar Schritte zurück, griff nach der Klinke und entkam in die Freiheit, während sein verwunderter Blick ihr folgte.

Auf dem kurzen Spaziergang nach Hause atmete sie die frische Luft ein. So ging das nicht, sagte sie sich. Sie durfte sich nicht so leicht erschrecken lassen. Sie musste von ihrem Verstand Gebrauch machen. Wenn Kurt ein gefährlicher Mörder wäre, würde er nicht mitten im Dorf wohnen. Der eine oder andere hätte etwas gesehen oder gehört oder ihn mit dem Bild in der Zeitung verglichen und angezeigt. Nicht, dass er Ähnlichkeit damit hatte, aber diese Zeichnungen waren schließlich nie ganz exakt.

Sie sah während des Gehens auf die Uhr. Es war halb elf. Am Morgen hatte sie sich nach einem richtigen Bad gesehnt, aber der Druck in den Leitungen hatte nur eine Katzenwäsche zugelassen. Bo war sichtlich verärgert gewesen, und sie hatte gedacht, dass er seine Wohnung in der Stadt vermisste. Er hatte sie nach der Scheidung gekauft, um einen Ort zu haben, an dem er mit den Kindern zusammen sein konnte, und sie, darüber war sie sich im Klaren, so kurz nach ihrer Scheidung nicht bereit gewesen war, Haus und Heim zu teilen. Er hatte auch in der kleinen Dreizimmerwohnung gewohnt, aber vor allem zu Anfang, als alles noch so unsicher war. Jetzt stand sie leer und wartete auf ihn. Und in dunklen Momenten konnte ihr der Gedanke kommen, dass sie vielleicht nicht so lange zu warten brauchte.

Sie zwang sich, nicht an Bo zu denken, und legte den Kopf in den Nacken, während sie die Sonne zu genießen versuchte. Frühling. Frische. Ein neues Kapitel. Sie konnte es vor sich sehen, und träumen durfte man wohl.

Aber hier und jetzt träumte sie vor allem von einer langen, warmen Dusche, und sie sagte sich, dass sie diesmal nicht in Panik verfallen wollte wie ein kleines Schulmädchen. Wenn der Mann vom Wasserwerk kam, würde sie sich wie eine Erwachsene benehmen und Ruhe bewahren und dafür sorgen, dass er das, wofür er gekommen war, ordentlich erledigte. Vielleicht würde sie ihm sogar eine Tasse Kaffee anbieten.

52

Die Stapel mit Aktenmappen füllten den größten Teil seines Schreibtischs. Wenn man von Telefon und Computer und Klammerhefter und dem Becher mit Kugelschreibern einmal absah.

Wagner ließ sich schwer auf seinen Stuhl fallen und versuchte, zu einem Entschluss zu kommen, wie er vorgehen sollte. Sollte er systematisch vorgehen oder zuerst dort Stichproben nehmen, wo das Gefühl ihm sagte, dass es vielleicht etwas zu holen gab? Aber wo sollte das sein? Was genau hatte er sich vorgestellt, als er um die ganzen Akten gebeten hatte? Eine Offenbarung?

Er begann ziellos in der Akte mit den Ermittlungen zu dem Schulbrand zu blättern. Bekannte Namen sprangen ihm in die Augen. Er ertappte sich bei dem Wunsch, Musik bei der Arbeit hören zu können. Am liebsten Gesang, dachte er und vermisste seinen Chor, zu dessen Proben zu gehen er keine Zeit gehabt hatte, seit Ida Marie bei ihm eingezogen war und sich alles auf Zweisamkeit, Kinder und Arbeit konzentriert hatte. Letztes Weihnachten hatten sie das Requiem von Brahms gesungen, und die Musik und der Text hatten ihn die Trauer über Ninas Tod bearbeiten lassen und seine Seele durchgespült, bis nur noch die nötigen Sedimente übrig waren. Das waren sie noch immer, natürlich, und das sollte auch so bleiben. Trotz Ida Marie und allem, was sie zusammen hatten, konnte Nina ihm immer noch fehlen, dass es schmerzte.

Er öffnete die nächste Akte und begann zu lesen. Es war

die Akte über den Mord an Inger Graugaard. Sie enthielt alle Vernehmungsprotokolle, angefangen mit Rose, die die Leiche gefunden hatte, bis hin zu den Sektenmitgliedern und dem Anführer der Sekte, Anders Langballe. Sie enthielt auch Gormsens Obduktionsbericht und eine Beschreibung der Fakten: DNA-Spuren, Modus Operandi und den Fund der weißen Haare. Wieder fiel sein Blick auf bekannte Namen und Menschen, die er oder andere Kriminalbeamte verhört hatten. Auch hier klingelte nichts. Nicht ein einziges kleines leises Pling war zu hören.

Er hatte den Stapel weit heruntergearbeitet und war bei dem Mord an Esther Rantzen angelangt, als sich etwas in seinem Hirn regte. Ein Name fehlte. Er blätterte zurück und konnte ihn dort nicht finden, wo er hätte sein sollen. Die reinste Schlamperei, dachte er und ärgerte sich. Nicht zum ersten Mal.

Er griff nach dem Telefon und wählte Eriksens Nummer.

»Ja?«

»Wie hieß der Mann, der sein Auto gestohlen gemeldet hat?«

Am anderen Ende entstand eine Pause. Dann räusperte sich Eriksen.

»Ich weiß nicht, ob der uns überhaupt mitgeteilt worden ist, aber die Einsatzleitstelle unten muss ihn haben.«

»Kannst du nachfragen? Schnell?«

Eriksen versprach es, und sie legten auf. Wahrscheinlich handelte es sich um eine falsche Fährte, dachte er anschließend mutlos und blätterte weiter. Aber der Ordnung halber.

Sein Magen knurrte, da er weder gefrühstückt noch zu Mittag gegessen hatte. Er ging in die Kantine hinunter und holte sich ein Brötchen und ein alkoholfreies Bier. Das Telefon schellte in dem Augenblick, als er das Bier aufgemacht hatte.

»Er heißt Klaus Nordentoft.«

»Nordentoft? Kein so gebräuchlicher Name.«

Eriksen gab ihm Recht.

»Können wir ihn überprüfen?«

»Selbstverständlich. Wir lassen ihn durch den Computer laufen und sehen, was wir finden.«

Anschließend starrte er auf den Namen auf dem Block und kam sich unzulänglich vor. Das war doch nur ein Name. Ein dummes Gefühl. Bestimmt nicht der Rede wert.

Er aß sein Brötchen und blätterte weiter in dem Stapel und kam ohne Resultat bis zu den Ermittlungen der letzten Tage. Er stand auf und holte sich eine Tasse Kaffee und starrte eine Weile auf die Stapel, während sich die Gedanken im Kreis drehten. Er dachte an Dicte Svendsen und wie es ihr wohl gehen mochte. Sie hatte wie ein rotäugiges Gespenst ausgesehen, als sie am Vortag im Präsidium gewesen war. Was hatte ihre Tochter gesagt? Etwas von Schlangen? Etwas von Reptilienvereinen? Er hatte später im Ermittlungsteam nachgefragt und zur Antwort bekommen, dass man von allen Vereinen die Mitgliederlisten besorgt habe. Aber niemand hatte schließlich gewusst, nach welchem Namen er suchen sollte.

Er rief Ivar K an.

»Die weißen Mäuse. Wer hat die Listen von den verschiedenen Vereinen?«

»Die liegen bei Kristian«, sagte Ivar K. Er klang sauer, bestimmt weil die Ermittlungen nicht so liefen, wie er sich das wünschte.

»Geh sie durch. Geh das Ganze zusammen mit Kristian durch und such nach dem Namen Klaus Nordentoft.«

»Jetzt?«

»Genau.«

Die Antwort kam eine halbe Stunde später, als Ivar K außer Atem und ohne anzuklopfen hereinstürmte. Er winkte wie ein Verrückter mit einem Blatt Papier, und Wagner wusste es, noch bevor er ein Wort gesagt hatte.

»Wir haben ihn.«

Aber es blieb keine Zeit zu jubeln, hatte er das Gefühl. Überhaupt keine Zeit.

»Wo wohnt er?«

»In Tilst. Er arbeitet bei den Wasserwerken in Kasted und ist Mitglied eines Vereins, dessen Mitglieder Pythonschlangen halten.«

Die Uhr in seinem Kopf tickte. Es würde schief gehen. Etwas sagte ihm, dass es schief gehen würde.

Er stand schnell auf und griff nach seinem Mantel und sagte auf dem Weg aus der Tür: »Schickt einen Wagen zum Wasserwerk und holt ihn. Du und ich und Hansen fahren nach Tilst.«

53

Svendsen bellte, als der Postbote kam.

Aus dem Küchenfenster sah Dicte, dass er ein Päckchen in der Hand hielt, das nicht in den Briefkasten passte. Der arme Postbote, er würde schellen und die Nase zur Tür hereinstecken müssen, während Svendsen ihm eine Extranummer lieferte. Sie ging besser hinaus und rettete den Mann vor dem Ungeheuer.

Auf dem Weg durch das Wohnzimmer dachte sie voller Unruhe an das Päckchen, schaffte es jedoch, sich zu beruhigen, wie sie es sich vorgenommen hatte. Es bestand kein Grund zur Panik, wo die Polizei so nah dran war, den Täter zu finden. In dem Päckchen waren bestimmt die Bücher, die sie im Buchklub bestellt hatte. Kein Nachfolger des Stricks, wie sie zuerst befürchtet hatte. Außerdem würde sie das Päckchen nicht aufmachen, es sei denn, der Absender war ihr bekannt, so einfach war das. So hatte sie es mit Wagner besprochen.

Sie schloss die Tür auf und öffnete.

»Guten Tag«, sagte der Postbote und klang so offiziell, dass sie fast erwartete, er würde sich an die Mütze fassen und verbeugen.

»Hei, Jens. Haben Sie etwas für mich?«

In seiner roten Jacke war er fast schon zu auffällig. Wenigstens sagte er nicht: »Guten Morgen.« Es war nicht seine Schuld, dass ihr Haus das Letzte auf der Route war und er fast nie vor zwölf kam. Es war ärgerlich, weil sie die Zeitung nie zum Morgenkaffee hatte, aber sie hatte längst bei der Post angerufen und erfahren, dass nichts zu machen war. Man konnte sich erst beschweren, wenn die Post nach eins kam.

»Bitte schön.«

Jens klang ziemlich angespannt, als er ihr das Paket und die Zeitung durch die Tür reichte, die sie nur einen Spalt breit aufhielt, um ihn vor dem Hund zu schützen. Nicht, dass er etwas tun würde, falls es wirklich darauf ankam, dachte sie flüchtig. Dazu war er bestimmt viel zu feige.

»Danke«, sagte sie und nahm den Stapel entgegen. »Ich werde mir einen größeren Briefkasten anschaffen. Dann entgehen Sie der Gefahr, lebend aufgefressen zu werden.«

Er lächelte und warf Svendsen, der seine Aufgabe als Wachhund sehr ernst nahm und aus Leibeskräften bellte, einen nervösen Blick zu.

»Wenn Sie ihn auf Abstand halten, geht es schon«, sagte er tapfer, und sie erinnerte sich, dass er einmal von einem Hund unten im Dorf erzählt hatte, der ihn am Hosenbein erwischt hatte. Was hatte es nur mit Hunden und Postboten auf sich?

Sie nickte ihm zum Abschied zu und bekämpfte den Drang, den Hund dafür auszuschimpfen, dass er seine Arbeit getan hatte. Stattdessen nahm sie ihn, als der Postbote gefahren war, am Halsband und ließ ihn in den eingezäunten Garten, um sich abzureagieren.

Aus dem Wohnzimmerfenster sah sie, dass er erst ein paar Runden auf dem Rasen drehte, als wäre der Teufel hinter ihm her. Dann beruhigte er sich und begann, an den Beeten zu schnuppern, die nicht mehr steif gefroren waren und aus denen unter den Büschen und Bäumen Schneeglöckchen und Krokusse hervorguckten. Frühling, dachte sie. Sie hatte es gespürt, vor allem in den letzten Tagen. Die dunkle Zeit war langsam ausgestanden, und die Sonne bekam mehr Kraft. Es war jedes Jahr das Gleiche, aber als sie am Fenster stand und dem Hund zusah, der irgendwo in der Tiefe des Gartens herumtobte, konnte sie sich nicht erinnern, wann sie sich so nach Licht und Wärme gesehnt hatte. Jetzt würde Frühjahrsputz gehalten und der Kopf von alter Angst und alten Sorgen freigeblasen und mit Optimismus erfüllt werden. Im Frühling war alles besser.

Svendsen tauchte aus dem Teil mit den großen Tannen auf. Er hielt einen Knochen im Maul, der den ganzen Winter im Boden gelegen hatte. Er stand vor der Gartentür und sah sehnsüchtig in das warme Wohnzimmer, aber sie wollte kein verwestes Fleisch auf den Teppichen haben. Sie wandte ihm den Rücken zu und ging in ihr Büro.

Hier saß sie noch immer, die Nase in den Artikeln, mit denen die Zeitung ihre Leser in der morgigen Ausgabe erfreuen wollte, als sie das Geräusch eines weiteren Autos hörte, das in die Einfahrt einbog. Sie hörte, wie der Motor ausgeschaltet und eine Tür geöffnet und wieder geschlossen und eine weitere Tür, eine Schiebetür, zur Seite geschoben und auch wieder geschlossen wurde. Svendsen bellte im Garten, aber nicht so furchteinflößend wie vorhin. Er war mit seinem Knochen beschäftigt.

Sie dachte an ihre Dusche und ging die Treppe hinunter, um dem Mann vom Wasserwerk aufzumachen. Er trug einen orangen Overall, wie sie durch die Glastür sehen konnte. Genau wie der Postbote hatte er eine Mütze auf, und sie fragte sich kurz, ob der Hund keine Mützen mochte oder Männer im Allgemeinen nicht.

Die Gestalt da draußen hatte eine blaue Werkzeugkiste unter dem Arm. Einen kurzen Augenblick streifte sie erneut die Angst, aber dann sah sie das freundliche Lächeln des Mannes unter der Mütze und schalt sich selbst aus. Es nutzte nichts. Das Leben musste gelebt werden, und sie würden ihn bald finden, sehr bald.

Sie schloss auf, und in dem Moment hörte sie das Telefon. Sie stand verwirrt da und konnte sich nicht entscheiden, ob sie den Mann zuerst hereinlassen oder zum Telefon gehen sollte.

Sie bekam nicht die Zeit, einen Entschluss zu fassen. Sie spürte den Druck von der Tür, bevor sie sich dagegenstemmen konnte, und dann war er drinnen, und sie wurde hart am

Arm gepackt, und die Angst explodierte in ihrem Körper, als die Brad-Pitt-Augen sie anstrahlten: »An Ihrer Stelle würde ich es schellen lassen.«

54

Rose ließ das Telefon schellen, bis der Anrufbeantworter ansprang. Sie mochte keine Nachricht hinterlassen und mitten in der Pause hier stehen und mit einem Anrufbeantworter reden. An jedem anderen Tag hätte sie vielleicht einfach aufgelegt, aber heute war alles anders. Seit ihr das mit den Schlangen eingefallen war, schien etwas in ihr zu arbeiten, auch wenn ihre Mutter gesagt hatte, dass die Polizei der Sache nachgegangen war. Jetzt wussten sie zudem, wer der Mann war, und es war nur eine Frage von sehr kurzer Zeit, bis sie ihn haben würden. Damit hatte ihre Mutter sie zu beruhigen versucht, obwohl sie selbst eine Migräne bekommen hatte, von der sie lange Zeit verschont geblieben war.

Sie dachte daran, während der Anrufbeantworter endlich ansprang: »Hei. Im Moment ist das Telefon unbesetzt. Hinterlassen Sie eine Nachricht, und wir rufen Sie zurück.« Kurz und bündig, ohne Namen und Angabe, ob jemand zu Hause war oder nicht. Aber das war wohl auch niemand, dachte Rose und spürte die Unruhe wie einen Strom in ihrem Körper.

»Hei, Mama. Ich bin's«, sagte sie und kam sich hochgradig bescheuert vor. »Ich habe meinen Schlüssel vergessen und wollte hören, ob du da bist. Aber das bist du wohl nicht«, fügte sie nach einem kurzen Zögern hinzu. »Ich versuche es bei Bo«, schloss sie.

Sie sah sich um. Die anderen Schüler strömten bereits wieder ins Klassenzimmer zur nächsten Stunde. Physik. Sie kam in Versuchung, ihnen zu folgen, doch etwas hielt sie zurück. Außerdem musste sie eine Lösung mit dem Schlüssel finden. Sie rief das Telefonbuch des Handys auf und wählte Bos Handynummer. Es klingelte lange, und sie war nahe daran zu glauben, dass er auch nicht antworten würde, als er sich endlich meldete. Er klang gestresst.

»Ja, Bo.«

»Wollte Mama heute nicht zu Hause bleiben?«

Aus lauter Sorge vergaß sie, ihren Namen zu sagen.

»Rose?«

Sie nickte, plötzlich war ihr Mund wie ausgetrocknet. Ihr Herz hatte kräftig zu schlagen begonnen, und sie ahnte nicht, warum.

»Ich habe meinen Schlüssel vergessen, aber Mama antwortet nicht.«

Sie konnte hören, dass er fuhr. Jetzt wechselte er den Gang, und irgendjemand auf dem Beifahrersitz sagte etwas.

»Sie müsste da sein«, schnarrte er ins Telefon. »Sie wollte zur Autowerkstatt. Außerdem wollte um zwei jemand von den Wasserwerken kommen. Meinst du nicht, dass sie nur im Bad war?«

Rose sah auf die Uhr. Das Blut pochte in ihrer Schläfe. Etwas stimmte nicht. Etwas stimmte ganz und gar nicht.

»Es ist fünf nach zwei«, sagte sie.

»Ich versuche, sie später anzurufen«, sagte Bo. »Ich muss nur noch diesen Auftrag erledigen. Ich bin gegen vier zu Hause. Kannst du so lange warten?«

Sie wollte ihn fragen, wo er war, kam sich aber dumm vor.

»Gut. Dann gehe ich erst einmal in die Stadt.«

Sie beendeten das Gespräch, und einen Moment stand sie einfach nur da und starrte das Handy an, während die Gedanken in ihrem Kopf durcheinander wirbelten. Dann ging sie in die Physikstunde.

Aber sie konnte sich nicht konzentrieren, und die Ereignisse der letzten Wochen tauchten in Bildern vor ihr auf. Es verging einige Zeit, bis ihr klar wurde, dass sie in dem ganzen

Durcheinander nach etwas suchte. Nach etwas, woran sie sich hätte erinnern müssen.

Während der Lehrer an der Tafel redete und Aufgaben verteilte, sah sie aus dem Fenster, wo die Frühlingssonne durch die Wolken schien. Plötzlich sehnte sie sich nach draußen und einem Spaziergang mit dem Hund an der frischen Luft. Aber der wollte immer ins Moor, und das Moor war noch immer ein Ort, an den sie alleine nicht gerne ging.

Das Moor. Ein Steinchen fiel an seinen Platz. Die Erinnerung spulte zurück. Zuletzt war sie mit Jan dort gewesen. Sie waren dem Mann mit dem Pudel begegnet, der Kris hieß, und zwei Männern von den Stadtwerken. Dem Dunklen mit den Locken und der schweren Brille und dem anderen. Dem Mann mit dem Walkie-Talkie und den blauen Augen. Das Herz schlug ihr bis zum Hals, als sie sich erinnerte, wie seine Augen wie zufällig über ihren Körper gewandert waren und sie errötet war. Das Phantombild. Brad Pitt. Ach, du lieber Gott, lass es nicht wahr sein!

Sie griff nach der Tasche und dem Telefon, stand auf und schob Tisch und Stühle zur Seite, während sie aus dem Klassenzimmer auf den Gang lief. Noch immer laufend, drückte sie Bos Nummer.

55

Bescheuertes Weibsbild! Lass das Telefon in Ruhe.«

Der Stoß in ihren Magen schickte Schmerzwellen durch ihren ganzen Körper und presste die Luft aus ihr heraus. Sie hatte das Gefühl, durch das ganze Wohnzimmer zu wirbeln, bevor die Beine unter ihr nachgaben und sie fiel. Ihr Kopf traf auf etwas Hartes, und einen Moment kenterte die Welt und wurde schwarz, und sie konnte nur noch wünschen, dass es so blieb. Lass mich bewusstlos werden, erklang irgendwo das Gebet. Lass mich entkommen.

Aber sie entkam nicht. Auf mirakulöse Weise füllten sich ihre Lungen wieder mit Luft. Auf mirakulöse Weise konnte sie die Augen öffnen und ihn mit vibrierenden Nasenflügeln und verzerrtem Mund vor sich stehen sehen. Kein Bart, konnte sie noch denken, verblüfft, dass sie überhaupt denken konnte. Er hatte ihn abrasiert, sein Gesicht war breit, und die Augen waren hart.

Bevor sie aufstehen konnte, hatte er die blaue Werkzeugkiste geöffnet. Sie sah zu, wie er eine Rolle mit Klebeband herausholte. Dann griff er nach ihr, setzte sie wie eine Stoffpuppe auf und presste ihre Arme auf ihren Rücken. Sie hörte das Geräusch, als das Band abgerollt wurde, dann wurden ihre Handgelenke eng zusammengeschnürt.

»Hoch mit dir.«

Er griff ihr von unten hart unter die Arme und zwang sie zu einem Esszimmerstuhl, der an der Wand stand. Er schubste sie auf den Stuhl hinunter, versetzte ihr einen harten Stoß von vorne und drehte ihr die Arme hinter den Stuhlrücken. Sorgfältiger und ohne sich zu beeilen, rollte er weiter Klebeband ab und fesselte ihre Beine an die Stuhlbeine. Erst als sie sich nicht mehr rühren konnte, stand er auf und betrachtete sie zufrieden.

»So«, sagte er und klang fast fürsorglich. »Jetzt läufst du auch nicht weg.«

Sie befeuchtete die trockenen Lippen und zwang eine Antwort heraus.

»Warum sollte ich weglaufen?«

Sein Gesichtsausdruck wechselte von Freundlichkeit zu Ekel. Sie hatte nicht gewusst, dass eine flache Hand so hart zuschlagen konnte, und sie hatte das Gefühl, dass ihr Hals ausgerenkt wurde, als er sie traf.

»Nur damit du nicht glaubst, die Psychologin spielen zu können«, sagte er, und sie sah, wie seine Kiefermuskeln sich vor verbissener Raserei bewegten. »Du hast zum letzten Mal analysiert.«

Sie versuchte, den Schleier aus Angst zu durchdringen und zu denken. Aber da waren nur der Schmerz in Kopf und Magen und die Panik, die in ihrem Hals aufstieg.

»Hast du Angst?«, fragte er, jetzt wieder freundlich.

Sie versuchte nachzudenken. Wenn sie Ja sagte, würde er vielleicht fürsorglicher sein, oder er würde sich daran weiden und sie noch einmal schlagen. Wenn sie Nein sagte, würde er wissen, dass sie log.

»Möchten Sie, dass ich Angst habe?«, fragte sie und wusste, dass sie ihn reizte.

Wieder schlug die flache Hand zu.

»Ich habe dich gewarnt. Du kannst mich nicht hereinlegen.«

Er mimte spöttisch mit hoher, weiblicher Stimme: »›Möchten Sie, dass ich Angst habe?‹ Was zum Teufel glaubst du? Glaubst du, ich mach das hier zum Spaß?«

Zumindest brachte sie ihn zum Reden. Und wenn er redete, tat er ihr vielleicht weh, brachte sie aber nicht um.

»Ich glaube, dass Sie das aus Liebe tun. Ich glaube, dass Sie das tun, weil Sie immer eine Mutter vermisst haben und weil sie nichts von Ihnen wissen wollte, als Sie Kontakt zu ihr aufgenommen und ihr erzählt haben, wer Sie sind.«

Er öffnete und schloss die Hand, als wollte er sie wieder schlagen. Sein Brustkasten hob und senkte sich, und sie konnte seinen Atem nahezu riechen – oder war das ihre Angst? Wann kam der Schlag? Sie musste sich beeilen.

»Sie tun das aus Frustration, weil man niemanden zwingen kann, einen zu lieben.«

»Miststück!«

Jetzt kam der Schlag, und ihr Kopf brummte vor Schmerzen, und für einen Moment glitt sie in einen dunklen Raum.

»Und weil«, murmelte sie und schmeckte Blut, das von der Nase in ihren Mund lief, »Ihr Vater auf diese Weise Probleme gelöst hat. Weil Sie nur Gewalt kennen.«

Sie hatte gehofft, ihn zu einem weiteren Gespräch verleiten zu können. So lief das doch im Film. Da kam das Ganze plötzlich heraus, weil das Opfer ohnehin nicht mehr reden konnte. Der Täter gestand Mord um Mord und erzählte bereitwillig von allen Kindheitstraumen und verriet, wie er alles geplant und wo er die Mordwaffe in den kalten, dunklen See geworfen hatte. Aber dieser Mann war plötzlich stumm geworden, und das Schweigen machte ihr mehr Angst als alles andere.

Er wandte ihr den Rücken zu und verbarg die Reaktion auf ihren Monolog. Dann beugte er sich über den blauen Werkzeugkasten. Als er sich umdrehte, hielt er den Strick so vorsichtig in seinen Händen, als handelte es sich um ein kleines Kind. Einen Augenblick ließ er den Henkersknoten vor ihren Augen baumeln, dann legte er die Schlinge wie eine Liebkosung um ihren Hals, und sie spürte etwas Warmes an ihren Beinen hinunterrinnen, während ihre Blase sich entleerte.

56

Das Haus in Tilst hätte eine Kopie seines eigenen Reihenhauses in Viby sein können. Rote Steine, schwarzes Eternitdach, Thermofenster mit weißen Rahmen und ein Namensschild an der Tür. Es gab eine Einfahrt zu einer Garage, und er würde darauf wetten, dass von der Garage eine Tür ins Haus führte.

Wagner schellte, aber niemand machte auf. Er versuchte, durch den Schlitz in der Gardine hineinzuschauen, aber drinnen sah alles dunkel und abweisend aus. Er nickte Jan Hansen zu, der in der Garage verschwand, aber schnell wieder herauskam und den Kopf schüttelte.

»Ich glaube, ich schaffe das«, bot Ivar K an, der seinen zweiten rauchfreien Tag hatte und auf einem Nikotinkaugummi herumkaute. »Das scheint kein kompliziertes Schloss zu sein.«

Wagner unterließ die Frage, wo er gelernt hatte, ein kompliziertes Schloss von einem weniger komplizierten zu unterscheiden. Er nickte nur und sah mit wachsender Neugier zu, wie Ivar K etwas aus dem Handschuhfach seines Autos holte. Er kam mit einem Satz Metallstäbe zurück, die an etwas hingen, das an einen riesigen Schlüsselring erinnerte. Schnell beugte er sich über das Schloss und begann sich durch die verschiedenen Dietriche zu arbeiten, wo immer er die herhatte. Wagner wusste nur, dass hin und wieder Dinge aus der kriminaltechnischen Abteilung verschwanden, wo alles Beweismaterial vom Schraubenzieher bis zur Schusswaffe aufbewahrt wurde.

Er schloss einen kurzen Moment die Augen und versuchte, nicht an die Konsequenzen zu denken. Richtig besehen, waren sie mitten in einer kriminellen und strafbaren Handlung. Hatte er zu schnell zugestimmt? Hatte er die Situation korrekt eingeschätzt, oder würden später sowohl ein Disziplinarverfahren als auch eine Suspendierung auf ihn zukommen?

Hansen legte ihm beruhigend die Hand auf den Arm.

»Das ist doch besser, als sie aufzuschießen«, tröstete er.

Wagner wollte irgendeine neutrale Bemerkung machen, weil er zu etwas anderem nicht in der Lage war. Aber im gleichen Moment ertönten ein Klick und ein lautes Knacken, und Ivar K richtete sich auf.

»Eine Kleinigkeit.«

Er schob die Tür auf.

Sie traten in eine kleine Diele. Hansen schloss hinter ihnen die Tür. Dunkelheit und drückende Stille schlugen ihnen entgegen. Wagner hatte das Gefühl, dass es eine Stille mit Untertönen war. Irgendetwas, er wusste nicht, was, lag darunter versteckt und wehte wie ein Durchzug unter den geschlossenen Türen hindurch und schlang sich um ihre Füße.

Ivar K zog im Wohnzimmer die Gardinen auf, und Licht strömte herein. Wagner sah sich um: Das Wort »Pedanterie« tauchte in seinem Kopf auf. Alles war ordentlich und wirkte gestellt, von den Büchern in den Regalen bis zu der Art, wie die Fernbedienung ganz gerade auf dem Fernseher lag. Ein dunkelblaues Sofa und zwei Lehnstühle im gleichen Stoff standen einander genau gegenüber, rund um einen Sofatisch mit einer spiegelblanken Glasplatte. Die Möbel schienen auf Menschen und Gespräche zu warten. Auf dem Tisch stand ein frischer Strauß weißer Lilien mit Staubgefäßen, die noch nicht das kleinste orange Staubkorn verloren hatten.

Hansen räusperte sich.

»Man muss schon sagen, dass er seine Dinge in Ordnung hält«, sagte er und klang fast neidisch.

»Das ist ja noch kein Verbrechen«, meinte Ivar K, der das Regal studierte, wo aufrechte Buchrücken Seite an Seite wie ein Regiment Soldaten auf einem Exerzierplatz standen. Er zog ein Buch heraus und blätterte darin, während Wagner Zweifel befielen und er sich erneut fragte, ob sie in diesem Augenblick überhaupt hier sein sollten.

Ivar K hob die Stimme und proklamierte wie ein Schauspieler, die Nase im Buch: »›Populärer Name: Königspython. Wissenschaftlicher Name: Python regius. Die Königspython frisst Mäuse, kleine Ratten, einen Tag alte Küken. Kleine Schlangen werden einmal pro Woche gefüttert, erwachsene zirka jeden dritten Tag. Es wird empfohlen, tote Tiere zu verfüttern, aber denken Sie daran, sie vor der Fütterung sorgfältig aufzutauen. Manche Exemplare fressen kein totes Futter.‹«

Er schlug das Buch mit einem harten Knall zu. Wagner zuckte zusammen.

»Wo zum Teufel sind sie nun, diese Tiere? Man könnte glauben, wir seien direkt in einen Ikea-Katalog hineinspaziert.«

»Ein Kontrollfreak«, murmelte Hansen. »Er muss selbst das kleinste Detail unter Kontrolle haben.«

Wagner ging zurück in die Diele, aus der sie gekommen waren. Da war noch eine andere Tür, und er nahm an, dass sie in den Keller hinunterführte. Er drückte auf die Klinke, aber sie war verschlossen, und wieder musste Ivar K mit seinem Dietrich tätig werden. Auch diesmal gelang es ohne Mühe, und Wagner stieß die Tür auf. Die Treppe war dunkel, aber er konnte ein schwaches Licht unten ahnen. Er hörte auch einen kratzenden, zischenden Laut.

»Holla!«, rief Ivar K, der den Lichtschalter gefunden und das Licht angeschaltet hatte. Eine sehr schwache, fahle Birne warf ihr Licht auf die Treppenstufen. »Was haben wir denn hier?«

Wagner stieg hinunter. Das Erste, was ihm auffiel, war die Wärme. Es war warm und feucht wie in einem tropischen Land. Er und Nina waren einmal in Thailand gewesen, und er hatte gelitten, nicht so sehr unter der Wärme wie unter der Feuchtigkeit, die sich den hundert Prozent näherte. Er erinnerte sich an das Gefühl, wie die Luft einem den Atem nahm und den Körper schwer machte, sodass die kleinste Bewegung einer Überwindung bedurfte. Allein sich zum Strand hinunterzubewegen reichte an körperlicher Anstrengung für einen Tag.

Er blieb am Fuß der Treppe stehen und sah sich um. Die Terrarien standen dicht gedrängt, und sie waren groß. Er zählte insgesamt zehn, soweit er sehen konnte. Aus jedem kam Licht, und er konnte dunkle, gewundene Gestalten sehen, dick wie der Oberschenkel eines Mannes.

Ivar K pfiff leise.

»Verdammt.«

Sie blieben einen Moment auf Abstand stehen und nahmen das Szenarium in sich auf. Man hatte das Gefühl, sich in einer unterirdischen Höhle zu befinden, wo sich parallel zu den menschlichen Aktivitäten an der Erdoberfläche eine andere Art Leben entfaltete. Es roch anders hier, feucht und schwer, nach Erde und verwesenden Pflanzen, wie in einem Regenwald. Und dann war da das Geräusch, das jetzt in Wagners Bewusstsein drang. Das zischende und kratzende Geräusch, das von irgendwo ganz hinten im Raum kam.

Er zwang sich, weiter in das Dunkel hineinzugehen, wo nur das Licht aus den Terrarien wie Neonreklamen in einer dunklen Großstadt leuchtete. Er versuchte, starr vor sich hinzusehen und sich auf die Aufgabe zu konzentrieren, aber seine Augen gehorchten ihm nicht. Sie wurden immer wieder zu dem Licht und den großen Glaskäfigen hingezogen, in denen die Schlangen lagen, manchmal mehrere in einem Terrarium. In einem lagen sie in einem großen Pulk zusammen. Er zählte fünf Köpfe, bevor er aufgeben musste. Junge, dachte er. Dieser Mann hält nicht nur Pythonschlangen. Er züchtet sie.

Die weißen Mäuse befanden sich in dem angrenzenden Raum. Auch hier war eine künstliche Beleuchtung installiert, und es gab zwei große Käfige mit Mäusen verschiedenster Größe, junge, erwachsene und mittlere. Der Boden war mit Sägespänen und Rindenspänen bedeckt. Die Mäuse fiepten und scharrten immerzu, während sie umeinander herumwieselten. Wagner dachte an die Passage aus dem Buch, aus dem Ivar K vorgelesen hatte. »Manche Exemplare fressen kein totes Futter.« Es war klar, wozu diese Mäuse bestimmt waren.

Er hörte Hansens Stimme hinter sich, und die Worte klangen wie ein Echo seiner eigenen Gedanken.

»Wenn man mit den Menschen nicht zurechtkommt, bleiben einem immer noch die Tiere.«

Das Handy in Wagners Jackentasche klingelte. Er ging dran, und Eriksens Stimme knarrte aufgrund der schlechten Verbindung aus dem Wasserwerk in seinem Ohr.

»Er ist schon gefahren.«

Wagner wollte die Frage gerade formulieren, aber Eriksen kam ihm mit der Antwort zuvor.

»Er hat nicht gesagt, wo er hin ist. Aber von Dicte Svendsen liegt eine Beschwerde vor, dass ihre Wasserversorgung defekt ist.«

57

Mach den Mund auf!«

Dicte hatte keine Wahl, deshalb gehorchte sie. Sie schmeckte etwas Saures, Flauschiges, als er den Lappen in ihren Mund schob. Ihr Körper wollte ihn zurückweisen, und der Magen zog sich in Brechkrämpfen zusammen. Sie schloss die Augen und kämpfte gegen die Übelkeit an und atmete durch die Nase, und die Panik stülpte sich wie ein schwarzer Sack über sie. Nicht jetzt, klopfte ihr Puls. Wenn du brichst, erstickst du. Denk an etwas anderes. Stell dir etwas Schönes vor.

Wasser, klang es in ihr, während er das silberne Klebeband mit einem klebrigen Sirren von der Rolle riss. Klarstes, reinstes Wasser aus einem Bach, wo das Wasser über die Steine rieselt. Sie stellte sich den Klang vor und klammerte sich daran, als er das Klebeband auf ihren Mund presste.

»So«, sagte er fröhlich. »Jetzt musst du einfach an etwas ganz anderes denken.«

Ihr Gehirn stand still, aber sie rief ihre Gedanken zur Ordnung. Mach weiter. Gib nicht auf. Hatte er so auch mit den anderen gesprochen? Als wäre er ein Zahnarzt und das Opfer eine nervöse Patientin.

Er sprach mit sich selbst, während er sich wieder über den Werkzeugkasten beugte und langsam sein Werkzeug herausholte.

»Du glaubst zu verstehen«, begann er, während er den Kopf in den Nacken legte und den Blick über ihre Decke wandern ließ. »Du glaubst, dass das so einfach ist. Liebe.«

Er schmeckte das Wort.

»Liebe«, sagte er noch einmal, jetzt mit spöttischer Stimme. »Was zum Teufel ist die eigentlich wert? Was bedeutet sie? Einen Scheißdreck.«

Er drehte sich zu ihr um, und sie sah, dass seine Augen vor Wut gerötet waren.

»Mutterliebe.« Er spuckte das Wort aus. »Ich glaube nicht einmal, dass es sie gibt, weißt du das? In Wirklichkeit hassen die meisten Mütter ihre Kinder, aber wenn sie erst einmal da sind, führt kein Weg zurück. Das ist die größte Lebenslüge der Gesellschaft.«

Er holte etwas aus der Kiste, das wie eine Bohrmaschine aussah.

»Was ich mache, hat rein symbolischen Charakter, verstehst du das? Es ist eine symbolische Handlung.«

Er sah sich nach Strom um und steckte den Stecker in die Steckdose neben der Tür. Dann begann er, ein Loch in die Decke zu bohren, und erneut drohte der Lappen in ihrem Mund sie zu ersticken. Die Sitzfläche unter ihr war nass von Schweiß und Urin und der Geruch säureartig scharf.

Sie schloss die Augen und zwang das Bild des Baches herauf, aber seine Worte klangen weiter in ihrem Kopf. Sie hatte gemeint, ihn zu verstehen. Sie hatte ihm erlaubt, sie zu manipulieren, bis sie selbst geglaubt hatte, er habe Recht. Wie leicht war es für ihn gewesen, ihr schlechtes Gewissen anzusprechen, sodass sie sich beinahe selbst gehasst hätte.

Er schien mit seinen Handlungen auf das Gewissen aller Mütter zu zielen, ihre Kinder nicht ausreichend geliebt und nicht immer die richtigen Entscheidungen getroffen zu haben. Aber wann war die Liebe ausreichend? Wann war sie jemals ausreichend gewesen?

Sie folgte ihm mit den Augen, während er sorgfältig einen Metallbeschlag an der Decke befestigte. In dem Beschlag saß ein großer Karabinerhaken, und sie wusste, wozu er gedacht war, und spürte, wie der Strick auf ihren Hals drückte.

Er hatte sie zum Tode verurteilt, aber sie selbst war eine der

Geschworenen gewesen. Im Laufe von null Komma nichts hatte er sie davon überzeugt, dass sie ihre Strafe verdiente, aber Bo hatte Recht. Weder Inger noch Esther noch sie verdienten zu sterben. Das war krank und grotesk, und obwohl sie es vom Verstand her gewusst hatte, wusste sie es erst jetzt, wo sie mit dem Lappen im Mund auf dem Stuhl saß und sich nicht rühren konnte, auch mit dem Körper.

Die Erkenntnis stürmte auf sie ein, während er die letzte Schraube festdrehte. Er durfte nicht gewinnen. Er durfte sie nicht zerbrechen. Sie war ebenso viel wert wie viele andere. Ihr Leben war etwas wert.

Sie verlagerte die Konzentration von dem Bach in die Gegenwart. Hinter dem Stuhlrücken, vor seinen Augen verborgen, versuchte sie, ihre Hände zu befreien. Aber das Band saß stramm, und nur eine Schere oder ein scharfer Gegenstand könnten ihr helfen. Sie sah sich um. Die Werkzeugkiste stand einige Meter entfernt. Sie konnte einen Schraubenzieher und einen Rollgabelschlüssel sehen. Der Kopf der Axt ließ ihr einen Schauer das Rückgrat hinunterlaufen. Es gab auch eine Säge. Das Blatt guckte ein wenig hervor. Sie sah es sehnsuchtsvoll an, wusste aber, dass es nichts nutzte, als er sich mit einem breiten Lächeln umdrehte.

»Jetzt sind wir gleich fertig.«

Sie starrte auf den Karabinerhaken, der an der Decke hing. Wieder dachte sie an den Bach. Wenn sie denn jetzt sterben sollte, sollte er das letzte Bild sein. Das Wasser, das lief und lief, so klar und so rein. Nicht Bo und vor allem nicht Rose, denn dann war es unmöglich. Sondern der Bach. Dann hielt sie es vielleicht aus.

»Du weinst. Es besteht kein Grund, traurig zu sein«, sagte er und trat einen Schritt auf sie zu und wischte ihr mit einer sanften Bewegung, die den Hass so unmöglich machte, die Tränen von den Wangen. Denn es gab nichts und niemanden zu hassen. Nicht ihn und nicht ihre Mutter und nicht sich selbst. Das brachte nichts, und dazu war keine Zeit. Es gab nur Leben oder Tod.

Sie hörte das Auto vor ihm. Sie meinte, das Motorengeräusch zu erkennen, hatte aber nicht einmal Zeit, Hoffnung zu schöpfen. Sein Gesichtsausdruck verwandelte sich, die Sanftheit verschwand, als die Reifen über den Kies knirschten und kreischend hielten. Er beugte sich über den Werkzeugkasten, nahm die Axt heraus, und einen kurzen Moment sah sie die Unsicherheit in seinem Blick.

»Steh auf!«

Aber sie konnte nicht, denn er selbst hatte sie an dem Stuhl festgebunden. Aufgebracht trat er nach ihr, und der Stuhl kippte um. Sie sah zu ihm auf. Er hatte sich über sie gebeugt, die Axt noch immer in der Hand. Er konnte jetzt zuschlagen. Das Ganze konnte im Lauf von Sekunden vorbei sein. Aber er tat es nicht, und sie wusste plötzlich, warum. Die Reihenfolge stimmte nicht. Der Galgen kam zuerst, die Axt später. Er war ein Mann, der nach einem Manuskript handelte, außerstande zu improvisieren.

Dann hörte sie, wie die Haustür aufgestoßen wurde. Laufende Schritte. Sie wollte rufen und warnen, konnte es aber nicht. Von ihrem Platz auf dem Boden aus sah sie Bos Gestalt, die auf sie zugeflogen kam und sich mit einem Schrei auf den Mann mit der Axt stürzte, dem es gelang, zur Seite zu springen und herumzuwirbeln und seine Waffe zu schwingen. Sie hörte Bos Stöhnen, als die Axt ihn erwischte, und das Poltern von Stühlen, Sofatisch und Sachen, die zu Boden gingen, als er sich wie ein Rammbock mit dem Kopf vorneweg auf den Mann mit der Axt warf und sie eng umschlungen über den Boden rollten. Sie konnte nicht denken, nur registrieren, dass der Werkzeugkasten innerhalb ihrer Reichweite war, wenn sie sich in eine bessere Position manövrierte. Der Stuhl klebte wie ein Schneckenhaus auf ihrem Rücken. Mühevoll drehte sie sich um und spürte plötzlich kaltes Metall an ihrem Handgelenk. Aber sie konnte nichts sehen und sich nicht aufrichten und nach der Säge greifen. Einige Sekunden lag sie hilflos da, während der Kampf an einer Stelle weiterging, die sie nicht sehen konnte. Komm. Du kannst das. Sie wusste, dass sie es noch einmal versuchen musste. Sie zwang die Arme nach hinten, hob sie hoch, und der Schmerz durchfuhr ihren ganzen Körper. War die Schulter ausgerenkt? Sie wusste es nicht, aber sie wusste, dass es möglich war. Dass es machbar war. Dass sie es konnte.

Endlich spürte sie die oberste Kante des Werkzeugkastens. Ihre Finger berührten kalte Metallstücke. Schraubenzieher, Kneifzange, bestimmt noch ein Karabinerhaken. Hier. Sie konnte die Zähne der Säge mit der Daumenspitze fühlen. Sie arbeitete sich näher heran. Sie musste das Band durchschneiden, auch wenn sie sich das Handgelenk aufschnitt. Sie rieb und zerrte das Band über die Zähne, und wieder fühlte sie den Schmerz, aber sie ignorierte ihn. Und dann merkte sie, wie das Band sich lockerte. Ganz allmählich lockerte es sich, und plötzlich war sie frei. Sie zog die Säge heraus und befreite auch ihre Füße.

Sie stand auf unsicheren Beinen auf. Überall war Blut. Bo lag keuchend am Boden, niedergedrückt von dem Körper über ihm. Der Schaft der Axt drückte auf seinen Hals. Sie sah sich um. In dem Tumult war der Ständer mit Feuerhaken und Schaufel umgekippt. Sie griff nach dem Feuerhaken. Hielt ihn mit beiden Händen fest und hob ihn hoch. Sie brauchte all ihre Kraft, als sie ihn wieder und wieder auf den Hinterkopf des Mannes schmetterte, bis er die Axt losließ und mit einem verblüfften Seufzer auf den Boden neben Bo fiel.

Erst da wusste sie, dass sie vor langer Zeit, mindestens vor einigen Sekunden, ein Martinshorn gehört hatte.

58

Ostersonntag schien die Sonne, und die Luft war lau und frisch.

Die Kirche war gut besucht. Das Licht fiel durch die großen Fenster und ließ den Staub in den Sonnenstrahlen tanzen. Die Leute sprachen gedämpft, während sie die Sträuße aus Osterglocken und die großen Altarkerzen bewunderten, die darauf warteten, angezündet zu werden.

Dicte behielt ihre Jacke an und entschloss sich für eine der hintersten Reihen. Das war nichts für sie, das hier. Sie war fertig mit der Religion, aber man konnte schließlich gute Nachbarschaft beweisen, und Karen war tüchtig im Überreden gewesen. Es sollte ein Wendepunkt sein. Licht und Hoffnung sollten wachsen und das Böse vertreiben. Und so weiter und so weiter. Das klang immerhin vielversprechend, aber wie bei allen anderen Stimulanzien hatte Dicte das Gefühl, dass es mit Kopfschmerzen und Leere enden würde.

Deshalb hatte sie protestiert. Sie hatte es für unmöglich gehalten. Sie hatte zu viele Hühnchen mit unserem Herrn zu rupfen, als dass die Luft mit einer einzigen Ostervorstellung gereinigt werden könnte. Faktisch waren es die Zweifel eines ganzen Lebens, mit denen sie ihn konfrontieren musste. Und natürlich mit der Angst vor dem Tod, die immer wiederkehrte. In den Tagen seit dem Überfall war sie kaum vor der Tür gewesen und jede Nacht atemlos aufgewacht und erst Stunden später vor reiner Erschöpfung wieder zur Ruhe gekommen, zusammengerollt in Bos Armen.

Aber Karen war irritierend hartnäckig. Ihr Vater war vor zwei Wochen gestorben. Nach dem Begräbnis schien keine Schwerkraft sie mehr auf der Erde zu halten, und wenn sie ging, sah sie aus, als schwebte sie. Der alte Jørgen Graugaard hatte nicht verstanden, was passiert war. Eine schlimme Erkältung hatte ihn einige Tage ans Bett gefesselt, und als Karen ihn besucht und in tiefer Konzentration am Fenster gesessen und ein Kreuzworträtsel gelöst hatte, hatte er aufgehört zu atmen. Er war eines natürlichen Todes gestorben, hieß es. Ein sehr weiter Begriff.

Dicte setzte sich auf der Bank zurecht und schlug auf gut Glück das Gesangsbuch auf. Die Buchstaben flossen vor ihren Augen ineinander, und die Gedanken wanderten zum Vortag zurück, als John Wagners Ford plötzlich auf den Kies der Einfahrt eingebogen und sie zusammengezuckt war, weil das Geräusch eines fremden Autos sie noch immer an den Überfall erinnerte.

»Und das an einem heiligen Samstag«, hatte sie gesagt, als sie ihm die Tür geöffnet hatte.

Die Tweedjacke war gegen einen leichten Trenchcoat ausgetauscht worden, und sein Gesicht hatte wieder Farbe. Vielleicht lag es an der Frühlingssonne, dachte sie. Vielleicht daran, dass der Fall aufgeklärt und der Druck fort war.

»Er hat gestanden«, sagte er zur Begrüßung. »Ich dachte, du solltest das wissen. Heute Nachmittag halten wir eine Pressekonferenz ab.«

»Das wird Holger freuen.«

Zu ihrer eigenen Überraschung stellte sie fest, dass sich etwas in ihr regte. Sie hatte geglaubt, fertig zu sein. Fertig als Journalistin und fertig in jeder Hinsicht. Aber vielleicht gab es doch Grenzen, wie lange man sich in einer alten Rockerburg verstecken konnte.

Sie gingen ins Wohnzimmer, und sie organisierte eine Tasse Kaffee.

»Hast du Hunger? Möchtest du ein Weißbrot? Kekse?«

»Kekse, gerne«, sagte er. Er sah hungrig aus.

Sie schmierte ihm trotzdem ein Weißbrot mit Käse, wohl wissend, dass Ida Marie zu Hause fettarme Nahrung eingeführt hatte. Sie füllte auch ein paar Kekse in eine kleine Schale und trug das Tablett zum Sofatisch.

»Was hat er gesagt? Kann er überhaupt noch zwei zusammenhängende Sätze sagen nach den Schlägen mit dem Feuerhaken?«

Sie setzte sich ihm gegenüber und schenkte ein. Ein Teil von ihr wünschte, Henrik Nørager erschlagen zu haben, aber vielleicht wäre diese Last zu schwer zu tragen.

Wagner nahm den warmen Becher entgegen.

»Er hat gesagt, dass die Rachegedanken aufgetaucht sind, als seine Adoptivmutter ihm auf dem Sterbebett erzählt hat, wie alles zusammenhängt. Das ist zehn Jahre her.«

»Aber warum hat er gewartet? Warum hat er Inger erst jetzt umgebracht?«

Wagner biss ohne Proteste in ihr selbst gebackenes Weißbrot, das sie dick mit Butter bestrichen und mit fettem Käse belegt hatte.

»Das hatte wohl mit dem Job zu tun. Er ist vor einem Jahr von Viborg nach Tilst gezogen, und da begannen die Erinnerungen sich ernsthaft aufzudrängen, und er fing an, sich dafür zu interessieren, wo Inger wohnte und was sie machte.«

»Verrückter armer Schlucker«, murmelte sie und schauderte.

»Die Untersuchungen auf Geistesgestörtheit sind noch nicht abgeschlossen«, sagte Wagner vorsichtig.

»Was ist mit dem Mord an Inger?«, fragte sie. »Habt ihr Antwort auf alle offenen Fragen?«

Wagner nickte.

»Es war leicht für ihn, sie ausfindig zu machen. Er hat versucht, über die Sekte Kontakt aufzunehmen und ein mehr oder weniger vertrauliches Verhältnis zu ihr aufzubauen, natürlich ohne dass sie wusste, wer er war. Sie hat ihm erzählt, dass sie das Haus ihrer Schwester hüten sollte, und dann ist er eines späten Abends aufgetaucht, und sie hat ihn hereingelassen.«

Dicte versuchte, die Bilder fern zu halten, die in ihrem Kopf auftauchten. Aber sie wusste, dass es wichtig war, die Details zu erfahren, weil sonst die Unsicherheit noch länger in ihr rumoren würde.

»Er hat sie an einem Deckenbalken aufgehängt und sie anschließend heruntergeschnitten und den Strick mitgenommen, um eventuelle Spuren zu verwischen«, fügte Wagner hinzu und beobachtete sie wachsam, um zu sehen, ob sie ohnmächtig wurde.

»Wie geht es dir?«, fragte er plötzlich.

»Gut«, log sie. »Ich brauche nur Zeit, um mich zu erholen.«

Er nickte langsam, und sie sah, dass er ihr nicht glaubte.

»Was ist dann passiert?«, fragte sie, vor allem um die Aufmerksamkeit von sich abzulenken.

Wagner schwieg eine Weile. Dann griff er nach einem Keks, brach ihn in zwei Teile und hielt einen in jeder Hand.

»Dann hat er einen alten Teppich aus dem Auto geholt, sie darin eingewickelt und ist ins Moor gefahren. Den Rest kennst du.«

»Und er hat vergessen, die Tür richtig hinter sich zuzumachen?«, fragte sie.

Er nickte.

»Deshalb hatte Mikkel Andersen, als er eine Stunde später eintraf, freien Zutritt, um alles zu verwüsten«, sagte er.

»Und Esther Rantzen und ich?«, fragte sie und schluckte einen kleinen Bissen von einem Keks hinunter.

»Er kannte euch beide aus den Medien, wie wir auch angenommen haben. Dich hat er offenbar über längere Zeit beobachtet, vielleicht weil du eine Nachbarin des Hofs bist und zudem über Kriminalfälle in der Zeitung berichtest. Esther Rantzen tauchte einfach auf und passte in sein Konzept, wenn ich das einmal so sagen darf.«

»Und unsere Probleme mit der Wasserleitung? Ich gehe

mal davon aus, dass er die über das Wasserwerk selbst verursacht hat?«

Er nickte.

»Das war ziemlich leicht. Man stellt ja auch in einem Haus das Wasser ab, wenn die Rechnung nicht bezahlt wird.«

Sie beugte sich vor und sah ihm in die Augen.

»Wie lange bekommt er?«

Wagner blickte einen Moment verdrießlich drein. Dann antwortete er mit müdem Optimismus: »Er wird auf Lebenszeit sitzen, oder er kommt in eine psychiatrische Klinik.«

Sie wussten beide, was das bedeutete.

Sie schloss das Gesangbuch und sah zu den Fenstern hinüber und fühlte sich leer. Sie hatte Bo vorgeschlagen, mit in die Kirche zu gehen, aber er hatte ihr keine klare Antwort gegeben. Vielleicht hatte er ihr nicht einmal richtig zugehört. Eva hatte entdeckt, dass er hin und wieder die Kinder aus der Schule nahm und mit ihnen zu McDonald's ging. Man war nicht gerade begeistert, und die Strafe waren noch mehr Hindernisse in Bos Kampf, die Kinder zu sehen. Es schien, als hätte er eine Reihe Disteln gesät und einen ganzen Wald bekommen.

Das Murmeln der Leute erstarb, als der Pfarrer sich umdrehte und den Gottesdienst mit der Bekanntgabe begann, wer zu welchen Zeiten die übrigen Gottesdienste abhalten würde. Die Gemeinde wurde gebeten, sich zu dem Präludium und dem ersten Psalm zu erheben, und alle gehorchten mit einem gedämpften Seufzen, als die ersten Töne der Orgel erklangen und die Musik gen Himmel stieg.

Sie war so unvorbereitet, dass sie sich beinahe vor lauter Überraschung wieder hingesetzt hätte, als die Tränen zu laufen und sich ihren Weg über ihre Wangen zu bahnen begannen. Der reinste Hokuspokus, dachte sie zuerst und ärgerte sich über ihre Rührseligkeit. Sie hätte zu Hause bleiben sollen. Sie wollte sich hinunterbeugen und in der Tasche, die auf dem Boden stand, nach einem Taschentuch suchen, aber etwas ließ sie stehen bleiben. Herrgott noch mal, es konnte schon sein, dass das eine Theatervorstellung war, aber was machte das, wenn sie half?

Sie richtete sich auf und schmeckte Salz auf ihren Lippen und ließ die Töne ihren Weg finden, ganz tief in ihr Inneres. Sie schloss die Augen und war wieder in dem Haus mit ihrem Henker, und sie prägte sich seine Züge und seine Augen und seine Freundlichkeit ein, die eine Seele zu Eis erstarren ließen, und sie erinnerte sich an ihre Angst und ihre Ohnmacht, aber sie konnte sie nicht länger spüren.

Als sie sich wieder hinsetzten, hörte sie eine Tür gehen und sah Bo, der sich mit seinem Gipsarm und einem listigen Lächeln leise neben sie auf die Bank setzte.

»Schaden kann es wohl nicht«, flüsterte er und nahm ihre Hand.

Sie war nicht religiös. Aber sie dachte trotzdem an die Geschichte von einem Mann, der am Kreuz gestorben war und von dem man sagte, dass er die Sünden der Menschen auf sich genommen habe. Und sie dachte, dass es schon verlockend sein konnte, daran zu glauben, und vielleicht bekam sie, in diesem Raum, in diesen Minuten, eine kleine Atempause und konnte vergessen, dass die früheren Fehler zurückkamen und einen einholten.

Sie sah Bo an. Die grauen Augen wanderten durch das Kirchenschiff, immer rastlos und auf der Hut, als erwarteten sie aus der Vorhalle einen hinterhältigen Angriff mit einer Kalaschnikow. Aber nach und nach kamen auch sie auf der Gestalt des Pfarrers zur Ruhe, als würde er überlegen, welches Objektiv sich am besten eigne und wie er den Lichteinfall am besten ausnützen könne.

Vielleicht brauchten sie das einfach beide, dachte sie flüchtig und vergaß alles über die Vergebung der Sünden und das ewige Leben und all das andere Unbegreifliche, das eine ziemlich unsichere Investition war. Sie wäre schon froh, wenn sie in kleinen Portionen Ruhe und Frieden bekam. Und die Sonne, die hoch oben durch ein Fenster hereinguckte.